OCTAVIA E. BUTLER

TRADUÇÃO
HECI REGINA CANDIANI

A NEÓFITA

MORROBRANCO
EDITORA

A NEÓFITA

Morro Branco é uma editora do Grupo Editorial Alta Books (STARLIN ALTA EDITORA E CONSULTORIA LTDA).

ISBN: 978-65-6099-033-3

Translated from original Fledgling Copyright © 2007 Octavia E. Butler. ISBN 978-0-446-69616-6. Published by Grand Central Publishing. PORTUGUESE language edition published by Morro Branco, Copyright © 2024 by STARLIN ALTA EDITORA E CONSULTORIA LTDA.

Impresso no Brasil — 1ª Edição, 2024 — Edição revisada conforme o Acordo Ortográfico da Língua Portuguesa de 2009.

Dados Internacionais de Catalogação na Publicação (CIP)
(BENITEZ Catalogação Ass. Editorial, MS, Brasil)

B992n
1.ed. Butler, Octavia E.
A neófita / Octavia E. Butler ; tradução Heci Regina Candiani. - 1.ed. - Rio de Janeiro : Morro Branco, 2024.
448 p.; 13,8 x 21 cm.

Título: Fledgling.
ISBN 978-65-6099-033-3

1. Afrofuturismo. 2. Ficção científica. 3. Vampiros - Ficção. I. Candiani, Heci Regina. II. Título.

08-2024/64 CDD 813.0876

Índice para catálogo sistemático:
1. Ficção científica : Literatura norte-americana 813.0876

Aline Graziele Benitez - Bibliotecária - CRB-1/3129

Morro Branco é uma editora do Grupo Editorial Alta Books

Produção Editorial: Grupo Editorial Alta Books
Diretor Editorial: Anderson Vieira
Vendas Governamentais: Cristiane Mutüs
Gerência Comercial: Claudio Lima

Coordenadora Editorial: Illysabelle Trajano
Produtor Editorial: Marlon Souza
Tradução: Heci Regina Candiani
Copidesque: Marina Constantino
Revisão: Isadora Prospero; Luíza Thomaz
Diagramação: Diego Santos

ALTA BOOKS
GRUPO EDITORIAL

Rua Viúva Cláudio, 291 — Bairro Industrial do Jacaré
CEP: 20.970-031 — Rio de Janeiro (RJ)
Tels.: (21) 3278-8069 / 3278-8419
www.altabooks.com.br — altabooks@altabooks.com.br
Ouvidoria: ouvidoria@altabooks.com.br

Editora **afiliada à:**

abdr ASSOCIAÇÃO BRASILEIRA DE DIREITOS REPROGRÁFICOS

ASSOCIADO CBL Câmara Brasileira do Livro

Para Frances Louis, pela escuta.

1

Acordei na escuridão.

Estava com fome, morrendo de fome! E com dor. Não havia mais nada no mundo, somente fome e dor; e mais ninguém, nenhum outro tempo, nenhum outro sentimento.

Estava deitada em uma superfície dura, irregular, que me feria. Um lado do meu corpo estava quente, ardendo. Tentei me arrastar para longe da fonte de calor, fosse o que fosse, movendo-me devagar, tateando o caminho até encontrar frescor, maciez e menos dor.

Era doloroso avançar. Era doloroso até mesmo respirar. Minha cabeça martelava, latejava, e eu a segurava entre as mãos, gemendo. O som da minha voz e até o toque de minhas mãos pareciam agravar a dor. Em dois pontos, minha cabeça parecia coberta de crostas, inchada e... quase macia.

E eu estava tão *faminta*.

A fome era uma torção violenta dentro de mim. Encolhi bem meu corpo vazio e ferido, com os joelhos contra o peito, e gemi de dor. Agarrei-me àquela coisa qualquer sobre a qual estava. Depois de algum tempo, compreendi, recordei, que estava deitada no que deveria ter sido uma *cama*. Recordei-me, aos poucos, do que era uma cama. Minhas mãos não se agarravam a um colchão, nem a travesseiros, lençóis ou cobertores, mas a coisas que não reconheci de início. Dureza, pó, algo leve e quebradiço. Gradualmente, compreendi que só podia estar deitada no chão, sobre pedra, terra, talvez folhas secas.

O pior de tudo era que não importava para onde eu olhasse, não havia nenhum indício de luz. Não conseguia enxergar minhas próprias mãos quando as estendia diante de mim. Estava mesmo tão escuro? Ou havia alguma coisa errada com meus olhos? Será que estava cega?

Fiquei no escuro, tremendo. E se estivesse mesmo cega?

Então, ouvi algo vindo em minha direção, algo grande e ruidoso, algum animal. Não conseguia vê-lo, mas depois de um instante pude sentir seu cheiro. Não cheirava a algo... agradável, mas ao menos era comestível. Morrendo de fome, como eu estava, não tinha condição alguma de caçar. Tremia e gemia enquanto a dor da fome crescia e eclipsava tudo.

Parecia possível localizar a criatura pelo ruído que ela fazia. Depois, caso não se afastasse, assustada com o ruído que eu fazia, talvez pudesse capturá-la, matá-la e comê-la.

Ou talvez não. Tentei me levantar e caí para trás, grunhindo, redescobrindo quanto todas as partes do meu corpo doíam. Fiquei imóvel, tentando manter o silêncio, tentando relaxar o corpo e não tremer. A criatura se aproximou.

Esperei. Sabia que não podia persegui-la, mas, se ela chegasse perto o bastante, eu talvez fosse capaz de agarrá-la.

Depois do que pareceu ser um longo tempo, ela me encontrou. Veio até mim como um animal domesticado, e eu quase perdi o controle, tremendo e arfando, pensando apenas: *comida*! Tanta comida. Ela tocou meu rosto, meu pulso, meu pescoço, de um jeito que me causava dor a cada toque e fazendo seus ruídos característicos.

A dor da fome superava todas as outras dores. Descobri que estava forte, apesar de todos os problemas que tinha. Agarrei o animal. Ele lutou comigo, me empurrou, se debateu para escapar, mas eu o dominei. Prendi-o, montei nele, encontrei sua garganta, provei seu sangue, senti o odor do seu medo. Apertei a garganta dele com os dentes até o fazer desabar. Depois, por fim, me alimentei, empanturrei-me da carne fresca de que precisava.

Comi tanta carne quanto pude. Então, com a fome saciada e a dor atenuada, dormi junto ao que restou de minha presa.

Quando acordei, a escuridão começou a ceder. Pude ver a luz outra vez, e as formas embaçadas, sombrias, que bloqueavam a luz. Não sabia o que eram as formas, mas podia vê-las. Comecei a acreditar, então, que meus olhos foram feridos de algum modo, mas que estavam se curando. Depois de certo tempo, houve luz demais. Ela queimava, não apenas meus olhos, mas minha pele.

Virei de costas para a luz, arrastei-me com minha presa, entrando na escuridão fria que parecia estar tão perto de mim, mas que precisei de muito esforço para alcançar. Quando havia chegado longe o bastante para escapar da luz, eu me alimentei de novo, dormi de novo, acordei e me alimentei. Perdi a conta de quantas vezes fiz isso. Mas, depois de um tempo, algo pareceu estar errado com a carne. Começou a cheirar tão mal que, mesmo com fome, não consegui me forçar a tocar nela outra vez. Na verdade, o cheiro estava me deixando enjoada. Precisei me afastar. Lembrei-me do suficiente para entender que estava apodrecendo. Carne apodrecia depois de certo tempo, fedia, e os insetos se infiltravam nela.

Eu precisava de carne fresca.

Meus ferimentos pareciam estar cicatrizando e era mais fácil circular. Conseguia enxergar bem melhor, em especial quando não havia tanta luz. Cheguei a lembrar, em algum momento durante uma de minhas refeições, que o período menos iluminado se chamava noite, e que eu a preferia ao dia. Não estava apenas me curando, estava me lembrando das coisas. E agora, pelo menos durante a noite, eu podia caçar.

Minha cabeça ainda doía, em uma pulsação monótona, na maior parte do tempo, mas a dor era suportável. Não era a agonia que fora.

Fiquei encharcada assim que rastejei para fora do abrigo, onde os restos da minha presa ficaram apodrecendo. Sentei-me imóvel por um tempo, sentindo a umidade; a água caindo em minha cabeça, costas e colo. Depois de um tempo, entendi que estava chovendo — chovendo muito forte. Não me lembrava de ter sentido a chuva na pele antes: água caindo do céu, golpeando gentilmente minha pele.

Decidi que gostava disso. Levantei-me devagar, cada joelho protestando contra o movimento com explosões independentes de dor. Uma vez em pé, fiquei imóvel por algum tempo, tentando me acostumar a manter o equilíbrio sobre as pernas. Apoiei-me nas rochas que por acaso estavam perto e observei o entorno, tentando entender onde eu estava. Encontrava-me na encosta de uma colina, da qual se erguia uma massa sólida e vertical de rocha. Tive de olhar para tudo aquilo, deixar que a visão me lembrasse de como se chamavam... a encosta, o penhasco, as árvores (pinheiros?) que cresciam na colina até a parede escarpada de rocha. Vi tudo isso, mas ainda assim não tinha ideia de onde estava ou onde deveria estar, como fui parar ali ou mesmo por que estava ali: havia muitas coisas que eu não sabia.

A chuva ficou mais forte. Ainda me parecia agradável. Deixei-a lavar o sangue da minha presa e o meu, deixei-a limpar a crosta de sujeira do lugar onde estivera deitada, que grudara em mim. Depois de um pouco mais limpa, juntei as mãos em concha, peguei água e bebi. Foi tão bom que passei muito tempo só pegando chuva e bebendo.

Depois de algum tempo, a chuva diminuiu e decidi que era hora de partir. Comecei a descer a colina. De início, não foi uma caminhada fácil. Meus joelhos ainda doíam e era difícil manter o equilíbrio. Parei uma vez e olhei para trás. Então, pude ver que tinha saído de uma caverna rasa da encosta. Estava quase invisível agora, escondida atrás de uma cortina de árvores. Foi um bom lugar para me esconder e me curar. Aquele lugarzinho escondido me manteve em segurança. Mas como fui parar lá? De onde vim? Como me feri e acabei sozinha, morrendo de fome? E agora que estava melhor, para onde deveria ir?

Vaguei, sem pensar em ir a nenhum lugar específico, exceto colina abaixo. Não conhecia nenhuma outra pessoa, não conseguia me lembrar de nenhuma outra pessoa. Franzia a testa, avançando com cuidado entre as árvores, os arbustos e as pedras do chão molhado. Já estava reconhecendo as coisas, ao menos as categorias: arbustos, pedras, lama... Tentei me lembrar de algo mais a meu respeito... qualquer coisa que tivesse acontecido comigo antes de acordar na caverna. Absolutamente nada me ocorreu.

Enquanto caminhava, de repente me ocorreu que meus pés estavam nus. Eu andava com cuidado, sem pisar em nada que me machucasse, mas naquele momento pude ver e entender que meus pés e pernas estavam nus. Soube que deveria estar de sapatos. Na verdade, soube que deveria estar vestida. Mas estava totalmente nua. Sem nada.

Parei e me olhei. Meu corpo tinha cicatrizes, muitas cicatrizes por todas as partes que eu conseguia enxergar. As cicatrizes eram grandes, marcas enrugadas e brilhantes de manchas marrom-avermelhadas. Sempre tive cicatrizes? Meu rosto tinha cicatrizes? Toquei em uma das grandes em meu abdômen, depois toquei em meu rosto. A sensação era a mesma. Talvez meu rosto estivesse cheio de cicatrizes. Imaginei qual seria minha aparência. Apalpei a cabeça e descobri que quase não tinha cabelo. Eu a apalpara esperando cabelo. Mas eu estava careca, exceto por uma pequena mecha na parte de trás da cabeça. E no topo havia uma região disforme, uma reentrância que doeu ao toque e que parecia ainda mais grave do que a calvície ou as cicatrizes. Lembrei-me de quando descobri, ainda na caverna, que minha cabeça parecia irregular e macia em dois pontos, como se a carne tivesse sido danificada e o crânio quebrado. Não havia maciez agora. A cabeça, como o resto de mim, estava se curando.

Eu havia me machucado muito, de alguma forma, mas não conseguia me lembrar como.

Precisava me lembrar e precisava me proteger. A nudez me parecera completamente normal, até me conscientizar dela. Depois, pareceu intolerável. Mas o mais importante era que precisava comer de novo.

Retomei a caminhada encosta abaixo. Enfim, cheguei a um terreno mais plano e aberto... Terra cultivada com algo crescendo em alguns dos campos, e outros campos onde a colheita já havia sido feita, ou que foram abandonados por outro motivo. Estava mais uma vez me recordando de coisas, fragmentos, compreendendo um pouco do que via, talvez apenas porque via.

De um lado havia um ajuntamento do que, aos poucos, reconheci como os restos incendiados de várias casas e construções anexas. Todas elas estavam tão queimadas que, pelo que via, não ofereciam nenhum abrigo real. Aquela tinha sido uma aldeiazinha cercada por terras agrícolas e bosques. Havia currais e os aromas agradáveis de animais que podiam ser comidos, mas os currais estavam vazios. Pensei que o lugar já tinha sido um lar confortável para várias pessoas. Parecia certo. Parecia algo de que eu gostaria: viver com outras pessoas em vez de vagar só. A ideia era um pouco assustadora, no entanto. Eu não conhecia nenhuma outra pessoa. Sabia que existiam, mas pensar nelas, imaginá-las, me assustava quase tanto quanto me interessava.

Pessoas viveram naquelas casas em algum momento, não muito tempo antes. Agora, plantas tinham começado a crescer e a cobrir os locais incendiados. Onde estavam as pessoas que haviam morado ali? Eu havia morado ali?

Ocorreu-me que vagara até lá esperando matar um animal e comê-lo. De alguma forma, eu esperava encontrar comida ali. E, mesmo assim, não lembrava de nada sobre o lugar. Não reconhecia nada além da forma mais genérica: currais de animais, campos, restos incendiados de construções. Por que esperava encontrar comida ali? Como eu sabia que deveria ir para lá? Ou eu já havia visitado o lugar antes ou era ali minha morada. E se fosse minha morada, por que não a reconheci como tal? Será que meus ferimentos eram do incêndio que destruíra esse lugar? Eu tinha uma torrente interminável de perguntas e nenhuma resposta.

Afastei-me, querendo voltar para o meio das árvores e caçar um animal... Um cervo, pensei de repente. A palavra invadiu meus pensamentos e, subitamente, soube o que era um cervo. Era um animal grande. Forneceria carne para várias refeições.

Então, parei. Mesmo com toda a fome que tinha, quis descer para olhar mais de perto as casas incendiadas. Elas deviam ter algo a ver comigo, ou não prenderiam meu interesse dessa maneira.

Desci em direção às construções incendiadas. Talvez pudesse, ao menos, encontrar algo para vestir. Não estava com frio. Nem mesmo a caminhada na chuva me deixou com frio, mas eu queria roupas com urgência. Sentia-me muito vulnerável sem elas. Não queria estar nua quando encontrasse outras pessoas, e achei que precisaria, mais cedo ou mais tarde, encontrar outras pessoas.

Oito das construções eram casas grandes. As lareiras, pias e banheiras me revelaram isso. Passei por cada uma delas esperando avistar algo familiar, algo que desencadeasse uma memória, uma memória sobre pessoas. Em uma delas, sob uma pilha de escombros carbonizados, encontrei jeans que estavam só um pouco queimados na ponta das pernas, e três camisas levemente queimadas que eram usáveis. Era tudo grande demais, em todos os sentidos, muito largo, muito comprido... Outra pessoa do meu tamanho caberia facilmente dentro das camisas comigo. Não havia roupas íntimas usáveis, nem sapatos usáveis. E, óbvio, não havia nada para comer.

Saciar a fome tornou-se, de repente, mais importante do que tudo. Vesti a calça e duas camisas. Usei a outra camisa para sustentar a calça, amarrando-a na cintura e dobrando sobre ela a parte de cima da calça. Enrolei as pernas e voltei para as árvores. Depois de algum tempo, farejei uma corça. Persegui-a, matei-a, comi o máximo da carne que consegui. Levei parte da carcaça para cima de uma árvore comigo, a fim de guardá-la a salvo de animais necrófagos. Dormi na árvore por um tempo.

Então, o sol nasceu, queimando minha pele e meus olhos. Desci e usei um galho de árvore e as mãos para cavar uma vala rasa. Quando terminei, deitei-me e cobri-me com serapilheira e terra. Isso e minhas roupas (coloquei uma das camisas dobrada sobre o rosto) resultaram em um bom abrigo da luz do sol.

Vivi assim pelos três dias e noites seguintes, comendo, caçando, examinando as ruínas durante a noite e me escondendo na terra durante o dia. Às vezes, dormia. Às vezes, ficava em vigília ouvindo os sons à minha volta. Não conseguia identificar a maioria deles, mas escutava.

Na quarta noite, a curiosidade e a inquietação me venceram. Comecei a sentir uma insatisfação, uma avidez por algo que não fosse carne de cervo. Não sabia o que desejava, mas saí para procurar. Foi assim que, pela primeira vez de que tenho memória, encontrei outra pessoa.

2

Estava chovendo outra vez, uma chuva constante e fina que vinha caindo há algum tempo.

Descobri uma estrada pavimentada que ia além das casas incendiadas. Caminhei por ela durante certo tempo antes de me lembrar da palavra "estrada", que me levou a lembrar de carros e caminhões, embora eu ainda não tivesse visto nenhum dos dois. A estrada em que estava conduzia a um portão de metal, que escalei e pulei, depois para outra estrada um pouco mais larga, e tive de escolher uma direção. Escolhi a direção em declive e caminhei por algum tempo com satisfação, até chegar a uma terceira estrada, ainda mais larga. Mais uma vez, optei por descer a ladeira. Era mais fácil caminhar à beira da estrada do que abrir caminho entre rochas, árvores, arbustos e riachos, ainda que, sob meus pés descalços, o pavimento fosse inclemente.

Um carro azul apareceu na estrada, atrás de mim, e me aproximei bem de uma das margens para poder vê-lo e para que ele pudesse passar sem me atingir. Não podia ter sido o primeiro carro que eu via. Soube disso porque o reconheci como um carro e não vi nada de surpreendente nele. Mas era o primeiro que me lembrava de ter visto.

Fiquei surpresa quando o carro parou ao meu lado.

No início, a pessoa ali dentro era só um rosto, ombros, duas mãos. Então entendi que estava vendo um homem jovem, de pele clara, cabelos castanhos, grande e alto. Seu cabelo roçava o teto do carro. Os ombros eram tão largos que, mesmo ele estando sozinho, o carro parecia apinhado. O carro parecia tão inadequado para ele quanto minhas roupas eram inadequadas para mim. Ele baixou o vidro da janela, olhou para mim e perguntou:

— Você está bem?

Ouvi as palavras, mas, de início, elas não significaram nada. Eram ruídos. Depois de um instante, porém, pareceram fazer sentido como linguagem. Compreendi-as. Demorei mais um instante até perceber que deveria responder. Não conseguia me lembrar de já ter conversado com outra pessoa e, a princípio, não tinha certeza se conseguiria.

Abri a boca, limpei a garganta, tossi e por fim consegui dizer:

— Eu... estou. Sim, estou bem. — Minha voz soou estranha e rouca aos meus ouvidos. Não era só porque eu não conseguia me lembrar de ter conversado com alguém. Nem me lembrava de já ter falado antes. No entanto, pelo visto, sabia como fazê-lo.

— Não está, não — disse o homem. — Você está ensopada e suja, e... Meu Deus, quantos anos você tem?

Abri a boca e logo a fechei de novo. Eu não fazia ideia de quantos anos tinha ou por que minha idade deveria ter importância.

— É sangue, isso na sua camisa? — perguntou ele.

Olhei para baixo.

— Eu matei um cervo — respondi. Ao todo, tinha matado dois cervos. E havia sangue deles nas minhas roupas. A chuva não o eliminou.

O homem me encarou por vários segundos.

— Escute, tem algum lugar para onde eu possa levar você? Você tem família ou amigos em algum lugar por aqui?

Balancei a cabeça.

— Não sei. Acho que não.

— Você não deveria estar aqui no meio da noite, na chuva! — afirmou. — Não pode ter mais do que dez ou onze anos. Para onde está indo?

— Só andando — respondi, porque não sabia mais o que dizer. Para onde eu estava indo? Para onde ele imaginava que eu deveria ir? Minha casa, talvez. — Para casa — menti. — Estou indo para casa. — Depois, me perguntei por que tinha mentido. Era importante que aquele estranho pensasse que eu tinha uma casa para a qual estava indo? Ou só não queria que ele percebesse que eu sabia pouco sobre mim mesma, sobre qualquer coisa?

— Vou levar você para casa — anunciou ele. — Entre.

Eu me surpreendi totalmente por querer ir com ele no mesmo instante. Dei a volta até o lado do passageiro e abri a porta. Então, parei, confusa.

— Na verdade, não tenho casa — falei. Fechei a porta e dei um passo para trás.

Ele se inclinou e abriu a porta.

— Olhe — disse —, não posso deixar você aqui. Você é uma criança, pelo amor de Deus! Vamos, pelo menos vou levar você para algum lugar onde não esteja chovendo. — Ele procurou algo no banco de trás e pegou um pano grande e grosso. — Aqui tem um cobertor. Entre e se cubra.

Eu não estava desconfortável. A umidade não me incomodava e eu não estava com frio. Mas queria entrar no carro com ele. Não queria que ele fosse embora sem mim. Assim que tive mais alguns instantes para absorver seu odor, percebi que tinha um cheiro... bem interessante. Além disso, eu não queria parar de conversar com ele. Sentia quase tanta avidez por conversa quanto por comida. Experimentar falar só aguçou meu apetite.

Enrolei-me no cobertor e entrei no carro.

— Alguém machucou você? — perguntou ele ao colocar o carro em movimento outra vez. — Você estava no carro de alguém?

— Eu estava machucada — expliquei. — Estou bem agora.

Ele me olhou de relance.

— Tem certeza? Posso levar você para um hospital.

— Não preciso de hospital — respondi depressa, embora, a princípio, não tivesse certeza do que era um hospital. Depois, entendi que era um lugar aonde pessoas doentes e feridas eram levadas para serem atendidas. Haveria muita gente à minha volta em um hospital. Era o suficiente para torná-lo assustador. — Nada de hospital.

Outra olhadela.

— Tudo bem — concordou ele. — Qual é o seu nome?

Abri a boca para responder, e logo a fechei. Depois de um tempo, admiti:

— Não sei qual é o meu nome. Não me lembro.

Ele me olhou de relance várias vezes antes de comentar alguma coisa. Depois de um tempo, disse:

— Tudo bem, você não quer me contar. Você fugiu? Cansou de casa e caiu fora por sua conta e risco?

— Acho que não. — Franzi a testa. — Acho que não faria isso. Na realidade, não me lembro, mas não parece algo que eu faria.

Houve outro longo silêncio.

— Você realmente não se lembra? Não está de brincadeira?

— Não estou. Meus... Meus ferimentos já estão curados, mas ainda não me lembro das coisas.

Ele não falou nada durante algum tempo. Depois:

— Você realmente não sabe o próprio nome?

— Isso mesmo.

— Então, você precisa, sim, ir para um hospital.

— Não, não preciso. Não!

— Por quê? Lá os médicos poderiam ajudar você.

Poderiam? Então, por que a ideia de estar entre eles me assustava tanto? Eu tinha certeza absoluta de não querer cair nas mãos de estranhos. Nem sequer queria estar perto de muitos estranhos.

— Nada de hospital — repeti.

De novo, ele não disse nada; mas, desta vez, havia algo diferente em seu silêncio. Olhei para ele e, de repente, passei a acreditar que sua intenção era me levar para um hospital de qualquer maneira; entrei em pânico. Soltei o cinto de segurança que ele insistira para eu colocar e joguei o cobertor para o lado. Virei-me para abrir a porta do carro. Ele agarrou meu braço antes que eu pudesse descobrir como abri-la. Tinha mãos enormes que se fechavam por completo ao redor do meu braço. Ele me puxou de volta, me apertando com força contra a divisória baixa e pequena que separava as pernas dele das minhas.

Ele me assustou. Eu tinha menos da metade de seu tamanho, e ele queria me forçar a ir a um lugar que eu não queria. Afastei-me dele, esquivei-me de sua mão que me agarrava e tentei abrir a porta de novo, mas fui capturada outra vez.

Agarrei o pulso dele, apertei-o e empurrei-o para longe do meu braço. Ele ganiu e disse:

— Merda! — E conseguiu esfregar o pulso com a mão que ainda segurava o volante. — Que diabo, qual é seu problema? — questionou.

Apoiei as costas contra a porta que eu estava tentando abrir.

— Você vai me levar para o hospital mesmo que eu não queira ir? — perguntei.

Ele confirmou com a cabeça, ainda esfregando o pulso.

— Para o hospital ou para a delegacia. A escolha é sua.

— Nenhum dos dois! — A ideia de ser entregue à polícia me assustou ainda mais do que a de ir para o hospital. Virei novamente para tentar abrir a porta.

E, novamente, ele agarrou meu braço esquerdo, puxando-me para longe da porta. Seus dedos envolviam todo o meu braço e me seguravam com firmeza, me afastando da porta. Compreendia-o um pouco melhor agora que tinha as mãos sobre ele. Pensei que, se quisesse, poderia quebrar seu pulso. Ele era grande, mas não tão forte. Pelo menos, eu era mais forte. Mas não queria quebrar seus ossos. Ele parecia querer me ajudar, embora não soubesse como. E cheirava bem. Eu não tinha palavras para expressar como ele cheirava bem. Quebrar seus ossos seria um erro.

Eu o mordi e soltei, só uma mordida rápida na parte carnuda de sua mão, perto do polegar.

— Droga! — bradou ele, afastando a mão. Então, tentou me agarrar de novo, antes que eu pudesse abrir a porta. Havia vários botões na porta, e eu não sabia qual deles a abriria. Nenhum parecia funcionar, o que deu a ele a chance de pôr as mãos em mim pela terceira vez.

— Fique quieta! — mandou, e me sacudiu com força. — Você vai se matar! Se é doida o suficiente para tentar pular de um carro em movimento, deveria estar em um hospital psiquiátrico.

Olhei para as marcas sangrentas que fiz em sua mão e, de repente, não consegui pensar em mais nada. Abaixei a cabeça e lambi o sangue, lambi a ferida que tinha causado. Ele ficou tenso, quase puxando a mão. Depois, parou, pareceu relaxar. E me deixou colocar sua mão entre as minhas. Olhei para ele, vi que olhava para mim, senti o carro ziguezaguear um pouco na estrada.

Ele franziu a testa e puxou a mão para longe de mim, o tempo todo parecendo incerto, infeliz. Peguei a mão dele entre as minhas mais uma vez e segurei-a. Senti-o tentando puxá-la. Ele me sacudiu, na verdade me levantando um pouco no ar, tentando se desvencilhar, mas não o soltei. Lambi o sangue que vinha à tona onde meus dentes o haviam penetrado.

Ele fez um ruído, uma espécie de suspiro. De forma brusca, atravessou toda a estrada até um local livre para estacionar sem bloquear outros veículos, os poucos outros carros que surgiam. Cerrou a mão enorme que já não precisava dirigir o carro. Observei-o deslocando-a para trás para bater em mim. Achei que deveria ter medo, deveria tentar detê-lo, mas fiquei calma. De certo modo, não conseguia acreditar que ele bateria em mim.

Ele franziu a testa, balançou a cabeça. Um tempo depois, deixou a mão cair no colo e me fuzilou com os olhos.

— O que está fazendo? — perguntou, sem se afastar, mas aparentando querer fazê-lo, ou ao menos achar que queria.

Não respondi. Não estava satisfeita com o sangue de sua mão. Queria mordê-lo outra vez, mas não queria que ele sentisse medo ou raiva. Não sabia por que me preocupava com isso, mas parecia importante. Além do mais, sabia que as mãos não eram tão boas para obter sangue quanto pulsos ou pescoços. Olhei-o e vi que ele me observava com atenção.

— Não dói mais — disse ele. — É uma sensação boa. O que é estranho. Como você faz isso?

— Não sei — admiti. — Você tem um gosto bom.

— Eu? — Ele me levantou, passou pela divisão entre os assentos para o meu lado do carro e me colocou em seu colo.

— Deixe-me morder você de novo — murmurei.

Ele sorriu.

— Se eu fizer isso, o que você vai me deixar fazer?

Percebi consentimento em sua voz, me estiquei e beijei-o na lateral do pescoço, procurando ali, com a língua e o nariz, a maior fonte de sangue. Um instante depois, mordi seu pescoço com força. Ele convulsionou e eu o amparei. Ele se contorceu debaixo de mim, sem lutar, mas me contendo à medida que eu sugava mais do seu sangue. Suguei sangue suficiente para satisfazer uma fome que não percebi que tinha até poucos momentos antes. Poderia ter sugado mais, porém não quis machucá-lo. Ele tinha um gosto maravilhoso e havia me alimentado sem tentar escapar ou me machucar. Lambi a mordida até parar o sangramento. Queria poder curá-lo, queria poder retribuir curando-o.

Ele suspirou e me segurou, reclinando no assento e deixando que eu me recostasse nele.

— Então, o que foi isso? — perguntou, depois de um tempo. — Como você faz isso? E, caramba, por que a sensação foi tão fantástica?

Ele havia gostado, talvez tanto quanto eu. Fiquei contente, senti que sorria. Aquilo, de alguma forma, parecia certo. Eu tinha feito do jeito certo. O que significava que já tinha feito aquilo antes, mesmo que não conseguisse recordar.

— Deixe-me ficar com você — falei, e compreendi o que quis dizer no mesmo instante. Ele tinha um lugar para morar. Se eu pudesse ir com ele, talvez as coisas que visse lá me ajudassem a começar a recuperar minha memória… e eu teria uma casa.

— Você realmente não tem para onde ir ou alguém procurando por você? — perguntou.

— Acho que não tenho ninguém — respondi. — Não me lembro. Preciso descobrir quem sou e o que aconteceu comigo e… e tudo mais.

— Você sempre morde?

Eu me recostei nele.

— Não sei.

— Você é uma vampira, sabe?

Refleti. A palavra não despertou nenhuma memória.

— O que é uma vampira?

Ele riu.

— Você. Você morde. Você bebe sangue. — Ele fez uma careta e balançou a cabeça. — Meu Deus, você bebe sangue.

— Acho que bebo. — Lambi o pescoço dele.

— E você é muito nova — disse ele. — Chave de cadeia. Uma chave de cadeia e tanto.

Como eu não sabia o que era chave de cadeia e não fazia ideia de quantos anos tinha, não disse nada.

— Você se lembra de como sujou a roupa com esse sangue? Quem mais andou mastigando?

— Matei um cervo. Na verdade, matei dois cervos.

— Matou, sim, com certeza.

— Deixe-me ficar com você.

Observava o rosto dele quando eu disse isso. Parecia confuso outra vez, preocupado, mas me abraçou forte e concordou.

— Sim — falou. — Não tenho certeza de como vou fazer isso, mas sim. Quero você comigo. Acho que não deveria ficar com você. Merda, eu sei que não devo. Mas vou, de qualquer jeito.

— Acho que eu não deveria ficar sozinha — expliquei. — Não sei com quem eu deveria ficar, porque não me lembro de já ter estado com alguém.

— Então você vai ficar comigo. — Ele sorriu, e a confusão pareceu desaparecer. — Vou precisar chamá-la por algum nome. Como quer ser chamada?

— Não sei.

— Quer que eu lhe dê um nome?

Sorri. Gostava dele, me sentia completamente à vontade com ele.

— É, me dê um nome — pedi. E lambi seu pescoço mais um pouco.

— Renée — falou. — Um amigo me disse que significa "renascer". Foi mais ou menos o que aconteceu com você. Renasceu para uma nova vida. Provavelmente vai se lembrar da vida antiga em breve, mas, por enquanto, será Renée.

Com o corpo contra o meu, ele estremecia enquanto eu lambia seu pescoço.

— Droga, isso é gostoso — disse. E depois: — Moro de aluguel em uma cabana do meu tio. Se levar você para lá, vai ter de ficar dentro de casa durante o dia. Se ele e minha tia descobrirem, provavelmente atiram nós dois na rua.

— Posso dormir durante o dia. Não vou sair até escurecer.

— Perfeito para uma vampira — comentou. — Como você matou aqueles cervos?

Encolhi os ombros.

— Corri atrás e quebrei o pescoço deles.

— Hum, hum... E depois?

— Comi uma parte da carne. Escondi o resto em uma árvore até sentir fome de novo. Comi até as partes que eu queria acabarem.

— E como você cozinhou a carne? Não parou de chover nesses últimos dias. Como encontrou madeira seca para acender o fogo?

— Sem fogo. Não preciso de fogo.

— Você comeu cervo cru?

— É.

— Ai, meu Deus, não comeu, não! — De repente, ele pareceu pensar em alguma coisa. — Mostre a sua faca.

Hesitei.

— Faca?

— Para limpar e tirar a pele do cervo.

— É uma coisa? Uma ferramenta?

— Uma ferramenta de cortar, isso.

— Eu não tenho faca.

Ele me segurou, afastando-me, e fixou os olhos em mim.

— Mostre os dentes — ordenou.

Exibi os dentes para ele.

— Deus do céu! — exclamou. — Foi com eles que você me mordeu? — Levou a mão ao pescoço. — Você *é* uma maldita de uma vampira.

— Não machuquei você — garanti. Ele parecia assustado. Começou a me afastar, e então ficou com aquele olhar confuso de novo e me puxou de volta. — E vampiras comem cervos? — perguntei. Voltei a lamber seu pescoço.

Ele ergueu a mão para me deter, depois a deixou cair ao lado do corpo.

— O que você é, então? — murmurou.

E dei a única resposta que podia:

— Não sei. — Recuei, segurei o rosto dele entre as mãos, lambendo-o, feliz por ter me deparado com ele. — Me ajude a descobrir.

3

A caminho da cabana, o homem me contou que seu nome era Wright Hamlin e que trabalhava na construção civil. Tinha estudado em um lugar ali perto chamado Seattle em uma coisa chamada Universidade de Washington por dois anos. Aí desistiu, porque não sabia nem para onde estava indo, nem para onde queria ir. O pai dele ficou decepcionado e o mandou trabalhar com o tio, dono de uma construtora. Ele já trabalhava para o tio havia três anos e no momento sua tarefa era ajudar a construir casas em um novo bairro, ao sul de onde me encontrou.

— Eu gosto do trabalho — explicou, enquanto dirigia. — Ainda não sei para onde vou, mas o trabalho que faço serve para alguma coisa. As pessoas vão viver naquelas casas um dia.

Entendi apenas que ele gostava do trabalho que fazia. À medida que me explicava um pouco mais, percebi que teria de ser cuidadosa ao tirar o sangue dele. Compreendi, ou rememorei, talvez, que as pessoas podiam enfraquecer com a perda de sangue. Se eu deixasse Wright fraco, ele poderia adoecer. Quando pensei nisso, soube que iria desejar mais sangue, tanto quanto quis carne antes. E, ao pensar em carne, percebi que não a queria mais. A ideia de comê-la me enojava. Tirar o sangue de Wright foi a coisa mais satisfatória que me lembrava de ter feito. Não sabia o significado daquilo, se fazia ou não fazia de mim o que Wright considerava uma vampira. Concluí que, para evitar feri-lo, para evitar ferir qualquer um, teria de encontrar várias pessoas de quem tirar sangue. Não sabia ao certo como fazer isso, mas tinha de ser feito.

Wright contou o que recordava sobre vampiros: que são imortais, a menos que alguém os apunhale no coração com uma estaca de madeira e, ainda assim, mesmo sem serem apunhalados, estão mortos, ou são mortos-vivos. Seja lá o que isso signifique. Bebem sangue, seu reflexo não pode ser visto em espelhos, podem se transformar em morcegos ou lobos, transformam pessoas em vampiros ao beber o sangue delas ou ao obrigá-las a beber seu sangue de vampiro. Esse último detalhe parecia depender da história que se lesse ou do filme a que se assistisse. Era outra característica dos vampiros. Eram seres fictícios. Folclore. Vampiros não existiam.

Então, eu era o quê?

Wright estava preocupado com o fato de que, agora, tudo o que queria era me manter junto dele, tanto que estava me levando para casa, e não para a polícia ou algum hospital.

— Vou me meter em encrenca — falou. — É só questão de tempo.

— O que vai acontecer com você? — perguntei.

Ele encolheu os ombros.

— Não sei. Cadeia, quem sabe. Você é muito nova. Eu deveria me importar. Isso deveria estar me matando de medo. Está me deixando com medo, mas não o bastante para me fazer largá-la.

Pensei nisso por um instante. Ele deixou que eu o mordesse. Eu sabia, pelo modo como tocou em mim e me olhou, que me deixaria mordê-lo de novo quando eu quisesse. E faria o possível para me ajudar a descobrir quem eu era e o que havia acontecido comigo.

— Como posso evitar que você se meta em encrenca? — perguntei.

Ele balançou a cabeça.

— No final das contas, você provavelmente não pode fazer isso. Mas, por enquanto, fique deitada no chão.

Olhei para ele.

— Abaixe-se, agora. Não posso deixar meu tio, minha tia ou os vizinhos verem você.

Escorreguei do banco e me espremi no chão do carro. Se eu fosse um pouco maior, isso não seria possível. De todo jeito, não era confortável. Mas não importava. Ele jogou o cobertor por cima de mim. Depois, consegui sentir o carro fazer várias curvas, diminuir a velocidade, virar de novo e, então, parar.

— Certo — disse ele. — Estamos na garagem atrás da minha cabana. Ninguém pode nos ver.

Eu me desenrolei, voltei ao banco e olhei ao redor. Havia árvores esparsas, luzes em casas distantes e, ao nosso lado, uma casinha. Wright saiu do carro, e verifiquei depressa qual botão ou alavanca ele usou para abrir a porta. Uma das que testei quando ele estava ameaçando me levar ao hospital ou à polícia. Naquele momento, não funcionou, mas agora, sim. A porta se abriu. Saí e perguntei:

— Por que não abriu antes?

— Eu a travei — admitiu ele. — Não queria que se esfolasse no asfalto.

— ... O quê?

— Travei a porta para sua segurança. Pelo amor de Deus, você estava tentando pular de um carro em movimento. Teria ficado com machucados sérios ou morrido se tivesse conseguido.

— Ah...

Ele me puxou pelo braço e me levou para dentro da casa.

Assim que entrei, observei o entorno e logo reconheci que estava em uma cozinha. Embora não pudesse me lembrar de já ter estado em uma cozinha intacta antes, a reconheci, assim como os objetos que continha: geladeira, fogão, pia, um balcão no qual havia alguns pratos sobre um pano, um armário acima do balcão e, do lado, outro armário que, de acordo com meu olfato, às vezes armazenava comida. Eu me lembrava das geladeiras e pias escurecidas nas ruínas incendiadas. Mas aquela era a aparência que uma cozinha devia ter quando tudo funcionava.

A cozinha era pequena, um mero canto da cabana, na verdade. Além dela havia uma mesa de madeira com quatro cadeiras. Ao lado da cozinha, à minha frente, estava um cômodo pequeno; um banheiro, descobri ao espiar lá dentro. No restante da cabana, havia uma combinação de sala e quarto com uma cama, uma cômoda, uma poltrona macia diante de uma lareira de pedra e uma televisãozinha em cima de uma estante preta cheia de livros. Reconheci todas essas coisas assim que as vi.

Percorri a cabana, tocando nas coisas, imaginando o que seriam as poucas entre elas que não reconhecia. Wright me explicaria, faria demonstrações. Era exatamente disso que eu precisava agora. Encarei-o outra vez.

— Diga o que mais devo fazer para mantê-lo longe de encrencas.

— É só não deixar que ninguém veja você — respondeu. — Não saia antes de anoitecer e não… — Ele me observou, quieto, por certo tempo. — Não machuque ninguém.

Aquilo me pegou de surpresa. Eu não tinha intenção de machucar ninguém.

— Tudo bem — concordei.

Ele sorriu.

— Você parece tão inocente e tão jovem. Mas é perigosa, não é? Vi como você é forte. E olhe o que fez comigo.

— O que eu fiz?

— Você me mordeu. Agora você é a única coisa em que consigo pensar. Vai fazer isso de novo, não vai?

— Vou.

Ele inspirou, em um ritmo irregular.

— É. Imaginei. Seria melhor eu não permitir que isso acontecesse.

Ergui os olhos para ele.

Ele inspirou de novo.

— Merda, você pode me morder agora mesmo, se quiser.

Descansei a cabeça em seu braço e suspirei.

— Poderia lhe fazer mal perder mais sangue em tão pouco tempo. Não quero lhe fazer mal.

— Não mesmo? Por que não? Você nem me conhece.

— Você está me ajudando e também não me conhece. Você me deixou entrar no seu carro e agora na sua casa.

— É. Imagino o que isso vai me custar. — Ele colocou a mão no meu ombro e me conduziu até a mesa. Lá, sentou-se e me puxou para junto dele para abrir uma das minhas camisas imundas, depois a outra.

Tendo alcançado a pele, ele acariciou meu peito.

— Sem seios — comentou. — Que pena. Acho que você é uma criança, mesmo. Ou talvez... Tem certeza de que é mulher?

— Sou mulher — garanti. — Claro que sou.

Ele tirou minhas duas camisas e as jogou na lata de lixo.

— Vou pegar uma camiseta para você dormir — disse. — Alguma das minhas camisetas deve ficar mais ou menos do tamanho de uma camisola. Amanhã vou comprar algumas coisas para você.

Ele pareceu pensar em algo de repente. Pegou meu braço e me levou para o banheiro. Ali, sobre a pia, havia um grande espelho. Ele me colocou diante do espelho e pareceu aliviado ao ver que refletia duas pessoas, não apenas uma.

Toquei meu rosto e a penugem de cabelo preto na minha cabeça, tentei enxergar alguém que reconhecesse. Eu era magra, de rosto anguloso, olhos grandes, uma pessoa de pele marrom-escura, uma estranha completa. Será que parecia mesmo uma criança de dez ou onze anos? Será que era uma? Como poderia saber? Examinei meus dentes e não vi nada de surpreendente neles até que pedi a Wright que me mostrasse os dele.

Os meus pareciam mais afiados, mas menores. Meus dentes caninos (Wright me contou que se chamavam assim) eram mais alongados e afiados do que os dele. Será que as pessoas perceberiam a diferença? Será que isso as assustaria? Eu esperava que não. E como podia reconhecer uma geladeira, uma pia, até mesmo um espelho, mas não conseguia reconhecer meu próprio reflexo?

— Não conheço essa pessoa — falei. — É como se eu nunca a tivesse visto antes. — Então, me ocorreu outro pensamento. — Minhas cicatrizes sumiram.

— O quê? — perguntou ele. — Que cicatrizes?

— Eu estava cheia de cicatrizes. Algumas noites atrás... Três noites antes desta, estava cheia de cicatrizes. Me lembro de pensar que devia ter me queimado... inteira. Por um tempo, depois que acordei, eu não conseguia enxergar, então pode ser que meus olhos também estivessem machucados. — Suspirei. — É por isso que sentia tanta dor e estava com tanta fome, e tão cansada. Só o que fiz foi comer e dormir. Meu corpo precisava muito se curar.

— Cicatrizes não desaparecem só porque as feridas se curaram — disse ele. — Ainda mais de queimaduras. — Ele puxou a manga do braço direito e exibiu uma marca enrugada e brilhosa maior do que minha mão. — Fiz isso quando tinha dez anos, brincando em nossa churrasqueira. Coloquei fogo na minha manga.

Peguei o braço dele e observei a cicatriz. Toquei nela. Não gostei. Dava a mesma sensação que minha pele dera quando examinei minhas cicatrizes. Tive a impressão de que deveria ser capaz de fazer as cicatrizes dele desaparecerem também, mas não sabia como. Virei a mão dele para verificar a marca da mordida que eu dei, e ele arfou. Para mim, a ferida parecia estar cicatrizando como deveria, mas ele puxou o braço e examinou a mão.

— Já está sarando! — falou.

— Como devia — respondi. — Está com fome?

— Agora que você tocou no assunto, estou. Comi bastante em um café não muito longe do trabalho, mas estou com fome de novo.

— Você precisa comer.

— Sim, mas não gosto de carne crua.

— Coma o que lhe parecer certo. Coma o que seu corpo pede.

— Mas você comeu carne crua para se curar? — perguntou.

As palavras dele desencadearam alguma coisa em mim: uma memória. Parecia real, verdadeira. Comentei em voz alta:

— Só preciso de sangue humano fresco quando estou saudável e está tudo normal. Preciso de carne fresca para curar ferimentos e doenças, para sustentar estirões e durante a gestação de uma criança.

Ele colocou as mãos nos meus ombros.

— Você sabe isso? Você se lembra disso?

— Acho que sim. Parece certo. Faz sentido.

— Então — perguntou —, você é o quê?

Ergui o olhar para ele, vi que o havia assustado e segurei uma de suas mãos enormes entre as minhas.

— Não sei o que sou. Não sei porque só agora me lembrei a respeito da carne e do sangue. Mas você me ajudou a fazer isso. Você me fez perguntas e me fez olhar no espelho. Talvez agora, com você me ajudando, eu vá recordar cada vez mais.

— Se estiver certa sobre aquilo de que se lembrou até agora, você não é humana — afirmou.

— E se eu não for? — perguntei. — O que isso significa?

— Não sei. — Ele se abaixou e puxou minha calça jeans. — Tire isso — disse.

Soltei a camisa que havia torcido e amarrado em volta do corpo para manter os jeans no lugar e os tirei.

Primeiro, ele pareceu paralisado de surpresa porque fiz o que ele mandou. Depois, caminhou devagar à minha volta, observando.

— Bom, garota você é, tudo certo — sussurrou. Por fim, me pegou pela mão e me conduziu de volta para o cômodo principal da cabana.

Ele me levou até a cômoda ao lado da cama. Lá, na gaveta mais alta, encontrou uma camiseta branca. — Vista isso — falou, entregando-a para mim.

Vesti. Cobriu-me até os joelhos. Levantei o rosto para olhá-lo.

— Está cansada? — perguntou ele. — Quer ir dormir?

— Não estou com sono — disse. — Posso me lavar? — Não tinha me importado em estar suja até que a camiseta limpa me obrigou a pensar em quanto estava imunda.

— Claro — respondeu. — Vá tomar uma chuveirada. Depois venha me fazer companhia enquanto como.

Entrei no banheiro, reconheci o chuveiro acima da banheira e descobri como ligá-lo. Em seguida, tirei a camiseta e entrei. Era uma chuva quente e controlada, maravilhosa para limpar-se e sentir-se melhor. Fiquei debaixo do chuveiro mais tempo do que o necessário, apenas porque a sensação era muito boa. Enfim, me sequei na toalha azul grande que estava ali e que tinha o cheiro de Wright.

Vesti a camiseta outra vez e fui me juntar a Wright, que estava à mesa, comendo coisas que reconheci primeiro com o nariz e depois pelos olhos. Ele comia ovos mexidos com nacos de presunto entre fatias de pão.

— Pode comer alguma dessas coisas? — Wright perguntou, enquanto saboreava a refeição e bebia cerveja de uma garrafa marrom.

Sorri.

— Não, mas acho que devo ter conhecido pessoas que comiam coisas assim, porque as reconheço. Por enquanto, vou pegar um pouco de água. É só o que quero.

— Até você querer me mastigar de novo, né?

Levantei-me para pegar a água e toquei no ombro dele ao passar. Era bom vê-lo comer, saber que ele estava bem. Isso me deixou aliviada. Não o machuquei, o que era mais importante para mim do que eu imaginara.

Sentei-me com um copo de água e tomei um gole.

— Por que você fez isso? — perguntou ele, depois de um longo silêncio. — Por que me deixou despir você daquele jeito?

— Você queria — respondi.

— Você deixaria qualquer pessoa fazer o mesmo?

Franzi a testa e, então, balancei a cabeça.

— Mordi você... Duas vezes.

— E daí?

— Tirar a roupa na sua frente não é problema.

— Não é?

Franzi a testa, me lembrando de quanto quis me cobrir quando estava nua na floresta. Devia estar acostumada a usar roupas na minha vida anterior à caverna. Tinha desejado estar vestida desde que percebi estar nua. No entanto, não me importei quando Wright tirou minhas camisas. Não me importei em tirar as calças quando ele me pediu para fazê-lo. Pareceu-me algo que eu deveria fazer.

— Acho que não sou tão jovem quanto você imagina — observei. — Quer dizer, posso ser, mas acho que não.

— Você não tem nenhum pelo no corpo — respondeu ele.

— Deveria? — perguntei.

— A maioria das pessoas com mais de onze ou doze anos tem.

Refleti.

— Não sei — disse, por fim. — Não sei o bastante sobre mim mesma para declarar qual é a minha idade, ou mesmo se sou humana. Mas tenho idade suficiente para fazer sexo com você, se você quiser.

Ele se engasgou com o sanduíche e levou algum tempo tossindo e bebendo goles de cerveja.

— Acho que é o que se espera de você — continuei, então fiz uma careta. — Não, não é isso. Quero dizer, acho que se espera que você tenha essa escolha, se quiser.

— Porque deixei você me morder?

— Não sei. Pode ser.

— Uma recompensa pelo meu sofrimento.

Recostei-me, olhando para ele.

— Dói?

— Você sabe muito bem que não.

Ele bebeu mais alguns goles, então se levantou, pegou minha mão e me levou para sua cama. Sentei-me e ele começou a puxar a camiseta pela minha cabeça.

— Não — protestei, e ele parou, observando-me e esperando —, me deixe olhar para você. — Puxei a camisa dele e desabotoei um dos botões. — Você já me viu.

Ele concordou com um aceno, terminou de desabotoar a camisa e depois tirou a camiseta que usava por baixo.

Seu peito largo estava coberto por uma camada de pelos castanhos quase tão grossos quanto uma pelagem; acariciei-o e senti seu arrepio.

Ele tirou os sapatos, a calça e a cueca.

Havia muito mais pelo nele, por toda parte, e ele já estava ereto e ávido.

Eu já tinha visto um homem assim antes. Não conseguia me lembrar de quem fora, não conseguia me lembrar de um rosto ou corpo específico. Mas tudo aquilo me era familiar e agradável; senti minha própria avidez e uma excitação crescente. Puxei a camiseta pela cabeça e o deixei me empurrar para a cama de novo, deixando que me tocasse enquanto eu acariciava e revolvia sua pelagem, explorando seu corpo até que, ofegante, ele pegou minhas mãos e as segurou. Wright me cobriu com seu corpo grande e peludo. Era tão alto que, com cuidado, se manteve apoiado nos cotovelos para que meu rosto não ficasse pressionado contra seu peito.

No início, ele foi muito cuidadoso, com medo de me machucar, ainda temendo que eu pudesse ser jovem demais, pequena demais. Depois, quando ficou claro que não estava me machucando, quando o envolvi com braços e pernas, ele se esqueceu dos medos, se esqueceu de tudo.

Eu também me esqueci. Mordi-o de novo, bem abaixo do mamilo esquerdo, e bebi um pouco mais de sangue. Ele gritou e me apertou até me sufocar. Depois, desabou em cima de mim, vazio, esgotado.

Mais tarde, enquanto ele dormia ao meu lado, fiquei angustiada por haver sugado mais sangue. Se não encontrasse outra fonte de sangue logo, o deixaria fraco demais.

Levantei-me em silêncio, lavei-me e vesti sua camiseta. Não deixaria que me vissem, mas tinha de sair para olhar o entorno. Tinha de ver quem e o que mais poderia haver por perto.

4

Wright morava em uma região onde as casas ficavam dispersas com folga ao longo da estrada. Estavam afastadas da rua e, às vezes, eram cercadas por árvores. Era como se as pessoas de cada uma daquelas casas estivessem fingindo viver sozinhas na mata. A maioria delas era bem maior do que a cabana de Wright. A mais próxima era uma dessas maiores, uma casa de dois andares feita de madeira, pintada de branco e, àquela hora, toda iluminada. Devia ser onde a tia e o tio de Wright moravam. Consegui ouvir pessoas conversando no primeiro andar e a música que vinha do andar de cima. Melhor deixar aquelas pessoas em paz, ao menos até dormirem.

Três casas adiante, não havia luz alguma, e as pessoas já estavam dormindo. Pude ouvir a respiração leve de duas delas no andar de cima, em um quarto de frente.

Eu me aproximei, procurando uma forma silenciosa de entrar. A casa tinha muitas janelas, mas as do primeiro andar estavam fechadas e trancadas. Em um dos lados, porém, onde as árvores escondiam a casa da estrada e dos vizinhos, encontrei uma plataforma pequena, próxima a uma janela do segundo andar, que estava entreaberta. Contemplei a plataforma no alto, reconhecendo-a, lembrando que era chamada de sacada, mas sem saber nada mais além disso. As coisas continuavam ressurgindo desse jeito frustrante e praticamente inútil.

Sacudi a cabeça, irritada, e decidi que poderia pular do chão até a sacada. Já tinha dado pulos mais longos nas perseguições aos cervos, e ao menos a sacada não estava em movimento. Mas estava receosa de talvez fazer muito barulho.

Enfim, se eu acordasse mais de uma pessoa, poderia correr. Se fosse rápida o bastante, talvez ninguém me pegasse.

Foi então que me lembrei de algo mais que poderia acontecer comigo, além de uma simples captura. Eu poderia levar um tiro. Lembrava-me de ter sido atingida por um tiro uma vez, talvez em mais de uma ocasião. Assim como a sacada, esse mostrou-se outro de meus inúteis fragmentos de memória. Eu me lembrei do impacto da bala. E lembrei que ela me feriu mais do que qualquer coisa já havia me ferido. Mas quem atirou em mim? Por quê? Onde eu estava quando isso aconteceu? Tinha algo a ver com o fato de eu acabar na caverna?

Nada.

Nenhuma resposta.

Apenas fragmentos de memória que me atormentavam.

Me afastei um pouco da sacada, olhando e examinando qual era a altura, como deveria agarrar o ferro forjado, que de certo modo era familiar, segurá-lo e me elevar. Era como observar um cervo e descobrir onde pular para conseguir agarrá-lo ou, ao menos, derrubá-lo, com o menor esforço.

Encurvei-me, olhei para o ponto da sacada onde pretendia aterrissar, saltei, pousei ali, agarrei o gradil de ferro forjado, ergui-me e passei por cima dele. Então, congelei. Será que alguém tinha me escutado?

Não me mexi por vários segundos, não até ter certeza de que ninguém estava se movendo por perto. A respiração que conseguia ouvir era a regular e imperturbável respiração de pessoas adormecidas. O quarto em que entrei estava ocupado por uma pessoa, uma mulher, que dormia sozinha. Rastejei chegando mais perto da cama e inspirei fundo.

Aquela mulher não tinha um cheiro tão tentador quanto Wright. Era mais velha, não podia mais gerar crianças, mas ainda não era realmente idosa. Para a idade dela, porém, era saudável e forte, e pelo que pude ver de seu corpo estendido na cama, quase tão alta quanto Wright, mas esbelta. Não gostei da idade dela, e a achei magra demais, mas sua altura e saúde me atraíram. E a solidão dela era, de algum modo, positiva. Havia outras pessoas na casa, mas há muito tempo nenhuma vinha àquele quarto. Ela não tinha o cheiro de outras pessoas. Talvez apenas por ter tomado banho, mas fiquei com a impressão de que ninguém a tocava há muito tempo.

O mais importante, no entanto, era que ela poderia me alimentar sem sofrer danos. Wright era maior e podia dar mais sangue, mas aquela mulher era promissora. Eu precisava conhecer várias outras pessoas como ela.

Aproximei-me mais da cama e da mulher adormecida e, então, soube que havia uma arma na sala. Senti o cheiro. Era um cheiro assustadoramente familiar.

Quase saí correndo. Ser baleada, ao que parecia, tinha me causado mais danos do que eu imaginava. Deixara em mim um medo irracional a ser enfrentado. A dor tinha sido terrível, mas eu não corria o risco de ser baleada naquele momento. Ninguém estava empunhando aquela arma, que estava escondida em algum lugar, talvez em uma das gavetas da mesinha de cabeceira da mulher.

Fiquei inerte até meu medo se apaziguar. Não levaria um tiro esta noite.

Quando me acalmei, deitei-me ao lado da mulher e cobri sua boca com a minha mão enquanto ela acordava. Segurei-a com o outro braço e minhas duas pernas quando ela começou a se debater. Assim que tive certeza de estar no controle, mordi seu pescoço. Ela se debateu de modo frenético primeiro, tentou me morder, tentou gritar. Mas depois que me alimentei por alguns segundos, ela parou de lutar. Segurei-a um pouco mais, para ter certeza de que estava dominada; depois, como não causou mais problemas, soltei-a. Ela ficou imóvel, os olhos fechados.

Eu me alimentei devagar, lambendo em vez de sugar. Não estava com fome. Talvez voltasse no dia seguinte e fizesse uma refeição completa. Naquele instante, estava apenas me certificando, garantindo que ela estivesse ali, disponível quando eu precisasse. Depois de um tempo, sussurrei para ela:

— É gostoso?

Ela gemeu; um cochicho de satisfação.

— Deixe a porta da sacada destrancada a partir de agora e não conte a ninguém a meu respeito.

— Você vai voltar?

— Devo?

— Volte amanhã.

— Talvez. Em breve.

Ela começou a se virar para me ver.

— Não — falei. — Não, fique como está.

Ela obedeceu.

Lambi seu pescoço por um tempo, depois perguntei:

— Qual é o seu nome?

— Theodora Harden.

— Até mais, Theodora.

— Não vá. Ainda não.

Parti, satisfeita porque ela me acolheria quando eu voltasse. Perambulei para cima e para baixo dos dois lados da estrada até encontrar mais quatro pessoas, dois homens e duas mulheres, bem jovens, saudáveis e grandes o bastante. Uma por uma, eu as arrebanhei. Ficaria com Wright, mas iria até essas outras pessoas quando precisasse delas. Será que bastavam? Eu não sabia.

Voltei para a cabana de Wright, ainda bem acordada, e sentei-me à mesa. Queria refletir sobre o que fiz. De certa forma, me preocupava o fato de tudo ter sido tão fácil, de não ter encontrado dificuldades em tirar o sangue de seis pessoas, incluindo Wright. Assim que eu as provara, elas apreciaram a sensação causada por mim. Em vez de ficarem com medo ou irritadas, de início ficavam confusas e, depois, crédulas e acolhedoras, ansiosas por mais daquele prazer que eu poderia lhes oferecer. Foi assim todas as vezes. Eu não entendia aquilo, mas agi de uma maneira calma e consciente. Agi como se aquilo fosse o esperado de mim.

Será que havia algo em minha saliva que acalmava e dava prazer às pessoas? O que mais poderia ser? E também devia ajudá-las na cicatrização. Wright tinha ficado surpreso com a rapidez com que sua mão estava se curando. Significava que, para ele, a cicatrização costumava levar mais tempo. E que eu poderia, ao menos, ajudar as pessoas que me ajudavam. Isso pareceu importante.

Em compensação, sentia que era um erro andar sem rumo, sem saber quase nada, e mesmo assim envolver outras pessoas em minha vida. No entanto, parecia que eu tinha de envolvê-las. Até então, não tinha machucado ninguém, mas poderia ter feito isso. E provavelmente o faria, a menos que conseguisse me lembrar de alguma coisa útil.

Recapitulei o passado mais distante de que consegui me lembrar, fechei os olhos e recordei a cegueira e a dor na caverna pequena. Tinha saído dela quase como uma criança ao nascer. Deveria voltar para lá? Será que ao menos conseguiria encontrar o lugar? Sim, achava que conseguiria. Mas voltar por quê? Poderia haver algo naquele lugar que me ajudaria a recordar como fui parar lá?

Ao deixar a caverna, tinha descido até o terreno das casas incendiadas. Não encontrei nada que parecesse familiar ali, mas voltar talvez me ajudasse a descobrir quando as casas foram incendiadas, o porquê e quem fez isso. Além do mais, poderia me ajudar a descobrir quem havia morado nelas. Não encontrei nenhum corpo carbonizado, embora alguns lugares cheirassem a carne queimada. Então, talvez as pessoas que moravam lá tivessem se ferido, mas escaparam; ou talvez tivessem morrido e sido retiradas. Se eu tivesse morado lá, com certeza teria escapado. Talvez, na confusão das chamas, tivéssemos nos separado. Mas por que as outras pessoas, fossem quem fossem, não procuraram por mim, vasculhando na floresta e na encosta? Por que fui deixada para me virar sozinha depois de ter ficado tão gravemente ferida? Talvez estivessem todos mortos.

Retornei à memória da caverna. Tinha acordado com uma dor terrível, cega, desorientada, nua. E, então, algum animal tinha se aproximado de mim, chegado bem perto e me presenteado com sua carne. Eu o matei e o comi.

Pensei no animal e em seu comportamento estranho. Depois, em minha memória, vi os restos do animal espalhados pela caverna. Eu os vira rapidamente, pouco antes de sair de lá. Consegui ver, mas não tinha consciência suficiente para compreender o que estava vendo. O que eu matei... e comi... na caverna... não foi um animal. Foi um homem.

Não vi seu rosto, mas vi seu cabelo preto curto e liso. Vi seus pés, genitálias, uma das mãos.

Um homem.

Ele tinha subido em meio às árvores e me visto na caverna rasa. Veio até mim. Tocou meu rosto, tentou sentir os batimentos em meu pulso, depois no pescoço. Doeu quando tocou em mim, porque minhas queimaduras ainda estavam em carne viva. O homem havia sussurrado algo. Eu não compreendi as palavras na hora, nem sequer compreendi que eram palavras. Ele se inclinou sobre mim. Pude senti-lo ali, quente, um pedaço grande de calor, cheirando a algo comestível, tão tentador para meu corpo faminto, ferido, e para minha mente perturbada. Perto o bastante para ser tocado. Agarrei-o, dilacerei seu pescoço e o comi.

Fui capaz de fazer isso. E tinha feito.

Fiquei muito tempo sentada, atônita, sem saber o que pensar. As palavras que o homem sussurrou quando me encontrou foram:

— Ah, meu Deus, é ela. Por favor, que esteja viva! — Foi o que ele disse pouco antes que eu o matasse.

Apoiei a cabeça na mesa. O homem me conhecia. Havia se preocupado comigo. Talvez eu tivesse um relacionamento com ele, como o que estava construindo com Wright. Devia ter me relacionado assim com uma pessoa; muitas pessoas.

Como pude matar alguém assim?

Não poderia matar Wright. Ou poderia? Só estava com ele havia uma noite e, mesmo assim, havia um vínculo entre nós. Mas não tinha reconhecido o outro cara. Não pude ver o rosto dele, não tinha memória de ter visto o rosto dele, mas o cheiro deveria ter me indicado quem era. Como ele só cheirara a comida para mim, e não a uma pessoa?

Ouvi Wright despertar. Ouvi uma mudança em sua respiração. Depois de um instante, ele se levantou e veio até mim. O quarto estava na penumbra, mas não no escuro. Havia uma janela no canto da cozinha por onde a luz da lua entrava.

— O que está acontecendo? — perguntou. Colocou as mãos nos meus ombros e friccionou de um jeito agradável.

Ajustei minha postura.

— Estava tentando me lembrar das coisas — falei.

— Teve sorte?

— Dor, fome, coisas ruins. Nada anterior a acordar, machucada e cega, na caverna. — Não consegui contar a ele sobre o homem que matei. Como poderia contar uma coisa dessas?

— Dê tempo ao tempo — aconselhou. — Você vai se lembrar. Se procurasse um médico…

— Não! Sem hospital. Sem médico.

— Por quê?

— Por quê? — Eu me levantei, virando-me para olhá-lo de frente. Ele deu um passo para trás, assustado, e percebi que tinha me movido rápido demais, mais rápido do que ele esperava que eu me movesse.

Pouco importava. Aquilo me ajudou a defender meu argumento.

— Wright, não sei o que sou, mas não sou como você. Acho que talvez… Talvez eu pareça bem mais humana do que sou. Não quero chamar a atenção, talvez pessoas tenham tentado me prender porque estavam com medo de mim.

— Pelo amor de Deus, garota, ninguém vai prender você!

— Não? Pareço uma criança. Poderia ser trancafiada para minha própria segurança, mesmo que não tivessem medo das minhas diferenças. Você achou que eu era uma criança.

Ele forçou um sorriso.

— Não acho mais. — Depois se abraçou, esfregando de leve os antebraços peludos.

Percebi que sentia frio ali parado, nu, no cômodo sem aquecimento, enquanto falava comigo.

— Vá para a cama e se aqueça — falei.

Ele foi para a cama, puxando-me para junto dele quando fui com ele.

— Pode conseguir informações para mim? — perguntei.

— Informações.

— Sobre memória e a incapacidade de recordar as coisas.

— Amnésia — disse ele e, de imediato, a palavra me soou familiar.

— Amnésia, isso. E sobre vampiros — acrescentei. — A maioria das coisas que você me contou... Acho que não tem nada a ver comigo. Mas realmente preciso de sangue. Talvez tenha um pingo de verdade nos filmes e lendas populares.

— Eu gostaria de saber quantos anos você tem — disse ele.

— Quando eu souber, conto para você. Mas, Wright, não fale a meu respeito com ninguém.

— Você sabe que eu não faria isso. É mais provável que eu me meta em encrenca do que você, se alguém descobrir a seu respeito.

— Acho que a sua encrenca seria mais passageira do que a minha — respondi.

— Não vou dizer nem uma palavra.

Depois de um tempo, pensei em outra coisa.

— Teve um incêndio, Wright. Algumas casas próximas de terras cultivadas e da mata. Oito casas, não muito distantes de onde você me achou. Você se lembra de ouvir alguma coisa sobre isso?

Ele sacudiu a cabeça.

— Parece algo que viraria notícia, mas não. Não me lembro de ouvir nada sobre isso. Você sabe quando o incêndio aconteceu?

— Não. Encontrei as ruínas quando consegui me levantar e dar uma volta. Não havia corpos, ossos ou coisa assim. Apenas ruínas incendiadas.

— A que distância de onde achei você?

— Não sei. Eu tinha saído para dar uma volta logo depois do pôr do sol quando encontrei você. Não estava indo a nenhum lugar específico. Estava me sentindo frustrada. Vinha caçando, comendo, dormindo e examinando as ruínas havia três dias, sem saber o que estava procurando. — Balancei a cabeça contra o travesseiro. — Penso que conseguiria achar o lugar porque já estive lá. Parece que tenho uma memória muito boa, pelo pouco que fiz e percebi nos últimos dias.

— Talvez neste fim de semana você possa me mostrar as ruínas.

— Certo.

— Enquanto isso, está quase na hora de me levantar e me arrumar para o trabalho.

— Ainda não amanheceu.

— Sim, e daí? Mas, antes de ir, vou mostrar para você como usar meu computador. Você se lembra dos computadores?

Franzi a testa e depois assenti.

— Eu me lembro o que são. Como geladeiras. Mas acho que não sei como usar.

— Como geladeiras?

— Quis dizer, às vezes quando você diz uma coisa ou eu vejo algo, como quando vi a geladeira, sei o que é, para que serve, mas não me lembro como sei, ou se já tive aquilo.

— Certo. Quando estiver *on-line*, você mesma vai poder reunir algumas informações. — Nós nos levantamos outra vez, ele vestiu um roupão felpudo branco e colocou uma de suas imensas camisas xadrez em mim. Eu não estava com frio, mas não me incomodei. O computador era um *laptop* fino que ele tirou da parte de trás da estante. Eu não o tinha visto ali. Ele o abriu no balcão da cozinha, onde havia duas tomadas: uma elétrica e outra de telefone. Ligou-o, certificou-se de que eu via tudo o que ele fazia e digitava para conectar o computador. Depois, desligou tudo e me mandou repetir. Tudo me pareceu vagamente familiar. Estava acostumada àquilo. Quando completei o processo, ele ficou feliz.

— Não uso muito essa coisa — falou. — Por um instante, achei que tinha esquecido minha senha.

Ocorreu-me, então, que a memória dele melhoraria. Não consegui dizê-lo, mas, sim, a memória dele devia melhorar porque eu estava com ele, porque de vez em quando o mordia, inoculando nele o que inoculava nas pessoas quando as mordia. Não falei nada, pois não queria que ele me fizesse perguntas que eu não poderia responder; por exemplo, que outras mudanças podiam estar reservadas a ele.

— Vou passar na biblioteca antes de voltar para casa — afirmou. — Vou ver o que consigo encontrar para você sobre vampiros e amnésia. Talvez possa até desvendar algo sobre o seu incêndio.

— Obrigada.

Ele deu um sorrisinho.

— Servirmos bem para servirmos sempre. Nosso objetivo é agradar. — Ele foi tomar banho e se vestir.

Quando reapareceu, limpo e barbeado, vestindo jeans azuis e uma camisa xadrez vermelha, como a que eu usava, eu já tinha visto uma quantidade enorme de bobagens sobre vampiros. Pelo visto, eles estavam na moda entre algumas pessoas. Havia programas de televisão, filmes, peças de teatro e romances sobre eles. Havia grupos dedicados a falar incansavelmente sobre eles em salas de bate-papo *on-line*. Havia até pessoas que tentavam parecer como achavam que um vampiro deveria parecer: uma figura encapuzada, com dentes longos e afiados e cabelos compridos e escuros...

— Alguma coisa útil? — perguntou Wright.

— Nada — respondi. — Coisas sem importância.

Ele fez um movimento com a cabeça.

— Fique longe das coisas da TV e de filmes. Prefira folclore e mitologia, talvez antropologia. E há algumas condições médicas de que já ouvi falar. Tem uma que torna as pessoas tão alérgicas ao sol que só saem à noite, e talvez pessoas supersticiosas as considerassem vampiras no passado. Tem também uma doença ou distúrbio psicológico que faz as pessoas pensarem que são vampiras.

— Quer dizer que estão loucas?

— Não sei. Se um psiquiatra descobrisse o que você come e bebe, poderia suspeitar que você está louca.

— Mesmo se eu o mordesse?

Ele desviou o olhar.

— Não sei. Acho que isso talvez o convencesse, ele gostando ou não. Renée, você vai ficar inconsciente durante o dia?

— Provavelmente vou dormir um pouco.

— Mas será um sono normal? Quer dizer, você seria capaz de acordar se a casa estivesse pegando fogo ou se alguém a arrombasse? Não que alguma dessas coisas seja provável...

— Eu só durmo — respondi. — Sono normal. O sol fere meus olhos e minha pele e, ao que parece, prefiro dormir durante o dia, assim como você prefere dormir à noite. Não entro em combustão, nem viro cinzas, pó, ou qualquer uma dessas coisas que acabei de ler no computador. Tudo que desperta você também me acordaria.

— Certo, ótimo. Tranque a porta quando eu sair. Ninguém deve vir aqui quando não estou em casa. Se alguém bater, ignore. Se o telefone tocar, não atenda. — Ele começou a sair e logo voltou, franzindo a testa. — A exposição normal ao sol queima sua pele mesmo você sendo negra?

— Sou... — Parei. Estava prestes a declarar ser marrom, não negra, mas antes que pudesse abrir a boca, entendi o que ele queria dizer. E aquela pergunta desencadeou outra memória. Olhei para ele. — Acho que sou um experimento. Acho que posso suportar o sol melhor do que... outros da minha espécie. Fico queimada, mas não tão rápido quanto eles. É uma alergia que todos temos ao sol. Mas não sei quem são as pessoas responsáveis pelo experimento, as que me fizeram negra.

Ele ficou bastante interessado.

— Você sabe se os responsáveis eram como você, meio vampirescos, ou como eu?

— Não sei. — Olhei para ele. — Mas continue me perguntando coisas. Sempre que tiver uma dúvida, me pergunte. Às vezes, ajuda.

Ele concordou com a cabeça e depois me beijou.

— Preciso ir.

— E o café da manhã? — perguntei.

— Comi ontem à noite. Vou pegar alguma coisa no caminho para o trabalho. Preciso fazer compras esta noite. Que bom que você não come!

Saiu pela porta e foi embora.

5

Passei a maior parte do dia no computador sem fazer nenhum progresso concreto. Havia doenças que, no passado, as pessoas talvez tivessem confundido com vampirismo. Uma delas se chamava porfiria. Era, provavelmente, o que Wright considerava como a doença de alergia ao sol. Na verdade, era um conjunto de doenças causado por pigmentos que se fixavam nos dentes, ossos e pele. O mais grave dos males da porfiria deixava as pessoas tão vulneráveis à luz que elas desenvolviam feridas enormes à medida que partes de sua carne eram corroídas. Podiam perder o nariz, os lábios ou partes das bochechas. E teriam uma aparência grotesca.

Isso era interessante, mas não despertou nenhuma memória em mim. Afinal, eu já tinha provado que, se fosse gravemente queimada ou ferida, me curaria.

Havia micro-organismos propagados por rios que levavam as pessoas a desenvolver problemas de memória, assim como micro-organismos que tornavam a aparência das pessoas horrível e que talvez, no passado, as fizeram ser confundidas com vampiros. Mas isso também não tinha nada a ver comigo. Fosse eu quem fosse, pelo visto ninguém estava fazendo descrições sobre minha espécie. Talvez minha espécie não quisesse ser descrita.

Vaguei de *site* em *site*, coletando mais fragmentos de informação, interessantes, mas inúteis. Por fim, passei a caçar informações sobre incêndios recentes. Encontrei alguns artigos que provavelmente se referiam ao que eu estava começando a considerar "o meu incêndio".

As informações diziam que as casas estavam abandonadas. O incêndio acontecera três semanas antes e não havia dúvidas de que fora proposital. Gasolina tinha sido lançada por toda parte, em abundância, e depois foi ateado fogo. Por sorte, o incêndio não se espalhou para a floresta nas redondezas, o que provavelmente teria acontecido se as casas estivessem mesmo abandonadas. Haveria muitos arbustos, trepadeiras, grama e mudas de árvores para carregar o fogo direto para a mata. Mas, em vez disso, existia uma grande clareira ao redor das casas, e campos, cobertos de restolho e nus.

As casas não estavam abandonadas. Eu não estava errada sobre o cheiro de carne queimada que encontrei em uma ou outra. Aquelas casas ficavam perto da caverna onde tinha despertado. Fui da caverna direto até elas, como se meu corpo soubesse aonde ia, mesmo com minha memória apagada. Ou eu estava morando em uma daquelas casas, ou a visitava. E com certeza havia outras pessoas na hora do incêndio. Por que os artigos negavam isso?

Wright disse que poderíamos voltar às ruínas no fim de semana. De acordo com o computador, era quinta-feira. Faltava apenas um dia para o fim de semana.

Eu queria voltar naquele instante, a pé, e vasculhar as ruínas outra vez. Estava mais alerta e consciente. Meu corpo tinha terminado de se curar. Talvez pudesse encontrar algo.

Mas era dia, quase meio-dia. Eu me sentia cansada de todo o corre-corre da noite anterior e rígida por ficar horas sentada na frente do computador. Desliguei-o, levantei-me e resolvi afundar um pouco na banheira antes de ir para a cama. Pode ter sido um erro. Alguém bateu na porta enquanto eu enchia a banheira. Fechei a torneira, com medo de que já a tivessem escutado, com medo que soubessem que alguém estava na cabana que deveria estar vazia.

A batida soou novamente, e uma voz de mulher gritou:

— Wright? Você está em casa?

Fiquei em silêncio. Depois de algum tempo, ouvi-a ir embora. Nervosa, mergulhei na água que já havia saído e fui para a cama.

***

Quando Wright chegou em casa, bem depois do pôr do sol, trouxe mantimentos, uma pizza sabor "tudo", um livro da biblioteca sobre vampiros escrito por um antropólogo e algumas roupas para mim. Havia dois pares de jeans, quatro camisetas, meias, roupa de baixo, um par de tênis esportivos Reebok e uma jaqueta com capuz. Tudo ficou um pouco grande, exceto os calçados. De algum jeito, ele acertou o tamanho dos calçados. Havia segurado meus pés, e isso deve ter ajudado. E ele comprou um cinto. O que sustentaria os jeans. O resto funcionava, ainda que fosse um pouco largo.

— Você é menor do que eu pensava — comentou. — Geralmente sou muito bom em estimar o tamanho das coisas que vi e toquei.

— Sou magra — respondi. — Eu me alimento de sangue na maior parte do tempo. Acho que não consigo engordar.

— Provavelmente não. — Ele guardou as compras na geladeira, depois se virou e olhou para mim. — Meu pescoço está completamente curado.

— Imaginei que estaria.

— Quer dizer, sem cicatriz. Nada. Nenhuma cicatriz na minha mão também.

Fui até ele e olhei com meus próprios olhos.

— Ótimo — falei, depois de ter visto. — Não quero que você fique cheio de cicatrizes. Como se sente?

— Bem. Achei que poderia me sentir um pouco fraco, como fiquei quando doei sangue, mas estou bem. Acho que você não tirou muito.

— Acho que talvez tenha tirado mais do que deveria ontem. Para quem doou sangue?

— Um amigo meu sofreu um acidente de carro. Conseguiram salvá-lo, mas ele perdeu muito sangue.

— E ele tirou sangue de você?

— Não, não foi nada assim. Ele... sabe o que é uma transfusão?

Refleti e percebi que sabia.

— No hospital, o sangue foi enviado de um recipiente direto para as veias de seu amigo.

— Isso mesmo, mas não era meu sangue. Eu e ele nem temos o mesmo tipo sanguíneo. Só doei para compensar um pouco do que ele recebeu. — Ele se curvou, me ergueu e me beijou. — Não é tão divertido quanto o que você faz.

Eu já havia descoberto que gostava de qualquer contato pele a pele com ele. Por alguns instantes, entreguei-me a esse prazer. Então, relutante, recuei.

— Alguém esteve aqui hoje — falei. — Uma mulher veio até a porta enquanto eu enchia a banheira. Acho que ela ouviu a torneira. Bateu e chamou seu nome.

— Uma mulher mais velha? — perguntou.

— Não consegui ver.

— Minha tia, quem sabe. Minha tia e meu tio moram na casa grande da frente.

Ele apontou para a frente da cabana com o braço que não estava me segurando. Depois, me colocou no chão.

— Você provavelmente viu ontem à noite. Tinham visitas, por isso estava tudo iluminado.

— Ela pode entrar aqui? Ela tem a chave?

— Pode. Meu tio, pelo menos, tem. Mas eles não bisbilhotam. Acho que você vai ficar bem aqui.

Eu não tinha tanta certeza, mas deixei para lá. Se a mulher algum dia entrasse na cabana enquanto Wright estivesse no trabalho, eu a morderia. Então, ela aceitaria minha presença ali, a manteria em segredo, me alimentaria e talvez até me ajudasse a encontrar algumas das respostas pelas quais estava procurando.

— Estou feliz que vamos voltar ao local do incêndio no fim de semana — falei. — Encontrei matérias que diziam que o local estava abandonado e que vândalos atearam fogo.

— Bom trabalho — comentou ele. — Achei que encontraria algo *on-line*.

— Mas por que diriam isso? — questionei. — Tenho certeza de que não estava abandonado. Na verdade, tenho certeza de que estive lá. Ficava perto da caverna onde acordei e não muito perto de qualquer outra coisa.

Ele pensou um pouco, depois balançou a cabeça.

— Encontrei matérias na biblioteca que diziam a mesma coisa — contou. — Eram de dois jornaizinhos locais. Os repórteres não teriam motivos para mentir.

Também balancei a cabeça.

— Se eu puder encontrá-los, posso fazer com que me expliquem por que mentiram. Mas primeiro quero ir às ruínas.

Estou ligada àquele lugar de alguma forma. Tenho certeza. E, Wright, as roupas que eu estava usando quando você me encontrou, peguei em uma das casas queimadas. Tinham sido dobradas e guardadas... Talvez em uma gaveta ou prateleira. Quando as encontrei, estavam no fundo de uma grande pilha de roupas meio incineradas, mas só estavam um pouco queimadas. Por que haveria uma pilha de roupas limpas e dobradas em uma casa abandonada?

Wright assentiu.

— Vou levá-la até lá de novo, então — garantiu ele. — Sábado?

— Sexta-feira à noite. — Fiquei na ponta dos pés e, mesmo assim, não consegui alcançá-lo. Eu me senti contrariada por ele ser tão alto, mas ele me ergueu outra vez, segurando-me junto a si. Mordi-o de leve na base do pescoço, suguei algumas gotas de sangue. Não era necessário, mas nós dois gostávamos. Ele ficou parado, me segurando e deixando que eu lambesse a ferida.

Pouco depois, suspirou.

— Tudo bem, sexta-feira. Você vai me deixar comer a pizza antes de esfriar?

Lambi-o mais uma vez e me afastei, relutante, escorregando de seu corpo.

— Coma — respondi, e peguei o livro sobre vampiros. — Vou ler e esperar por você.

O livro era interessante, mas não muito útil. Muitas culturas aparentemente tinham relatos folclóricos sobre vampiros de um tipo ou outro. Alguns podiam hipnotizar as pessoas ao fixar os olhos nelas. Outros liam e controlavam a mente das pessoas. Seria útil conseguir fazer uma dessas coisas. Mais fácil do que morder e esperar que as moléculas em minha saliva fizessem o trabalho.

Nem todos os vampiros bebiam sangue, de acordo com o livro. Alguns comiam carne, tanto de pessoas vivas quanto das mortas. Alguns tinham uma espécie de essência, ou energia espiritual, seja lá o que isso signifique. Todos tiravam algo de seus cativos, quase sempre sem se preocupar com os ferimentos. Muitos matavam seus cativos. Muitos estavam mortos, mas eram reanimados como mágica pelo sangue, pela carne ou pela energia que extraíam. Alimentar-se uma vez, em geral, significava tirar uma vida. E isso não fazia sentido, pelo menos para quem tirava sangue. Quem precisaria de tanto sangue? Por que matar uma pessoa que alimentaria você de bom grado, várias vezes, desde que a tratasse com cuidado? Não era de admirar que os vampiros do folclore fossem temidos, odiados e caçados.

Então, meus pensamentos retornaram ao homem que eu havia matado na caverna. Matei e me alimentei de modo tão cruel quanto qualquer vampiro fictício. Comi um homem sem sequer reconhecê-lo como tal. Ainda não tinha lido sobre algum vampiro que tivesse feito o mesmo.

Será que os demais da minha espécie faziam essas coisas? Será que eu tinha feito uma coisa dessas antes? Alguém nos descobriu e tentou nos matar lá onde estavam as ruínas? Isso pareceria quase... justo. Mas e as outras pessoas que estavam nas ruínas? Elas eram como Wright ou como eu? Será que as ruínas eram um refúgio de vampiros? Eu ainda podia recordar os cheiros que havia encontrado entre as ruínas, nos lugares onde carne havia sido queimada. Então, tentei examiná-los, compreender quem era quem.

Passado certo tempo, compreendi que alguns eram como eu e alguns como Wright: vampiros e outras pessoas vivendo e morrendo juntos. O que significava isso?

Wright levantou-se, veio ficar ao meu lado e tirou o livro das minhas mãos. Colocou-o aberto sobre a mesa, com as páginas voltadas para baixo.

— Acho que estou forte o bastante para enfrentar você agora — disse.

Talvez estivesse, mas tirei apenas mais algumas gotas de seu sangue enquanto desfrutava do sexo com ele. Parecia necessário sugar pequenas quantidades do sangue dele, com frequência. A necessidade que eu sentia daquilo ia além da fome. Era a necessidade do sangue dele, especificamente. De nenhuma outra pessoa. Extraí-o devagar e dei a ele todo o prazer que consegui. Na verdade, apreciava deixá-lo exausto de prazer.

Saí mais tarde, quando Wright estava dormindo, e fiz uma refeição completa de Theodora. Ela era menor e mais velha que Wright, e provavelmente se sentiria um pouco fraca no dia seguinte, talvez cansada.

— Com o que você trabalha? — perguntei quando ela parecia prestes a cair no sono.

— Sou funcionária da biblioteca municipal — respondeu. Depois, riu. — Não paga muito bem, mas eu gosto. — E então, como se minha pergunta abrisse a porta para uma conversa comigo, ela contou: — Achei que você não era real. Achei que tinha sonhado com você.

— Eu poderia ser apenas um sonho — falei. Acariciei seu ombro e lambi a mordida. Imaginei que trabalho era feito nas bibliotecas, e logo soube. Já tinha estado em bibliotecas. Tinha memórias de salas cheias de livros. Theodora trabalhava com livros e com pessoas que usavam livros.

— Você é uma vampira — afirmou ela, interrompendo meus pensamentos.

— Sou? — Continuei lambendo a mordida.

— Vai me matar? — perguntou, como se não se importasse com a resposta. E não havia resquício de tensão nela.

— Claro que não. Mas você não deveria ir trabalhar amanhã. Pode ficar um pouco fraca.

— Vou ficar bem. Não gosto de tirar folga.

— Sim, você vai ficar bem. Mas fique em casa amanhã.

Ela não disse nada por um instante. Moveu-se, inquieta, contra mim, afastou-se, depois retornou, novamente acolhedora, à vontade.

— Tudo bem. Você vai voltar por mim de novo? Por favor, volte.

— Em uma semana, talvez.

— Tanto tempo?

— Quero manter você saudável.

Ela me beijou. Depois de um instante de surpresa, retribuí o beijo. Abracei-a e ela pareceu muito confortável em meus braços.

— Seja real — disse ela. — Por favor, seja real.

— Eu sou real — garanti. — Agora, durma. Sou real e voltarei para você. Durma.

Ela adormeceu, feliz, amoldada a mim, com um braço por cima e ao redor do meu corpo. Fiquei deitada com ela por alguns instantes, depois me soltei e voltei para a cabana de Wright.

***

Na noite de sexta-feira, depois que escureceu, Wright me levou de volta à estrada onde me encontrou. Estava quase tão vazia na sexta-feira quanto tinha estado quando eu caminhava por ela, descalça e encharcada. Um ou dois carros passavam de vez em quando. Ao menos não estava chovendo nessa noite.

— Peguei você aqui perto — disse Wright.

Olhei em volta e não consegui ver muito além dos faróis.

— Saia da estrada quando puder e apague os faróis — pedi.

— Você consegue enxergar no escuro como um gato, não consegue? — perguntou.

— Consigo ver no escuro — respondi. — Não sei nada sobre gatos, então não posso me comparar a eles.

Ele encontrou um local onde havia espaço o bastante para sair da estrada e estacionar. Parou ali e desligou os faróis. Do lado oposto da estrada havia uma encosta e, do nosso lado, uma escarpa íngreme descendo em direção a um riachinho. Era uma área bem arborizada, embora houvesse uma clareira nítida, não muito atrás de nós.

— Não estamos longe da floresta nacional — explicou Wright. — Estamos seguindo em paralelo a ela. Algo parece familiar?

— Nada ainda — falei. Saí do carro e olhei para as árvores, deixando meus olhos se ajustarem à escuridão.

Eu havia caminhado por aquela estrada. Então, voltei a caminhar por ela, retrocedendo. Logo depois, Wright começou a me seguir com o carro. Ele não acendeu as luzes, mas parecia não ter dificuldade em me enxergar. Comecei a acelerar o passo, sempre olhando à minha volta, sabendo que, a qualquer momento, seria hora de virar em uma estrada lateral e descer para a floresta.

Depois de seguir com o passo acelerado por vários minutos, por impulso, comecei a correr. Wright seguia atrás até que por fim avistei a estrada lateral que levava às ruínas. Virei, mas ele não.

Como ele não me seguiu, parei e esperei que percebesse que tinha me perdido. Pareceu demorar um tempo surpreendentemente longo. Por fim, o carro reapareceu, agora com as luzes acesas, rodando devagar. Então ele me viu e acenei para que virasse. Assim que virou, fui até o carro e entrei.

— Nem vi essa estrada — disse ele. — Não fazia ideia de aonde você tinha ido. Sabia que estava correndo a uns 25 quilômetros por hora?

— Não sei o que isso significa — expliquei.

— Acho que significa que você deveria tentar ir para os Jogos Olímpicos. Está cansada?

— Não estou. Mas foi uma boa corrida. O que são os Jogos Olímpicos?

— Não importa. Talvez seja público demais para você. Mas, para alguém do seu tamanho, foi uma corrida fantástica.

— Foi mais fácil do que perseguir um cervo.

— Para onde estamos indo? Não me deixe passar do local.

— Não deixo. — Além de observar, abri a janela e sentia os cheiros no ar. — Aqui — indiquei. — Essa estradinha subindo.

— Estrada particular — disse Wright. — Abra o portão para mim, sim?

Abri, mas o portão me fez refletir por um instante. Eu não tinha aberto nenhum portão para sair. Havia pulado por cima dele. Não era uma barreira de verdade. Qualquer pessoa poderia pular, contornar, abrir ou derrubar o portão com um veículo.

Wright passou, fechei o portão e voltei para o carro. Poucos minutos depois, estávamos tão perto das ruínas quanto era seguro chegar dirigindo. Havia escombros das casas caídos ao longo da estrada, e Wright disse que queria ser cuidadoso com os pneus.

— Era uma comunidade inteira — disse ele. — Além de um monte de terra.

Guiei-o, mostrando-lhe o lugar, escolhendo os caminhos mais fáceis que consegui encontrar, mas descobri que ele não era capaz de enxergar muito bem. A lua ainda não estava alta, e estava escuro demais para ele, que seguia tropeçando nos escombros, nas pedras, nos desníveis do terreno. Teria caído várias vezes se eu não o ajudasse. Não estava contente por eu poder fazer isso.

— Você é muito mais forte do que tem o direito de ser — reclamou.

— Eu não conseguiria carregar você — expliquei. — Você é muito grande. Por isso preciso evitar que se machuque.

Ele pousou o olhar em mim e sorriu.

— De qualquer forma, desconfio que você encontraria uma maneira de me carregar, se fosse necessário.

Eu ri, contrariada.

— E então, tem certeza de que sua casa era aqui?

Percorri o entorno com o olhar.

— Não tenho certeza, mas acho que era. Não me lembro. É só uma sensação. — Então parei. Captei um cheiro que não tinha notado antes, que não identificava.

— Alguém esteve aqui — falei. — Alguém… — Inspirei fundo uma vez e, logo depois, farejei com várias inspirações curtas. Então olhei para Wright. — Não tenho certeza, mas acho que pode ter sido alguém como eu.

— Como você sabe?

— Sinto o cheiro dele. É um odor diferente, mais parecido com o meu do que com o seu, embora ele seja do sexo masculino.

— Você sabe que é do sexo masculino? Consegue distinguir isso pelo cheiro?

— Sim. Machos têm cheiro de machos. Não é algo que possa passar despercebido. Você tem cheiro de macho.

Ele pareceu desconfortável.

— Isso é bom ou ruim?

Sorri.

— Gosto do seu cheiro. Me faz lembrar de boas sensações de todos os tipos.

Ele me lançou um olhar longo, ávido.

— Vá dar uma olhada no resto sozinha. Você vai terminar mais rápido sem mim. De repente, me deu vontade de ir embora daqui. Estou ansioso para voltar para casa.

— Tudo bem — concordei. — Podemos ir assim que eu descobrir algo sobre nosso visitante.

— É, esse outro sujeito. — De repente, ele pareceu menos contente.

— Ele pode ser capaz de dizer algo a meu respeito, Wright. Pode ser meu parente.

Ele concordou, com um movimento lento de cabeça.

— Tudo bem. Quando ele esteve aqui?

— Não faz muito tempo. Ontem à noite, acho. Preciso saber de onde veio e para onde foi. Fique aqui. Não vou longe, mas preciso seguir o rastro.

— Acho que vou com você, no fim das contas.

Coloquei a mão em seu braço.

— Você disse que esperaria. Fique aqui, Wright.

Ele ficou me olhando, claramente desgostoso, mas depois de um instante, assentiu.

— Tome cuidado — disse.

Afastei-me dele e comecei a ziguezaguear pelos escombros até sentir que apreendi a direção do odor, a direção de onde o homem veio e por qual seguiu. Era como um fio que me puxava.

Segui o rastro o mais depressa possível até além do outro lado das ruínas, atravessando um grupo de árvores e uma campina ampla e aberta. Ali era o fim. Caminhei entre as árvores e pela campina, confusa, sem saber mais o que estava procurando. Encontrei marcas no chão, marcas que não combinavam com um carro ou caminhão. Havia duas delas, reentrâncias longas e estreitas; longas, apertadas e afastadas demais para serem de pneus. A palavra helicóptero me ocorreu de repente, e descobri que sabia o que era um helicóptero. Correspondia a uma imagem em minha mente: uma redoma transparente, hélices no topo, a estrutura de metal estendendo-se até o rotor de cauda e dois esquis longos em vez de rodas. Quando eu tinha visto uma dessas coisas?

Então, um helicóptero pousara ali? Será que um homem do meu povo tinha saído dele e observado as ruínas, depois voltado para o helicóptero e levantado voo?

Foi provavelmente o que aconteceu. Não podia imaginar nenhum motivo para que aquilo fosse impossível.

Será que ele voltaria? Era meu parente? E se estivesse procurando por mim? Ou será que ele tinha alguma relação com a causa do incêndio?

Se eu tivesse ficado na região em vez de perambular pela estrada e entrar no carro de Wright, talvez já tivesse encontrado pessoas que sabiam quem eu era, que sabiam muito mais a meu respeito do que eu mesma. Ou talvez poderia ter acabado sendo mais uma vez ferida, ou assassinada.

Caminhei em volta do lugar onde o helicóptero havia pousado, procurando descobrir se alguma coisa havia caído ou sido jogada. Mas não havia nada, exceto aquele odor fraco, fantasmagórico.

Então, captei outro cheiro, fresco. Dois cheiros. Outra pessoa, um homem como Wright, mas não era Wright. E havia algum tipo de arma. De onde aquele homem viera? O vento, o pouco que soprava, chegou a mim do lugar onde o helicóptero havia pousado. Foi como percebi o odor do primeiro estranho. Este novo homem devia ter passado por mim a caminho das ruínas. Se ele tivesse passado longe o bastante, eu não teria notado, porque estava concentrada no helicóptero e seu tripulante. Mas então pensei que ele devia estar em algum lugar perto de Wright. Ele e sua arma deviam estar perto de Wright.

Virei-me e voltei correndo por entre as árvores. Avistei o homem com a arma de longe. Ele estava se aproximando de Wright, sem se anunciar, observando Wright, escondendo-se.

Eu pretendia enfrentar o homem com a arma e, quem sabe, desarmá-lo. Aquilo me deixava bastante desconfortável, o fato de ele a possuir e ser capaz de observar Wright sem ser visto. Eu o vi quando saí do meio das árvores. Vi quando ergueu a arma, um rifle longo e de aparência letal. Apontou-o para Wright, e eu estava longe demais para detê-lo. Corri a toda velocidade, o mais rápido que pude.

Fui em direção a Wright e tentei me colocar entre ele e a arma. Esperava levar um tiro, mas tive tempo de atingir Wright bem no diafragma e derrubá-lo, tirando-lhe o ar ao mesmo tempo que o rifle disparou. Então, com Wright em segurança, no chão, fui atrás do atirador.

Ele atirou de novo antes que eu o alcançasse e, dessa vez, apesar da minha velocidade, me atingiu. Um instante depois, eu o atingi com todo meu corpo. E enquanto ainda podia pensar, enquanto estava consciente o bastante para ter cautela, cravei meus dentes na garganta dele e tirei-lhe o sangue... apenas o sangue.

6

Não me importava se ia machucar ou matar o atirador. Deixara-o inconsciente quando o atingi. Então, tirei o sangue dele porque ele derramara o meu e porque, de repente, eu estava com dor. De repente, precisava sarar. Ele teve sorte por eu estar consciente o bastante para não dilacerar sua carne.

Momentos depois, ouvi os passos irregulares de Wright vindo em minha direção e tive medo. Continuei tirando o sangue do atirador porque, no momento, parecia a coisa menos prejudicial a fazer.

Soltei o homem quando Wright parou ao nosso lado. Ergui os olhos para ele e, para meu alívio, não senti a menor vontade de devorá-lo. Ele fixou os olhos arregalados em mim.

— Você levou um tiro? — perguntou.

— Na perna direita — confirmei.

Ele se pôs de joelhos, erguendo-me e tirando minha calça jeans para examinar a perna ensanguentada. Doeu demais. Gritei, mas não o feri.

— Desculpe — falou. — Desculpe. Achei que você poderia estar sangrando... perdendo muito sangue. — Ele hesitou. — Por que você não está sangrando mais?

— Nunca sangro demais.

— Ah... — Ele observou a ferida. — Faz sentido, acho. Se há um corpo que sabe conservar sangue, é o seu. A bala atravessou. Agora você vai ter que ir ver um médico.

Sacudi a cabeça.

— Vou sarar. Só preciso de carne. Carne fresca.

Ele olhou para o atirador.

— Pena que não pode comer esse aí.

Olhei para ele.

— Posso — avisei. O atirador não tomava banhos suficientes, mas era jovem e forte. A ferida da mordida já estava começando a cicatrizar. Ele não morreria, embora eu tivesse tirado um pouco mais de sangue dele do que de Wright ou Theodora. Se tivesse conseguido atirar em Wright, eu com certeza provocaria sua morte. — Posso — repeti. — Mas, na verdade, não quero.

Wright deu um sorrisinho, como se pensasse que eu estava brincando. Então, ainda olhando para minha ferida, respondeu:

— Renée, você vai pegar uma infecção. Todos os tipos de germes provavelmente já estão rodeando essa ferida, quem sabe até pedaços do seu jeans. Olha, arranjo carne fresca se você for ao médico.

— Nada de médico. Já levei um tiro antes. Algumas das feridas que tinha quando acordei na caverna eram ferimentos de bala. Preciso de carne fresca e sono, só isso. Meu corpo vai se curar sozinho.

Houve um silêncio longo. Deitei-me onde estava, sentindo-me pesada, querendo dormir. Havia sugado do atirador talvez o dobro do sangue que teria arriscado tirar de Wright ou Theodora, e ainda não estava satisfeita. Mas precisava dormir por algum tempo e deixar meu corpo se recuperar um pouco antes de comer carne.

O atirador acordaria com sede e fraco, talvez se sentindo mal. E como eu sabia disso?

Era mais um fragmento incompleto de memória, mas, dessa vez, pelo menos não era inútil.

— Devo levar você para casa? — Wright perguntou por fim. — Posso parar no mercado e comprar uns bifes.

Abanei a cabeça.

— Não quero estar perto de você quando acordar. Vou estar com muita fome. Posso te machucar.

— Acho que as chances disso não são muito grandes — respondeu ele, apenas insinuando um sorriso.

Ele não compreendia.

— Estou falando sério, Wright, eu poderia te machucar. Eu... eu... talvez não esteja raciocinando direito quando acordar.

— O que você quer que eu faça?

— Procure um abrigo aqui nas ruínas. Preciso estar fora do alcance do sol quando amanhecer. Talvez precise amontoar um pouco dos escombros à minha volta para fazer bastante sombra.

— Você quer que eu a deixe aqui? Quer passar... a noite e o dia de amanhã aqui?

— Vou passar a noite e o dia de amanhã aqui. Volte cedo no domingo, antes de amanhecer.

— Mas você não precisa...

— Não compre bifes a menos que queira para você. Eu vou caçar. Há muitos cervos na floresta.

— Renée!

— Construa um abrigo — insisti. — Depois me coloque nele e vá para casa. Volte cedo no domingo, antes de amanhecer.

O silêncio durou vários segundos. E, enfim, ele disse:

— E quanto a esse sujeito? — Ele cutucou o atirador com o pé. — O que fazemos com ele? Aliás, por que ele quis atirar em você? Só porque o assustou?

— Eu? — perguntei, surpresa. — Era em você que ele estava mirando. Empurrei você porque não ia conseguir chegar a ele a tempo de impedi-lo de atirar. Por isso derrubei você... para ele errar. Depois, fui atrás dele.

Ele demorou um instante para absorver tudo.

— Meu Deus, eu não sabia que raios tinha acontecido. E se ele tivesse matado você?

— Poderia ter matado, acho, mas achei que não seria rápido o suficiente. E não foi.

— Ele atirou em você!

— Uma chatice — falei. — Dói demais. É melhor você pegar a arma dele e guardar.

— Boa ideia. — Ele a pegou.

— Ache para mim um lugar que fique longe do sol. Caso contrário, além do ferimento da bala, terei de me curar de uma queimadura.

Ele concordou.

— Tudo bem, mas você não me respondeu. E ele? — Indicou o atirador com um movimento de cabeça.

— Vou falar com ele. Quero saber por que tentou atirar em você.

— Não tem medo de que ele fique aqui?

— Não quero que ele fique aqui, mas está aqui. Vou tentar não o machucar, mas se acontecer, aconteceu.

— Ele pode resolver terminar o que começou quando você estiver dormindo.

— Não vai, não. Enquanto você estiver com o rifle, ele não vai conseguir.

— Você o mordeu. É por isso que não tem medo dele, não é?

— Tenho medo *por* ele. Tenho medo de não conseguir me impedir de matá-lo.

— Você sabe o que eu quis dizer.

Eu sabia o que ele queria dizer. Ele estava começando a compreender nosso relacionamento, assim como eu já tinha compreendido.

— Como o mordi, ele vai me obedecer — afirmei. — Não vai me machucar se eu disser que ele não deve.

Wright tocou o lugar onde eu o mordi pela última vez e me encarou.

Inspirei fundo.

— Acho que você ainda pode me deixar, Wright, se quiser — falei. — Se fizer isso agora, ainda pode ir embora.

— Ficar livre de você? — perguntou.

— Se quiser se livrar de mim, sim. Vou até ajudar.

— Por quê? Quer se livrar de mim?

— Você sabe que não.

— Mas quer me ajudar a deixar você?! — Ele fez soar como uma afirmação cabal, não como uma pergunta.

— Se você quiser isso.

— Por quê?

Respirei fundo, tentando me manter alerta.

— Porque acho... acho que seria errado de minha parte mantê-lo comigo contra a sua vontade.

— Ah, é o que você acha?! — Mais uma vez, não era uma pergunta de verdade.

Por isso não me preocupei em responder.

— Como? — perguntou ele.

— O quê?

— Como pode me ajudar a deixar você?

— Posso mandar você ir embora. Acho que consigo fazer isso... Talvez não seja confortável, mas ao menos vai poder ir embora, voltar para sua vida e só... se esquecer de mim.

— Eu não sabia como seria ficar com você. Não sabia que iria me sentir... quase como se não pudesse viver sem você.

— Eu sei. — Fechei os olhos de dor. — Eu não sabia o que estava desencadeando nas primeiras vezes em que mordi você. Não me lembrava. Ainda não me lembro de muita coisa, mas sei que as mordidas o prendem a mim. Isso me trouxe alívio... ter você comigo. Mas, agora, talvez você não queira estar comigo. Se chegar a essa conclusão, me diga. Diga agora, e vou tentar ajudar você a ir embora.

Não houve nenhum sinal da parte dele por muito tempo. Eu me sentia como se estivesse à deriva. Meu corpo queria dormir, exigia o sono e, de algum modo, acabei cochilando um pouco. Quando ele colocou a mão em meu rosto, despertei.

— Vou levar você até uma das chaminés — disse. — Vou fazer um abrigo lá.

— Se você quiser ir — respondi —, deveria me dizer agora. — Fiz uma pausa. — Não sou capaz de ficar acordada por muito mais tempo... Wright, se você não aproveitar esta chance, acho que não vai conseguir me deixar. Nunca mais. Eu não vou conseguir deixar você, e você não suportaria se separar de mim. Sei disso. Mesmo agora, pode ser difícil tomar a decisão, mas deve ir, se quiser. Está tudo bem.

— Não está tudo bem — revidou.

— Wright, está. Você deveria...

— Não! — Ele sacudiu a cabeça. — Não me fale isso. Não me fale isso!

Ele segurou meu rosto entre as mãos, me fez olhar para ele.

— O que devo fazer? — perguntei.

— Não sei. Não quero perder você.

— Liberdade, Wright. Agora ou nunca.

— Não quero perder você. Não quero mesmo. Conheço você há poucos dias, mas sei que a quero comigo.

Beijei a mão dele, feliz com a decisão. Teria sido difícil deixá-lo partir, talvez a coisa mais difícil que eu conseguia me lembrar de fazer. Teria conseguido, mas seria horrível. Agora, só me restava deixar tudo o mais seguro possível para nós dois.

— Tudo bem, então. Escolha um bom lugar e construa um abrigo à minha volta... Algo que não deixe o sol entrar.

Ele circundou as ruínas, tropeçando e xingando de vez em quando, mas sem cair. Por fim, encontrou um cantinho até que intacto com dois fragmentos de parede ainda em pé. Era melhor do que uma chaminé, porque tinha menos chance de se tornar uma armadilha. Não havia parte nenhuma ali que eu não conseguiria atravessar se precisasse. Aquilo talvez fosse o canto de um armário embutido. Caí no sono enquanto ele limpava os escombros do lugar. Acordei de novo quando ele me ergueu nos braços e me colocou no canto.

Assim que encontrei uma posição confortável, ele me cercou com pedras, pedaços de madeira carbonizada, galhos de árvores e canos. Logo, o abrigo exíguo que estava construindo ficou perfeito para impedir a entrada do sol. Quando terminou, ele enfiou a mão por uma abertura pequena que havia deixado e me acordou de novo.

— Vá para casa — ordenei e, antes que ele pudesse protestar, acrescentei: — Volte cedo no domingo. Até lá, já terei encontrado algo para comer. Cervos, coelhos, qualquer coisa.

— Por via das dúvidas, vou trazer um ou dois bifes para você.

— Tudo bem. — Eu não iria querer os bifes, mas no fim, me ocorreu que os aceitar faria ele se sentir melhor.

— O que podemos fazer para deixar você mais protegida contra aquele idiota? — quis saber Wright, em referência ao atirador ainda inconsciente.

— Leve a arma. Já basta.

— Ele pode demolir o abrigo ao meio-dia enquanto você está dormindo.

— Se ele fizer isso, eu o mato. Não terei escolha. Ficarei com uma queimadura de sol horrível e vou demorar um pouco mais para sarar, na pior das hipóteses. Wright, me deixe dormir.

Fiquei atenta e o ouvi indo embora. Ele não queria, mas foi.

Duas ou três horas depois, o homem que atirou em mim enfim acordou. Tossiu várias vezes e praguejou. Foi o que me acordou: o barulho que ele fez. Como ainda não ousava confrontá-lo, fiquei quieta. Ele se levantou, tropeçou, caiu e depois se afastou cambaleando; suas passadas inconstantes foram soando mais baixas à medida que ele se afastava de mim. Pelo visto, ele não notou que o rifle havia sumido. E não chegou nem perto do meu minúsculo claustro.

Dormi o resto da noite e durante o dia. Quando o sol se pôs, eu estava morrendo de fome… Literalmente. Meu corpo havia se esforçado para se recuperar, e agora precisava de comida. Empurrei a parede de escombros que Wright havia construído e me levantei. Estava tremendo de fome enquanto apertava as calças que Wright recolocou após examinar minha perna, mas sem abotoar para me deixar mais confortável. Respirei fundo algumas vezes, então primeiro manquei, depois andei e, em seguida, corri na única direção em que não sentia cheiro de seres humanos.

Caçar me estabilizava, me dava concentração. E caçar era bom porque significava que eu iria comer em breve.

Acabei comendo quase toda a cabrinha de alguém. Não tinha a intenção de pegar um animal criado por uma pessoa, mas foi tudo o que encontrei após horas de busca. Ela devia ter escapado de alguma fazenda. Antes a cabra do que o dono dela.

Aliviada e satisfeita, comecei a caminhar de volta às ruínas para esperar por Wright. Então, senti o odor de outras pessoas por perto. Fazendas. Eu as tinha evitado enquanto caçava, mas agora me permitia sentir e distinguir cheiros, vendo se reconhecia algum.

E encontrei o atirador.

Ainda não era nem meia-noite, estava cedo demais para Wright ter chegado. Eu tinha tempo de falar com o homem que me causara tanta dor e quase custara a Wright a própria vida. Dei meia-volta em direção à fazenda e comecei a correr.

Saí da floresta e corri pelas plantações em direção àquele odor. Vinha de uma casa térrea de fazenda com telhado vermelho. Isso significava que eu poderia ir direto para o quarto onde o atirador estava roncando. Havia outras três pessoas na casa, então teria de ser cautelosa. Ao menos estavam todas dormindo.

Encontrei uma janela que dava para o quarto do atirador, mas estava fechada com tranca. Não conseguia pensar em nenhuma forma silenciosa de abri-la. As portas também estavam trancadas. Dei a volta na casa e não encontrei nenhuma porta ou janela aberta. Era capaz de entrar na casa com facilidade, mas não de modo silencioso.

Voltei para a janela do quarto do atirador. Era uma janela grande. Cobri a mão puxando a manga da jaqueta e fechei o punho, para a mão ficar completamente coberta. O fato de a jaqueta, como o resto das minhas roupas, estar um pouco larga tornou tudo mais fácil. Com um soco rápido, quebrei a janela perto de onde vi o trinco. Depois, me agachei junto ao parapeito e fiquei petrificada, ouvindo. Se as pessoas tivessem sido acordadas pelo barulho, eu queria saber logo.

Não houve alteração na respiração de ninguém, a não ser do atirador. O ronco dele parou, depois recomeçou. Aguardei. Não queria que houvesse muitos sons estranhos, um atrás do outro. Então, estendi a mão, virei o trinco e levantei a janela, que se abriu com facilidade, em silêncio. Entrei e fechei-a.

Nesse momento, o homem na cama parou de roncar outra vez. O ar frio vindo de fora pelo jeito o havia acordado.

Atravessei o quarto até a cama o mais rápido que pude, virei o rosto do homem contra o travesseiro, agarrei suas mãos, joguei meu peso sobre ele e o mordi.

Ele resistiu e se debateu, e tive medo de que, se ele continuasse, iria me derrubar ou me deixar sem alternativa a não ser quebrar seus ossos. Mas eu já o tinha mordido uma vez. Ele devia estar pronto para me ouvir.

— Fique parado — sussurrei —, quieto.

E ele obedeceu. Ficou parado e em silêncio enquanto eu tomava um pouco mais de seu sangue. Depois, me sentei e olhei ao redor. A porta estava fechada, mas havia pessoas no quarto ao lado. Ouvira a respiração delas quando estava do lado de fora. Eram duas pessoas. Em compensação, como armários embutidos de cada lado separavam os dois quartos, agora eu mal conseguia ouvi-las. Talvez elas não nos ouvissem.

— Fique sentado e fale baixo — instruí ao atirador. — Qual é o seu nome?

Ele colocou a mão no pescoço.

— O que você fez? — sussurrou.

— Qual é o seu nome? — repeti.

— Raleigh Curtis.

— Quem mais está na casa?

— Meu irmão. Minha cunhada. O filho deles.

— Então é a casa deles?

— É. Fui demitido, então me deixaram ficar aqui.

— Certo. Por que você atirou em mim, Raleigh?

Ele apertou os olhos, tentando me ver no escuro, então estendeu a mão para a luminária na cabeceira.

— Não — falei. — Sem luz. Apenas converse comigo.

— Não sabia o que era — explicou. — Você brotou do nada. Achei que fosse algum tipo de gato-do-mato. — Ele fez uma pausa. — Ei, faça de novo aquela coisa no meu pescoço.

Encolhi os ombros. Por que não? Ele com certeza passaria mal no dia seguinte, mas eu não me importava. Tirei um pouco mais de seu sangue enquanto ele ficou deitado, tremendo, se contorcendo e sussurrando sem parar:

— Ai, meu Deus, meu Deus.

Quando parei, ele implorou:

— Faça mais um pouco. Jesus, é a melhor sensação que já tive na vida.

— Agora chega — avisei. — Vamos conversar. Você disse que atirou em mim porque assustei você.

— É. De onde você saiu daquele jeito?

— Por que estava apontando o rifle para o homem? Ele não o assustou.

— Eu tinha que fazer aquilo.

— Por quê?

Ele franziu a testa e coçou a cabeça.

— Porque tinha.

— Diga o porquê.

Ele hesitou, ainda franzindo a testa.

— Ele estava lá. E não deveria estar lá. A propriedade não é dele.

— Também não é sua. — Foi só um palpite, mas pareceu razoável.

— Ele não deveria estar lá.

— Por quê? Era seu trabalho expulsá-lo ou matá-lo?

Silêncio.

— Diga o porquê. — Depois de três mordidas, ele deveria estar ansioso para me contar.

No entanto, parecia estar quase com dor.

Segurou a cabeça entre as mãos e se queixou.

— Não posso dizer — falou. — Eu quero, mas não posso. Minha cabeça está doendo.

De repente, me ocorreu algo.

— Você viu o homem no helicóptero?

Ele enfiou o rosto no travesseiro, lamuriando-se.

— Vi, sim — respondeu, em uma voz abafada, quase incompreensível.

— Quando ele veio? Quinta à noite?

Ele me olhou com seu rosto cinzento e coçou o pescoço, não onde eu o mordi, mas do lado oposto.

— É. Quinta-feira.

— Ele viu você? Falou com você?

Ele gemeu, o rosto contorcido de dor. Parecia a ponto de chorar.

— Por favor, não me pergunte. Não posso dizer. Eu não posso dizer.

O homem, o macho da minha espécie, o encontrou, o mordeu e ordenou a ele que vigiasse as ruínas e não contasse a ninguém por que estava fazendo isso. Mas o que havia para vigiar nelas? O que havia ali que justificasse atirar em uma pessoa?

Mesmo contrariada, comecei a sentir pena de Raleigh. A cabeça dele provavelmente doía. Estava dividido entre me obedecer e obedecer ao homem do helicóptero. Esse tipo de coisa não deveria acontecer. Só de pensar nisso, fiquei bastante desconfortável e, é claro, eu não sabia o porquê. Aguardei, na expectativa de me lembrar de algo mais. Mas não houve mais nada, exceto o fato de que comecei a sentir vergonha de mim mesma, comecei a sentir que devia a Raleigh um pedido de desculpas.

— Raleigh.

— Sim?

— Está tudo bem. Não vou mais perguntar sobre o homem no helicóptero. Está tudo bem.

— Certo. — Ele parecia alguém que havia prendido a respiração por muito tempo e, então, podia voltar a respirar. Também parecia não estar mais sentindo dor.

— Quero conhecer o homem do helicóptero — falei. — Se ele vier até você de novo, quero que conte a ele a meu respeito.

— Contar o quê?

— Conte que mordi você. Conte que quero conhecê-lo. Conte que estarei de volta nas casas incendiadas na próxima sexta-feira, à noite. E conte que eu não sabia que você... que você o conheceu. Se ele fizer alguma pergunta a meu respeito, não tem problema responder. Tudo bem?

— Sim. Qual é o seu nome?

Uma boa pergunta.

— Não se preocupe com nomes. Descreva-me para ele. Acho que ele vai saber. E não conte a mais ninguém sobre nenhum de nós dois. Invente mentiras se for preciso.

— Tudo bem.

Comecei a me levantar, mas ele segurou minha mão. Depois a soltou.

— Aquilo que você fez — disse, tocando o local onde o mordi. — É bom demais.

— Pode ser que isso faça você se sentir fraco e doente por um tempo — expliquei. — Desculpe. Você vai ficar bem em alguns dias.

— Vale a pena — respondeu.

E saí me sentindo melhor, como se ele tivesse me desculpado. Quem quer que eu fosse antes, pelo visto tinha fortes convicções sobre o que era certo e o que era errado. Não era certo morder alguém que já tinha sido pleiteado por outra pessoa da minha espécie. Com certeza não foi certo sugar Raleigh a ponto de deixá-lo mal, sendo que ele não era o verdadeiro responsável por atirar em mim. Por que raios alguém do meu próprio povo arriscaria ser responsável por um tiroteio sem sentido, talvez até por uma morte?

Andei depressa de volta às ruínas. Oito chaminés, muito entulho queimado, algumas tábuas em pé e paredes remanescentes. Foi o que restou. Por que o lugar precisaria de vigilância? A vigilância deveria ter sido feita antes do incêndio, quando o lugar poderia ter tido alguma utilidade.

Enfim, andei depressa até a parte desbloqueada da estrada particular, chegando ao local onde Wright e eu havíamos estacionado na noite anterior. Ouvi quando ele chegou, parou no portão e arrancou de novo. Esperei, certificando-me de que era o carro dele e não o de algum estranho. No momento em que reconheci o carro e senti o odor dele, mal podia esperar para vê-lo.

No instante em que ele parou, abri a porta do passageiro e saltei para dentro do carro.

Lá estava ele, cheirando a preocupação e nervosismo. E, de um jeito ou de outro, não me viu até eu estar sentada ao seu lado, fechando a porta.

Ele deu um pulo, depois me agarrou, me puxando para um grande abraço.

Eu me vi rindo enquanto ele me examinava, verificando minha perna e todo o resto.

— Estou bem — afirmei e o beijei, sentindo uma alegria preocupante ao vê-lo. — Vamos para casa — falei, por fim. — Quero um banho e depois quero você.

Ele me segurou no colo e fiquei surpresa, pois ele conseguiu me mover sem que eu percebesse.

— A seu dispor — respondeu. — Agora, se você quiser.

Beijei o pescoço dele.

— Não agora. Vamos para casa.

7

Uma semana depois, voltamos às ruínas.

Queria que Wright estacionasse o carro junto ao portão da estrada particular. Imaginei que seria mais seguro para ele ficar com o carro enquanto eu seguiria sozinha. Mas havia contado a ele o pouco que Raleigh Curtis havia me revelado e Wright foi inflexível. Ele iria comigo.

— Você não sabe o que esse cara vai fazer — argumentou. — E se ele só agarrar você e a levar com ele? Que inferno, e se, para início de conversa, foi ele que botou fogo naquelas casas?

— Ele é da minha espécie — expliquei. — Mesmo que não saiba nada a meu respeito, provavelmente conhecerá alguém que saiba. Ou pelo menos pode me contar sobre meu povo. Preciso saber quem sou, Wright, e o que sou.

— Então tenho de ir com você — respondeu ele. — E acho melhor levar o meu belo e novinho rifle junto.

Não fiz nenhum esforço para fazer o rifle ser devolvido a Raleigh Curtis. Se não o tivesse, não teria com o que atirar em algum estranho explorador. Wright tinha ficado com a arma e ido comprar balas para ela.

— Esse sujeito é um homem da sua espécie — ele observou. — Um adulto do sexo masculino que provavelmente é muito maior e mais forte do que você. Estou lhe dizendo, Renée, ele pode só decidir fazer o que quiser com você, não importa o que você queira.

Ele estava com medo de me perder, com medo de que esse outro homem me tirasse dele. Talvez estivesse certo.

Provavelmente estava certo em pensar que o homem seria maior e mais forte do que eu.

Essa última hipótese foi o suficiente para me fazer desejar que Wright ficasse comigo e mantivesse a arma ao alcance. Saímos da cabana bem antes do pôr do sol, porque ele queria dar uma olhada nas ruínas sob algo mais do que a luz das estrelas. Para ter certeza de que conseguiria enxergar bem, ele levou uma lanterna, enfiada no bolso da jaqueta. O que não estava cheio de balas.

Vestindo jeans, camiseta e jaqueta com capuz, fiquei coberta o suficiente para não me importar com a luz do dia. O dia, em todo caso, estava cinzento, e a chuva ameaçava cair, mas ainda não chovia. Esse tipo de luz era muito mais confortável para meus olhos do que a luz solar direta.

— Ele ainda não vai estar lá — expliquei a Wright enquanto ele dirigia. — Se vier, aparecerá depois do pôr do sol.

— Se? — perguntou Wright.

— Talvez Raleigh não o tenha encontrado e não tenha conseguido passar minha mensagem. Talvez ele não esteja interessado em me conhecer. Talvez tenha outra coisa para fazer.

— Talvez você esteja com receio de conhecê-lo — comentou Wright.

Estava, por isso não respondi.

— Você deveria ter conseguido o número de telefone de Raleigh. Aí poderia ligar e perguntar se ele havia dado o recado.

— Ele poderia não me contar — expliquei. — Não tenho certeza se ele me diria a verdade ao telefone. — Parei de falar de repente e me virei para olhá-lo.

— Wright... Ouça, se esse sujeito morder você, conte o que ele quiser saber. Faça isso, ok?

Ele balançou a cabeça.

— Acho que não vou deixar que ele me morda.

— Mas se ele morder... Se.

— Tudo bem. — E, um instante depois: — Você não quer que eu sofra como Raleigh sofreu, é isso?

— Não quero que você sofra.

Ele deu um sorrisinho estranho para mim.

— Bom saber.

Continuamos por alguns minutos, depois viramos na estrada lateral. Quando chegamos ao portão, deveríamos já estar perto o bastante das ruínas para que eu fizesse uma boa avaliação do cheiro do lugar, caso o vento soprasse em nossa direção.

— Espere aqui — pedi, quando chegamos ao portão. — Vou me certificar de que Raleigh ou alguma outra pessoa não está nos esperando com outra arma.

Ele me segurou pela cintura.

— Ooooh — discordou ele. — Você não precisa ser baleada de novo.

Eu estava saindo do carro, mas parei, me virei e voltei para os braços dele.

— Vou dar uma volta para sentir os cheiros que estão por aí — avisei. — Fique aqui. Não faça barulho, a menos que precise de ajuda. — E escapei.

Corri em torno da área, parando de vez em quando, tentando ouvir, ver e farejar tudo. Como eu esperava, ainda não havia helicóptero. Raleigh não estivera por perto nos últimos tempos. Alguém mais esteve, mas não reconheci o cheiro. Era um jovem, não era da minha espécie, e não portava arma. Mas não estava ali agora. Ninguém estava.

Voltei até o portão onde havia deixado Wright e consegui surpreendê-lo de novo. Ele havia saído do carro e estava encostado no portão.

— Meu Deus, mulher! — exclamou quando segurei seu braço. — Faça algum barulho quando andar.

Eu ri.

— Não há ninguém lá. Esta noite toda pode acabar sendo uma perda de tempo, mas vamos continuar mesmo assim.

Voltamos para o carro e entramos pelo portão. Nas ruínas, passamos o tempo olhando entre os escombros e encontrando algumas coisas intactas ou só chamuscadas: uma caneta, garfos e colheres, uma tesoura, um frasco pequeno com botões... Reconheci tudo o que encontrei até descobrir uma coisinha minúscula no chão, perto de onde Wright havia empilhado a madeira queimada para a parede do meu abrigo. Devia ter ficado embaixo da madeira que empurrei quando saí.

— É um crucifixo — Wright explicou quando o mostrei a ele. — Deve ter sido usado por uma das pessoas que viviam aqui. Ou então o piromaníaco o perdeu. — Ele deu um sorriso sem graça. — Nunca se sabe quem é capaz de se tornar religioso.

— Mas o que é? — perguntei. — O que é um crucifixo? — Eu vivia me deparando com aquela palavra quando lia sobre vampiros, mas nenhum autor explicou o que era, só dizia que assustava os vampiros.

Ele o devolveu à minha mão.

— Este é de prata genuína, acho. Incomoda quando você o segura?

— Não. É um homenzinho preso a uma coisinha em forma de "†". E tem um buraco na parte de cima. Acho que ficava preso a alguma coisa.

— Provavelmente uma corrente — disse ele. — Mais uma superstição sobre vampiros que vai pelo ralo.

— O quê?

— Esse é um símbolo religioso, Renée... Um símbolo importante. Supõe-se que fere vampiros porque se supõe que vampiros são maus. De acordo com todos os filmes de vampiros que já vi, você não só deveria ter medo disso como se queimar se sua pele encostasse nele.

— Não está quente.

— Eu sei, eu sei. Não se preocupe com isso. É só besteira de filme. — Ele foi dar uma olhada nas chaminés e examinar restos quebrados e desbotados de aquecedores de água, pias, banheiras e geladeiras. Enquanto fazia minha inspeção, percebi que faltavam pias e banheiras em algumas das casas e me perguntei se pessoas poderiam ter ido até lá quando Raleigh não estava de guarda e as levado embora. Ou talvez Raleigh e seus parentes as tivessem levado. Mas por quê? Quem ia querer aquele tipo de coisa?

Então, Wright encontrou algo do lado de fora das casas, meio enterrado no chão perto de uma das chaminés: uma corrente de ouro brilhante com um passarinho de ouro pendurado, com crista e asas abertas como se estivesse voando.

— Estou surpreso por algo assim estar aqui — comentou. — Aposto que muita gente já passou por aqui, pegando lembrancinhas. — Ele limpou aquela coisa na camisa e depois a deixou correr como líquido em minha mão.

— Bonita — falei, examinando-a.

— Deixe que eu a coloque em você.

Pensei se queria a posse de uma pessoa que provavelmente estava morta em volta do meu pescoço, mas então, com indiferença, devolvi-a e deixei que a colocasse em mim. Ele queria. E pareceu gostar do efeito depois de colocá-la.

— Seu cabelo está crescendo — observou. — Isso é justo o que você precisa para se enfeitar um pouco.

Meu cabelo estava crescendo, crespo e preto, quase três centímetros de comprimento, e minha cabeça não estava mais desfigurada pelas falhas. Fiz Wright aparar a única mecha de cabelo que não havia sido queimada para que todos os fios crescessem de um jeito bem uniforme. Achava que estava quase parecendo uma mulher de novo.

— Você chegou a pensar que eu era um menino? — perguntei a ele. — Quer dizer, na primeira vez que parou na estrada para mim?

— Não, nunca — disse ele. — Talvez devesse, acho. Você estava quase careca e vestindo roupas imundas e largas que poderiam ser de um homem. Mas na primeira vez que avistei você sob a luz dos faróis, pensei: "Que linda garotinha élfica. Que raios ela está fazendo aqui sozinha?"

— Élfica?

— Como um elfo. De acordo com algumas histórias, um elfo é um ser pequeno, esguio, mágico, outra criatura mítica. Talvez eu me depare com um desses por uma estrada escura qualquer dia.

Eu ri. Então, ouvi o helicóptero.

— Ele está vindo — falei. — É cedo para estar acordado e fora de casa. Deve estar ansioso para me conhecer.

— Não escuto nada — disse Wright —, mas vou acreditar no que diz. Devo desaparecer de vista?

— Não. Você não pode esconder seu cheiro dele. Vamos esperar perto da chaminé maior. — Era uma chaminé grande, de tijolos, que se erguia de uma lareira dupla enorme. Talvez nos protegesse se nosso visitante decidisse tentar nos balear.

O helicóptero não teve o cuidado de pousar na campina dessa vez. Eu me perguntava por que havia pousado lá antes.

Hábito? Ou aquele estranho era só alguém que teria vindo visitar as oito casas quando estavam intactas e ocupadas?

O helicóptero, parecendo um inseto grande e disforme, pousou no que Wright disse que deveria ter sido uma grande horta. Ele conseguiu identificar várias das plantas ressecadas, a maioria morta. O helicóptero esmagou várias das remanescentes, repolhos e batatas em sua maior parte.

O piloto saltou, agachou-se sob os rotores e olhou em volta.

Assim que nos viu, veio direto em nossa direção. Wright, que ficara verificando o rifle, agora tinha se colocado em pé, observando o estranho com atenção. Eu também o observava. Era um homem alto, comprido e fino como uma aranha, estava de mãos abanando e era visivelmente da minha espécie, embora loiro e de pele muito clara: não clara como a de Wright, mas tão branca quanto as páginas dos livros de Wright. Ainda assim, exceto pela cor, se um dia eu crescesse, ficaria bem parecida com ele: alta, magra e talvez nada élfica.

— Shori? — perguntou o homem. Gostei de sua voz de imediato, e ele cheirava... confiável, de algum modo. Quer dizer, o odor dele fez com que me sentisse segura, embora eu não soubesse dizer o porquê. Então percebi que ele estava olhando para mim, tinha falado comigo. E o que ele quis dizer com aquela única palavra?

Afastei-me da chaminé.

— Como você sobreviveu, Shori? Onde esteve?

Ele estava me chamando de Shori. Soltei um suspiro.

— Você me conhece, então — falei.

— Claro que conheço! O que há de errado com você?

Respirei mais uma vez, tentando decidir o que dizer. A verdade parecia, de certa forma, humilhante; admitir uma fraqueza tão significativa para aquele estranho, contar que não sabia nada a meu respeito. Mas o que mais eu poderia fazer? Falei:

— Acordei semanas atrás em uma caverna não muito longe daqui. Não me lembro de nada que tenha acontecido antes disso... E... não conheço você.

Ele estendeu a mão para mim, mas recuei de seu alcance.

— Não o conheço — repeti.

Um pouco afastado para o lado, Wright atraiu a atenção. Ele não apontava o rifle para o estranho, mas para baixo. Segurava-o junto de si com as duas mãos, o dedo indicador direito próximo ao gatilho, de modo que mirar o homem exigiria apenas um leve movimento.

O homem deixou a mão cair ao lado do corpo. Olhou para Wright, parecendo desprezá-lo.

— Meu nome é Iosif Petrescu — apresentou-se. — Sou seu pai.

Contemplei-o sem sentir nada por ele. Não o conhecia. E, mesmo assim, ele poderia estar dizendo a verdade. Como saber? Ele mentiria sobre uma coisa dessas? Por quê?

— E eu sou... Shori?

— O nome que sua mãe humana lhe deu é Shori. Seu sobrenome é Matthews. Suas mães Ina eram parentes distantes da minha, de sobrenome Mateescu, mas na década de 1950, quando havia uma grande desconfiança dos sobrenomes que soavam estrangeiros, elas decidiram anglicizá-lo para Matthews.

— Minhas mães...?

Ele olhou para os escombros do entorno.

— Escute — falou. — Não precisamos conversar aqui, no meio de tudo isso. Venha para minha casa.

— Eu morei... aqui?

— Morou, sim. Você nasceu aqui. Esse cenário não desperta nenhuma memória?

— Nenhuma memória. Apenas um sentimento de que estou, de algum modo, ligada a este lugar. Vim para cá quando consegui sair da caverna onde acordei, mas não sabia o porquê. Foi como se meus pés me trouxessem para cá.

— Para casa — acrescentou ele. — Para você, este lugar era sua casa.

Balancei a cabeça.

— Mas você não mora aqui?

Ele pareceu surpreso.

— Não. Não vivemos juntos, machos e fêmeas, como fazem os humanos.

Engoli em seco, então fiz a pergunta que tinha que fazer:

— O que nós somos?

— Vampiros, é claro... Não que nós mesmos nos chamemos assim. — Ele sorriu, mostrando dentes de aparência bastante humana, exceto pelos caninos, que, assim como os meus, pareciam um pouco mais longos e destacados do que os de outras pessoas. Se os dentes dele eram como os meus, eram mais afiados do que os das outras pessoas. Tinham de ser. Ele explicou: — Temos muito pouco em comum com as criaturas vampirescas que Bram Stoker descreveu em *Drácula*, mas somos bebedores de sangue longevos. — Olhou para Wright. — Você sabia o que ela era, não sabia?

Wright assentiu.

— Sabia que ela precisava de sangue para sobreviver.

Iosif suspirou e depois falou, cansado, como se estivesse dizendo algo que teve de dizer muitas vezes antes.

— Vivemos lado a lado, mas separados dos seres humanos, exceto daqueles humanos que se tornam nossos simbiontes.

Vivemos por muito mais tempo do que eles. A maioria de nós precisa dormir durante o dia e, sim, precisamos de sangue para viver. O sangue humano é mais satisfatório para nós e, felizmente, não temos que ferir aqueles de quem o tiramos. Mas nascemos assim. Não podemos converter outros para a nossa espécie como mágica. Mantemos os humanos que se juntam a nós mais saudáveis, mais fortes e mais resistentes à morte do que seriam sem nossa presença. Assim, prolongamos a vida deles por várias décadas.

Aquilo despertou a atenção de Wright.

— Quanto tempo? — perguntou.

— Por quanto tempo você viverá?

— Sim.

Iosif respirou fundo e respondeu:

— Salvo em caso de acidente ou homicídio, a possibilidade é de que você viva entre 170 e duzentos anos.

— Duzentos... Sério? Com saúde?

— Sim. Seu sistema imunológico será bem fortalecido pelo veneno de Shori e é pouco provável que ele se volte contra você e cause uma das muitas doenças autoimunes da humanidade. E o veneno dela ajudará a manter seu coração e seu sistema circulatório saudáveis. Sua saúde é importante para ela.

— Parece bom demais para ser verdade.

— É uma simbiose mutualística. Você sabe que está unido a ela.

Wright assentiu.

— Isso me assusta um pouco. Quero que seja com ela, preciso estar com ela, mesmo que não entenda de fato no que estou me envolvendo. — Depois de um instante, ele perguntou: — Quanto tempo sua espécie vive?

— Muito — respondeu Iosif. — Embora sejamos tão imortais quanto vocês. Quantos anos acha que Shori tem?

— Eu a chamo de Renée — disse. — A propósito, sou Wright Hamlin.

— Qual é a idade dela?

— Achei que tinha uns dez ou onze anos quando a conheci. Depois, percebi que tinha de ser mais velha, embora não parecesse. Talvez dezoito ou dezenove?

Iosif deu um sorriso sério.

— Pelo menos isso tornaria a coisa toda lícita.

O rosto de Wright ficou vermelho, e olhei dele para Iosif, sem entender.

— Não se preocupe, Wright — tranquilizou-o Iosif depois de um breve intervalo. — Na verdade, Shori é uma criança. Ela tem pelo menos mais um estágio de crescimento importante a atravessar antes de ter idade suficiente para procriar. Sua fase reprodutiva vai começar quando tiver cerca de setenta anos. Ao todo, ela deve viver uns quinhentos. No momento, tem cinquenta e três.

Wright entreabriu os lábios, mas não disse nada. Apenas olhou fixamente, primeiro para Iosif, depois para mim. Eu sabia que Wright tinha 23 anos, era sexualmente maduro, e ciente de muito do que se passava no mundo. Se Iosif estava dizendo a verdade, eu tinha mais que o dobro da idade de Wright, e ainda assim não sabia quase nada. Alguém havia tirado de mim quase 53 anos de vida.

— Quem fez isso? — perguntei, apontando para as ruínas. — Quem ateou fogo? Alguém mais sobreviveu?

— Eu não estava aqui — disse Iosif. — Não sei quem fez isso. E não encontrei... quaisquer outros sobreviventes. Tomei medidas para que as outras pessoas que moram nessa região ficassem de olhos abertos.

Aquilo chamou minha atenção.

— Você foi descuidado. Raleigh Curtis não estava só de olhos abertos. Ele ia atirar em Wright. Atirou em mim.

— Por acidente. Ele não sabia que você era uma de nós. Se a tivesse visto claramente, não teria atirado.

— Por que ele queria atirar em Wright?

— Ele não sabia que Wright estava com você.

— Iosif, por que atirar em alguém nesses escombros? Só as pessoas que fizeram isso deveriam ser punidas.

Ele olhou para mim.

— Alguém pôs fogo em suas mães e suas irmãs, e também fez todos os membros humanos de sua família morrerem queimados. Atiraram em quem tentou fugir, atiraram e jogaram a maioria no fogo outra vez. Não faço ideia de como você escapou, mas encontramos as demais... queimadas, destruídas... Eu e meu pessoal as encontramos. Viemos fazer uma visita e, aliás, chegamos antes dos bombeiros, o que nos permitiu assumir o controle e garantir que se lembrassem desse lugar como abandonado. Quando o fogo se extinguiu, limpamos e cobrimos tudo, pois não queríamos que os restos mortais fossem examinados por legistas. Vasculhamos a área por várias noites, caçando sobreviventes e interrogando humanos locais, descobrindo o que sabiam e garantindo que só se lembrassem de coisas que não iriam nos expor ou nos prejudicar. Na verdade, os vizinhos não sabiam de nada. Por isso não pegamos os assassinos. Mas achamos que alguns deles podem voltar para se divertir lembrando do que fizeram. Outros criminosos já fizeram isso antes.

— Para saborear a lembrança de matar... Quantas pessoas? — quis saber.

— Setenta e oito. Todas menos você.

Umedeci os lábios e desviei meu olhar dele, lembrando-me da caverna.

— Talvez só setenta e sete — falei. Desejava muitíssimo não dizer aquilo, mas não contar fazia com que eu, de certo modo, me sentisse ainda pior.

Iosif tocou em mim, colocou a mão no meu queixo e virou minha cabeça para que eu o olhasse nos olhos. Ele ou outra pessoa já havia feito aquilo antes. Parecia familiar e tranquilizador. Ele tinha cabelos lisos e loiros que iam até o pescoço, emoldurando seu rosto fino e estreito, e grandes olhos cinzentos com enormes pupilas pretas adaptadas à escuridão. Ainda não parecia familiar. Eu não o conhecia. Mas seu toque não me amedrontava mais.

Falei:

— Alguém me encontrou quando eu estava acordando na caverna. Não sei quanto tempo estive lá. Vários dias, pelo menos. Mas estava por fim recuperando a consciência, e alguém me encontrou. Na hora eu não sabia que era... uma pessoa, um homem. Eu não sabia de nada, só que... eu o matei. — Não consegui me forçar a dizer o resto, que não apenas matei o homem, mas que o devorei. Aquilo me envergonhava tanto que afastei o rosto dos dedos dele, dando um passo para trás. — Ainda não sei quem ele era, mas me lembro dos sons que fez. Eu os escutei, mas na época nem sequer reconheci o que ele disse como uma fala. Depois, já quando estava segura com Wright, consegui organizar as memórias e entender o que ele disse. Acho que me conhecia. Acho que estava procurando por mim.

— O que ele disse? — perguntou Wright. Ele havia se aproximado de mim.

Era terrível que ele estivesse ouvindo aquilo. Fechei os olhos por um momento, depois respondi à pergunta.

— Disse: "Oh, meu Deus, é ela. Por favor, que esteja viva".

Houve silêncio.

Iosif suspirou, depois assentiu.

— Ele não era daqui, Shori. Era da minha comunidade.

Olhei para ele e vi sua tristeza. Ele sabia quem era o homem, e estava de luto. Balancei a cabeça.

— Sinto muito.

Para minha surpresa, Wright me puxou contra si. Recostei-me nele, grata.

— Enviei meu pessoal para uma busca — disse Iosif. — Achamos que, se alguém tivesse sobrevivido, seria você. Só um dos meus homens não voltou da busca. Nós nunca o encontramos. Onde fica sua caverna?

Virei para olhar ao redor, então descrevi do melhor jeito que pude o local da caverna.

— Posso levar você lá.

Iosif assentiu.

— Se os restos mortais dele ainda estiverem lá, mandarei recolhê-los e enterrá-los.

— Sinto muito — repeti. Minha voz não era muito mais alta que um sussurro.

Ele me encarou, primeiro com raiva e tristeza, depois, ao que pareceu, apenas com tristeza.

— Você sente mesmo, não é? Fico feliz com isso. Esqueceu quem e o que é, mas ainda preserva um pouco da moralidade que lhe foi ensinada.

Depois de algum tempo, Wright perguntou:

— Por que vocês acharam que ela tinha mais chance?

— A pele escura — disse Iosif. — O sol não a incapacitaria de imediato. Ela é uma corredora mais rápida do que a maioria de nós, apesar de seu tamanho. Acordaria mais depressa quando tudo começou. Tem sono leve, em comparação com a maioria de nós, e não precisa necessariamente dormir durante o dia.

— Ela disse que achava que era algum tipo de experimento — contou Wright.

— Sim. Alguns de nós tentamos por séculos encontrar maneiras de sermos menos vulneráveis durante o dia. Shori é o nosso esforço mais recente e bem-sucedido nessa direção. Ela também é, graças à engenharia genética, um pouco humana. Começamos a fazer experimentos de engenharia genética bem antes de a humanidade aprender a fazê-los, antes mesmo de descobrirem que era possível.

— Nós quem? — perguntei.

— Nossa espécie. Somos Ina. É provável que sejamos responsáveis por grande parte da mitologia existente sobre vampiros, mas, entre nós, somos Ina.

O nome não significava nada mais para mim do que o rosto dele. Era tão difícil não saber nada, absolutamente nada o tempo todo.

— Odeio isso — admiti. — Você me conta as coisas e, mesmo assim, não sinto que as reconheço. Elas não são reais para mim. O que somos nós? Por que somos diferentes dos seres humanos? Somos seres humanos? Ou somos apenas outra raça?

— Não. Não somos outra raça, somos outra espécie. Não podemos reproduzir com eles. Nunca conseguimos fazer isso. Sexo, sim, mas sem descendentes.

— Somos parentes deles? De onde viemos?

— Acho que devemos ser parentes — ponderou. — Nossos genes são semelhantes demais aos deles para que qualquer outra explicação seja plausível. Mas nem todos entre nós acreditam nisso. Temos nossas próprias tradições... Nosso próprio folclore, nossas próprias religiões. Você pode ler meus livros, se quiser.

Concordei com a cabeça.

— Vou ler. Só me pergunto se terão algum significado para mim.

— Você provavelmente sofreu um ferimento grave na cabeça — disse Iosif. — Ouvi relatos sobre isso antes. Nosso tecido se regenera, até mesmo o tecido de nosso cérebro. Mas as memórias... Bem, às vezes elas voltam.

— E, às vezes, não.

— Exato.

— Sei que sofri um ferimento na cabeça... Mais de um. Os ossos do meu crânio estavam quebrados, mas se curaram. Como podemos sobreviver a essas coisas?

Ele sorriu.

— Há uma crença que surgiu nos últimos tempos entre nossos jovens de que os Ina desembarcaram aqui vindos de outro mundo milhares de anos atrás. Acho a ideia absurda, mas quem sabe? Suponho que não seja pior do que uma de nossas lendas mais antigas. Diz que fomos colocados aqui por uma grande deusa mãe que nos criou e nos deu a Terra para viver até termos sabedoria suficiente para voltar para casa e viver no paraíso com ela. Na verdade, acho que evoluímos aqui na Terra, junto com a humanidade, como primos de espécie, a exemplo dos chimpanzés. Talvez sejamos os primos mais talentosos.

Eu não sabia o que pensar, ou dizer, diante de tudo aquilo.

— Tudo bem — falei. — Você disse que o povo Ina vive em grupos do mesmo sexo; homens com homens e mulheres com mulheres.

— Os adultos, sim. Os jovens do sexo masculino deixam as mães quando são um pouco mais velhos do que você é agora. Vivem os últimos anos da infância e toda a idade adulta com os pais. Sou o único da família do meu pai que sobreviveu, por isso meus filhos só têm um pai. Nossos simbiontes humanos podem ser de ambos os sexos, mas, entre nós, os filhos moram com os irmãos e os pais. As filhas moram com as mães e irmãs. Mas em um caso como esse, como você não é totalmente adulta, seria bem-vinda caso se juntasse à minha comunidade por um tempo, até recuperar a memória ou reaprender as coisas que precisa saber e atingir a maioridade.

— Eu moro com Wright.

— Traga-o com você, é claro, e quaisquer outras pessoas de que venha a precisar. Mandarei construir uma casa para você e os seus.

Olhei para Wright e não fiquei surpresa ao ver que ele estava balançando a cabeça.

— Tenho um emprego — disse ele. — Tenho uma vida, droga. Renée… Shori vai ficar bem comigo.

Iosif olhou para ele com uma expressão que não consegui decifrar.

— E você vai educá-la nos costumes do povo dela? — questionou. — Vai ensinar história e ajudá-la a entrar na idade adulta, da qual ela está se aproximando? Vai ajudá-la a encontrar parceiros e negociar com a família deles quando chegar a hora? — Endireitou a postura e olhou para baixo, para Wright. Ele não era muito mais alto do que Wright, mas dava a impressão de que o olhava bem de cima. — Vamos, me conte como fará essas coisas — provocou.

Wright olhou para ele com uma expressão que oscilava entre raiva e incerteza. Por fim, desviou o olhar. Depois de um instante, sacudiu a cabeça.

— Onde? — perguntou.

— Alguns quilômetros ao norte de Darrington.

— Eu gostaria de manter meu emprego.

— Claro, por que não?

— É longe. Teríamos... uma casa?

— Vocês serão hóspedes na minha casa até que a de vocês fique pronta. Estamos interessados em manter Shori segura e ensinar o que ela precisa saber para seguir com a própria vida. Você já faz mais parte da vida dela do que imagina.

— Quero ficar com ela.

— Quero que fique com ela. Mas me diga, como tem sido sua vida com ela? O que os amigos e vizinhos pensam sobre seu relacionamento?

Wright abriu a boca e logo a fechou. Encarou Iosif com raiva.

Iosif assentiu.

— Você a está escondendo. Óbvio, tem medo de que alguém imagine que está em um relacionamento indecoroso com uma criança. Quando estiverem morando conosco, não haverá necessidade de se esconder. E, para nós, não há nada indecoroso no relacionamento de vocês.

8

Naquela noite mesmo, Iosif nos levou voando para ver a comunidade que ia se tornar nossa nova casa. Quando chegamos, avistamos, do alto, cinco sobrados imensos e bem iluminados ao longo do que era, provavelmente, uma estrada particular. Também havia celeiros, diversos galpões e garagens, estábulos, campos e hortas, tudo alguns quilômetros ao norte das luzes de uma cidadezinha: Darrington, presumi.

Iosif prometeu nos levar de volta às ruínas mais tarde naquela noite para que pudéssemos pegar o carro de Wright e voltar à cabana. Se as coisas saíssem como Iosif pretendia, nos mudaríamos em uma semana. Ele deu a cada um de nós um cartão que trazia seu endereço e seus números de telefone, além de instruções para chegar de carro à comunidade. Disse que enviaria um caminhão e duas pessoas para ajudar a trazer as coisas de Wright. O que quer que não coubesse em nosso alojamento temporário poderia ser armazenado em um dos celeiros até nossa casa ficar pronta.

— Vocês moram em lugares tão fora de mão — reclamou Wright. — Este é ainda mais isolado do que o outro. O trajeto até o trabalho será horroroso. Não sei se será possível.

Iosif o ignorou. Quando pousamos em uma grande área pavimentada não muito longe da casa maior, ele alertou:

— Vocês precisam saber que é melhor evitar cidades. Elas sobrecarregam nossos sentidos: o barulho, os cheiros, as luzes... Tudo isso nos sobrecarrega de todas as formas possíveis.

Algumas pessoas da nossa espécie se acostumam, mas outras apenas adoecem.

— Isso me surpreende — comentou Wright. — Nos filmes que vi e nos livros que li os vampiros gostam das cidades, porque uma população maior facilita o anonimato.

Iosif confirmou, abanando a cabeça.

— Vampiros de livros e filmes parecem na maioria das vezes estar tentando matar pessoas ou as transformar em vampiros. Como não fazemos nada disso, não precisamos de cidades. Felizmente. — Iosif se virou e saltou por um lado do helicóptero, enquanto Wright deslizou pelo outro e estendeu os braços para me tirar de lá. Depois, Wright alcançou Iosif depressa e se pôs em seu caminho como uma barreira humana.

— Quero saber o que vai acontecer comigo — falou. — Preciso saber.

Iosif assentiu.

— Claro que quer. — Ele olhou para mim. — Há quanto tempo vocês dois estão juntos?

— Onze dias — respondi.

— Meu Deus — disse Wright. — Onze dias? Só isso? Eu sinto como se estivesse comigo há muito mais tempo.

— E você ainda está saudável e forte — observou Iosif. — E obviamente quer ficar com ela a seu lado.

— Quero. Não tenho muita certeza de que essa ideia é minha, mas quero. Mas em que vou me transformar? O que me tornei? Você disse que ela vai... encontrar um parceiro. O que acontece comigo depois?

— Você é o primeiro simbionte, o primeiro membro da nova família dela. O fato de Shori acasalar não pode alterar isso. Ela vai visitar os parceiros e eles vão visitá-la, mas você vai morar com ela. Ninguém poderia separar vocês dois agora sem matar você, e ninguém tentaria.

— Sem me matar? Por que eu morreria? Do que morreria?

— De abstinência daquilo que ela oferece.

— Mas o quê…?

— Vamos entrar, Wright. Vou garantir que tenha as respostas de que precisa. Pode não gostar de todas elas, mas tem o direito de ouvi-las.

Caminhamos da lateral para a frente da casa maior. A comunidade de Iosif era claramente notívaga. Os Ina eram notívagos por natureza e seus simbiontes pelo visto se acostumaram a ficar acordados à noite. As luzes estavam acesas em todas as casas e as pessoas, simbiontes humanos e, imaginei, seus filhos, andavam para todo lado, vivendo a vida. Uma mulher ruiva estava tirando o carro de uma garagem. Havia um bebezinho de cabelo louro-avermelhado preso a um assento especial no banco de trás. Dois garotinhos estavam juntando folhas e paravam de vez em quando para jogá-las um no outro. Eram do meu tamanho e me perguntei quantos anos tinham. Uma garotinha estava varrendo folhas de uma varanda com uma vassoura que quase não conseguia manusear de tão grande. Um homem estava em uma escada, mexendo na calha de uma das casas. Vários adultos conversavam em um dos pátios imensos.

Wright e eu seguimos Iosif até a casa maior e nos vimos em um salão que se estendia da frente até os fundos da casa. A cabana de Wright inteira ocuparia um terço do espaço. Havia vários sofás, várias cadeiras grandes e várias mesinhas espalhadas pelo cômodo.

Iosif disse:

— Nós nos encontramos aqui nas noites de domingo ou quando há algo que precisa ser discutido em comunidade.

Havia uma janela panorâmica ampla nos fundos do salão; ocupava a metade superior da parede de uma extremidade à outra. Em outra parede ficava uma enorme lareira onde a lenha queimava soltando muitos estalos e faíscas. Nas duas paredes que restavam, havia estantes embutidas cheias de livros.

Em um canto perto da lareira, dois homens e uma mulher, todos humanos, estavam sentados a uma mesinha, com as cabeças próximas, conversando baixinho. Xícaras de café fumegante estavam sobre a mesa. Não havia luz na sala, exceto o fogo. Iosif nos acompanhou até as três pessoas.

— Brook, Yale, Nicholas.

Eles ergueram os olhos, me viram e ficaram de pé de imediato, contemplando.

— Shori! — exclamou a mulher. Ela contornou a cadeira e me abraçou. Para mim, era uma estranha, e eu teria evitado qualquer possibilidade de um abraço, mas ela tinha o cheiro de Iosif. Algo em mim parecia aceitá-la. Cheirava a alguém que concluí ser seguro. — Meu Deus, menina — continuou ela —, onde você esteve? Iosif, onde a encontrou?

Os dois homens olharam para mim, depois para Wright. Um deles sorriu.

— Bem-vindo — disse a Wright. — Parece que Shori foi capaz de se cuidar.

Iosif colocou a mão no meu ombro quando a mulher me soltou.

— Alguma dessas pessoas é familiar para você? Reconhece essas pessoas, a casa?

Neguei com um movimento de cabeça.

— Gosto do salão, mas não me lembro dele. — Olhei para as três pessoas. — E, me desculpem, mas também não me lembro de nenhum de vocês.

Os três olharam para Iosif.

— Ela sofreu ferimentos graves — explicou. — Lesões na cabeça. Por consequência, perdeu a memória. E estava sozinha até encontrar este aqui, Wright Hamlin. Tenho esperança de que a memória dela volte.

— Vocês não têm médicos próprios? — perguntou Wright. — Pessoas que sabem como ajudar sua espécie?

— Temos — confirmou Iosif. — Mas, para os Ina, isso tende a significar alguém que cuide de ossos gravemente quebrados, para que se recuperem do jeito certo, ou que feche ferimentos sérios, para sararem mais depressa.

— É melhor não ver o que chamam de "ferimento sério" — disse um dos homens. — Intestinos para fora, pernas amputadas, esse tipo de coisa.

— Não mesmo — Wright concordou. — Shori me disse que havia sido gravemente queimada e também foi baleada. Mas ela se curou sozinha. Não tem nem uma cicatriz.

— Exceto por não conhecer a si mesma ou a seu povo — observou Iosif. — Eu chamaria isso de uma cicatriz profunda. Infelizmente, não é uma das que sabemos como corrigir.

— Eu tinha amigos aqui? — perguntei. — Pessoas que talvez me conheçam particularmente bem?

— Seus quatro irmãos estão aqui — disse ele, e olhou para os três humanos.

— Tomem conta de Wright por enquanto — pediu. — Respondam com detalhes a todas as perguntas que ele fizer. Ele está com Shori agora. É o primeiro dela, mas não sabe quase nada.

Ele pegou meu braço e começou a me levar para longe.

— Renée? — Wright me chamou e eu parei. Senti certo alívio ao ouvi-lo me chamando pelo nome que me dera. — Você está bem? — perguntou.

Confirmei, movendo a cabeça.

— Grite se precisar de mim. Vou ouvir.

Ele assentiu. Parecia que minhas palavras o fizeram sentir certo alívio.

Segui Iosif por um longo corredor.

— Estes quartos pertencem a mim e à minha família humana — explicou. — É formada pelos três que você acabou de conhecer e outros cinco que não estão aqui agora. Todos estão comigo há anos. Oito é um bom número para mim, embora em outros momentos da vida eu tenha tido sete ou até dez. Sou próspero o bastante para cuidar de todos eles se for preciso, e eles me alimentam. Têm liberdade para trabalhar fora da comunidade, até mesmo morar em outro lugar por parte do tempo, e às vezes fazem isso. Organizam uma escala entre si.

Passamos por uma porta no final do corredor e saímos em um largo gramado. Parei no meio do terreno.

— E se incomodam? — perguntei.

— Incomodam?

— Por você precisar de oito. Porque nenhum deles pode ser único. — Fiz uma pausa. — Porque acho que Wright vai se incomodar.

— Quando compreender que você também precisa de outras pessoas?

— Sim.

— Ele vai se incomodar. Consigo perceber que é muito possessivo com você e muito protetor. — Ele fez uma pausa e aconselhou: — Deixe-o sentir o incômodo, Shori. Converse com ele. Ajude-o. Tranquilize-o. Contenha a agressividade. Mas deixe-o viver os sentimentos dele e acomodá-los à sua própria maneira.

— Tudo bem.

— Acho que esse tipo de coisa precisa ser dito mais para meus filhos do que para você, mas também deve ouvi-las, pelo menos uma vez: trate bem o seu pessoal, Shori. Garanta que as pessoas percebam que confia nelas e deixe que resolvam os próprios problemas, tomem as próprias decisões. Faça isso, e elas empenharão a vida por você de boa vontade. Intimide-as, controle-as pelo medo, com más intenções ou para sua mera conveniência pessoal e, mais para frente, terá de desperdiçar todo o tempo pensando por elas, controlando-as e sufocando o ressentimento que sentirão. Compreende?

— Compreendo, sim. Eu o obriguei a fazer coisas, mas apenas para mantê-lo a salvo… Em especial para mantê-lo a salvo de mim, quando Raleigh Curtis me baleou.

Ele assentiu.

— Esse tipo de coisa é necessário, quer entendam ou não. Quantos você tem além de Wright?

— Bebi o sangue de outras cinco pessoas, mas Wright não sabe a respeito de nenhuma delas. — Fiz uma pausa, então olhei para ele. — Não sei se já passaram a precisar de mim. Como posso ter certeza sobre as demais? Você daria uma olhada nelas e me diria?

— Não se trata de ver — explicou —, mas de sentir o cheiro. Você notou o cheiro de Brook?

— Ela cheirava a você.

— E Wright tem o seu cheiro… inconfundível. O cheiro não pode ser lavado ou tirado. É parte dessas pessoas agora. Com isso, você deve fazer alguma ideia de como as controlamos.

— Há algo, alguma substância química, em nossa saliva?

— Exato. Nós as viciamos em uma substância que há em nossa saliva, em nosso veneno, que inunda nossas bocas quando nos alimentamos. Ouvi dizer que é um poderoso medicamento hipnótico. Isso as torna altamente sugestionáveis e profundamente ligadas à fonte da substância. Passam a precisar dela. Brook e Wright precisam. Brook já sabe e, a esta altura, é provável que Wright também saiba.

— E morrem se não a conseguirem?

— Morrem se forem tirados de nós ou se morrermos, mas a morte deles é causada por outro componente do veneno. Morrem de derrame ou ataque cardíaco porque não estamos lá para retirar o excesso de glóbulos vermelhos que nosso veneno estimula o corpo a produzir. Os médicos deles podem ajudar, se descobrirem o problema rápido o suficiente. Mas a dependência psicológica tende a impedi-los de ir ao médico. Buscam seu Ina, ou qualquer Ina, até que seja tarde demais.

— Até morrerem ou ficarem gravemente incapacitados.

— Sim. E mesmo que encontrem um Ina que não seja o seu, podem não sobreviver. Apenas não morrem se outro de nós for capaz de dominá-los. Nem sempre funciona. O corpo deles detecta diferenças individuais em nosso veneno, e essas diferenças os deixam doentes quando precisam se adaptar a um novo Ina. Viciam-se em seu Ina, e em nenhum outro. E, mesmo assim, sempre tentam salvar a própria vida se o simbionte Ina morre. Quando percebi o que aconteceu com a comunidade das suas mães, pedi ao meu pessoal para procurar simbiontes humanos feridos, e também por você. Eu sabia que minhas parceiras estavam mortas. Eu... encontrei os lugares onde morreram, localizei os odores delas e pequenos fragmentos de carne carbonizada...

Dei a ele um instante para rememorar os mortos e lidar com a dor evidente. Descobri que quase invejava aquela dor. Ele sofria porque se lembrava. Depois de um tempo, falei:

— Vocês não encontraram ninguém?

— Não encontramos ninguém vivo. Hugh Tang, o homem que você matou, encontrou você, mas não sabíamos disso.

— Todos mortos — sussurrei. — E, para mim, é como se nunca tivessem existido.

— Sinto muito — lamentou. — Não posso sequer alegar que compreendo como se sente por perder tanto da sua memória. Quero ajudar você a recuperá-la o máximo possível. Por isso é necessário que se mude para minha casa e conviva com pessoas que a conhecem. — Ele hesitou. — Para isso, precisamos eliminar o que resta da vida que tem levado com Wright. Então, pense bem. Quais dos humanos de que você tem se alimentado começou a ter tanto do seu cheiro quanto Wright?

Examinei detalhadamente meu último contato com cada um dos humanos de que havia me alimentado.

— Nenhum — afirmei. — Mas tem uma... Ela é mais velha, velha demais para procriar, mas gosto dela. Eu a quero.

Ele me olhou longamente.

— Seus cuidados a manterão saudável e a ajudarão a viver mais do que viveria sem eles, mas começarão tarde, ela não viverá muito além dos cem, e será realmente doloroso para você quando ela morrer. É sempre difícil perdê-los.

— Ela pode ficar aqui?

— Claro. Há uma grande ala de hóspedes junto ao salão, do lado oposto aos quartos da minha família. Você e seu pessoal podem viver ali com conforto e privacidade até construirmos sua casa.

— Obrigada.

— Você vai precisar de mais do que dois humanos.

— Não gosto dos outros de quem tenho me valido. Precisava deles, mas não quero ficar com eles.

Ele aquiesceu.

— Às vezes é assim mesmo. Vou apresentá-la a outros. Conheço filhos e filhas adultos de nossos simbiontes que têm a expectativa e a esperança de se unir a uma criança Ina. Algumas mal podem esperar para se juntar a nós; outras mal podem esperar para nos deixar. Mas, antes de conhecê-las, você terá que passar a semana visitando mais uma vez cada uma das pessoas que não quer mais. Terá de falar com elas, mandar se esquecerem de você e se tornar apenas um sonho romântico para elas. Caso contrário, é provável que a procurem. Não precisam de você, mas vão querê-la. E podem desperdiçar a vida procurando por você.

— Tudo bem.

Voltamos a caminhar. Ele disse:

— Estou levando você para ver seu irmão mais novo, Stefan, porque era próxima a ele. Passou os primeiros 25 anos de sua vida com ele na comunidade de suas mães. Viviam telefonando um para o outro depois que Stefan se mudou para cá. Mas, enquanto estiver com ele, não mencione Hugh Tang.

— Tudo bem.

— Você matou Hugh porque estava desesperada de fome? Você o comeu?

— ... Sim.

— Foi o que imaginei. Ele era o simbionte de Stefan. Esteve com você várias vezes e Stefan o escolheu para fazer parte do grupo de busca porque sabia que Hugh a reconheceria. Vou explicar a seu irmão o que aconteceu mais tarde.

Entramos em uma das casas menores pela porta dos fundos. Na cozinha, encontramos três mulheres trabalhando. Uma mexia e temperava alguma coisa em uma panela no fogão, outra procurava algo em uma geladeira enorme, de duas portas, e outra misturava coisas em uma tigela grande.

— Esther, Celia e Daryl — Iosif indicou, apontando para cada uma delas enquanto dizia os nomes para eu saber quem era quem. Duas delas, Esther e Celia, tinham a pele tão escura quanto a minha, e observei-as com interesse. Foram as primeiras pessoas negras que me lembrava de ter conhecido. No entanto, os genes da minha pele escura só podiam ter vindo de alguém como aquelas mulheres. Elas se viraram para olhar para nós, me viram e Esther sussurrou meu nome.

— Shori! Ai, meu Deus.

Mas todas eram estranhas para mim. Iosif contou-lhes o que havia acontecido comigo enquanto eu examinava cada rosto. Percebi que elas me conheciam, mas eu não as conhecia. De repente, me senti cansada, desesperançada. Segui Iosif para a sala onde ele me apresentou a meu irmão mais novo, Stefan, e a outros de seus simbiontes humanos: dois homens e duas mulheres. Os simbiontes nos deixaram a sós assim que me cumprimentaram e ouviram sobre minha perda de memória. Eu não os conhecia, não conhecia a casa, não conhecia nada.

Logo descobri uma coisa ínfima, algo que mais deduzi do que recordei. Pude perceber que Stefan era mais escuro que Iosif, mais escuro que Wright. Ele tinha um tom marrom mais claro do que o meu marrom, e isso significava...

— Você também é um experimento — falei depois de termos conversado um pouco.

— É claro que sou — confirmou. — Eu deveria ter sido você, por assim dizer. Temos a mesma mãe humana negra.

Sorri, reconfortada por estar certa em acreditar que uma das minhas mães tinha sido uma humana negra. — Eu a conhecia?

— Você era a preferida dela. Sempre que eu fazia algo errado, ela sacudia a cabeça e dizia que eu realmente não era nada do que ela imaginou. — Ele deu um sorriso triste ao recordar. — Dizia que eu era muito parecido com Iosif.

— E alguém a assassinou — afirmei. — Alguém assassinou todos eles.

— Alguém, sim.

— Por quê? Por que alguém faria isso?

Ele balançou a cabeça.

— Se soubéssemos o porquê, talvez já tivéssemos descoberto quem foi. Não entendo como essa pessoa foi capaz de matar todo mundo... menos você. Nossas mães Ina eram poderosas. Matá-las deveria ter sido... mais difícil.

— Pode ter acontecido porque os humanos achavam que éramos vampiros? — perguntei. — Quer dizer, se achavam que estávamos matando pessoas, podem ter...

— Não — Stefan e Iosif disseram juntos. Então, Iosif prosseguiu:

— Vivemos na zona rural. As pessoas à nossa volta se conhecem. E nos conhecem... Ou acham que conhecem. Ninguém mais morreu de modo misterioso no território onde minhas companheiras moravam, exceto elas e a comunidade delas.

— Não quis dizer que estávamos matando pessoas — corrigi. — Quer dizer... e se alguém viu uma de nós se alimentando e... tirou conclusões erradas?

Iosif e Stefan se entreolharam. Por fim, Iosif disse:

— Não acho que isso poderia ter acontecido. Suas mães e irmãs eram até mais cuidadosas do que nós.

— Não acredito que humanos possam ter feito aquilo — acrescentou Stefan.

— Eu fui queimada e baleada — contei. — Qualquer um pode usar fogo e armas.

Iosif fez um movimento de discordância com a cabeça.

— Interroguei várias pessoas que moram perto da comunidade onde ficava a das mães de vocês. Não havia nada de errado, nenhum problema, nenhuma suspeita, nenhum rancor.

— Quando fui para as ruínas hoje — expliquei —, percebi que alguém esteve lá. Humano, jovem, desarmado, andou por todas as ruínas. Você percebeu?

— Sim. Ele ronda por ali. Mora na sua região, mas no caminho do povoado de Gold Bar. Tem dezesseis anos e suspeito que ronda por ali sem o conhecimento dos pais. — Balançou a cabeça. — Varremos bem a área. Ele foi uma das pessoas que averiguamos. Não sabia de nada. Ninguém sabe de nada.

Suspirei.

— Não sabem e eu não sei. — Eu olhava de um rosto magro e anguloso para o outro, percebendo que eles se afastaram um pouco de mim e agora pareciam estranhamente desconfortáveis. Estavam inquietos e se entreolhavam de vez em quando.

Pedi:

— Contem-me sobre minha família, minhas mães. Quantas mães eu tinha, aliás? Eram todas irmãs, exceto a humana? Quantas irmãs eu tinha?

— Nossas mães eram três irmãs — contou Stefan — e uma mulher humana que doou DNA. Além disso, havia duas mães anciãs ainda vivas, as mães de nossas mães. As duas anciãs foram as que possibilitaram que nós, especialmente você, nascêssemos com uma proteção maior do que a usual contra o sol e maior capacidade de vigília durante o dia.

— Elas, de algum modo, combinaram o DNA humano ao nosso?

— Fizeram isso, sim. As duas tinham mais de 350 anos e eram fascinadas por biologia. Assim que os filhos e as filhas delas estavam acasalados, estudaram com humanos de várias universidades e com outros Ina que estavam investigando o problema. Logo, sabiam mais sobre os usos de vírus na engenharia genética do que qualquer pessoa de quem já ouvi falar, e muito antes dos humanos. Era fantástico trabalhar e conversar com elas. — Ele fez uma pausa, balançando a cabeça. — Ainda não consigo acreditar que estão mortas, que alguém as mataria daquele jeito.

— O trabalho delas poderia ser o motivo pelo qual foram assassinadas? — perguntei. — Alguém se opôs a ele ou tentou impedi-lo?

Stefan olhou para Iosif e Iosif balançou a cabeça.

— Não acredito nisso. Shori, nosso povo tem tentado fazer isso há gerações. Se você conseguisse se lembrar, saberia que era uma celebridade. As pessoas vinham da América do Sul, Europa, Ásia e África para conhecer você e entender o que nossas mães fizeram.

— Existem Ina na África e eles não fizeram isso?

— Ainda não.

— Alguém tinha nos visitado pouco antes do incêndio?

— Não sei — respondeu Iosif. — Fazia uma semana e meia que eu não falava com suas mães. Liguei para elas no início da manhã e disse que queria fazer uma visita na noite seguinte, e elas disseram que estariam me esperando. Disseram que, se eu fosse, teria que ficar alguns dias. — Ele sorriu, aparentemente tendo memórias prazerosas, depois a expressão se transformou em tristeza. — Disseram que precisaria levar ao menos cinco simbiontes. Levei-as ao pé da letra. Na noite seguinte, reuni cinco pessoas e fui dirigindo até lá. Vasile quis usar o helicóptero por algum motivo, então peguei um dos carros maiores. Quando cheguei, encontrei fumaça, cinzas e morte. — Ele fez uma pausa, contemplando o nada. — Depois de ver e compreender aquilo, liguei para casa para chamar Stefan e Radu com alguns de seus simbiontes para ajudar a limpar as coisas, procurar sobreviventes e manter nossos segredos a salvo.

Então, foi assim que Hugh Tang acabou na caverna procurando por mim.

— O que descobriram desde então? — perguntei.

Ele virou de costas para mim, afastou-se alguns poucos passos, depois retornou dando os mesmos passos.

— Nada! — A palavra foi um sussurro áspero. — Porra nenhuma.

Suspirei. De repente, estava farta.

— Acho que preciso ir para casa — falei. — Vamos buscar Wright, e você pode nos levar de volta às ruínas.

— Você está em casa. — Ele parou na minha frente e pousou os olhos em mim com uma expressão que não consegui decifrar, mas que não era uma expressão totalmente amigável. — Deve pensar neste lugar como sua casa.

— Eu vou — assegurei. — Ficarei feliz em voltar para cá e descobrir mais sobre minha vida, minha família. Mas estou cansada agora. Sinto... Preciso voltar para um entorno que pareça familiar.

— Esperava convencê-la a ficar aqui até amanhã à noite — disse.

Balancei a cabeça.

— Leve-me de volta.

— Shori, seria melhor você ficar aqui. Wright a escondeu com sucesso todo esse tempo, mas se alguma coisa der errado, se uma só pessoa encontrar você com ele e decidir causar problemas…

— Você prometeu nos dar uma semana — argumentei. — Foi a primeira promessa que me fez.

Ele cravou os olhos em mim. Retribuí.

Depois de um tempo, ele suspirou e me deu as costas.

— Filha, eu perdi todos menos você.

Stefan explicou:

— Toda a nossa família feminina está morta, Shori. Você é a última.

Eu queria, mais do que nunca, ir para casa, ficar longe deles e sozinha com Wright. E, ainda assim, de certo modo, eles tentavam me deter: meu pai e meu irmão. Eles eram estranhos, mas eram meu pai e meu irmão.

— Peço desculpas — falei. — Preciso ir.

— Nós, Ina, somos sexualmente territoriais — explicou Iosif. — E você está um pouco velha demais para ficar compartilhando território com adultos do sexo masculino da sua família, com qualquer adulto Ina, já que é muito jovem para acasalar. É isso que está incomodando você.

— Quer dizer que me sinto desconfortável com você e Stefan só porque são do sexo masculino?

— Sim.

— Então como posso morar aqui?

— Vamos nos juntar a Wright. Acho que você vai se sentir melhor quando estiver com ele. — Iosif me conduziu para longe de Stefan, em direção a uma porta lateral. Olhei para trás uma vez, mas Stefan já tinha se virado de costas.

— Ele também está sentindo um incômodo territorial? — perguntei.

— Não. Ele deseja que fique aqui porque teme por você... e por si. E você ainda não está madura, então não há perigo real...

— Perigo?

Ele me levou até a porta e voltamos atravessando o gramado.

— Perigo, Iosif?

— Não somos humanos, criança. Adultos Ina dos sexos masculino e feminino não vivem juntos. Não podemos. Parceiros se visitam, mas é só.

— Qual é o perigo?

— À medida que seu corpo muda, e especialmente quando seu cheiro muda, você é cada vez mais vista como uma fêmea adulta disponível.

— Por meus irmãos?

Ele assentiu, desviando o olhar de mim.

— Por você?

Outro aceno.

— Não vamos machucar você, Shori. De verdade, não vamos. Quando atingir a maioridade, terei encontrado parceiros para você. Eu já vinha conversando com a família Gordon sobre você e suas irmãs... Agora... agora pretendo vender a terra de suas mães. Esse dinheiro deve ser suficiente para dar a você um local diferente quando for um pouco mais velha.

— Acho que não quero morar aqui.

— Eu sei, mas vai ficar tudo bem. Será apenas até você parecer mais adulta. Seus irmãos e eu temos nossas predisposições genéticas, nossos instintos, mas também somos inteligentes. Estamos cientes de nossos impulsos. Podemos nos conter mesmo quando o instinto de ação é poderoso.

— Você disse que sou uma criança.

— Você é, agora mais do que nunca, devido à perda de memória. Pode fazer jogos sexuais com seus simbiontes, mas é jovem demais para acasalar. Ainda não pode conceber uma criança e ainda não é tão grande ou forte quanto será. Seu odor agora é interessante, mas para nós é mais irritante do que sedutor.

Voltamos para a casa dele.

— Você nos levará de volta às ruínas esta noite — disse para ele. — Falou que faria isso. Estava dizendo a verdade?

— Estava, mas não deveria ter dito isso. Temo por você, Shori.

— Mas vai nos levar.

Houve um longo silêncio. Por fim, ele cedeu.

— Vou.

Descemos de volta pelo longo corredor e entramos no salão. Wright estava sentado ali, sozinho, em uma das cadeiras maiores. Os outros três humanos o tinham abandonado. Aproximei-me por trás dele, querendo tocá-lo, querendo colocar minhas mãos em seus ombros, mas não o fiz. Eu me perguntava o que os simbiontes de Iosif disseram a ele, como o fizeram se sentir em relação a estar comigo. Dei a volta e parei na frente dele, olhando-o, tentando adivinhar seu estado de humor.

Ele olhou para mim. Seu rosto me dizia apenas que não estava feliz.

— O que acontece agora? — perguntou.

— Vamos para casa — falei.

Ele olhou para Iosif, depois me encarou de novo.

— É? Tudo bem. — Ele se levantou e, em seguida, falou para Iosif: — Você vai deixar que ela vá? Na verdade, não acreditava que iria fazer isso.

— Achou que estava mentindo para vocês? — perguntou Iosif.

— Achei que seus... sentimentos paternais poderiam falar mais alto e fazer com que a impedisse de voltar, apesar da promessa.

— Ela é dura e resiliente, mas temo por ela. Estou desesperado para impedi-la.

— E...?

— Ela quer ir... E... entendo o porquê. Mantenha-a escondida, Wright. Exceto pelo meu pessoal e o dela, acho que ninguém sabe que está viva. Obriguei até aquele garoto, Raleigh Curtis, a se esquecer dela. Mantenha-a escondida e traga-a de volta para mim na sexta-feira.

Wright umedeceu os lábios.

— Não entendo, mas vou trazê-la de volta.

— Mesmo que não queira?

— ... Sim.

Eles se entreolharam, os dois com uma expressão semelhante de cansaço, sofrimento e resignação.

Peguei a mão de Wright e nós três fomos até o helicóptero.

Wright não disse mais nada. Deixou que eu segurasse sua mão, mas não apertou a minha.

9

Wright e eu só conversamos depois de chegar no carro. Tínhamos voado de volta para as ruínas em silêncio, nos despedimos de Iosif e o observamos partir voando. Quando entramos no carro e começamos nosso retorno para casa, Wright por fim disse:

— Você já tem outros, não é? Outros... simbiontes.

— Ainda não — disse. — Procurei outras pessoas para me alimentar. Não posso obter tudo que preciso de você todas as noites. Mas não... Quer dizer, nenhuma das outras...

— Nenhuma das outras pessoas está presa a você, ainda.

— Isso.

— Por que eu estou?

— Eu quis você. — Toquei seu ombro, descansei minha mão em seu antebraço. — Acho que você também me queria. Desde a noite em que me encontrou, quisemos um ao outro.

Ele me olhou de soslaio.

— Não sei. Na verdade, nunca tive a chance de descobrir.

— Teve, sim. Quando fui baleada, dei a você uma chance. Foi... muito difícil fazer aquilo, mas fiz. Eu o teria deixado ir embora... Ajudado você a ir.

— E acha que eu poderia simplesmente não ter voltado? Tive de largar você deitada no chão, sangrando. Você insistiu. Como eu poderia não voltar para ter certeza de que estava bem?

— Você sabia que eu iria me recuperar. Avisei que não estava preso a mim. Ofereci sua liberdade e avisei, naquele momento, que não poderia voltar a oferecer.

— Eu me lembro — disse ele. Parecia zangado. — Mas naquele momento eu não sabia que estava concordando em fazer parte de um harém. Você deixou isso de lado.

Eu sabia o que era um harém. Um dos livros que li se referia às três esposas de Drácula como seu harém, e tinha pesquisado a palavra.

— Você não faz parte de um harém — respondi. — Você e eu temos uma relação simbiótica, e é um relacionamento que quero e do qual preciso. Mas não viu todas aquelas crianças? Algum dia, terei parceiros, e você pode ter também. Pode ter uma família, se quiser.

Ele virou o rosto para me confrontar, e o carro saiu de curso, forçando-o a prestar atenção ao volante.

— O que devo fazer? Ajudar a produzir a próxima geração de simbiontes?

Fiquei calada por um instante, pensando na raiva em sua voz.

— E de que serviria isso? — perguntei, afinal.

— É tão fácil pegá-los na rua, não é?

Suspirei e esfreguei a testa.

— Iosif disse que as filhas e os filhos de alguns simbiontes vivem na esperança de encontrar uma criança Ina com quem se relacionar. Outros optam por construir suas próprias vidas longe dali.

Ele fez um ruído, quase um gemido. Por um momento, não disse nada.

Enfim, perguntei:

— Você quer me deixar?

— Por que se dar ao trabalho de me perguntar isso? — indagou. — Não posso deixá-la. Não consigo nem mesmo querer deixá-la.

— Então, o que quer?

Ele suspirou e balançou a cabeça.

— Não sei. Sei que, onze noites atrás, queria ter passado por você na estrada sem ter parado. E, ao mesmo tempo, sei que, se pudesse ter você só para mim, pararia de novo, mesmo sabendo o que já sei a seu respeito.

— Isso o mataria. Rápido.

— Eu sei.

Mas ele não se importava, ou achava que não teria se importado.

— O que aquelas três pessoas falaram para você? — perguntei. — O que disseram que o deixou tão bravo e triste? Só que tirei sangue de vários simbiontes em vez de drenar uma única pessoa até a morte?

— Isso provavelmente teria sido o suficiente.

Descansei minha cabeça em seu braço para poder tocá-lo sem olhar para ele. Precisava tocá-lo. E ele tinha de entender.

— Eu me alimentei de você e de outras cinco pessoas; três mulheres e dois homens. Vou ficar com uma das mulheres, se ela quiser ficar comigo. Acho que vai querer. Os outros vão me esquecer ou se lembrar de mim apenas como um sonho.

— Você dormiu com alguma dessas pessoas?

— Se fiz sexo com elas, você quer dizer? Não. Com exceção dessa mulher, só me alimentei e voltei para você. Passei mais tempo com ela porque tem algo em si que me conforta e me agrada. O nome dela é Theodora Harden. Não sei por que gosto tanto dessa mulher, mas gosto.

— Joga nos dois times, hein?

Fiz uma careta, surpresa e confusa com a terrível amargura em sua voz.

— O quê?

— Sexo com homens e com mulheres?

— Com meus simbiontes, se eles e eu quisermos. Por ora, é você.

— Por ora.

Estendi a mão para deslizá-la sob sua jaqueta e camisa, para tocar a carne nua de seu pescoço. Não tinha marcas. Só o tinha mordido de leve na noite anterior, pelo prazer, e depois fui até um dos outros enquanto ele dormia.

Ele estava curado de manhã. À noite, eu pretendia fazer algo que não cicatrizaria tão rápido.

No entanto, quando chegamos à cabana, fomos para a cama sem dizer ou fazer nada. Não o mordi, porque era evidente que ele não queria que eu o fizesse. Adormeci encaixada em suas costas peludas, reconfortando-me com sua presença, embora ele estivesse confuso e com raiva. Ao menos não me repeliu.

Por fim, algum tempo depois, ele me acordou com uma sacudida, uma sacudida forte, dizendo:

— Faça aquilo! Faça, porra! Mereço tirar algum prazer de tudo isso, já que não conseguirei mais nada.

Coloquei meus dedos sobre seus lábios suavemente. Quando ficou em silêncio, beijei primeiro sua boca, depois sua garganta. Ele estava com tanta raiva, tão inundado por raiva e confusão.

Rolou para cima de mim, abrindo minhas pernas, tirando-as do caminho, e depois se lançou com força dentro de mim. Eu o mordi mais fundo do que pretendia e o envolvi com braços e pernas enquanto tirava seu sangue. Ele gemeu, se contorcendo contra meu corpo, me segurando e se lançando mais forte até que eu tivesse tomado tudo o que precisava de seu sangue, até que ele tivesse tudo o que precisava de mim.

Depois de um longo tempo, rolou para o lado, por ora saciado fisicamente, talvez até mentalmente.

— Machuquei você? — perguntou baixinho.

Eu me arrastei para o peito dele e lambi as bordas irregulares da mordida.

— Você não me machucou — respondi. — Estava tentando me machucar?

— Acho que sim — disse ele.

Continuei a lamber. Sangrava mais do que o normal.

— Machuquei você? — perguntei.

— Não, claro que não. O que você faz deveria doer, mas, a não ser pelo primeiro instante, quando rompe a pele, isso nunca acontece. — Ele deslizou os braços em volta de mim, do jeito que costumava me abraçar.

— É bom saber que não nos machucamos, mesmo quando estamos chateados.

— Não sei como lidar com tudo isso, Renée... Shori. É como descobrir que extraterrestres chegaram e que estou dormindo com uma.

Eu ri.

— Isso pode ser verdade, exceto que, se chegamos, deve ter sido há milhares de anos.

— Você acredita nisso? Que seu povo vem de outro planeta? Lembro que seu pai disse algo sobre uma teoria assim.

— De acordo com Iosif, alguns jovens Ina acreditam nisso. Outros, não. Ele não. Não sei o que pensar disso. Se recuperasse a memória, talvez tivesse uma opinião válida.

— Você acredita que Iosif é seu pai?

Fiz que sim, com a cabeça encostada em seu peito. Então, o cheiro doce de seu sangue me fez continuar lambendo a mordida.

— Por quê? Se é um estranho para você, por que acredita nele?

— Não sei. Talvez seja algo no jeito dele, na linguagem corporal. Porém, é mais provável que seja o cheiro dele. Fiquei na expectativa de me lembrar de algo enquanto estava lá, qualquer coisinha. Mas não aconteceu nada. Ele me apresentou ao meu irmão Stefan e, ainda assim, não aconteceu nada. Mas nunca duvidei de que eram quem diziam ser. E todos os simbiontes humanos deles me reconheceram.

— É — acatou Wright.

— Você falou com três simbiontes. Acha que estavam mentindo?

— Não, não acho que estavam mentindo. — Ele deslizou a mão por minha cabeça e minhas costas. — Disseram que eu tinha sorte de ter você, sorte em ser seu primeiro. Foi quando percebi que... É claro que você já deveria ter outros, embora eu não soubesse nada sobre eles. Então, a mulher, Brook, me disse que todos os Ina têm vários simbiontes.

— Quanto sangue você acha que poderia fornecer?

— Você... Você me saboreia quase todos os dias.

— Só um pouco. Desejo você. De verdade. E eu gosto de lhe dar prazer.

— É assim que se faz — disse. Rolou, me prendendo debaixo de si e lançando-se para dentro de mim de novo. Dessa vez, fui eu que não pude evitar um gemido de prazer. Ele riu, enlevado.

Mais tarde, quando estávamos deitados juntos, mais satisfeitos, mais à vontade, ele disse:

— Eles virão na próxima sexta-feira.

— Sim — falei. — Não quero ir morar lá, mas acho que temos de ir.

— Eu ia dizer isso.

— Preciso aprender como formar minha própria família, como fazê-la dar certo. Quando for capaz disso, quando tiver aprendido as coisas que preciso saber para fazer isso, vamos embora por nossa conta.

— Qual é o tamanho de uma família? — perguntou.

— Eu, você, mais cinco ou seis. Não precisamos morar todos na mesma casa como meus irmãos fazem com seus simbiontes, mas precisamos estar perto uns dos outros.

— Vai ser difícil morarmos juntos na casa do seu pai.

— Ele diz que vai vender a propriedade das minhas mães e, quando eu for mais velha, vou conseguir começar a vida em outro lugar com o dinheiro.

— E ele vai arrumar um macho Ina, ou melhor, um grupo de irmãos Ina para você. Meu Deus, um grupo de irmãos...

Eu não disse nada. Minhas mães viveram juntas na mesma comunidade, compartilharam um parceiro e, de algum jeito, as coisas pareciam bem. Era possível ser feito. Era o costume Ina.

— Isso tudo vai acontecer no futuro — observei. — Na semana que vem, estaremos em quartos na casa de Iosif, eu, você e Theodora. É uma das nossas vizinhas, vive algumas portas adiante. Talvez você a conheça.

Houve um longo silêncio. Por fim, ele perguntou:

— Ela é bonita?

Sorri.

— Não é bonita. Também não é jovem. Mas gosto dela.

— Você vai mandar ela se juntar a nós... ou vai pedir?

— Pedir. Mas ela virá.

— Porque já sofreu tanto a sua influência que não será capaz de evitar?

— Ela vai querer vir. Não precisa, mas vai querer.

Ele suspirou.

— Acho que o mais assustador de tudo isso até agora é que aqueles três simbiontes parecem felizes de verdade. O que acha? O velho Iosif disse a eles que estavam vivendo no melhor dos mundos, e se convenceram porque, no que lhes diz respeito, ele é Deus?

— Ele não fez isso — falei.

— Você perguntou?

— Ele me disse que fazer essas coisas era errado, mesquinho e prejudicial para os simbiontes. Não perguntei. Eu já tinha entendido.

— Por isso acredita que é nisso que ele acredita?

— Sim, pelo menos quanto a esse assunto.

— Merda.

Dei um beijo nele, me virei para o outro lado e dormi.

***

Na semana seguinte, visitei todo meu pessoal, me alimentei deles e me despedi. Tornei-me um sonho para eles, como Iosif sugeriu, e os deixei. Por fim, na quinta-feira, visitei Theodora.

Fiquei atenta à casa dela e esperei até pouco depois do pôr do sol, quando ela estava sozinha. Então, a visitei.

Eu não a via fazia algum tempo, mas, quando olhei para sua casa grande e bonita, ocorreu-me que, apesar do que havia dito a Wright, talvez não devesse pedir a Theodora que se juntasse a mim até eu ter um lar, algo mais do que quartos na casa de Iosif para lhe oferecer. Esse pensamento me surpreendeu. Ocorreu-me depois que cheguei à porta da frente e toquei a campainha.

Eu a ouvi chegar à porta. Depois, houve uma longa pausa durante a qual, suponho, ela olhou pelo olho mágico e tentou adivinhar quem eu poderia ser. Nunca tinha me visto antes. Eu a visitara na escuridão três vezes sem permitir que acendesse a luz. Devia ter uma ideia do meu tamanho, mas nunca tinha visto meu rosto, minha cor ou minha aparência tão jovem.

Enfim, abriu a porta, pousou em mim um olhar questionador e disse:

— Olá.

— Olá — respondi. Como ela reconheceu minha voz e seu rosto começou a transparecer surpresa, falei: — Convide-me a entrar.

Logo, ela se afastou e disse:

— Entre.

Aquilo foi um pouco de encenação vampiresca. Eu sabia e tinha quase certeza de que ela também sabia. Provavelmente andara se atualizando em relação aos vampiros nos últimos tempos. É claro que eu não precisava de permissão para entrar na casa dela ou de qualquer outra pessoa. Mas achava interessante que os seres humanos tivessem inventado aquelas defesas fantasiosas, pequenas magias como alho e crucifixos, que de alguma forma os manteriam a salvo de minha espécie ou do que imaginavam que minha espécie era.

Passei por ela e entrei na casa. Havia, perto da porta da frente, uma ampla escadaria de um lado e uma sala quase tão grande quanto a de Iosif do outro. As paredes eram de um verde muito claro e a carpintaria era branca. De alguma maneira, toda a mobília estava exatamente onde deveria estar e era exatamente como deveria ser. A sala de estar de Iosif era mais habitada, mais imperfeita, mais confortável. Comecei a me sentir ainda mais constrangida quanto a pedir para Theodora vir comigo.

Ela veio atrás de mim e, quando me virei para olhá-la, parou e me contemplou com uma espécie de horror.

— É a cor da minha pele ou minha aparente idade que está incomodando tanto? — perguntei.

— Por que está aqui? — indagou ela.

— Para falar com você — respondi. — Para que me veja.

— Eu não queria ver você!

Assenti.

— Fará diferença — expliquei. — Mas não tanta quanto pensa. — Fui até ela, peguei seu braço, tentei conduzi-la para dentro da sala de estar perfeita.

Ela recuou e disse:

— Aqui não. — Pegou minha mão e me guiou, subindo as escadas até um cômodo cujas paredes estavam cobertas de livros. Havia um sofá e duas cadeiras, também com livros e papéis empilhados. No meio do cômodo estava uma mesa grande, desarrumada, coberta de livros abertos, papéis, um computador, monitor, rádio, telefone, uma caixa de lápis e canetas; uma pilha de cadernos e revistas de palavras-cruzadas; uma caixa decorativa de madeira, comprida, com discos compactos; frascos de aspirina, loção para as mãos, antiácido, corretivo líquido e sabe-se lá o que mais.

Olhei para aquilo e comecei a rir. Era o aglomerado mais desordenado de coisas com que já me deparara e, ainda assim, tudo tinha uma aparência familiar e despertava essa sensação. Será que eu já tinha possuído uma mesa igualmente desarrumada? Talvez uma de minhas mães ou irmãs? Perguntaria isso a Iosif. De qualquer forma, era o oposto da sala de estar no andar inferior, e isso foi um alívio.

Theodora estava tirando os livros de uma cadeira para que eu pudesse me sentar.

Ela parou quando ri, seguiu meu olhar e disse:

— Ah… Esqueci como deve parecer terrível para estranhos. Ninguém nunca vê isso além de mim.

Ri de novo.

— Não, isso é quem você é. É o que eu queria ver. — Respirei fundo, certificando-me de que ela ainda não estava apegada a mim, ainda não estava viciada. Era verdade e isso era bom, embora parecesse uma falha que deveria corrigir de imediato.

— Escrevo poesia — justificou. Ela parecia quase envergonhada com a explicação. — Publiquei três livros. A poesia não dá muito dinheiro, mas gosto de escrevê-la.

Peguei alguns dos livros do sofá e os empilhei na cadeira que ela estava liberando para mim; em seguida, peguei a mão dela e a puxei para o sofá.

Ela se sentou comigo mesmo sem desejar, ou desejando não desejar. Senti que estava me ensinando sobre si mesma a cada instante. Virei o rosto dela para mim e apenas apreciei vê-la. Tinha cabelo castanho-escuro que ia até a cintura, com muitos fios grisalhos. Seus olhos eram do mesmo tom do cabelo e a carne no canto deles era marcada por uma série de rugas finas, as únicas em seu rosto. Estava um pouco acima do peso. Roliça poderia ser a melhor palavra para descrevê-la. Isso tornava seu rosto cheio e redondo. Não usava maquiagem alguma… nem mesmo batom. Estava em casa, relaxando sem a família à sua volta.

Depois de um momento, eu me recostei nela, coloquei a cabeça em seu ombro e ela colocou o braço em volta de mim, tirou-o e o colocou de volta. Tinha um cheiro incrivelmente tentador.

— Não entendo — falou.

— Eu também não — respondi. — Mas as coisas que não entendo provavelmente não são as mesmas que estão perturbando você. Quanto tempo temos antes de sua família voltar?

— Eles estão visitando a família do meu genro em Portland. Só voltam amanhã. — No momento em que ela disse isso, começou a parecer nervosa, como se estivesse com medo do que eu pudesse pensar de sua solidão, sua vulnerabilidade.

— Ótimo — falei. — Preciso falar com você, contar minha história, ouvir a sua. Depois, tenho um pedido a fazer.

— Quem é você? — perguntou ela. — Qual é o seu nome? O que... O que...?

— O que eu sou?

— ... Sim.

Ela desviou o olhar, envergonhada.

Puxei-a para uma altura confortável e a mordi com delicadeza; depois, com força suficiente para fazer o sangue fluir sozinho, para que eu pudesse relaxar e apenas aproveitar o fluxo. Depois de um tempo, eu falei:

— Você me disse que eu era uma vampira.

Ela não se opôs a nada que fiz, mesmo quando subi em seu colo, envolvi-a com as pernas e descansei encostada nela, lambendo o sangue de vez em quando. Colocou os braços em volta de mim e me abraçou como se eu pudesse tentar escapar.

— Você é uma vampira — afirmou. — Embora, pelo que tenho lido, devesse ser um homem branco, alto, bonito e adulto. Azar o meu. Mas você deve ser uma vampira. Como poderia fazer isso se não fosse? Como eu poderia deixá-la fazer isso? Como a sensação poderia ser tão boa, e não nojenta e dolorosa? E como a ferida poderia sarar tão depressa e sem cicatrizes?

— Você não acredita em vampiros.

— Eu não acreditava. E nunca pensei que fossem tão pequenos e... parecidos com você.

— Já fui chamada de garotinha élfica.

— É exatamente isso.

— De certa forma, é. Sou uma criança de acordo com os padrões do meu povo, mas meu povo envelhece mais devagar que o seu, e tenho um problema adicional. Posso ser alguns anos mais velha do que você. Mas, de acordo com minha memória, nasci há apenas algumas semanas.

— Mas como isso pode...?

— Psiu! — Comecei a me levantar de seu colo, e ela tentou me segurar no lugar. — Não — pedi. — Me solte.

Ela me soltou e eu me sentei ao seu lado, recostada nela.

— Três, talvez quatro semanas atrás — comecei —, acordei em uma caverna rasa a alguns quilômetros daqui. Estou sendo vaga sobre quando e onde porque não sei o suficiente para ser precisa. Durante os primeiros dias na caverna, eu não conseguia enxergar e fiquei recobrando e perdendo a consciência. Estava com muita dor e não tinha nenhuma lembrança de nada que tivesse acontecido antes da caverna.

— Amnésia.

— Sim. — Contei a ela todo o resto: sobre matar Hugh Tang, mas não que o comi; contei sobre caçar cervos e comê-los. Contei sobre Wright me encontrar e me acolher, e sobre encontrar meu pai e meus irmãos. Contei o pouco que sabia sobre os Ina e como era uma comunidade deles. Revelei a ela que não era humana, e ela acreditou em mim. Nem se surpreendeu.

— Você quer que eu faça parte dessa comunidade? — perguntou ela.

— Quero, mas não agora.

— Não... agora?

— Meu pai vai mandar construir uma casa para mim. Venha até mim quando a casa estiver pronta. Vou providenciar para que haja espaço para seus livros e outras coisas: um lugar onde possa escrever sua poesia.

— Quanto tempo?

— Não sei. Não mais do que um ano.

Ela balançou a cabeça.

— Não quero esperar tanto.

Fiquei surpresa. Tive o cuidado de deixar que decidisse por si mesma e acreditava que ela viria comigo, mas não tão depressa.

— Não tenho nada para lhe oferecer agora — expliquei. — Vou morar em quartos na casa do meu pai. Ele diz que você pode vir, mas, quando vi o que tem aqui, achei que gostaria de esperar até poder ter algo parecido comigo.

— Não tenho paciência — disse. — Quero ficar com você agora.

Gostei mais daquilo do que conseguia expressar e, ainda assim, me questionava.

— Por quê? — perguntei. Não fazia ideia do que ela diria.

Ela piscou para mim, parecendo surpresa, magoada.

— Por que você me quer?

Refleti sobre como explicar de uma forma que ela pudesse compreender.

— Você tem um cheiro particularmente bom — falei. — Quer dizer, seu cheiro não a faz parecer apenas saudável, mas... receptiva, carente, sozinha. Quando vim pela primeira vez, você ficou com medo, de início, e depois alegre e acolhedora, excitada, mas não cheirava a outras pessoas.

Ela franziu a testa.

— Quer dizer que eu cheirava como alguém solitária?

— Acho que sim... nostálgica, desolada...

— Não imaginei que a solidão tivesse cheiro.

— Por que você me quer? — repeti.

Ela me abraçou junto a si.

— Sou solitária — disse. — Ou era, até você aparecer. Você me fez sentir mais do que jamais senti desde que era uma garota. Tinha a esperança de que continuasse me querendo... Ao menos era a esperança que eu tinha quando não estava preocupada por estar perdendo a cabeça, imaginando coisas. — Ela hesitou. — Você precisa de mim — concluiu. — Ninguém mais precisa, mas você sim.

— E sua família?

— Na verdade, não, não. Esta é a minha casa e estou feliz por poder ajudar minha filha e o marido dela, deixando-os morar aqui, mas, desde que meu marido morreu, tudo com o que eu de fato me importo... tudo com que tenho sido capaz de me importar... é minha poesia.

— Você só conseguiria levar algumas de suas coisas para a casa do meu pai — expliquei.

— Ficarei bem com algumas caixas de livros e algumas roupas.

Percorri o cômodo com os olhos, duvidando.

— Wright e eu vamos nos mudar amanhã. Vou precisar do seu telefone para poder entrar em contato com você. Se não mudar de ideia, voltaremos para buscar você e suas coisas não na próxima sexta-feira, mas na outra.

— Prometa.

— Prometo.

— Vai ficar comigo esta noite?

— Por algum tempo. Você já comeu?

— Comer? — Ela olhou para mim. — Nem pensei em comer, mas suponho que devo. Você come comida normal, às vezes?

— Não.

— Tudo bem. Venha me fazer companhia na cozinha enquanto esquento alguma coisa no micro-ondas. Acho que não devo perder muitas refeições se estiver com você.

— Exatamente — concordei e apreciei cada segundo do contato corpo a corpo quando ela se inclinou e me beijou.

10

Ninguém veio nos buscar na sexta-feira.

No meio da noite, Wright tentou telefonar para Iosif... Tentou todos os números que ele nos deu. A princípio, não houve resposta; depois, uma voz computadorizada disse que o número chamado estava fora de serviço. Ele fez várias tentativas infrutíferas.

— Precisamos ir até lá — decidi.

Ele olhou para mim por um instante, depois concordou.

— Vamos — disse.

Peguei um cobertor da cama, pensando que talvez tivéssemos de passar parte do dia seguinte no carro. Não quis pensar no motivo por que isso aconteceria, mas queria estar preparada. Pensamentos sobre as ruínas incendiadas que tinham sido a comunidade de minhas mães me vinham à mente, e não fui capaz de os ignorar.

Wright não sabia ao certo como chegar à comunidade de Iosif. Os mapas que tinha não mostravam a pequena comunidade, é claro. O cartão de Iosif continha o esboço de um mapa que se mostrou difícil de seguir. Chegamos ao que parecia ser o lado certo da estrada, mas não encontramos a saída que Wright esperava encontrar. Tentamos outra estrada lateral, depois outra, mas mesmo assim não achamos a comunidade.

Por fim, fiz o que não queria fazer.

— Isso não é bom — disse. — Estamos na área certa. Encontre um lugar para estacionar; vou sair e encontrar a comunidade. Posso encontrá-la pelo cheiro se não a avistar.

Ele não queria que eu fosse. Queria continuar dirigindo ou, se necessário, voltar para casa e tentar de novo durante o dia.

Fiz um sinal negativo com a cabeça.

— Encontre um local seguro e estacione. Preciso ir até eles e ver se estão bem. E se... se não estiverem, se for algo parecido com o que aconteceu com minhas mães, você não pode estar lá. Se meu pai ou meus irmãos estiverem feridos, serão perigosos. Podem não conseguir evitar matá-lo.

— E me comer — afirmou. Nem sequer fingiu que era uma pergunta.

Eu não disse nada por um instante, olhando-o fixamente. Será que os simbiontes humanos contaram a ele ou ele tinha adivinhado? Eu detestava que soubesse, mas era evidente que sabia.

— Sim — admiti, por fim. — É o que provavelmente aconteceria. Estacione e espere por mim.

Ele parou em um local da estrada onde o acostamento era largo.

— É tão bom aqui quanto em qualquer outro lugar — garantiu. — Se alguém quiser saber o que estou tramando, fiquei com sono e decidi não arriscar e tirar uma soneca.

— Se tiver de sair do carro, espere por mim em algum ponto da estrada ao sul daqui — disse. — Vou encontrá-lo. Se tiver de deixar a área...

— Eu não vou abandonar você!

— Wright, escute. Faça o seguinte: se estiver em perigo por causa da polícia, de um Ina ou de qualquer pessoa, deixe-me e vá para casa. Vou chegar lá quando puder. Não me procure. Vá para casa.

Ele balançou a cabeça, mas obedeceria. Depois de um instante, falou:

— Você acredita mesmo que conseguiria encontrar o caminho para minha cabana daqui?

— Conseguiria — afirmei. — Se for preciso, vou conseguir. — Tirei a mão dele do volante, onde ainda estava apoiada. Era uma mão bem grande. Beijei-a e me virei para sair.

— Shori! — chamou.

Eu tinha aberto a porta para sair do carro, mas seu tom de voz me impediu.

— Alimente-se — disse.

Ele estava certo. Eu provavelmente teria que percorrer alguns quilômetros e enfrentar o desconhecido. Era melhor estar com todas as minhas forças. Fechei a porta e me ajoelhei no banco para alcançá-lo. Ele me pegou no colo, me beijou e esperou.

Eu o mordi profundamente e senti a contração de seu corpo e sua ereção. Não o mordia assim há uma semana, não tinha feito uma refeição completa dele. Pensava que passaríamos aquela noite em nosso quarto novo. Eu gostava de aproveitar quando me alimentava dele de verdade, arrancando sons, exaurindo-o de prazer, apreciando tanto seu corpo quanto seu sangue. Mas, naquele momento, não. Bebi seu sangue depressa, mexendo os quadris contra ele, depois fiquei por mais alguns minutos, lambendo a ferida para dar início à cura, reconfortando-o e me reconfortando. Finalmente o abracei e saí do carro.

— Fique em segurança — disse.

Ele assentiu.

— Você também.

Deixei-o e comecei a correr. Estávamos na área certa, mas imaginava que ao sul de nosso alvo. Wright havia desviado cedo demais. Corri ao longo da estrada, atenta a carros e ao sinal de algum cheiro revelador. Estava me deslocando na direção norte, atravessando a floresta, às margens de um rio que às vezes se afastava e às vezes se aproximava da estrada. Passei por uma ou outra casa, aglomeração de casas ou fazenda, mas eram lugares apenas humanos.

Algum tempo depois, captei um odor. Não me dei ao trabalho de encontrar a estrada secundária. Segui o odor pela floresta, passando por uma casa que estava quase inteiramente escondida pelas árvores. Não me importei com propriedades privadas ou terrenos acidentados. Tudo o que me importava eram os odores pairando no ar e o que poderiam me dizer. Eu parava de vez em quando para inspirar fundo algumas vezes, virando contra o vento e distinguindo os vários odores. Enquanto corria, podia deixar passar alguma coisa. Parada, de olhos fechados, respirando profundamente, conseguia distinguir mais cheiros (plantas, animais, humanos, minerais) do que queria.

Houve uma mudança gradativa. Passado algum tempo, o odor mais forte era de fumaça: fumaça antiga, de dias atrás, e cinzas grudadas nas árvores, revolvidas por meus pés, por patas de animais, pelos carros nas estradinhas estreitas que atravessei.

Fumaça e carne queimada. Carne humana e carne Ina.

Quando encontrei as casas de meu pai e meus irmãos, elas se pareciam bastante com as ruínas da comunidade de minha mãe. As construções estavam completamente destruídas, queimadas até virarem escombros e depois pisoteadas por muitos pés. Meu pai e meus irmãos haviam estado ali, mas agora estavam mortos. Eu podia sentir o cheiro de morte, mas não conseguia vê-la. Ainda não sabia quem tinha morrido e quem tinha sobrevivido. Alguém fora atrás dos machos de minha família e, fosse quem fosse, havia sido tão minucioso quanto quando fora atrás de minhas mães e irmãs.

O lugar que fora a comunidade de Iosif estava cheio de cheiros estranhos e fétidos: odores de pessoas que não deveriam ter estado ali, que nada tinham a ver com Iosif ou seu pessoal. De quem era o odor que eu estava sentindo? Incendiários? Bombeiros? Policiais? Vizinhos? Talvez todos eles.

Fiquei parada no meio dos escombros e olhei à minha volta, tentando compreender. Será que Iosif estava morto? E Stefan? Eu nem cheguei a conhecer meus outros três irmãos e seus simbiontes. Todos mortos? Nenhum sobrevivendo ferido em um esconderijo?

Então lembrei que alguns dos simbiontes de Iosif trabalhavam longe da comunidade e até mesmo moravam em outro lugar parte do tempo. Sabiam o que tinha acontecido? Se não soubessem, logo estariam de volta. Chegariam precisando de Iosif ou de um de meus irmãos. Quando descobrissem o que aconteceu, teriam de encontrar outros Ina a quem se vincular apenas para sobreviver. Será que poderia ajudar? Era jovem demais? Eu era, com certeza, ignorante demais. Certamente eles conheciam outras comunidades Ina. Se voltaram para casa e encontraram apenas escombros, talvez já tivessem se refugiado em alguma outra comunidade.

Quando o incêndio tinha acontecido? Dias atrás, com certeza. O lugar estava frio. Mesmo os cheiros humanos mais frescos que encontrei tinham pelo menos um ou dois dias.

Quem fizera aquilo e por quê? Primeiro, a comunidade de minhas mães, agora a do meu pai. Nem mesmo Iosif fazia ideia de quem atacara minhas mães. Estava profundamente irritado e frustrado com sua própria ignorância. Se ele não sabia, como eu poderia descobrir?

Alguém tinha minha família como alvo. Alguém conseguira matar todos os meus parentes. E se isso tivesse ligação com os experimentos que haviam conferido a mim características humanas úteis (o que mais poderia ser?), era provável que eu fosse o alvo principal.

Comecei a correr mais uma vez, a circundar a comunidade, parando com frequência para examinar os odores com mais atenção e procurar odores frescos, indícios de que alguns membros da minha família poderiam estar vivos, escondidos, se recuperando. Encontrei a estreita estrada particular que levava ao local onde ficavam as casas e segui até chegar a uma estrada pública de duas pistas. Ali, fechei os olhos e dei meia-volta para o lugar onde Wright estava esperando. Conseguiria chegar até ele em meia hora.

Mas ainda não queria voltar. Queria descobrir tudo o que pudesse, tudo o que meus olhos e meu nariz fossem capazes de me revelar.

Voltei aos escombros: tábuas carbonizadas, pedaços irregulares de muros enegrecidos, cacos de vidro, chaminés erguidas, móveis e eletrodomésticos queimados completa e parcialmente, ladrilhos quebrados no que antes eram as cozinhas e os banheiros, pedaços irreconhecíveis de plástico escurecido, uma mancha onde um Ina havia morrido…

Permaneci imóvel naquele lugar, tentando reconhecer o cheiro, percebendo que não conseguia porque era o cheiro errado, o de um macho morto que eu não tinha conhecido, carbonizado até virar cinzas e ossos, sem dúvida morto.

Eu não o conhecera. Devia ter sido um dos meus irmãos, mas um que eu não conhecia. Morreu em uma das três casas em que não entrei.

Observei a mancha por um longo tempo e me vi imaginando o que os Ina faziam com os mortos. Quais eram suas cerimônias? Eu sabia um pouco sobre os funerais humanos por causa da minha pesquisa sobre vampiros. Li em detalhes uma grande quantidade de material sobre morte, enterros e o que poderia acontecer de errado para fazer com que mortos se tornassem mortos-vivos. Tudo bobagem, na minha opinião, mas aquilo tinha me ensinado que, para os humanos, o devido respeito aos mortos era importante. Também era importante para os Ina?

O que tinha sido feito com os restos mortais de minha família, tanto do sexo masculino quanto do feminino? A polícia os tinha recolhido? Para onde os levaria? Eu teria de conversar com Wright a esse respeito, e talvez com Theodora. Ela trabalhava em uma biblioteca. Se não soubesse, saberia como descobrir.

Mas caso eu, de algum modo, conseguisse encontrar os restos mortais, o que poderia fazer além de enterrá-los ou espalhar as cinzas depois de uma cremação mais completa? Eu não conhecia nenhum ritual Ina, nenhuma religião Ina, nenhuma pessoa Ina viva.

Encontrei outro lugar onde alguém havia morrido: dessa vez simbionte, uma fêmea. Eu não a conhecia. Fiquei grata por isso. Depois de um tempo, obriguei-me a ir à casa que fora de meu pai. Percorri tudo devagar, encontrei dois pontos onde simbiontes que eu não conhecia haviam morrido. Depois me deparei com duas pessoas que conhecia: os dois homens a que fui apresentada no salão da frente da casa de Iosif, Nicholas e Yale. Fiquei parada muito tempo, olhando para as manchas onde os dois homens morreram. Não convivi com eles, mas eram saudáveis e estavam vivos apenas uma semana antes. Eles me acolheram, foram amigáveis com Wright. Não parecia possível que agora estivessem mortos, reduzidos a duas nódoas de carne queimada que cheiravam a Iosif e aos próprios odores humanos pessoais.

Em seguida, nos resquícios do que devia ter sido um grande quarto, encontrei um lugar que cheirava tanto a Iosif que tinha que ser onde ele morrera. Tentara sair? Não estava perto de uma janela ou de uma porta. Tive a impressão de que estava deitado de costas quando morreu. Tinha sido baleado? Não encontrei balas, mas talvez a polícia as tivesse removido. E se alguma vez houve um cheiro de pólvora, foi dominado por todos os outros odores de queimadura e morte. Iosif tinha certamente sido queimado. Uma pequena quantidade de suas cinzas ainda estava ali, misturada às cinzas da casa e de seus pertences.

Sem dúvida, ele estava morto.

Permaneci junto à mancha, de olhos fechados, abraçando a mim mesma.

Iosif estava morto. Eu mal o conhecia e ele estava morto. Tinha começado a gostar dele, e ele estava morto.

Curvei-me no chão, angustiada, sabendo que não poderia fazer nada para ajudá-lo, nada para mudar a situação. Nada mesmo. Minha família fora destruída e não podia sequer viver o luto pelas pessoas porque mal me lembrava delas.

— Shori?

Dei um salto e recuei vários passos. Estava tão absorta em meus pensamentos e sentimentos que deixei alguém se aproximar de mim. Não tinha ouvido nada, nem sentido nenhum cheiro.

Ao menos pude ver que havia assustado a pessoa que me surpreendeu. Eu me movi rápido e estava escuro. Ela estava olhando ao redor, como se seus olhos não tivessem acompanhado meu movimento, como se não soubesse para onde eu fora. Então, ela me viu. A essa altura eu já sabia que era humana e não enxergava muito bem no escuro, que tinha o cheiro de meu pai e que eu sabia quem era.

— Brook — falei.

Seus olhos percorreram a devastação e então me encontraram. Lágrimas escorriam por seu rosto.

Fui até ela e abracei-a como ela havia feito quando nos conhecemos.

Ela retribuiu o abraço, chorando mais ainda.

— Você estava aqui quando tudo aconteceu? — perguntou.

— Não. Íamos nos mudar esta noite.

— Você sabe se...? Quer dizer, você viu Iosif?

Voltei o olhar para o local onde Iosif morreu, onde ainda restava uma pequena quantidade de suas cinzas.

— Ele não sobreviveu — respondi.

Ela me fitou em silêncio, franzindo a testa como se eu tivesse dito palavras que não conseguia compreender. Depois, começou a fazer um ruído que pareceu um grito longo e entrecortado. Caiu no chão, ofegando e gemendo.

— Ah, Deus — clamava. — Ah, Deus, Iosif, Iosif.

Outra pessoa estava se aproximando.

Brook tinha vindo de carro, notei. Fiquei tão concentrada em minha própria angústia que deixei passar não só o som e o cheiro de uma pessoa que caminhava em minha direção, mas também o barulho de um carro. Agora, outra pessoa vinha do carro, outra fêmea humana. Ela tinha uma arma e a apontava para mim.

Afastei-me de Brook com um salto, contornei-a de longe, saltando pelos escombros o mais rápido possível. Alcancei a mulher com a arma antes que ela pudesse me localizar e me atingir, tirei a arma de sua mão antes que pudesse disparar e a agarrei. Não queria de jeito nenhum perder outro dia e outra noite me recuperando de um ferimento de bala.

A mulher também era conhecida: Celia, uma das simbiontes de Stefan. Ela estivera em sua cozinha com duas outras mulheres cujos odores fiquei feliz em não sentir.

— Celia, é a Shori — falei em seu ouvido enquanto ela se debatia contra mim. — Celia! — Ela me levantou do chão por completo, mas não conseguiu se desvencilhar. — É a Shori — repeti em seu ouvido. — Pare de se debater. Não quero machucar você.

Depois de um instante, ela parou de lutar.

— Shori?

— Sim.

— Você fez isso?

Aquilo me surpreendeu e fiquei em silêncio. Celia era uma das duas mulheres negras na cozinha. Tinha parecido simpática e interessante. Agora, não havia nada além de tristeza e raiva em sua expressão.

Brook apareceu naquele momento e disse:

— Celia, é a Shori. Ela não fez isso.

— Eu sei o que ela fez com o Hugh! — falou Celia.

Eu a soltei. Hugh Tang era simbionte de Stefan assim como ela. Formavam uma família.

Celia ergueu o punho, com a clara intenção de bater em mim. Esquivei-me do primeiro murro, então agarrei sua mão, depois a outra. Tentou me chutar, então dei uma rasteira nela e a derrubei no chão.

Ficou atordoada por um momento, ofegante, esbaforida, porque caí em cima dela. Ela me olhava. Eu não conseguia pensar em nada útil para dizer, por isso fiquei quieta. Celia e eu ficamos no chão. Depois de um momento, ela desviou os olhos de mim e seus músculos relaxaram.

— Deixe que eu me levante — pediu.

Não me movi nem afrouxei o controle sobre ela.

— O que quer que eu faça, que diga "por favor"?

— Não quero machucar você, de verdade — avisei —, mas se me agredir de novo, vou fazer isso.

Depois de um instante, ela assentiu.

— Pode me soltar. Não vou atacar você.

Aceitei a palavra dela e deixei que se levantasse.

— Ela falou que Iosif está morto — disse Brook.

Celia me confrontou.

— Como sabe que ele está morto? Estava aqui quando tudo isso aconteceu? Você viu?

Peguei as duas pela mão, embora Celia tentasse se esquivar, e as levei ao local onde Iosif havia sido queimado.

— Ele morreu aqui — expliquei. — Consigo sentir o cheiro. Não sei se foi só o fogo ou se ele foi baleado também. Não encontrei balas. Mas ele morreu aqui. Algumas de suas cinzas ainda estão aqui.

Olhei para uma delas, depois para a outra. Agora, as duas tinham lágrimas escorrendo pelo rosto. Acreditavam em mim.

— Não me lembro de nada sobre os funerais ou crenças Ina sobre a morte — falei. — Alguma de vocês conhece outras famílias Ina, talvez as mães de Iosif, que sejam capazes de fazer o que deve ser feito?

— As mães dele foram assassinadas na Rússia durante a Segunda Guerra Mundial — contou Brook.

Ela e Celia se entreolharam.

— Fomos a Seattle fazer compras e visitar nossos parentes. É por isso que não estávamos aqui. Os únicos números de telefone de pessoas Ina que sei de memória são os de várias pessoas que moravam aqui e algumas das mães delas. — Ela olhou para Celia.

— Eu sabia alguns números de nossa comunidade e os das mães de Shori — disse Celia. — Só.

Ocorreu-me então, sem qualquer motivo, que pude identificar que Celia era muito mais jovem do que Brook, jovem o bastante para ser filha de Brook. Brook era apenas alguns anos mais nova do que Theodora, mas, exceto por sinais muito sutis, parecia ter a mesma idade de Celia. Isso, compreendi, era o que acontecia quando uma humana se tornava simbionte de um Ina enquanto ainda era jovem. Wright envelheceria devagar da mesma forma que Brook.

Voltei a me concentrar nos escombros em que estávamos.

— Quando vocês foram para Seattle? — perguntei.

Celia respondeu:

— Cinco noites atrás.

— Não poderei mais visitar meus parentes — disse Brook. — Minha irmã e minha mãe estão envelhecendo muito mais rápido do que eu, e ficam me olhando e perguntando qual é o meu segredo.

Celia e eu erguemos uma sobrancelha e olhamos para ela da mesma maneira. Ela percebeu, olhou para o local onde Iosif havia morrido e sussurrou:

— Ai, Deus.

Respirei fundo, olhei para Celia, depois deixei-as e caminhei na direção da casa de Stefan. Elas me seguiram, sem dizer nada. Ficaram do lado de fora da casa enquanto eu percorria os cômodos, encontrando cinco simbiontes, incluindo as duas que estavam com Celia quando a conheci. E encontrei uma bala deformada em uma tábua carbonizada. Tive de quebrar o que sobrou da tábua para pegá-la, mas, assim que a peguei, constatei um cheiro leve de sangue.

Um dos simbiontes. A bala havia atravessado o corpo do homem e entrado na madeira.

Por fim, encontrei o lugar onde o corpo de Stefan tinha caído e sido queimado em um dos quartos, perto de um pedaço da moldura da janela. Será que estava tentando sair ou... disparava contra seus agressores? Não podia ter certeza, mas pareceu-me provável que morrera lutando contra quem quer que tivesse feito aquilo.

Fui até Celia e balancei a cabeça.

— Sinto muito. Ele também não sobreviveu.

Ela me fuzilou com o olhar, como se eu fosse a assassina: um olhar cheio de tristeza e raiva.

— Onde? — indagou. — Onde ele morreu?

— Venha por aqui.

Ambas me seguiram até o lugar onde Stefan havia morrido, encurvado, caído de lado, com os membros apertados contra o corpo.

— Aqui — mostrei.

Celia olhou para baixo, então se ajoelhou e colocou as mãos espalmadas nas cinzas, pegando um pouco do que restava de Stefan. Por muito tempo, ela não disse nada. Avistei o leste, onde o céu estava ficando um pouco mais claro.

Depois de algum tempo, Celia olhou para Brook.

— Ele estava revidando os tiros — afirmou. — Poderia se forçar a fazer isso, mesmo se vieram durante o dia. Os dias eram difíceis para ele, mas conseguiria ficar acordado para revidar os tiros.

Brook concordou.

— Ele poderia ter feito isso.

— Foi o que pensei — admiti.

Celia olhou para mim, então fechou os olhos, as lágrimas escorrendo pelo rosto.

— Você não pode afirmar com certeza?

— Não. Mas sei que houve tiroteio. Encontrei uma bala que cheirava a outro membro de sua casa. E a posição de Stefan... De certa forma, pareceu que ele poderia estar atirando. Espero que tenha atingido alguns deles.

— Ele tinha armas — disse Celia. — Iosif não gostava de armas, mas Stefan, sim. Não o ajudaram a sobreviver.

— Está quase amanhecendo — falei. — Vocês me levam de volta para o local onde Wright está esperando? Posso indicar o caminho.

Elas se entreolharam e depois olharam para mim.

— Levem-me até Wright, depois nos sigam até a cabana dele — falei. — Teremos de encontrar outro lugar em breve. A cabana já é pequena demais para duas pessoas.

— Iosif tem... tinha... uma casa perto de Arlington — disse Brook. — Alguns de nós a usávamos para ir ao trabalho ou para receber parentes de fora. Tem três quartos, três banheiros. É um lugar agradável e é nosso. Temos o direito de ficar lá.

Concordei com um movimento de cabeça, aliviada.

— Isso seria melhor. Outros simbiontes podem já estar lá?

Brook olhou para Celia.

— Não a uso — comentou Celia. — Não sei da escala.

— Acho que não tem ninguém lá — disse Brook. — Se houver... Se alguns de nós estiverem lá, Shori, também precisam de você.

Assenti.

— Levem-me até Wright. Depois, vamos para lá.

Durante o trajeto triste e silencioso até o carro de Wright, tive tempo de sentir medo.

A vida daquelas duas mulheres estava em minhas mãos, mas eu não fazia ideia de como salvá-las. É claro que beberia o sangue delas. Não queria, mas o faria. Elas tinham o cheiro de meu pai e meu irmão. Quase tinham cheiro Ina, e isso era o suficiente para torná-las pouco apetecíveis. Mas, ainda assim, eu me obrigaria a tomar o sangue delas. Isso seria suficiente? Iosif não tinha me dito quase nada. O que mais eu deveria fazer? Poderia conversar com elas. Fariam o que eu mandasse, tentariam fazer, depois que eu tivesse tirado seu sangue. Será que isso seria suficiente?

Se não fosse, elas morreriam.

11

Para chegar à casa que meu pai tinha comprado para seus simbiontes e meus irmãos, seguimos por uma rodovia que atravessava uma mata densa, indo além de casas e fazendas eventuais e isoladas, passando por estradas secundárias e margeando o rio. Perguntei a Wright se o rio tinha nome.

— É o braço norte do Stillaguamish — disse. — Não me pergunte o que significa "Stillaguamish", porque não faço ideia. Mas é o nome de uma comunidade indígena local.

Mais à frente, chegamos a áreas mais populosas, onde casas e fazendas eram mais visíveis, espalhadas ao longo da rodovia. Ainda havia árvores, mas também cheiros de pessoas e criações de animais nas redondezas. Havia, em especial, o cheiro de cavalos. Eu o reconheci da época em que rondava a vizinhança de Wright. Lá, os cavalos faziam barulhos e circulavam inquietos quando eu me aproximava o bastante para me notarem. Meu odor, pelo visto, os perturbava. Mas o odor deles acabou se tornando um dos muitos que significavam "lar" para mim.

Wright e eu seguimos o carro das mulheres, conversando baixinho. Contei a ele o que aconteceu à comunidade de meu pai e que Celia e Brook haviam sobrevivido porque estavam em Seattle.

Ele balançou seu cabeça.

— Não sei a que conclusão chegar — comentou. — Sua espécie tem sérios inimigos. O que precisamos fazer é encontrar algum lugar seguro onde possamos nos refugiar, coletar informações e descobrir o que fazer. Provavelmente existe uma maneira de levar a polícia a essas pessoas, se conseguirmos descobrir quem são.

Enquanto ele falava, percebi que estava disposta a ir mais longe do que isso. Se encontrássemos as pessoas que assassinaram minhas famílias masculina e feminina, eu queria matá-las, tinha de matá-las. Senão, como poderia manter minha nova família em segurança?

Minha nova família...

— Wright — falei baixinho, e o vi olhar para mim. — Celia e Brook ficarão conosco agora. Elas vão precisar.

Houve um momento de silêncio. Depois, ele disse:

— Elas não vão acabar morrendo?

— Não se eu puder me encarregar delas. Vou tentar.

— Você vai se alimentar delas.

— Sim. — Hesitei. — E não sei o que vai acontecer. Não me lembro de nada sobre isso. Iosif me disse que tinha de ser feito quando um Ina morria e deixava simbiontes, mas não explicou muito mais. Ele não podia adivinhar... que eu precisaria da informação em breve.

— Talvez Brook e Celia saibam.

Virei o rosto, olhei pela janela. O sol já estava bem alto agora e, apesar das nuvens ameaçadoras de chuva, estava ficando radiante a ponto de me incomodar. Estendi a mão para o banco traseiro, peguei o cobertor e me enrolei nele. Feito isso, tirando a sensação nos olhos, estava quase confortável.

— Procure no porta-luvas — disse Wright, com um gesto. — Deve ter um par de óculos escuros lá dentro.

Vi o porta-luvas, descobri como devia ser aberto e achei os óculos. Eram grandes demais para o meu rosto, e eu tinha de ficar empurrando-os sobre o nariz, mas eram bem escuros e logo me senti melhor.

— Obrigada — falei e toquei o rosto dele. Ele precisava se barbear. Esfreguei o pelo marrom eriçado e achei até gostoso de tocar.

Wright pegou minha mão e a beijou, falando em seguida:

— Por que não quer perguntar a Brook e Celia o que elas sabem?

Suspirei. É claro que ele não tinha se esquecido da pergunta.

— Vergonha — respondi. — Orgulho. Imagine uma médica que tem de perguntar à paciente como realizar uma cirurgia para salvar-lhe a vida.

— Não inspira confiança — afirmou. — Entendo. Mas se elas sabem de alguma coisa, você precisa descobrir.

— Preciso. — Inspirei fundo. — Brook é mais velha. Talvez me alimente dela primeiro e descubra o que ela sabe.

— Ela não pode ser tão mais velha. Parecem ter a mesma idade.

— Parecem? Brook é uns vinte anos mais velha.

— Tudo isso? — Ele parecia cético. — Como você sabe?

Refleti.

— A pele dela mostra isso. Acho que é tanto o cheiro quanto a aparência... Ela cheira mais como Ina do que Celia. Esteve com meu pai por mais tempo do que Celia com meu irmão. Acho que Celia tem mais ou menos a sua idade.

Ele discordou balançando a cabeça.

— Brook não tem rugas, nem aquelas linhazinhas ao redor dos olhos.

— Eu sei.

— Nem cabelos grisalhos. O cabelo dela é tingido?

— Não é, não.

— Jesus, será que ainda vou parecer tão jovem daqui a vinte anos?

Sorri.

— É provável.

Ele olhou para mim e sorriu, satisfeito.

— Acho que chegamos — falei.

O carro à nossa frente virou e parou na entrada de uma casa de fazenda comprida e baixa. Não havia outras casas à vista. Viramos na mesma entrada de automóveis e, quando Brook parou, Wright disse:

— Espere um minuto. — Ele saltou e foi falar com as duas mulheres.

Escutei com curiosidade. Ele queria que elas parassem na garagem que eu conseguia ver, mais ao fundo da propriedade. Estava preocupado porque a casa tinha ligação com a família de Iosif. Achava que os assassinos poderiam saber dela.

— Você ouviu tudo, não ouviu? — me perguntou quando voltou.

Assenti.

— Você pode estar certo. Tinha esperança de que pudéssemos nos instalar aqui por um tempo, mas talvez não devêssemos. Até a polícia pode vir aqui procurar informações sobre Iosif.

Ele estacionou na garagem, ao lado do carro de Brook. A garagem tinha espaço suficiente para três carros, mas não havia nenhum outro ali.

— Verdade — concordou. — Mas também não poderemos usar minha cabana por muito tempo. Já disse para minha tia e meu tio que eu estava indo embora. — Ele hesitou. — Na verdade, praticamente me disseram para sair. Eles sabem... Bem, pensam que andei levando garotas lá para dentro.

Apesar de tudo, ri.

— Minha tia escutou pela porta há algumas noites. Contou para o meu tio que ouviu "barulhos de sexo". Meu tio me disse que entende, que já foi jovem. Mas falou que eu tinha de ir embora porque minha tia não entende.

Sacudi a cabeça.

— Você é adulto. O que eles esperam?

Ele me puxou por um instante.

— Só fique feliz por não terem visto você.

Eu estava. Saí do carro e fiquei esperando, enrolada em meu cobertor, na sombra da garagem, até que Brook abriu a porta dos fundos; entrei correndo. Não havia, mesmo na parte de trás, nenhuma outra casa à vista. Havia outras pessoas por perto. Eu podia sentir o cheiro delas. Mas estavam a uma distância confortável, e as muitas árvores provavelmente ajudavam a tornar as casas menos visíveis.

Lá dentro, os quartos estavam limpos e havia pratos no armário.

Encontramos alimentos enlatados e congelados, toalhas e roupas de cama limpas.

— A regra — explicou Brook — é deixar o local limpo e bem abastecido. As pessoas tendem a fazer isso. Tendiam a fazer isso.

— Vamos nos sentar em algum lugar — avisei a Celia e Brook. — Preciso conversar com vocês duas.

Wright tinha seguido pelo corredor para dar uma olhada na porta lateral. Agora estava voltando, conferindo o interior de cada quarto. Olhou para mim quando falei.

Dei de ombros.

— Mudei de ideia — disse a ele.

— Sobre o quê? — perguntou Celia. Notei que estava começando a suar quando olhei para ela. A casa estava fresca. Assim que entramos, Brook reclamou que estava frio. Ela redefiniu o termostato de treze para 21 graus, mas a casa nem tinha começado a esquentar. Mesmo assim, Celia estava com calor. E com medo.

Esperei até que todos tivéssemos encontrado lugares na sala de estar.

— Quanto a nos tornarmos uma família — falei, e ambas as mulheres pareceram desconfortáveis —, se conhecerem qualquer outra pessoa Ina e preferirem ir até ela, devem ir agora, enquanto podem — avisei. — Se não, vão se apegar a mim, por isso preciso da ajuda de vocês.

— Estamos aqui — afirmou Celia. Ela enxugou a testa com a mão um pouco trêmula. — Você sabe que não conhecemos mais ninguém.

— E vocês sabem que estou com amnésia. Não tenho memória de ter visto ou ouvido nada sobre o tratamento de simbiontes cujo Ina tenha morrido. Iosif me disse algo a respeito, mas qualquer coisa que vocês saibam, qualquer coisa, devem me contar, para o bem de vocês.

Brook concordou.

— Eu me perguntei o que você sabia. — Ela inspirou fundo. — Estou assustada porque você é uma criança, mas ao menos é do sexo feminino. Isso pode nos salvar.

— Por quê? — perguntei.

Ela pareceu surpresa.

— Você também não sabe? — Ela sacudiu a cabeça e deu um suspiro profundo. — O veneno das fêmeas Ina é mais potente do que o dos machos. Foi o que Iosif me disse. Tem alguma coisa a ver com o modo como fêmeas Ina pré-históricas costumavam conseguir e manter os parceiros. — Ela deu um ligeiro sorriso. — Agora as fêmeas encontram parceiras para os filhos, e machos para as filhas, e é tudo muito civilizado. Mas há muito tempo, grupos de irmãs competiam para capturar grupos de irmãos, e a competição era química. Se um grupo de irmãs tivesse o veneno para manter um grupo de irmãos, eram mais propensas a ter vários filhos saudáveis, e os filhos machos teriam um porto seguro junto aos pais até atingirem a maioridade. As filhas, por sua vez, provavelmente teriam um veneno ainda mais potente.

— Os filhos também teriam um veneno mais potente — disse Wright.

— Sim, mas entre os Ina as fêmeas competem. É como os machos têm competido entre os humanos. Houve um tempo em que um homem grande e forte era capaz de afastar outros homens e se casar com muitas esposas, passando adiante seus genes para muitas crianças. O tamanho e a força dele podiam ser transmitidos a suas filhas e também a seus filhos, mas as filhas provavelmente ainda seriam menores e mais fracas que os filhos. Crianças, homens e mulheres Ina acabavam tendo um veneno mais potente, mas o feminino era ainda mais potente do que o masculino. Nesse sentido, os Ina são uma espécie de matriarcado. E uma criaturinha como Shori pode ser uma verdadeira potência. — Ela respirou fundo e olhou para Celia. — Os homens Ina são como nós, como simbiontes. Ficam viciados no veneno de um grupo de irmãs. É isso que significa estar acasalado. Uma vez viciados, eles não são férteis com outras fêmeas e, de tempos em tempos, necessitam de suas parceiras. Precisam... como eu preciso de Iosif.

Ela sabia mais sobre a reprodução e a história Ina do que eu. E deveria, é claro, depois de tantos anos com Iosif. Mas, ainda assim, ouvir aquilo vindo dela me deixou desconfortável. Tentei ignorar meu desconforto.

— Você ficou com Iosif por muito tempo — falei.

— Sim. — Ela piscou e olhou para o nada. — Vinte e dois anos — disse. Cobriu o rosto com as mãos e encolheu o corpo na cadeira, se afastando de mim, chorando. Como Celia, era grande demais, maior do que eu, mas por um instante pareceu uma pessoa pequena e indefesa, em profunda angústia. No entanto, eu não queria tocá-la. Teria que o fazer em breve.

Ela disse, em meio às lágrimas:

— Eu sempre *soube* que morreria antes dele, e isso era bom. Estava tão disposta a aceitá-lo quando ele me pediu. Deus, eu o amava. E achei que isso significava que nunca ficaria sozinha. Meu pai morreu quando eu tinha oito anos. Tive um irmão que se afogou aos sete. E o marido da minha irmã morreu de câncer depois de apenas dois anos de casamento. Achei que, por fim, havia encontrado uma maneira de evitar toda aquela dor... uma maneira de nunca mais ficar sozinha. — Ela estava chorando de novo.

— Sou filha de Iosif — afirmei. — Espero que meu veneno seja forte e que venha até mim. Não será a mesma coisa, eu sei, mas não ficará sozinha. Quero você comigo.

— Por quê? — Celia quis saber. — Você não nos conhece.

— Graças à amnésia, não conheço ninguém — adverti. — Estou conhecendo Wright. E há uma mulher chamada Theodora, que estou conhecendo. E, Celia, só estou começando a me conhecer.

Ela olhou para mim por alguns segundos, depois, trêmula, desviou o olhar.

— Eu odeio isso — disse. — Droga, odeio isso!

E era assim que um simbionte se comportava quando sentia falta de seu Ina. Ao menos, era assim que Celia se comportava: com desconfiança, mau humor, medo. Brook e Celia estavam sofrendo, mas Celia devia estar há mais tempo sem Stefan do que Brook sem Iosif.

Levantei-me e fui até Celia, tentando ignorar o fato de ser evidente ela não querer que eu a tocasse. Foi sensata o suficiente para não protestar quando segurei sua mão, coloquei-a de pé e a conduzi para um dos quartos.

— Odeio isso — repetiu ela, e virou o rosto para longe de mim enquanto eu a encorajava a se deitar na cama imensa. Ela cheirava mais a Stefan do que antes, e eu realmente não queria tocar nela. Teria tido prazer em saborear Theodora ou Wright, mas tinha de me forçar a tocar Celia.

Ela se virou para mim e percebeu a expressão em meu rosto.

— Você não quer fazer isso — disse. Estava chorando de novo, seu corpo tenso de raiva.

— Claro que não — falei, e me deitei na cama ao lado dela. — Stefan cobriu você de sinais olfativos repulsivos. Você nunca se perguntou por que os Ina podem viver juntos sem perseguir os simbiontes uns dos outros?

— Acontece, às vezes.

— Mas apenas com novos simbiontes, certo?

— Você tem amnésia, mas sabe disso?

— Estou viva, Celia. Meus sentidos funcionam. Não posso deixar de reparar. — Desabotoei a camisa dela para desnudar seu pescoço. — O que não sei é como isso será para você. Talvez nada bom.

— Estou assustada — admitiu ela.

Assenti.

— Aguente. Aguente e não se mexa. Mais tarde, quando eu puder, compenso você.

Ela estava de acordo.

— Você me lembra um pouco o Stefan. Ele me disse que eu o fazia se lembrar de você.

Eu a mordi. Fui mais abrupta do que deveria, mas o cheiro dela estava me repelindo cada vez mais. Tive de agir depressa para ser capaz de terminar tudo.

Ela soltou um grito curto, depois, com desespero, tentou me afastar, tentou lutar, tentou me bater... Tive de usar braços e pernas para imobilizá-la, tive de me enrolar em volta dela. Se Celia fosse maior, teria que bater nela até a deixar inconsciente. Na verdade, talvez isso fosse mais gentil. Fiquei esperando que me aceitasse, do modo como pessoas estranhas fizeram comigo quando entrei por suas janelas e as mordi. Mas ela não conseguiu. E o mais estranho é que nunca me ocorreu me separar dela por um instante e mandar que ficasse quieta. Teria feito isso com uma estranha, mas nunca pensei em fazer com ela.

Ela conseguiu parar de gritar depois daquele primeiro som sufocado, mas lutou descontrolada, desesperada, até que parei de tirar seu sangue. Tinha apenas provado, tirando muito menos do que uma refeição completa. Foi tudo que consegui suportar. Minha esperança era de que bastasse.

Dei a ela um instante para compreender que tinha terminado e, quando ela parou de se debater, soltei-a.

— Machuquei você? — perguntei.

Ela estava chorando em silêncio. Encolheu-se quando me inclinei para lamber a mordida e tirar o sangue que ainda escorria. Ela colocou as mãos nos meus ombros e me empurrou, mas conseguiu não fazer aquilo com tanta força. Continuei lambendo a mordida.

Ela precisava daquilo para ajudar na cicatrização.

— Sempre gostei muito quando Stefan fazia isso — disse Celia.

— Devia ser prazeroso — respondi, embora eu não estivesse sentindo nenhum prazer. Estava fazendo o que parecia ser minha obrigação. — E isso ajuda as feridas a cicatrizarem de forma rápida e limpa. Algum dia, em breve, será agradável outra vez.

Ela relaxou um pouco, e achei que talvez a estivesse convencendo.

— Talvez — respondeu. — Talvez você também tenha algum tipo de sinal repulsivo... Para mim, quero dizer. Entrei em pânico. Não conseguia me controlar. A mordida não doeu, mas foi... foi horrível. — Ela se afastou de mim, arrepiada.

— Mas se sente melhor? — perguntei.

— Melhor?

— Você parou de tremer.

— Ah... Sim. Obrigada... Acho.

— Não sei exatamente quanto tempo vai demorar até que possamos ter prazer uma com a outra, mas acho importante que já se sinta melhor agora. Será mais fácil e confortável da próxima vez. — Agora que já a mordera, seria mesmo. Parecia melhor explicar isso a ela.

— Espero que sim.

Deixei-a sozinha na cama enorme. Ela não conseguiria dormir se eu ficasse. Eu não teria conseguido dormir se ficasse. Fui ao banheiro, me lavei e fiquei lá. Sabia que logo teria de ir até Brook. Quanto mais eu esperasse, mais difícil seria.

Talvez fosse mais fácil para Brook, já que ela não parecia tão carente. Ou talvez fosse pior porque estava com Iosif há muito tempo. Será que 22 anos era muito tempo para ela, que talvez vivesse duzentos? Se ao menos eu soubesse o que estava fazendo.

Fiquei muito tempo sentada na beirada da banheira, ouvindo Celia chorar até adormecer; ouvindo Wright circulando pela cozinha; ouvindo a respiração tranquila de Brook em um dos quartos. Ela não estava dormindo, mas também não andava de um lado para o outro. Estava sentada ou deitada, provavelmente esperando por mim.

Levantei-me e fui até ela.

— Achei que você poderia esperar — disse ao me ver. — Se quiser, pode esperar até amanhã. Quer dizer, estou bem agora. Não estou trêmula ou coisa assim.

Não suspirei. Não disse nada. Apenas fui para a cama, onde ela descansava por cima da colcha, e me deitei a seu lado. O cheiro dela era tão parecido com o de meu pai que, se fechasse os olhos, era quase como se estivesse deitada ao lado dele, e mesmo tendo começado a confiar em Iosif e até a gostar dele, eu não o achava em nada apetecível.

— Vamos superar isso — falei. — O que você está sentindo agora vai passar.

Ela suspirou e fechou os olhos.

— Espero que sim — respondeu. — Morda.

Mordi. E quando terminei, deixei-a chorando no travesseiro. Ela não conseguiu encontrar mais conforto em mim do que Celia, e não havia conforto para mim com nenhuma delas. Saí, esperando encontrar o conforto de que precisava com Wright. Ele estava na sala, comendo um sanduíche de presunto e um saco de pipoca de micro-ondas e assistindo à televisão, que eu não havia notado antes. Apontou o controle remoto e parou o programa quando entrei.

— Sem TV a cabo — comentou —, mas há muitos filmes e programas de TV antigos. — Com um gesto, indicou as prateleiras de fitas e DVDs no armário. Depois de um instante, perguntou:

— Como vão as coisas?

Balancei a cabeça e fui me sentar ao lado dele, no braço da poltrona.

Estava receosa de que ele se afastasse de mim, de que se ressentisse por ter trazido duas estranhas para nossa família, mas ele estendeu a mão, colocou-a sob um dos meus braços e me levantou para seu colo. Eu me acomodei ali, com os braços dele em volta de mim. Suspirei de contentamento.

— As coisas foram horríveis — respondi. — Mas estão melhores agora.

Foi quando ouvi pessoas do lado de fora. Primeiro, duas delas; depois, quando endireitei a postura e me afastei do peito de Wright e da batida de seu coração, ouvi outras. Não era capaz de dizer quantas.

Foi quando senti o cheiro da gasolina.

12

Virei-me para falar bem baixinho no ouvido de Wright.

— Os assassinos estão aqui. — Cobri a boca dele com a mão. — Estão aqui neste momento. Têm armas e gasolina. Vá acordar Brook e Celia... sem fazer barulho! E cuide delas. Mantenha-as em segurança. Cuidado com a porta lateral. Quando eu abrir caminho, tire-as daqui. Não se preocupe comigo. Não tente me ajudar. Vá. Agora.

Deslizei para fora de seu colo, me esquivando do alcance de suas mãos, agarrei o cobertor e os óculos e corri para a porta lateral. Havia homens, machos humanos, nas portas da frente e de trás, e pelo menos um deles estava se dirigindo para a porta lateral no fim do corredor, mas ninguém a alcançou antes que eu saísse e descesse os três degraus de concreto até o chão.

Os homens estavam espalhando gasolina em volta da casa, espirrando-a sem barulho no revestimento de madeira para que se acumulasse no chão. Joguei o cobertor perto de um carvalho que estava perdendo as folhas. Estava projetado demais por cima da casa para sobreviver ao que estava por vir, mas me oferecia sombra e impedia que eu me queimasse. Coloquei os óculos, então me virei na direção dos sons de um homem que se aproximava do jardim da frente, espalhando a gasolina do modo mais silencioso que podia.

Ele era como o cervo que eu matara, apenas uma presa. Foi meu primeiro cervo daquele dia. Antes que percebesse minha presença, eu já estava atrás dele, com uma mão sobre seu nariz e sua boca, agarrando-o com as pernas, montando-o, pondo o outro braço em volta da cabeça dele, sob o queixo. Quebrei seu pescoço e, um instante depois, quando ele desmaiou, dilacerei sua garganta. Não queria que fizesse nenhum ruído.

Ele tinha uma arma, grande e de aparência estranha. Peguei-a pelo cano, joguei-a para dentro de casa pela porta de onde tinha saído e depois levei a lata de gasolina do morto até o carvalho.

Outro homem estava vindo do quintal, e ele foi meu segundo cervo, que despachei tão depressa quanto o primeiro. Foi quase um alívio usar minha rapidez e força sem ficar preocupada por estar machucando alguém.

E foi bom matar aqueles dois homens que sem dúvida participaram da matança de minhas famílias.

Alguém na casa abriu uma fresta da porta lateral e acenei com as duas mãos, chamando-os. Nesse mesmo instante, outra pessoa jogou algo por duas ou três das janelas, quebrando-as. Alguém no quintal ateou fogo à gasolina, e as chamas ecoaram ao redor da casa, por todos os lados, menos aquele que deixei livre. Através de uma janela, pude ver que havia fogo dentro da casa também.

Wright, Celia e Brook saíram da casa de forma barulhenta, mas o estrondo do fogo provavelmente abafou o ruído que causaram, pelo menos para os atiradores. Wright estava com a arma que deixei para ele. Agarrei a arma do segundo homem e a coloquei nas mãos de Celia. Das duas mulheres, pensei que tinha a maior probabilidade de saber usá-la.

Ela começou a dizer algo, mas coloquei a mão sobre sua boca.

Ela moveu a cabeça, concordando, e se posicionou de modo a deixar que Brook e eu ficássemos entre ela e Wright. Vigiava a frente enquanto Wright vigiava nossas costas.

Fui até Wright, que estava se afastando do calor do fogo, mas ainda vigiava o quintal. Ele me olhou.

Toquei sua boca de relance com os dedos para mantê-lo em silêncio, então passei à frente dele, agindo de acordo com o que eu podia ouvir e ele não. Pela segunda vez naquele dia, tive que escapar de suas mãos. Outro atirador estava dando a volta na casa, perto do fogo, talvez para verificar o que acontecera com seus amigos. Foi meu terceiro cervo. Era melhor não fazermos barulho antes que fosse necessário.

Quantos pistoleiros sobraram? Quantos havia? Não tinha tempo para prestar atenção ou tentar adivinhar, mas tentei me lembrar do que ouvira. Então, minha concentração foi abalada pelo som súbito, grave e rápido da arma de Celia. Ela atirou em um homem que veio pela frente da casa.

O homem caiu e, mesmo que ninguém tivesse ouvido o som estranho do disparo de Celia, alguém o teria visto cair. O elemento surpresa foi comprometido.

Agarrei a arma do homem que acabara de matar, gritei para os outros e todos corremos para o abrigo das árvores. Elas nos dariam cobertura quando os demais atiradores viessem descobrir o motivo dos tiros.

Todos alcançamos as árvores a tempo. Brook estava comigo atrás do carvalho, que, lá no alto, onde se projetava sobre a casa, já estava em chamas. Entreguei-lhe a arma e ela franziu a testa, estudando-a. Enquanto isso, Wright e Celia já estavam atirando. Pude ver os homens devolvendo os tiros tanto na frente da casa quanto nos fundos, mas não conseguiam mirar muito bem porque não havia cobertura onde estavam. Tínhamos as árvores, mas eles tinham apenas a casa em chamas. Se tivessem tentado alcançar árvores que poderiam protegê-los, Wright ou Celia teriam disparado tiros certeiros neles.

Se sobrevivêssemos, pediria a Wright e Celia que me ensinassem a atirar.

Então, ouviu-se o som distante de sirenes. Ouvi-o e congelei, imaginando como poderíamos evitar ser pegos pelos atiradores, mas também pela polícia. Brook ergueu os olhos, desviando-os da arma, e percebi que ela também estava começando a ouvir as sirenes.

E os atiradores também ouviram. Os tiros do outro lado dissiparam-se em silêncio. Wright e Celia interromperam o ataque muito cuidadoso porque, de repente, não tinham alvos.

Consegui ouvir os atiradores que restaram correndo, seus passos se afastando de nós, em direção à rua. Eu me revelei, saindo de trás da árvore, servindo de alvo para qualquer um que tivesse ficado para trás.

Ninguém atirou em mim.

Corri para a garagem, levantei uma das portas e olhei na direção da lateral da casa. Tinha a esperança de que Wright, Celia e Brook tivessem se atentado. Eles estavam vindo, os três, correndo.

Abri a outra porta da garagem e esperei até que todos estivessem nos carros. Então, entrei e fugimos.

Fugimos devagar. Wright disse que não deveríamos correr, não deveríamos fazer nada que pudesse ser notado por qualquer pessoa que nos visse ou que atraísse a atenção da polícia. Ele estava na frente dessa vez, então sua capacidade de julgamento fez Brook reduzir a velocidade. Não havia vizinhos perto o bastante para observar a casa ou relatar que a havíamos abandonado (deixando vários cadáveres) logo depois do início do incêndio. Na verdade, as armas fizeram tão pouco barulho que me perguntei se os humanos as ouviram, já que as casas eram tão distantes umas das outras. Era quase certo que a fumaça chamara a atenção de alguém. Isso significava que a ligação de emergência provavelmente foi direcionada ao corpo de bombeiros. Os bombeiros chegariam, começariam a apagar o fogo, encontrariam os corpos e depois chamariam a polícia.

Também encontrariam as latas de gasolina. Tínhamos que evitar nos envolver na investigação que sem dúvida se seguiria. Eu tinha assistido a muitos programas policiais na televisão de Wright e não acreditava que havia alguma história que pudéssemos contar à polícia capaz de nos livrar da prisão.

— Para onde vamos? — perguntei a Wright.

— Meu Deus — exclamou. — Não sei. De volta à cabana por enquanto, acho.

— Não — refutei. — Seus parentes estão na casa da frente. Não vamos levar ninguém até eles.

— Acha que isso é provável? Quem quer que sejam essas pessoas, não sabem nada a meu respeito. — Ele balançou a cabeça. De repente, tudo pelo que vinha passando pareceu demais para ele. — Quem quer que sejam... Merda, quem são? Por que tentaram nos matar? Nunca atirei em ninguém antes, e nunca quis.

— Estamos todos vivos — tranquilizei-o.

Ele me olhou de relance.

— É.

— Temos que encontrar um lugar para parar depois de nos afastarmos alguns quilômetros. Precisamos conversar com elas, descobrir se sabem de algum outro lugar onde podemos ficar por um tempo.

— Qualquer lugar que conheçam é provavelmente tão perigoso quanto o lugar de onde acabamos de sair.

Suspirei e aquiesci.

— Precisamos ficar longe de tudo isso — falei. — Não consigo acreditar que Brook esteve com Iosif por 22 anos e ainda assim não conhece nenhum parente além de minhas mães, nenhum amigo ou colega de trabalho.

— Eu estava pensando nisso — comentou ele. — Acha que ela está mentindo?

Refleti por um instante e depois respondi:

— Acho que não. Só acho que ela sabe mais do que imagina saber. Talvez Iosif tenha dito a ela para não se lembrar ou não compartilhar o que sabe com alguém de fora da família dele. Quer dizer, do jeito que as coisas vão, não sei por onde começar uma busca por outras pessoas da minha espécie. Nem sei se deveria procurar por elas. Não quero levar outras à morte, mas tenho de fazer alguma coisa. Tenho de descobrir quem são esses assassinos e por que querem nos matar. E tenho de encontrar uma maneira de detê-los. — Fiz uma pausa, depois fiquei inquieta, desconfortável. Já sentia o início de uma queimadura no rosto e nos braços, e tinha deixado minha jaqueta na casa. — Wright, você sentiria frio se eu usasse sua jaqueta?

— O quê? — Ele me observou e então disse: — Ah…

Ajudei-o a tirar a jaqueta, puxando-a enquanto ele dirigia. Assim que a peguei, me cobri como se fosse o cobertor que eu havia perdido, provavelmente largado ao lado do carvalho. A jaqueta estava quente e cheirava a Wright, e era muito confortável me envolver nela.

— Você e eu somos extraordinários juntos — disse ele. — Mas você poderia ir a uma loja de roupas com Celia e se passar por filha dela. Comprar algumas roupas que sirvam e outra jaqueta com capuz, talvez luvas e uns óculos de sol que se ajustem ao seu rosto.

— Tudo bem. Precisamos conseguir comida também, para vocês três. Coisas que possam abrir e comer no carro mesmo. Não tenho certeza de quando iremos nos estabelecer em algum lugar.

— Eu deveria estar de volta ao trabalho na segunda-feira.

Observei-o e depois desviei o olhar.

— Eu sei. Sinto muito. Não faço ideia de quando isso vai acabar.

Ele dirigiu em silêncio por alguns minutos. Percebi que ainda estávamos indo para o sudoeste, na direção de Arlington. Assim que chegamos a Arlington, ele pareceu conhecer as redondezas. Levou-nos direto a um supermercado, onde poderíamos comprar a comida de que precisávamos. Logo que estacionamos, fomos para o carro maior conversar com Celia e Brook.

— Você não precisa dormir? — Brook me perguntou assim que entramos no banco de trás. — O fato de ser dia não a incomoda?

— Estou cansada — admiti. — Vocês provavelmente estão todos cansados.

— Mas você não dorme durante o dia? — perguntou Celia. Então me ocorreu que estiveram falando a meu respeito. Melhor isso do que entrar em pânico pelo fato de vários homens terem acabado de tentar nos matar.

— Prefiro dormir durante o dia — expliquei —, mas não preciso. Posso dormir sempre que estou cansada.

Brook olhou para Celia.

— É por isso que não morremos — disse. — Eles vieram de dia pensando que qualquer Ina da casa estaria dormindo, completamente inconsciente.

— Por que isso não a ajudou a salvar as mães dela? — perguntou Celia.

Brook olhou para mim.

— Não sei — respondi. — Alguma de vocês já ouviu falar de uma comunidade sendo destruída como as dos meus pais? Quer dizer, aconteceu antes em algum outro lugar?

As duas mulheres balançaram a cabeça. Brook falou:

— Não que eu saiba.

— Talvez seja isso, então. — Parei um instante para refletir. — Se ninguém esperava problemas, provavelmente ninguém estava vigiando. Por que fariam isso? Não sei se eu costumava dormir durante o dia. Minhas mães, sim, então é provável que eu também, só por ser mais conveniente estar acordada quando elas estavam. Aposto que os simbiontes delas se adaptaram a um estilo de vida noturno, como os simbiontes na comunidade de Iosif. Mas não sei. Esse é o problema; eu não sei de nada.

Olhei para Brook.

— Você deve ter passado algum tempo na comunidade de minhas mães. Não eram todas pessoas noturnas?

— Quase todas — respondeu. — Suas mães mais velhas tinham três ou quatro simbiontes que faziam pesquisas para elas. Com frequência ficavam acordados durante o dia. Acho que isso não serviu de nada.

Olhei para Celia.

— Stefan sempre dormia durante o dia?

— Ele dizia que ficava burro se não dormisse — respondeu ela. — Ficava lento e desastrado.

— Iosif precisava dormir — disse Brook. — Ficava completamente inconsciente onde quer que estivesse quando o sol nascia. E uma vez que pegava no sono, era impossível acordá-lo antes do pôr do sol.

Wright colocou o braço em volta de mim.

— Você é, com certeza, um modelo novo, aprimorado — disse.

Com um movimento de cabeça, concordei.

— Acho que talvez alguém tenha decidido que não deveria haver um modelo novo, aprimorado.

— Estávamos conversando sobre isso — disse Brook. — Sobre como talvez isso seja tudo porque alguém não gostou do experimento que sua família estava fazendo. Ou alguém invejou sua família por produzir você e Stefan. Não sei.

— Como isso poderia ter algo a ver com ela? — indagou Wright. — Aqueles sujeitos eram humanos, não Ina.

— Eles podem ser simbiontes — justificou Celia.

— Ou um deles pode ser um simbionte e os outros, mercenários — Brook acrescentou.

Wright franziu a testa.

— Pode ser. Mas acho que poderiam facilmente ser humanos comuns que imaginam estar lutando contra vampiros.

— E que só se concentraram na minha família — eu comentei.

— Não temos certeza disso. Droga, estamos no mesmo barco que você, Shori. Na verdade, não sabemos nada.

Assenti e bocejei.

— Provavelmente sabemos mais do que imaginamos. Acho que conseguiremos encontrar pelo menos algumas respostas depois de descansar um pouco.

— Por que estamos neste estacionamento? — perguntou Brook.

— Para conseguir comida para vocês — expliquei. — Depois disso, vamos encontrar um lugar para ficarmos na floresta.

Podemos dormir um pouco nos carros. Mais tarde, quando estivermos descansados, veremos o que podemos planejar.

— Achei que iríamos para sua casa — disse Celia a Wright.

— A casa dos parentes dele é muito próxima — expliquei. — Não quero que sejam feridos ou mortos porque alguém está atrás de nós... ou atrás de mim. Não quero que isso aconteça com ninguém. Portanto, nada de hotel por enquanto.

As duas mulheres trocaram outro olhar, e dessa vez eu não fazia ideia do que estavam pensando.

— Vamos comprar o que precisamos — disse Wright. — Celia, enquanto Brook e eu compramos comida, você pode se passar por mãe ou irmã mais velha de Shori? Tem uma loja de roupas... — Ele abriu o porta-luvas, pegou um lápis e uma caderneta espiralada. — Aqui está o endereço — disse, escrevendo. — E aqui, como chegar até lá. Fiz alguns trabalhos em Arlington no ano passado. Eu me lembro do lugar. Essa loja fica a apenas alguns quarteirões daqui e é um bom lugar para comprar roupas baratas do dia a dia. Ela precisa de um par de jeans, blusas, uma boa jaqueta com capuz, luvas e óculos de sol que se ajustem ao rosto dela. Tudo bem?

Celia acatou.

— Sem problemas, desde que você tenha dinheiro. Gastei a maior parte do que Stefan me deu em Seattle. Ele vai... — Ela parou, franziu a testa e desviou o olhar para longe, além do estacionamento. Enxugou os olhos com os dedos, mas não disse mais nada.

Logo em seguida, Wright tirou a carteira do bolso e colocou várias notas de vinte na mão dela.

— Estou vendo um caixa eletrônico ali — disse. — Vou pegar mais, o suficiente para alguns dias.

— Precisamos de gasolina também — disse Brook. Ela olhou para mim, mas depois ficou como se não me visse. — Tenho meu talão de cheques e um cartão de crédito, mas são de contas de Iosif. Não sei se os usar atrairá a atenção da polícia ou de nossos inimigos. Tenho dinheiro suficiente para encher o tanque, mas se isso se prolongar, se ficarmos fugindo por mais de alguns dias, é provável que o dinheiro se torne um problema. — Havia um tom estranhamente falso em sua voz, como se estivesse, de alguma forma, mentindo. Ela cheirava a nervosismo e não gostei do jeito com que me olhava, como se eu não estivesse lá. Pensei um pouco sobre isso e logo compreendi.

— Dinheiro não será problema — falei. — E você sabe disso.

Brook pareceu um pouco envergonhada. Depois de um momento, ela assentiu.

— Eu não tinha certeza se você sabia... o que fazer — justificou-se.

E Wright disse:

— O que você espera que ela faça?

— Roube — respondi. — Ela espera que eu seja uma excelente ladra. Serei. As pessoas ficarão felizes em me dar dinheiro depois que eu as morder.

Ele olhou para mim desconfiado e estendi a mão para tocar seu queixo barbado.

— Você deveria comprar um barbeador também — eu desconversei.

— Não quero que você se meta em encrencas por roubar — disse ele.

— Não vou. — Encolhi os ombros. — Não quero fazer isso. Não me sinto bem fazendo isso, mas farei o que for necessário para nos sustentar. — Olhei para Brook, me sentindo quase irritada com ela. — Faça perguntas quando quiser saber das coisas. Diga-me tudo o que acredita que eu deveria saber. Reclame sempre que quiser reclamar. Mas não fale com outras pessoas quando quiser dirigir suas palavras a mim, e diga a verdade.

Ela se resignou.

— Tudo bem.

Minha raiva se esvaiu.

— Vamos comprar o que precisamos — falei.

— Espere um minuto — disse Wright. Ele escreveu outra coisa na caderneta. Em seguida, arrancou a página e a entregou a Celia.

— Esses são os meus tamanhos. Se puder, traga-me uma calça jeans e um moletom.

Ela olhou para os tamanhos, sorriu e disse:

— Certo.

Nós os deixamos. Celia e eu pegamos o carro dela, um dos de Iosif, segundo me disse, e fomos até a loja de roupas. Ela a encontrou sem dificuldades, seguindo as orientações de Wright, e isso pareceu surpreendê-la.

— Costumo me perder pelo menos uma vez e preciso parar e pedir informações a alguém — comentou. E depois: — Escute, você é minha irmã, ok? Eu me recuso a acreditar que aparento ter idade para ser sua mãe.

Eu ri.

— Quantos anos você tem?

— Vinte e três. Stefan me encontrou quando eu tinha dezenove anos, logo depois que saí da casa da minha mãe.

— Vinte e três, como Wright.

— Sim. E ele é o seu primeiro. Você se saiu muito bem. Ele é um urso grandalhão bem-apessoado, e é legal. Essa jaqueta dele parece um casaco que ficou grande demais em você.

— Quando ele me encontrou, quando parou para me pegar, não acreditei em como cheirava bem. Minha memória estava tão destruída que eu nem sabia o que queria dele, mas o cheiro me atraiu para dentro do carro.

Celia riu, depois pareceu triste e olhou para o nada por um momento.

— Stefan dizia essas coisas. Sempre me perguntei como era ser como vocês, tão ligados a cheiros e sons, vivendo por tanto tempo e sendo tão fortes. Não parece justo que não possam nos converter, como dizem todas as histórias.

— Isso seria muito estranho — falei. — Se um cachorro mordesse um homem, ninguém esperaria que o homem se tornasse um cachorro. Ele pode pegar uma infecção e morrer, mas essa é a pior das hipóteses.

— Você ainda não ouviu falar sobre lobisomens, então.

— Li sobre eles no computador de Wright. Muitas das pessoas que escrevem sobre vampiros também parecem estar interessadas em lobisomens. — Balancei a cabeça. — Os Ina provavelmente são responsáveis pela maioria das lendas de vampiros. Eu me pergunto o que deu início às lendas de lobisomem.

— Já pensei nisso — disse Celia. — Talvez a hidrofobia. As pessoas eram mordidas, enlouqueciam, espumavam pela boca, corriam como animais, atacavam outras pessoas que depois apresentavam os mesmos problemas... Provavelmente foi o suficiente para fazer os povos antigos imaginarem os lobisomens. Shori, por que você ficou com raiva de Brook há alguns minutos?

Olhei para ela e, depois de um momento, decidi que havia feito uma pergunta concreta.

— Ela feriu meu orgulho, acho. Tem receio de que eu não aguente cuidar de vocês três. Eu me preocupo por nem sempre saber como cuidar de vocês. Odeio minha ignorância. Preciso aprender com vocês, pois não há nenhuma pessoa Ina adulta a quem perguntar.

— Antes de ver o que você fez hoje, imaginei que nós cuidaríamos de você.

— E vão. Iosif chamou isso de "simbiose mutualística". Acho que também é chamado apenas de "mutualismo".

— Sim, era assim que ele falava. Antes de Stefan me apresentar a Iosif, eu nunca tinha ouvido essas palavras usadas dessa maneira. Achei que ele as tinha inventado até que as encontrei em um dicionário científico. Quer dizer que você quer que sejamos francas com você, mesmo que nem sempre vá gostar do que vamos dizer?

— Sim.

— Por mim, tudo bem. Vamos arranjar algumas roupas para você.

Saí com duas calças jeans masculinas que de fato serviam, duas camisas de manga comprida, uma vermelha e outra preta, um par de luvas, uma jaqueta com capuz, óculos de sol e algumas roupas íntimas. Então, Celia usou o que sobrava do próprio dinheiro, além do troco do que Wright dera, para pegar uma calça jeans e um moletom com capuz para ele. Voltamos ao supermercado para encontrar Wright e Brook.

— Foi sorte Brook e eu termos deixado nossas malas no carro — disse Celia. — Uma lavanderia seria uma boa ideia para nós, mas, se não der, tudo bem. Ouviu aquela vendedora?

Ela disse que você era a coisa mais fofa que tinha visto naquele dia. Pensou que você tinha uns dez anos.

Balancei a cabeça. Quase não disse nada para a mulher. Não fazia ideia de como uma criança humana de dez anos agia.

— Você se incomoda por eu ser tão pequena?

Ela sorriu.

— No começo me incomodava. Agora, de certo modo, eu gosto. Depois de ver você em ação hoje, acho que seria muito assustadora se fosse maior.

— Vou crescer.

— É, mas até lá vou ter tempo de me acostumar. — Ela fez uma pausa. — E você? Está satisfeita comigo?

— Quer saber se quero você?

— ... Sim. Você não nos escolheu, exatamente.

— Herdei as duas da família do meu pai. Vocês são minhas.

— Você nos quer?

Sorri para ela.

— Ah, sim.

13

Viramos uma vez mais para o nordeste e dirigimos até encontrar um lugar onde poderíamos sair por uma estrada lateral e acampar na floresta, longe o suficiente da estrada e da rodovia para nos tornar invisíveis. Dei uma olhada em volta antes de dormir, para ter certeza de que não havia ninguém por perto, ninguém nos observando.

Depois que voltei, pedi a Celia para ficar acordada e manter uma das armas à mão até o anoitecer. Ela era uma boa atiradora, havia descansado um pouco e disse que não estava muito cansada. Tínhamos as três armas que peguei dos atiradores e o revólver de Celia, uma Beretta semiautomática. Ela me contou que os atiradores usaram metralhadoras Heckler & Koch com silenciador. Disse que nunca tinha visto uma antes, mas que leu a respeito.

— Os atiradores pretendiam matar todos nós, mas sem barulho — falou. — Acho que ninguém ouviu o tiroteio por causa do barulho do fogo e da distância entre as casas. Precisamos evitar essas pessoas, pelo menos até encontrarmos mais alguns amigos.

Eu concordava com ela, mas naquele momento só queria dormir. Fui dormir no banco de trás do carro de Wright e acordei por um momento quando ele me pegou no colo e me colocou no carro de Brook, onde alguém tinha abaixado o encosto do banco de trás e espalhado roupas sobre ele para deixá-lo menos desconfortável.

— O que está fazendo? — sussurrei.

Ele subiu, se deitou ao meu lado e me puxou para junto de si.

— Volte a dormir — disse em meu ouvido. Voltei. A cama improvisada acabou não sendo tão desconfortável, afinal.

Então, Brook se deitou do meu outro lado, e seu cheiro me perturbou, me fez ter vontade de me levantar e ir dormir em outro lugar. Tentei ignorar. O cheiro dela mudaria, já estava começando a mudar. Dormi.

Passado algum tempo, depois de escurecer, a mordi.

Ela lutou. Precisei segurá-la para que ficasse parada e calada no início. Passado um minuto, ela deu um longo suspiro e ficou deitada na posição em que a coloquei, aceitando-me tanto quanto podia. Não se divertiu, mas, depois do pânico inicial, ao menos não parecia estar sofrendo.

Antes, eu só a tinha provado. Naquele momento, fiz uma refeição completa: não foi uma refeição emocionalmente satisfatória, mas fisicamente nutritiva. Passei um tempo lambendo a ferida até que ela realmente relaxou. Caiu no sono outra vez e nem percebeu quando me levantei e saí do carro, passando por cima de seu corpo.

Fechei a porta o mais silenciosamente que pude e parei ao lado dela. Não estar satisfeita por completo me deixou inquieta. Eu me afastei do carro, depois retornei. Imaginava se Brook, Celia e Theodora seriam capazes de me sustentar quando fossem totalmente minhas, como Wright era. Seriam suficientes? Eu era muito menor do que meu pai, que preferia ter oito simbiontes. Minhas necessidades deveriam ser menores.

Ou não deveriam?

Balancei a cabeça, contrariada. Minha ignorância não era apenas irritante. Era perigosa. Como poderia cuidar de meus simbiontes se nem sabia como protegê-los de mim?

Parei ao lado do carro e olhei pela janela de trás para Brook e Wright, agora deitados um ao lado do outro, ambos ainda dormindo. Ambos tinham ficado encostados em mim. Depois que saí, estavam encostados um no outro.

Meus sentimentos logo mudaram do medo que tinha por eles para confusão. Eu queria rastejar para o meio dos dois outra vez e senti-los deitados, de modo confortável e apaziguador, junto a mim. Ambos eram meus. Ainda assim, havia algo profundamente certo em vê-los juntos como estavam.

Celia veio atrás de mim, olhou para mim, olhou para dentro do carro, então me puxou para longe dali. Fomos para o outro carro e ficamos sentadas lá.

— Estou desesperada por um banho — falei.

— Eu também — disse Celia. — Você se importa se eu for dormir agora?

— Vá em frente. — Ela já havia ido para o banco de trás do carro de Wright.

Colocou a arma no chão e se deitou de costas no banco.

— Acho que preciso dizer algo que você não vai gostar de ouvir — falou.

— Tudo bem.

Ela fechou os olhos por alguns segundos, então disse:

— Stefan me contou o que aconteceu com Hugh Tang. Ele contou para mim e para Oriana Bernardi, porque sabia que nós duas amávamos Hugh.

Amavam? Eu a ouvia com uma confusão crescente. Não sabia o que dizer, por isso não disse nada.

— A relação entre um Ina e vários simbiontes é a coisa mais próxima que já vi de um casamento em grupo funcional — continuou. — Entre nós, às vezes as pessoas ficavam com ciúmes e começavam a separar a família, e... Bom, Stefan tinha de conversar com elas. Ele disse que, na primeira vez que isso aconteceu, ainda morava com as mães, e uma delas teve que dizer o que era para fazer, e mesmo assim ele quase não conseguiu porque estava se sentindo muito confuso. Ele não disse "com ciúme", disse "confuso".

Assenti.

— Confuso.

— Não entendo isso, mas somos de espécies diferentes.

— Como você acabou ficando com Hugh?

Ela sorriu.

— Hugh estava com Stefan há alguns anos quando Stefan me convidou para morar com ele. Quando já estava lá há algum tempo, Hugh pediu para ficar comigo. Stefan disse que isso dependia de mim, então Hugh me perguntou. Aquilo me assustou porque eu não entendia, no início, como funcionava uma família Ina, que todos ficavam com Stefan, o alimentavam, o amavam, mas que podíamos ter relacionamentos entre nós também ou com outros simbiontes próximos. Bem, não fiquei com Hugh quando ele pediu pela primeira vez, mas depois de um tempo, sim. Era um bom homem.

— Sinto muito — disse. — Gostaria que ele não tivesse me encontrado naquele momento.

— Eu sei.

Olhei para ela deitada ali, sem olhar para mim.

— Obrigada por me contar — falei.

Ela assentiu e, por fim, me olhou.

— De nada. Mas não contei apenas por você. Acho que posso querer ter um filho algum dia.

Eu queria aquilo: uma casa em que meus simbiontes gostassem de estar comigo, gostassem uns dos outros e criassem os filhos enquanto eu criasse os meus. Parecia correto, parecia bom.

Deixei Celia sozinha para que ela pudesse dormir e verifiquei a área mais uma vez, para ter certeza de que ainda estávamos tão sozinhos quanto parecíamos estar. Assim que me certifiquei, saí andando depressa e depois correndo para descobrir quem eram nossos vizinhos mais próximos. Segui meu faro e encontrei uma fazenda onde moravam duas pessoas adultas e quatro crianças, com cavalos, galinhas, gansos e cabras. Encontrei outras três casas bem separadas ao longo da estrada secundária, mas sem campos cultivados no entorno. Não encontrei nenhuma comunidade real no território que percorri.

Pelo visto, tínhamos privacidade e um pouco mais de tempo para nos recuperarmos e decidirmos o que fazer. Eu poderia perguntar a Celia e, em especial, a Brook.

Voltei para os carros e usei alguns dos lenços descartáveis que Wright e Brook compraram para me limpar da melhor maneira possível. Então, vesti roupas limpas. Enquanto colocava meu jeans, ouvi Brook acordar e sair do carro atrás de mim. Ela emitia sons um pouco diferentes dos de Wright e Celia quando respirava e se movia.

— Deus, como está escuro aqui — disse. — Se eu não fosse simbionte, acho que não conseguiria enxergar. Você não está com frio?

Na verdade, não estava, mas vesti uma camiseta por baixo de minha camisa de mangas compridas, que abotoei. Coloquei também minha jaqueta nova. — Estou bem — falei. — Que bom que está acordada. Preciso falar com você.

— Claro.

— Coma primeiro. Faça o que precisa fazer. É provável que demore um pouco.

— Isso não soa nada bem.

— Espero que não seja tão ruim. Tudo bem com seu pescoço?

Ela puxou o colarinho para o lado e me mostrou o ferimento meio cicatrizado.

— Isso... não foi tão ruim dessa vez.

— As coisas vão melhorar.

— Eu sei.

Ela abriu a caixa térmica branca de isopor que tinham comprado e enchido com gelo e comida. Pegou um pacote plástico com quatro tiras de salmão defumado e apimentado e uma garrafa de água. Fez um sanduíche com o salmão e pão de uma das sacolas de compras. Depois de comer e beber a água, pegou mais água da caixa e tirou um bolinho de mirtilo e duas bananas de outra sacola. Não parecia incomodar-se por eu estar sentada no carro observando, por eu gostar de observá-la.

Por fim, pegou o recipiente plástico com lenços umedecidos e foi para as árvores fazer sua própria tentativa de higiene. Enquanto fazia isso, Wright acordou e partiu em outra direção. Passados alguns instantes, ele voltou, pegou outro recipiente plástico com lenços umedecidos, esfregou o rosto e as mãos e começou a comer.

— Você está bem? — me perguntou.

— Estou bem. Vou descobrir o que posso aprender com Brook. Preciso de alguma ideia de onde encontrar uma pessoa Ina adulta. Agora que sei o que as comunidades de meus pais enfrentaram, humanos com gasolina e armas, acho que posso pedir ajuda sem colocar em perigo outros Ina ou seus simbiontes.

— Você não pensava assim ontem.

— Agora penso. Ainda não quero ficar na cabana perto de seus parentes. Qualquer pessoa de quem eu me aproximar terá que colocar guardas, parar de dormir durante o dia, estar disposta a lutar e matar, conseguir plantar histórias falsas nas memórias de quaisquer testemunhas e ser capaz de lidar com a polícia. Famílias Ina com simbiontes podem fazer isso se souberem que devem. Podem sobreviver e ajudar a eliminar uma ameaça.

Ele discordou, movendo a cabeça.

— Simplesmente não consigo entender por que os seres humanos estão matando sua espécie e mais um monte de pessoas da própria espécie, a menos que seja algum tipo de caça aos vampiros equivocada.

— Pode ser — ponderei. — Não sei. Mas tenho quase certeza de que tem algo a ver com os experimentos genéticos da minha família. Pode se sentar conosco e falar sempre que pensar em algo útil?

— Claro. Não que eu vá saber o que é útil.

— A menos que algo que ela diga libere alguma parte da minha memória, você saberá tanto quanto eu.

— Que pensamento assustador — comentou. E em seguida: — Brook está vindo.

— Estou com frio — disse ela, esfregando as mãos. — Vamos voltar para o carro. — Depois de termos recolhido as roupas sobre as quais dormimos e levantado os bancos traseiros, entramos todos, Brook e Wright na frente e eu atrás.

— Certo — disse ela —, sobre o que quer falar?

— Precisamos de ajuda — declarei. — Preciso encontrar pessoas Ina adultas que vão me ajudar a nos livrar desses assassinos e, depois, me ajudar a aprender o que preciso para agir corretamente com a família que, pelo visto, estou formando.

Por isso, preciso que me diga tudo o que pode sobre amigos e parentes de Iosif.

— Eu falei para você, não sei como entrar em contato com nenhum deles. Fora de nossa comunidade, as únicas pessoas de quem eu tinha o telefone eram as suas mães.

— Mas você deve ter ouvido a respeito de outras pessoas — argumentei. — Sabendo ou não como as contatar, deve ter ouvido os nomes delas, talvez as conhecido.

Ela negou com um sinal de cabeça.

— Iosif era incomum por ser muito sozinho. Era muito jovem para participar das várias reuniões de conselho Ina e não tinha pais anciãos para representar sua família. Os irmãos e pais dele, assim como as mães e irmãs, estão todos mortos. A maioria dos parentes vivia espalhada pela Romênia, a Rússia e a Hungria. Eles morreram ao longo do século XX, a maioria durante e após a Segunda Guerra Mundial, quando muitos Ina europeus foram mortos. As irmãs morreram com as mães durante a guerra. Os nazistas as pegaram. E os irmãos e pais foram mortos mais tarde pelos comunistas. Eram algum tipo de nobreza... Tiveram muitas terras tiradas deles antes da guerra. Depois, com toda a destruição, acho que não havia mais nada para tirar deles além da vida. Iosif conseguiu escapar por pouco. Todos deveriam ter fugido bem antes da guerra, mas eram teimosos. Diziam que ninguém os expulsaria de suas casas.

— Toda a população Ina estava a princípio baseada na Romênia... na Transilvânia?

— Não, estava espalhada por toda a Europa e o Oriente Médio há milênios, ou assim dizem os registros. Eles afirmam ter registros escritos que datam de mais de 10 mil anos atrás. Iosif me contou sobre eles. Acho que acreditava no que dizia, mas eu nunca acreditei totalmente nele. Dez mil anos! — Ela meneava a cabeça. — A história escrita simplesmente não remonta a um passado tão remoto. De qualquer forma, agora os Ina estão espalhados por todo o mundo. Por uma casualidade, você é descendente de pessoas que viviam no que Iosif costumava chamar de "país vampiro". Acho que alguns de seus ancestrais foram denunciados e executados como vampiros alguns séculos atrás. Iosif costumava brincar sobre isso de uma forma amarga. Dizia que, em termos físicos, ele e a maioria dos Ina pareciam deslocados onde quer que estivessem: pessoas altas, extremamente pálidas, esguias e magras. No geral, pareciam estrangeiras e, quando a situação piorava, eram tratadas como estrangeiras... Alvo de suspeitas, aversão, expulsões e assassinatos.

— Ele nos contou, para mim e Wright, que existe uma teoria Ina que alega que a espécie foi enviada de outro mundo para cá.

— Sim, isso é algo que a juventude Ina inventou. Lendo, indo ao cinema, assimilam e adaptam tudo que circula. Certa época, havia a ideia de que os Ina eram alguma espécie de anjo. E há a velha lenda, sempre de prontidão, de que foram enviados para cá por uma grande deusa mãe. O esperado é que todos vocês fiquem presos aqui até provarem a capacidade que têm — disse. — Iosif contou isso para vocês?

— Contou — respondeu Wright. — É um pouco parecido com o cristianismo.

— Na verdade, não — opôs-se Brook. — Não se espera que eles voltem para casa, em um sentido espiritual, quando morrem. Supõe-se que, em alguma geração futura, eles deixarão este mundo em massa e irão para o paraíso... Ou voltarão para o mundo de origem. Pode ser mitologia ou pode ser que você e eu tenhamos finalmente encontrado e nos juntado a esses alienígenas extraterrestres que as pessoas vivem dizendo avistar em estradinhas desertas.

Wright riu. Mas logo parou de rir e balançou a cabeça.

— Há outra espécie inteligente aqui na Terra, e é a dos vampiros. Do que estou rindo?

Peguei a mão dele e a segurei, observando-o. Ele olhou para mim, apoiou a cabeça no encosto do banco e envolveu minha mão com os dedos.

— Outros Ina não visitavam Iosif? — perguntei. — Você já conheceu outros?

Ela assentiu.

— Isso era assustador, às vezes.

— Por quê?

— Porque nem todo mundo trata os simbiontes como pessoas. Só percebi isso depois de ter passado alguns anos com Iosif, mas é verdade. Eu me lembro de um convidado... Que, na verdade, recentemente esteve de volta para negociar que Iosif apresentasse você e suas irmãs. Vocês ainda não tinham idade suficiente, mas ele desejava que ele e os irmãos ficassem com vocês três quando atingissem a maioridade. O que nunca aconteceria, já que seu pai era esperto o suficiente para perceber a natureza daquele homem.

— Éramos três? — perguntei. Minha mente se ateve a essas novas informações sobre meu passado, sobre minha família. — Eu não sabia disso. Perguntei a Iosif, mas fiz tantas perguntas... Ele não teve tempo de responder a essa.

— Vocês eram três. Aquele não era um homem ao qual Iosif teria apresentado você ou suas irmãs. Aquele homem gostava de... de se divertir com os simbiontes de outros Ina. Era muito cuidadoso e protetor com os próprios simbiontes, mas gostava de colocá-los entre nós com instruções para criar problemas, levantar suspeitas e ciúmes, começar brigas. Gostava de assistir a discussões e lutas. Os simbiontes dele eram tão bons, tão sutis, que no início não percebíamos o que estava acontecendo. Ele ficou muito animado quando dois dos simbiontes de Radu quase se mataram. Sentia algo sexual vendo isso. Os dois teriam morrido se não fossem simbiontes... Mas também nunca teriam corrido perigo se não fossem simbiontes.

— Radu — repeti, recordando que Iosif havia mencionado aquele nome.

— Seus irmãos eram Stefan, Vasile, Mihai e Radu. Seu pai pôde nomeá-los por direito e escolheu os nomes dos que estavam mortos: os dois irmãos e os dois pais dele, que morreram na Romênia. Suas mães gostavam de nomes mais simples, que soassem estadunidenses. Suas irmãs eram Barbara e Helen. Você teve sorte. Sua mãe humana reivindicou o direito de escolher seu nome. — Ela sorriu. — "Shori" é o nome de um tipo de pássaro, um pássaro da África Oriental, um rouxinol com topete. É um nome bonito.

— Ah — exclamou Wright. Olhamos um para o outro, então levei a mão por baixo da camisa e puxei a corrente de ouro com o pássaro com topete.

— Isso era meu antes? — perguntei, mostrando-a para ela. — Wright a encontrou nos escombros das casas de minhas mães.

Ela acendeu a luz interna do carro e observou o pássaro, depois olhou para mim.

— Sua mãe humana lhe deu isso. Acho que a amava como se tivesse parido você. O nome dela era Jessica Margaret Grant.

Jessica Margaret Grant. Fechei os olhos e tentei encontrar em minha memória algo sobre essa mulher, alguma coisa. Mas não havia nada. Tudo em minha vida havia sido apagado e eu não conseguiria trazer de volta. Sempre que era confrontada com essa realidade, era como voltar para o que deveria ter sido um lugar familiar, acolhedor, e não encontrar absolutamente nada, o vazio, um espaço.

Um momento depois, falei:

— Não gostaria de conhecer o Ina que você descreveu. E quanto aos outros? Quem visitou Iosif ou um dos meus irmãos nos últimos tempos?

Brook franziu a testa.

— Houve um há alguns meses. Ele e Vasile tinham algum tipo de negócio juntos. O sujeito estava interessado em se unir a você e suas irmãs, e Vasile achou que poderia ser uma boa combinação. Iosif estava disposto a ser convencido, então, esse homem... Qual era o nome dele? Um da família Gordon... Daniel Gordon! Ele pediu que os irmãos dele nos visitassem. Os ancestrais deles eram ingleses, acho. Imigraram primeiro para o Canadá, depois para os Estados Unidos. Todos os simbiontes da comunidade de Iosif foram instruídos a observá-los, observar o comportamento deles, conversar com os simbiontes deles e escutá-los. Fizemos isso e ninguém viu nada de errado. Pareciam ser pessoas boas e normais. Shori, você os conheceu e gostou deles, mesmo sendo cedo demais para acasalar. Eles tinham ouvido falar de você e queriam conhecê-la. Iosif viajou para buscá-la e a trouxe para ficar conosco por uns dias.

— Tudo por causa da minha pele escura? — perguntei.

— Essa é a razão mais óbvia. Você não só é capaz de ficar completamente acordada e alerta durante o dia, mas não se queima.

— Eu me queimo.

— Não se queimou ontem.

— Tive algumas bolhas. Tentei me manter coberta, e ontem o céu estava nublado. Os irmãos gostaram de mim?

— Você sarou? — Wright perguntou, interrompendo a conversa. — Queria comprar um protetor solar para você, mas esqueci.

— Sarei — respondi, perguntando-me o que toda aquela conversa sobre meu acasalamento estaria provocando nele. Olhei-o, mas não consegui decifrar nada em sua expressão, além de um leve temor enquanto ele examinava meu rosto, provavelmente em busca de queimaduras.

— Os irmãos Gordon ficaram encantados com você — afirmou Brook. — Desejaram que fosse um pouco mais velha, mas estavam dispostos a esperar. Planejavam viajar para conhecer suas irmãs e suas mães. Não sei se chegou a acontecer, mas teria sido necessário. Suas mães tinham de conhecer toda a família Gordon antes de decidir se consentiriam ou não.

— Onde moram os Gordon? — perguntei.

Ela hesitou, franziu a testa.

— Em algum lugar na costa norte da Califórnia.

— Você não sabe onde exatamente?

Ela fez um sinal negativo.

— A comunidade deles tem um nome, Punta Nublada, mas não é um povoado de verdade. São apenas os quatro irmãos, os três pais deles e dois anciãos que nasceram nos anos 1600. É incrível conhecer pessoas assim.

— Você os conheceu? — perguntou Wright.

— Fui visitá-los com Iosif, uma das mães de Shori e alguns outros simbiontes. Adorei a viagem, mas não sabia onde estava a maior parte do tempo. Sei que desembarcamos no aeroporto de São Francisco... à noite, é claro... e alguns simbiontes de Punta Nublada nos buscaram em furgões para nos levar até lá. Ficava a mais de duas horas ao norte do aeroporto de São Francisco e na costa. Isso é tudo que sei. Eles possuem muitas terras. No interior, longe da comunidade, possuem vinhedos. Têm uma empresa que fabrica vinho, o que é meio engraçado, pensando bem.

Wright riu.

— É. Aposto que eles ainda não o bebem.

— O quê? — questionei.

— É uma velha piada de um filme de vampiro — disse Wright. — É da versão do *Drácula* com Béla Lugosi. Alguém oferece uma taça ao conde, e ele diz: "Eu não bebo... vinho".

Dei de ombros. Talvez assistisse ao filme algum dia e entendesse por que aquilo era engraçado.

— Iremos a Punta Nublada — falei. — Você vai encontrá-la para nós, Brook.

Ela pareceu aflita.

— Não sei onde é, juro.

— Você dormiu no carro?

— Não, mas estava escuro.

— Você pode ver nesta escuridão... Aqui, sob as árvores. Sua visão noturna é boa.

— É. Mas a maior parte do que vi foram faróis e lanternas traseiras.

Concordei.

— Eles podem ser incômodos. Mas acho que você viu mais do que imagina.

— Não vi — disse. — Não vi mesmo.

— Precisamos de ajuda, Brook — argumentei. — Consegue pensar em mais alguém, qualquer um, além dos Gordon, que possa nos ajudar?

Ela me encarou e negou, movendo a cabeça.

— Mas essas pessoas não podem nos ajudar, mesmo se as encontrarmos. Não sei se houve confirmação do acordo entre sua família e a deles. E mesmo que houvesse, eles... Sinto muito, Shori. Eles podem não querer você sem suas irmãs. É difícil que filhas únicas encontrem parceiros. Iosif disse que teria sido difícil para ele, mas já estava acasalado quando os irmãos foram mortos. As parceiras foram espertas o bastante para escapar antes dele.

Fiz um gesto de indiferença.

— Tudo bem, mesmo que os Gordon não queiram mais acasalar comigo, devem estar dispostos a me ajudar a encontrar e deter os assassinos. É para isso que de fato preciso de ajuda, afinal. Gangues humanas acabando com duas comunidades Ina inteiras. Qualquer Ina deveria estar disposto a fazer algo a respeito, por autopreservação, no mínimo.

— Deveria.

— Então você os encontra e eu explicarei isso a eles exatamente dessa maneira. Autopreservação. Iosif deve ter visto algo de bom neles. — Olhei para ela, que desviou o olhar. — Sinto que conheço melhor os humanos do que minha própria espécie... Não que isso seja muita coisa. Estou deixando passar algo? Existe algum motivo para essas pessoas não nos ajudarem?

Ela fez que não.

— Acho que vão ajudar, mesmo que não queiram você como parceira. Só estou com medo de não ser capaz de as localizar.

— Você será, sim — assegurei. — Você as encontrará. Depois, quando conseguirmos alguma paz, podemos começar a montar uma casa. Os Gordon devem ser capazes de nos dar os números de telefone e endereços de outros Ina: da casa dos irmãos das minhas mães, quem sabe. Eles estão vivos?

— Os irmãos de sua mãe? Sim. Nunca os conheci, mas você sim.

De repente, ela levou as mãos ao rosto. Não chorou, mas parecia querer.

— Como posso fazer isso? — questionou. — Você não pode depender de mim. Na verdade, não sei nada.

— Você consegue — falei. — Você será capaz. Não se preocupe com isso. Apenas saiba que será.

Wright sugeriu:

— Podemos ir de carro até o aeroporto de São Francisco, se for preciso. De lá, podemos seguir para o norte de novo, e talvez Brook possa encontrar o caminho.

— Vamos partir hoje à noite — decidi.

Ele concordou.

— E a Celia? Talvez ela saiba de algo.

— Ela precisava dormir. Contaremos a ela quando acordar, e vou descobrir o que ela sabe.

— Precisamos de mapas — avisou Wright. — Não sei o caminho, apenas que vamos para o sul, por certo pela I-5. Faremos do aeroporto de São Francisco nosso destino, então, quando chegarmos à Califórnia, devemos nos limitar a uma via costeira, provavelmente a US-101 até chegarmos ao aeroporto ou até Brook reconhecer algo.

— Antes precisamos voltar para sua cabana — falei. — Ou, se não quiser, pode me deixar a alguns quarteirões de lá. Preciso falar com Theodora e ver se ela deve ou não vir conosco.

Ele assentiu.

— Preciso mesmo falar com meu tio para que ele saiba que não desapareci do nada e que quero meu emprego. Quero que ele esteja disposto a me contratar de volta quando isso acabar.

Também quero pegar algumas das minhas coisas. Droga, eu já tinha embalado tudo para ir embora, mesmo.

— Vamos agora — decidi. — Ainda temos algumas horas de escuridão. Vamos chegar perto do amanhecer.

14

Assim que voltamos à cabana de Wright, eu fui visitar Theodora. Entrei no quarto dela pela sacada, acordei-a e contei o que tinha acontecido e o que iríamos fazer. Ainda cheirava predominantemente a si mesma, então eu soube: poderia deixá-la; solitária, mas segura.

— Quero ir com você! — protestou.

— Eu sei — disse. — Mas será melhor se esperar. Agora, não posso proteger você, nem tenho a perspectiva de uma casa, e não tenho aliados Ina. Foi apenas por sorte que ninguém se feriu ou morreu na casa em Arlington.

— Você os protegeu.

— Sorte — repeti. — Eles poderiam facilmente ter acabado queimados ou baleados. Wright poderia ter deixado a televisão ligada e talvez eu só ouvisse os intrusos quando já fosse tarde demais. Quero que fique comigo, e ficará. Mas não agora.

Ela chorou e quis que eu ao menos passasse o resto da noite com ela. Mordi-a, apenas para prová-la, depois a abracei e lambi a ferida até ela ficar concentrada no prazer. Era como Wright. Exercia algum poder sobre mim além do sangue. Enfim, soube que precisava ir, então lhe disse para dormir. Ela resistiu por pouco tempo, pegou algo bem do fundo da gaveta do meio da mesinha de cabeceira e colocou em minha mão.

— Você pode precisar disso — sussurrou. — Pegue. Tenho mais. — Depois me beijou e caiu no sono.

Tinha colocado dinheiro em minha mão, um grosso rolo de notas de vinte dólares seguro por um elástico. Levei-o comigo para a cabana de Wright. Ele estava na casa principal, conversando com o tio. Ele e as duas mulheres haviam tomado uma ducha. Quando voltou, eu estava no chuveiro e as mulheres comiam a refeição que haviam preparado. Estávamos todos perdendo tempo e eu sabia disso, mas aproveitei o banho e deixei que desfrutassem de suas canecas de sopa de legumes de micro-ondas, fatias de apresuntado enlatado e pãezinhos aquecidos no forno: comida simples e de preparo rápido.

Terminaram de comer, limparam, tiraram o lixo e fizeram sanduíches com o resto do apresuntado e um pouco de queijo *cheddar* que Wright tinha na geladeira. Enquanto isso, coloquei as duas malas de Wright e a bolsa de viagem feita de lona que me dera para guardar minhas coisas no carro dele. Wright já tinha um livro de mapas chamado *Guia Thomas: condados de King e Snohomish* — estávamos em Snohomish — e um mapa do condado de Pierce. Pegaríamos outros de que necessitássemos durante a viagem; de acordo com Wright, tudo o que realmente precisávamos fazer era entrar na I-5 e permanecer nela até chegarmos à Califórnia e, então, passar para a US-101. Nada disso significava algo para mim. Eu pretendia olhar os mapas relevantes no *Guia Thomas* no caminho. Para me reconfortar, precisava ter alguma ideia de aonde estávamos indo.

Wright saiu antes das duas mulheres e coloquei na mão dele o dinheiro que Theodora tinha me dado.

— Pegue isso — falei. — Se eu me separar de vocês, cuide de Brook e Celia. Precisariam encontrar outra Ina o mais rápido possível.

Ele fechou a mão em volta do dinheiro, então olhou de relance para o rolo à luz da porta dos fundos da cabana. Ficou boquiaberto.

— Onde conseguiu isso?

— Theodora. Ela disse que poderemos precisar, e é verdade.

Ele colocou o dinheiro no bolso interno da jaqueta e fechou o zíper.

— Vou usá-lo para nos manter o mais seguros possível — disse. — Mas não imagine que eu deixaria você, Shori. Não deixaria. Não conseguiria.

— Espero que não seja necessário. Mas se for necessário para mantê-lo seguro, para manter Celia e Brook seguras, você deixará. Você deixará!

Ele se afastou de mim, irritado, querendo discutir, mas sabendo que obedeceria.

— Às vezes eu me esqueço do que você pode fazer comigo — falou.

— Faço isso para salvar sua vida — respondi.

Depois de um instante, ele suspirou.

— Você é uma pessoinha assustadora — afirmou.

Eu não fazia ideia de como responder a isso, então ignorei.

— Theodora queria vir também — desconversei. — Não pude permitir, embora quisesse. A única pessoa que quero mais do que ela é você. Preciso que fique em segurança, e preciso que mantenha Brook e Celia em segurança.

Ele meneou a cabeça e envolveu meus ombros com o braço; a expressão em seu rosto passou de irritação para confusão.

— Essa é a declaração de amor menos romântica que já ouvi. Ou não é o que está dizendo? Você me ama, Shori, ou eu só tenho um gosto bom?

— Seu gosto não é bom — falei, sorrindo. — Seu gosto é maravilhoso. — Fiquei séria. — Prefiro levar um tiro de novo a perder você.

— Cada vez mais romântica — disse ele, sacudindo a cabeça. Curvou-se, me levantou e me beijou. Eu o mordisquei, provei-o e ouvi sua inspiração rápida. Ele me apertou com força contra o corpo e fechei os olhos por um instante, mergulhando no odor, na sensação, no sabor dele.

Então Brook saiu com a própria mala. Ela a havia tirado do porta-malas do carro para pegar seus produtos de higiene pessoal.

— É melhor irmos andando — disse, notando a maneira como Wright e eu nos abraçávamos e desviando o olhar em seguida.

Suspiramos. Wright me colocou no chão e nos soltamos.

Celia saiu carregando os sacos de sanduíches com as maçãs e bananas que Wright tinha na cabana. Entregou um saco para Wright, outro para Brook e então disse:

— Pegaram tudo?

Assentimos, e Wright foi apagar as luzes e trancar a porta.

Partimos. Wright comigo em um carro e Celia com Brook no outro. Rodamos pelo resto da noite até o começo do dia. Ao amanhecer, tínhamos chegado a Salém, em Oregon. Ainda estávamos, de acordo com os mapas, a centenas de quilômetros ao norte do aeroporto de São Francisco. Conseguimos dois quartos em um hotel de beira de estrada, um lugar no qual não éramos obrigados a estacionar os carros onde poderiam ser vistos da rua, caso alguém estivesse nos perseguindo. Pegamos um mapa da região, eles comeram a comida que trouxeram e fomos todos dormir.

Fiquei acordada por um tempo ao lado de Wright, me perguntando se deveria mesmo estar na cama. Talvez devesse ficar acordada, vigiar. Mas não conseguia acreditar que os humanos tinham sido capazes de nos seguir sem que eu os notasse. E eu não podia acreditar que, se nos encontrassem, estariam dispostos a matar todos os humanos de um hotelzinho sem relação com os Ina. Além disso, o lugar estava cheio de janelas, ou seja, olhos, e talvez de curiosidade. Nossos inimigos gostavam de refúgio e silêncio. Eu podia dormir. Na verdade, aquele era um excelente lugar para dormir. Entreguei-me ao sono.

Depois que Wright descansou um pouco, ele me acordou e me pediu para mordê-lo e ver o que acontecia.

Eu ri e o mordi. Não tomei muito sangue porque tinha feito uma refeição completa dele apenas dois dias antes. Ainda assim, estava ansiosa para ver o que aconteceria, e ele não me decepcionou.

Depois de algumas horas, nos levantamos e voltamos a pegar a estrada. Não nos apressamos. Paramos para comer, ficamos dentro do limite de velocidade e, por isso, passamos mais uma noite em um hotelzinho. Dessa vez, eu estava com fome suficiente para sair do quarto enquanto Wright dormia e esperar por um estranho: deixei-o entrar em seu quarto. Entrei com ele antes que percebesse minha presença. Mordi-o e fiz uma refeição nutritiva, mas insatisfatória. Disse a ele para manter a marca da mordida escondida até que sarasse e para se lembrar apenas de que teve um sonho estranho.

Um pouco mais tarde, depois do início de nossa terceira noite, percebi que deveria estar viajando com Brook e fazendo o possível para despertar a memória dela. Na verdade, eu não sabia se ela teria lembranças mais claras ou a atenção mais aguçada se eu estivesse lá para instigá-la, mas pretendia descobrir. Quando paramos para abastecer, troquei de carro.

— Quer que eu mande a Celia para fazer companhia? — perguntei a Wright. — Ou prefere passar um tempo sozinho?

Ele hesitou, depois disse:

— Mande-a. Vou fazer perguntas e descobrir mais sobre essa vida de simbionte.

Olhei para ele e percebi que não estava me pedindo para mandar a Celia ficar com ele, estava me desafiando. E fazia isso com um sorrisinho.

— Pergunte — concordei. — Tenho medo de que, conversando com elas, você descubra o que sabem, já que eu sei muito pouco. Mas você deveria conversar com elas. Somos uma família, ou o princípio de uma. Ficaremos juntos por muito tempo.

— Está tudo bem — disse ele, imediatamente arrependido. — Um pouco de solidão pode me fazer bem.

— Não — insisti. — Converse com ela. Conheça-a. Tire suas dúvidas. Não está tudo bem, mas ficará. — Andei até Brook, que estava colocando gasolina no carro.

— O quê? — perguntou.

— Estou trocando de carro — avisei. — Quero fazer o que for possível para avivar sua memória.

Ela suspirou.

— Ainda estou com medo de não me lembrar.

— Vou dirigir, então — disse Celia pela janela aberta. — Temos mais chances de sobreviver à viagem se a motorista não estiver olhando para os lados e tentando se lembrar de alguma coisa.

Ela estava certa. Brook não estava dirigindo quando visitou aquelas pessoas. Era melhor que não dirigisse agora. Voltei e avisei a Wright que, afinal, ele dirigiria sozinho, explicando-lhe o porquê.

Ele sorriu.

— Então, decidiu que não quer que eu saiba de tudo... — brincou.

Retribuí o sorriso.

— Pode ser.

Eles entraram na loja do posto de gasolina e compraram mais mapas, comida, garrafas d'água e gelo. Wright e Celia consultaram os novos mapas. Em algum lugar no condado de Sonoma ou de Mendocino, na Califórnia, decidimos seguir pela rodovia estadual 1 e não pela US-101, como tínhamos planejado, porque Brook disse que a estadual 1 "parecia" o caminho certo. Isso, pelo visto, tinha de ser rediscutido. Mas, por fim, estávamos a caminho. Celia tomou a dianteira.

Brook e eu nos sentamos no banco traseiro e ela analisou um enorme mapa, grande como um lençol. Por fim, largou-o e olhou para mim.

— Estamos bem perto — afirmou —, mas ainda não reconheço nada.

— Ainda está preocupada com sua memória? — perguntei.

Ela assentiu.

— Claro que estou.

— Você vai se lembrar — assegurei. — Quando vir coisas que já viu antes, vai reconhecê-las. Já esteve neste lugar antes. Viu o caminho de ida e volta. Agora o verá pela terceira vez e vai nos levar até lá. Olhe pelas janelas. Não se preocupe com o mapa.

Ela respirou fundo e concordou.

E, ainda assim, chegamos até a ponte Golden Gate antes que ela começasse a ver coisas que lhe pareceram familiares. Nessa hora, tivemos de atravessar a ponte e encontrar um retorno. No caminho de volta, porém, ela continuou vendo pontos de referência familiares, empresas, placas.

— Acho que prestei mais atenção quando estávamos indo do aeroporto para Punta Nublada — disse. — Íamos para o norte, por esse mesmo caminho, e agora reconheço este lugar. Tudo parecia tão novo para mim quando passei por aqui com Iosif. Eu nunca tinha ficado longe de casa por muito tempo. Estava tão animada.

Pouco mais de duas horas depois, Brook, com confiança recém-adquirida, nos fez entrar em uma estrada estreita e pavimentada, que nos levou a outra estrada, de cascalho, que por fim nos levou a Punta Nublada, uma comunidade de onze casarões com garagens e várias outras construções espalhadas ao longo dos dois lados da estrada. Era quase uma aldeia. Atrás de algumas das casas, pude ver os restos de grandes hortas, a maioria delas no fim da safra anual, desoladas e vazias. A comunidade estava escura e silenciosa, como se fosse um lugar só para humanos e todos estivessem dormindo. Eu me perguntava o porquê. Podia sentir o cheiro de machos Ina nas proximidades.

— Qual casa pertence ao filho mais velho, ou talvez devêssemos ver um dos anciãos? — perguntei, mas tive outra ideia. — Espere, qual é a casa de Daniel Gordon, aquele que você disse ter abordado Iosif primeiro?

— Daniel? — perguntou Brook. — Ele é o filho mais velho.

— Mostre a casa dele.

— A terceira casa à direita.

Paramos ali. Saí e compreendi algo ao mesmo tempo interessante e assustador. Havia pessoas, humanas e Ina, nos observando, armadas. Senti o cheiro das armas, vi algumas das pessoas escondidas na escuridão. Farejei-as e soube que eram todas desconhecidas para mim, mas ainda assim as examinei. Os odores dos Ina eram muito perturbadores. Aquelas pessoas estavam nervosas. Alguns humanos estavam assustados. Pelo menos nenhum dos humanos presentes estivera entre aqueles que me atacaram com Wright, Celia, Brook e eu. Essa possibilidade não me ocorrera até sentir o cheiro de todas as armas.

— Não saiam ainda — adverti Celia e Brook. Mas atrás de nós, Wright já tinha saído e se colocado ao meu lado. Assustada, percebi como ele era vulnerável, como todos éramos vulneráveis, mas se aquelas pessoas quisessem atirar em nós, com certeza já o teriam feito.

Peguei a mão de Wright, ou melhor, toquei uma de suas mãos enormes e permiti que ele envolvesse a minha, e caminhamos até a varanda da frente da casa de Daniel Gordon.

— Esse é o cara que quer ser seu parceiro? — perguntou Wright em uma voz baixa que, imaginei, tinha se esforçado para manter neutra.

— As coisas mudaram — disse, sabendo que ele não era o único a me ouvir. — Não sei o que querem agora. Mas, em nome do passado, espero que conversem comigo e não se limitem a apontar armas para mim.

Wright congelou, puxou-me para mais perto de si e percebi que ele não tinha se dado conta daqueles que nos observavam. Ele não viu ninguém até que o macho Ina alto apareceu na ampla varanda.

— Shori — disse ele, me cumprimentando pelo nome. Ele, é claro, era um estranho para mim.

— Você é Daniel Gordon? — perguntei.

Ele franziu a testa.

— Se você e seu pessoal estão tão alerta — continuei —, devem saber o que aconteceu com minha família: minhas mães, minhas irmãs, meus irmãos e meu pai. E que quase aconteceu comigo também. Tive um ferimento grave na cabeça. Por isso, não me lembro de você. Não me lembro de nada da minha vida antes do ferimento. Por isso, tenho de perguntar: você é Daniel Gordon?

Depois do que pareceu ser um longo tempo, ele respondeu:

— Sim, eu sou Daniel.

— Então, preciso conversar com você sobre o que aconteceu com minha família e quase aconteceu comigo e meus simbiontes.

Daniel olhou para Wright, para nossas mãos dadas, para as duas mulheres no carro. Por fim, assentiu:

— Você e seu pessoal são bem-vindos aqui — anunciou.

Houve um recuo quase silencioso dos seguranças armados. Vi alguns dos humanos ao redor da casa de Daniel e das casas vizinhas mais próximas abaixarem as armas e se afastarem. Eu me virei para o carro e acenei para Brook e Celia.

Elas saíram do veículo e se juntaram a nós; Daniel as olhou, levantou a cabeça sentindo o odor delas, depois voltou a me observar. Ele as reconheceu. Pude perceber isso em sua expressão: compreensão e surpresa.

— Essas duas... — Ele franziu a testa. — Não são suas, Shori.

— Eram do meu pai e do meu irmão Stefan. Estão comigo agora. — Sabia que o cheiro delas era inadequado, mas se ele estava ciente do que tinha acontecido à minha família, devia saber por que tinham aquele cheiro, de mortos e de vivos.

— Precisamos interrogá-las — disse. — Ouvimos o que aconteceu no rádio, lemos nos jornais e vimos na televisão. Dois de meus pais foram até lá olhar o local. E, ainda assim, não compreenderam nada. Quem fez isso?

— Vamos revelar tudo o que sabemos — expliquei —, embora isso não seja muita coisa. Viemos aqui porque precisamos de ajuda contra os assassinos.

— Quem são eles? Vocês têm alguma ideia?

— Não sabemos quem são, mas matamos alguns deles, quando nos atacaram. — E repeti: — Contaremos tudo o que pudermos.

— Como vocês sobreviveram?

Dei um suspiro.

— Chame seus irmãos e seus pais das sombras, vamos entrar na casa e conversar.

Os pais e os irmãos se reuniram ao nosso redor quase em silêncio e se mantiveram longe o suficiente para evitar que meus simbiontes os vissem. Estavam nos escutando, avaliando nossos odores e nos observando. Não achei que poderia lhes fazer nenhum mal se nos examinassem com conforto e educação.

Talvez Daniel também pensasse assim. Ele se virou, abriu a porta, acendeu uma luz e se colocou de lado.

— Entre, Shori — disse. — Seja bem-vinda.

Subimos os degraus da casa, entrando em uma sala ampla de madeira escura e com papel de parede verde-escuro. Um grande aparelho de televisão de tela plana cobria a maior parte de uma das paredes. Abaixo dela, nas prateleiras, havia uma grande coleção de fitas e DVDs. No extremo oposto da sala ficava uma enorme lareira de pedra. Ao longo de uma parede lateral, havia três janelas, tão grandes quanto a porta da frente, entremeadas e margeadas por estantes altas cheias de livros. Na outra parede lateral, estavam fotografias, dezenas delas, algumas em preto e branco, outras em cores, a maioria de paisagens externas: matas, rios, árvores enormes, penhascos rochosos, cachoeiras. Seriam lindas se não estivessem tão amontoadas.

Havia uma grande quantidade de cadeiras e mesinhas espalhadas pela sala. Nós e os irmãos e pais, que entraram depois, encontramos lugares para nos sentar. Wright, Celia, Brook e eu nos sentamos juntos, em dois sofás de dois lugares perto da lareira. Os pais e irmãos Gordon se sentaram à nossa volta, nos cercando por três lados, nos espremendo. Nosso mundo de repente se encheu de homens altos, pálidos, vagamente ameaçadores, que lembravam aranhas, e fiquei irritada com eles por serem, ainda que vagamente, ameaçadores e temíveis para meus simbiontes. Eu os observei, me perguntando por que não estava com medo. Eles pareciam querer que eu tivesse medo. Olhavam para nós quatro em um silêncio que deveria ser o mais hostil dos silêncios. Ou talvez só quisessem que meus simbiontes tivessem medo.

Meus simbiontes *estavam* com medo. Até Wright estava com medo, embora tentasse escondê-lo. Mas não conseguia esconder seu cheiro. Celia e Brook nem sequer tentaram disfarçar.

Olhei para Daniel, que estava sentado perto de mim.

— Vocês acham que eu ou meu pessoal assassinamos minhas famílias?

Ele me encarou.

— Não sabemos o que aconteceu.

— Não perguntei o que sabem. Perguntei se acreditam que eu ou meu pessoal assassinamos minhas famílias.

Ele olhou para seus pais e irmãos.

— Não. Nem acredito que conseguiriam.

— Então, parem de assustar meus simbiontes. Se tiverem perguntas, façam.

— Você é uma criança — disse um dos homens mais velhos. — E as duas mulheres com você não são suas simbiontes.

Olhei para ele com repulsa. Ele já tinha me ouvido responder àquilo. Repeti exatamente a mesma resposta:

— Eram do meu pai e do meu irmão Stefan. Elas estão comigo agora.

— Você não precisa ficar com elas — disse. — Podem morar aqui... caso esteja com elas apenas por obrigação.

— Elas estão comigo agora — repeti.

O homem mais velho respirou fundo.

— Tudo bem — cedeu. — Diga-nos o que sabe, Shori. — E a pressão sobre nós diminuiu de alguma forma, como quando as armas foram baixadas do lado de fora. Pude sentir, mesmo que não estivesse com medo.

Olhei para meus simbiontes e vi que eles também sentiram. Estavam relaxando um pouco.

Eu me virei de frente para os Gordon e suspirei. Depois de um instante organizando os pensamentos, resumi as coisas que aconteceram comigo. Contei sobre acordar com amnésia na caverna, sobre Hugh Tang, sobre encontrar as ruínas, Wright e, depois, meu pai, que me contou que as ruínas eram a comunidade de minhas mães; e, em seguida, sobre perder meu pai e toda a sua comunidade (exceto Celia e Brook), fugir para a casa de Arlington e quase morrer lá, descobrindo que nossos agressores eram todos humanos...

Um dos Gordon me interrompeu para perguntar:

— Você conseguiu interrogar algum deles?

Balancei a cabeça.

— Matamos vários deles. Os demais escaparam. Nós também escapamos. O fogo atraiu atenção e não quis precisar lidar com os bombeiros ou a polícia.

— Vocês não foram vistos — disse Daniel. — Ou, se foram, isso está sendo mantido em segredo. Não há nada na mídia sobre carros escapando da cena, e nenhuma das fontes dos meus pais nos telefonou para contar sobre fugitivos. A polícia parece muito frustrada.

— Ótimo — respondi. — Quer dizer, não sabia se tínhamos sido vistos ou não. Passamos a noite seguinte em nossos carros na floresta. Então, como Brook já tinha estado aqui uma vez, pensei que poderia convencê-la a nos trazer.

Um dos Gordon, que parecia ter uns cinquenta anos e era, quase certamente, uma das duas pessoas mais velhas presentes, falou em tom calmo e cortês:

— Podemos interrogar seus simbiontes? — Ele tinha um sotaque britânico. Eu tinha escutado repórteres da BBC no rádio que Wright tinha na cabana falando como aquele homem.

Olhei para Celia e Brook, depois para Wright.

— Tudo bem — falei. — Digam o que eles quiserem saber. — Os três pareciam atentos, mas não amedrontados ou mesmo desconfortáveis. Acenei para o homem mais velho. — Tudo bem — repeti. — A propósito, qual é o seu nome?

— Sou Preston Gordon — disse. — Peço desculpas. Todos devemos nos apresentar. — E eles começaram. Preston e Hayden eram os dois mais velhos. Eram irmãos e parecidos o suficiente para serem gêmeos, exceto que Hayden era mais alto e Preston tinha uma cabeleira louro-clara mais espessa. Os filhos deles eram Wells, Manning, Henry e Edward. E eles, por sua vez, eram os pais de Daniel, Wayne, Philip e William. William, deduzi, era apenas quinze ou vinte anos mais velho do que eu. Embora ninguém tenha mencionado isso, tinha a impressão de já ter me encontrado antes com a maioria deles, talvez todos. O que achavam do fato de eu não conseguir me lembrar de nenhum deles agora? Era embaraçoso para mim, mas não havia nada que eu pudesse fazer a esse respeito.

Preston dirigiu sua primeira pergunta a Brook.

— Você reconheceu alguém entre os homens que seu grupo matou? Já tinha visto algum deles antes?

— Não — respondeu Brook. — Não consegui ver todos os rostos, mas, os que vi, nunca tinha visto antes.

William perguntou:

— Quantos você matou, Shori? Você, sozinha, quero dizer.

— Três — admiti, surpresa. — Por quê?

— Três homens — comentou sorrindo. — Você deve ser mais forte do que parece.

Franzi o rosto, porque aquilo era algo tolo a se dizer. É claro que eu era mais forte do que parecia, assim como ele era mais forte do que parecia.

Daniel falou:

— Shori, não sabíamos sobre suas mães. Pelo visto não houve nenhuma cobertura jornalística. Você sabe por que isso aconteceu?

— Iosif e dois de meus irmãos encobriram o ocorrido. Ele me contou que fizeram isso. E, mesmo assim, houve alguma cobertura local. Ele convenceu os repórteres locais e pelo visto a polícia de que a comunidade de minhas mães estava abandonada, que alguém incendiou um conjunto de casas abandonadas. Isso é notícia, mas não é uma notícia importante. E ele garantiu que alguns dos vizinhos de minhas mães ficassem de olho no local. Achava que os assassinos poderiam voltar para se gabar.

Preston balançou a cabeça.

— Entendo. Iosif deve ter se esforçado muito para preservar o silêncio. Brook, ele disse alguma coisa a você sobre o esforço para encobrir tudo e, quem sabe, sobre as tentativas de investigação?

— Contou o que aconteceu — respondeu ela. — Não compreendia como pôde acontecer e quem seria poderoso o bastante para fazer aquilo. Disse que devia ter acontecido durante o dia, que essa era a única maneira de pegar as mães de Shori de surpresa. E acreditava que, se alguém tivesse sobrevivido, poderia ter sido Shori. Mas... não penso que acreditasse que algo como aquilo se repetiria. Nunca tive a impressão de que temia que pudesse acontecer na nossa comunidade.

Celia assentiu.

— Stefan voou com ele até lá para ajudar com os vizinhos. Eles levaram Hugh Tang e alguns outros simbiontes para fazer buscas por sobreviventes. De fato acharam que era um crime isolado e terrível. Quer dizer, sempre se ouve sobre pessoas cometendo assassinatos em massa, tiroteios inesperados em escolas ou empresas, ou sobre assassinatos em série, em que alguém mata pessoas uma a uma durante um período de meses ou anos, mas chacinas em série... Acho que nunca ouvi falar disso, exceto na guerra.

— Iosif não sabia de nada — contei. — Conversei com ele sobre isso. Estava frustrado, triste, com raiva... Detestava não saber das coisas no mínimo tanto quanto eu.

Houve um breve silêncio, depois Daniel se dirigiu a Wright.

— E quanto a você? Você é o estranho que entrou nisso tudo quase por acidente. Quais são suas impressões?

Wright pensou por um momento, franzindo um pouco a testa. Então, falou:

— É provável que tudo isso esteja acontecendo por um entre três motivos. Está acontecendo porque algum grupo humano viu sua espécie e decidiu que vocês são todos vampiros perigosos e malignos. Ou está acontecendo porque algum grupo Ina ou uma pessoa Ina está com inveja do sucesso que a família de Shori teve ao combinar os DNAs humano e Ina e ao ter descendentes que podem ficar acordados durante o dia e sem se queimar com tanta facilidade ao sol. Ou está acontecendo porque Shori é negra e racistas, provavelmente Ina racistas, não gostam da ideia de que uma boa parte da resposta para seus problemas diurnos é a melanina. Essas são as possibilidades óbvias. No início, eu me perguntava se poderia ser alguém ou alguma família que apenas odiava a família de Shori, uma antiga rivalidade, como a das famílias Hatfield e McCoy, mas Iosif e seus filhos saberiam de alguém que os odiasse tanto.

Philip Gordon, mais novo que Daniel e mais velho que William, disse:

— Você está partindo do pressuposto de que, se os Ina fizeram isso, usaram humanos como armas diurnas.

— Estou partindo desse pressuposto — confirmou Wright.

— Nós não fazemos isso! — protestou Preston. Seus lábios se viravam para baixo, em sinal de repulsa.

— Fico feliz em ouvir isso — falou Wright, dirigindo-se a ele. — É claro que não imaginei que ninguém que Iosif apresentasse à sua família feminina faria isso. Mas existem outros Ina. E sua espécie é composta por indivíduos, como a minha. Algumas pessoas são éticas, outras não.

Observei os Gordon enquanto ele falava. Os mais jovens ouviam, indiferentes, mas os mais velhos não gostaram muito do que ele estava dizendo. Pelo visto, aquilo os deixava desconfortáveis, constrangidos. Eu me perguntava por quê. Ao menos ninguém tentou fazer Wright calar a boca. Isso era importante. Eu não teria desejado ficar em uma comunidade que desprezava meus simbiontes.

Também gostei do fato de Wright não ter medo de dizer o que pensava.

Os Gordon conversaram entre si sobre as possibilidades que Wright tinha apresentado e pareciam não gostar de nenhuma delas, mas eu suspeitava que suas objeções vinham mais do orgulho ferido do que da lógica. Os Ina não usavam humanos como armas diurnas contra outros Ina. Não faziam nada assim havia séculos.

E os Ina eram cautelosos, insistiram tanto Preston quanto Hayden. Nenhum Ina deixaria provas de comportamento vampírico para serem encontradas por humanos. Além disso, de acordo com Daniel, as famílias Ina de todo o mundo ficaram felizes com o sucesso da minha família na engenharia genética. Esperavam usar os mesmos métodos para conseguir que suas próprias gerações futuras conseguissem ser ativas durante o dia.

Os Ina também não eram racistas, insistiu Wells. O racismo humano não significava nada para os Ina, porque as raças humanas não significavam nada para eles. Procuravam simbiontes humanos compatíveis onde quer que estivessem, sem levar em consideração nada além da atração pessoal.

E, é claro, não havia rivalidade. De acordo com Preston, nada do tipo tinha acontecido por mais de mil anos. E nada do tipo poderia acontecer sem que muitas pessoas soubessem. Iosif certamente saberia, e ele e seus parceiros ficariam vigiando.

— Por falar em vigiar — falei em tom alto de voz.

Os Gordon pararam e um por um se viraram para olhar para mim.

— Por falar em vigiar — repeti —, que bom que têm pessoas vigiando este lugar agora, mas também estão mantendo a vigilância durante o dia?

Silêncio.

— Não estamos — admitiu Edward, por fim. Parecia ser o mais novo dos pais. — Teremos de fazer isso agora. — Ele fez uma pausa. — E, Shori, você terá de ficar conosco até que esse assunto esteja encerrado, até termos encontrado esses assassinos e nos encarregado deles.

— Obrigada — respondi. — Vim aqui esperando ajuda e refúgio. Se ficar, posso ser muito útil como parte de sua vigilância diurna.

Isso pareceu interessá-los.

— Você pode ficar acordada o dia todo, todos os dias, e dormir à noite? — William me perguntou.

Assenti.

— Posso, desde que durma o suficiente — expliquei. — Se puder dormir a maior parte da noite, devo ficar bem durante o dia... Isso vai me manter fora do caminho de vocês.

Houve um silêncio constrangedor. Tinha notado que alguns dos filhos não acasalados já estavam começando a ficar inquietos sob a influência de meu cheiro. E Daniel tendia a olhar para mim de uma forma que me fez querer tocá-lo. Eu gostava de sua aparência, assim como de seu cheiro. E me perguntava se tinha gostado dele antes, quando minha memória estava intacta.

— Vou precisar que diga aos seus simbiontes da vigilância diurna para me obedecerem. Os assassinos que atacaram a casa de Arlington foram rápidos e coordenados. Se eu tivesse sido um pouco mais lenta ou se Wright tivesse demorado mais para acordar Celia e Brook e tirá-las de lá, poderíamos ter morrido.

— Conversaremos com nossos simbiontes — afirmou Preston. — Vamos apresentá-los a você e dizer a eles para obedecê-la em qualquer ação contra os agressores, mas, Shori...

Ele parou de falar e apenas olhou para mim.

— Farei tudo o que puder para mantê-los seguros — garanti.

15

Os Gordon tinham uma casa de hóspedes em Punta Nublada.

Era um sobrado confortável de cinco quartos, menor que as casas da família extensa, mas grande o suficiente para nós e tão pronto para ser ocupado quanto fora a casa de hóspedes de Iosif. Costumava ser usado por visitantes Ina e seus simbiontes, ou por membros das famílias dos simbiontes dos Gordon. Daniel disse que essas pessoas imaginavam que seus parentes viviam em uma comuna que, de algum modo, tinha sobrevivido desde a década de 1960. Então, teve de me contar algo sobre a década de 1960. Talvez eu não tivesse perguntado, mas descobri que gostava de ouvir a voz dele.

Meus simbiontes e eu levamos nossas coisas dos carros para a casa e relaxamos pelo resto da noite. Havia comida enlatada e congelada, como na casa de Arlington, e Wright, Celia e Brook prepararam uma refeição. Logo depois, estávamos todos dormindo.

Pouco antes do amanhecer, porém, saí da cama que dividia com Wright e fui para o quarto escolhido por Celia. Eu estava com fome, mas não quis me apressar com ela. Deslizei para a cama, virei-a para mim e a beijei quando ela acordou. Assim que a surpresa e rigidez a abandonaram, encontrei o ponto em seu pescoço onde eu podia sentir o pulso com mais intensidade. Lambi a pele escura, salgada e amarga onde iria mordê-la. Ela não lutou. Seu corpo estremeceu logo que a mordi, e então permaneceu inerte. Em seguida, ela cochilou com facilidade, descansando encostada em mim enquanto eu lambia a ferida que causei. Como Brook, ainda não estava se divertindo, mas ao menos não sofria mais.

Quando ela dormiu, me levantei, tomei banho, me vesti e saí enquanto ainda estava confortavelmente escuro. Queria passear, dar uma olhada no lugar. Mas encontrei Preston sentado em um banco que balançava, preso por correntes ao teto da varanda frontal da casa de hóspedes. Ele olhou para mim, sorriu e disse:

— Esperava que se levantasse antes de eu ficar sonolento demais. Estou aqui para falar com você em nome do filho de um dos meus simbiontes.

Sentei-me ao lado dele.

— Tudo bem — respondi.

Ele sorriu.

— Amamos nossos parceiros — disse. — O veneno deles nunca nos deixa partir. Estaríamos perdidos se isso acontecesse. Mas nossos simbiontes... Eles nunca compreendem de fato quanto os apreciamos. Esse menino... Ainda sinto falta da mãe dele.

Aguardei, com muita curiosidade. Eu gostava dele. E isso era interessante. Não o conhecia, mas gostava dele. Cheirava bem, de alguma forma, nem um pouco comestível, nem sexualmente interessante, mas era bom, confortável, estar com ele.

— Uma das minhas simbiontes teve um filho — explicou. — Então, há cerca de dez anos, ela morreu em um acidente de trânsito em São Francisco. Estava visitando a irmã. Eu poderia ter ajudado, mas só fui notificado depois da morte. O marido dela ainda está vivo, ainda está aqui. É um dos simbiontes de William. Mas quanto a isso... Bem, eu prometi a pai e filho que iria falar com você. O filho tem 22 anos e acabou de sair da faculdade. Ouviu falar de você e viu sua foto. Ontem à noite, quando você chegou, foi a primeira vez que a viu pessoalmente. Diz que gostaria de se juntar a você, caso o aceite. É formado em administração, e acho que você acabará precisando de alguém como ele para ajudá-la a gerenciar os negócios de suas famílias.

Respirei fundo e dei um sorriso triste.

— Não sei quanto a isso, mas acho que precisarei de mais simbiontes em breve. Não acredito que três sejam suficientes, e estou preocupada em machucar os que tenho.

— Eu me perguntei se estaria ciente do perigo — comentou. — Você precisa de mais pessoas, depressa. Na verdade, precisa de mais três ou quatro simbiontes.

— Deixei uma em Washington. Temos uma conexão emocional, mas até agora são só esses. Recusei-me a trazê-la porque não sabia o que encontraria aqui e se poderia protegê-la.

— Com a nossa ajuda, você deve ser capaz de fazer isso.

— E eu não tenho casa — expliquei. — Terei de começar do zero. Farei isso, mas com minha perda de memória, precisarei de muitas informações de vocês. Na verdade, não sei como ser uma Ina.

— Acredito que saiba, mesmo que não perceba que sabe. Seus modos são muito parecidos com os de uma jovem Ina inteligente e um tanto arrogante. Acho que, muito antes de perder a memória, você aprendeu que poderia conseguir fazer as coisas do seu jeito. — Ele sorriu.

— Percebe isso em meu comportamento? — perguntei, surpresa.

— Sim, percebo. Não se preocupe. Um pouco de autoconfiança pode ser exatamente o que precisa agora.

— Não tenho nada que me dê confiança — admiti. — Preciso mesmo aprender tudo o que puder com você e sua família.

— É claro. Pode nos perguntar o que quiser. Mas é melhor perguntar apenas aos pais. Você não nos torturará tanto.

Fiz que sim com a cabeça.

— Eu sei que meu odor incomoda vocês.

— Você se lembra?

— Não. Iosif me contou.

— Entendo. Vai ficar com o filho da minha simbionte?

— Claro que vou, se ele e eu gostarmos um do outro. Como se chama?

— Joel Harrison. Acho que vai gostar dele e, como disse, ele a viu e quer ficar com você. E, como bônus, o pai dele também a viu ontem à noite. Ambos estavam de guarda. Deu uma olhada em você e gostou da maneira como defendeu seus simbiontes. Disse que você cuidaria de Joel.

— O melhor que puder — afirmei. — Mas...

— Você está conosco agora. Não está sozinha. E o que disse antes sobre não ter nada... É provável que não seja verdade. Suas mães e seu pai possuíam grandes extensões de terra, vários prédios residenciais em Seattle, gerenciados por uma administradora, e participações em vários negócios. Eles tinham rendimentos substanciais. Daniel estava envolvido em algum tipo de empreendimento comercial com um de seus irmãos. Sabe algo sobre os negócios deles, e podemos descobrir mais. Mais cedo ou mais tarde, o que eles possuíam será seu.

— Obrigada — respondi. — Sabia que eram donos dos terrenos onde viviam, mas não tinha ideia do que mais havia ou como descobrir mais a esse respeito. — Franzi a testa, lembrando-me de algo que lera no computador de Wright. — Será que deixaram testamentos?

Ele contraiu as sobrancelhas.

— Bem, sim, mas nunca teriam previsto ser completamente eliminados assim. Nós descobriremos. Em algum momento, haverá um ou dois advogados que, tendo sido mordidos, serão muito prestativos e muito confiáveis, garantindo que seus direitos sejam respeitados.

Assenti e repeti:

— Obrigada.

Ele se levantou e foi como se, de repente, se desdobrasse, parecendo alto e magro.

— De nada, Shori. Agora, acho melhor apresentá-la a Joel para que eu possa ir para a cama. — Ele levantou o braço e acenou. Um jovem surgiu de uma das casas do outro lado da estrada. O homem era tão alto quanto Wright, mas não tão musculoso. Tinha a pele tão escura quanto a minha e cabelos como os meus. Ele caminhou em minha direção com um sorriso discreto no rosto. Tive a impressão de que estava empolgado, feliz e muito nervoso.

Gostei da aparência dele: forte, magro, saudável e de pele marrom, caminhando como se houvesse molas em suas pernas.

— Você terá de falar com seu primeiro simbionte — disse Preston.

Olhei para ele, surpresa.

— Eles não devem brigar ou começar a competir um com o outro, atrapalhando a vida de vocês. Cada um deve encontrar uma maneira de aceitar o outro. Cada um deve encontrar uma maneira de aceitar o relacionamento do outro com você. Você deve ajudá-los a fazer isso.

Suspirei.

O jovem se aproximou, pairando acima de mim e sorrindo.

— Shori Matthews, este é Joel Harrison — disse Preston. — Acredito que farão bem um para o outro.

— Obrigada — falei para ele. E, para Joel: — Bem-vindo.

— Estou ansioso para conhecê-la — disse Joel. Lenta, deliberadamente, ele estendeu o braço, com o pulso voltado para cima; era claro que não poderíamos trocar um aperto de mãos.

Eu ri, peguei a mão, beijei seu pulso e disse:

— Depois.

— Quando quiser — disse. — Há lugar para mim aqui?

— Há.

— Vou buscar minhas coisas.

Observei enquanto ele se afastava e disse a Preston:

— Ele tem um cheiro maravilhoso.

Os lábios de Preston se curvaram formando algo que não chegava a ser um sorriso.

— Sim. Creio que já disseram isso a ele. Sejam bons um para o outro.

Ele tinha começado a se afastar de mim quando o detive.

— Preston, você sabe se eu tinha minha própria família de simbiontes antes… antes do incêndio?

Ele olhou para trás.

— É claro que sim. Não consegue se lembrar deles?

— De nada.

— Ótimo.

Fixei os olhos nele.

— Garota… não faz ideia de como dói quando eles morrem. E você perdeu todos os que tinha. Todos os sete. Caso se lembrasse deles, a dor seria esmagadora… insuportável.

— Mas eram meus e não me lembro de seus cheiros, nem de seus gostos, nem do som das vozes ou mesmo dos nomes.

— Ótimo — Preston repetiu baixinho. — Deixe que descansem em paz, Shori. Na verdade, é tudo o que pode fazer. — Ele caminhou a passos lentos até a casa onde Joel havia entrado. Eu o observei partir, imaginando quantos simbiontes ele havia perdido ao longo dos anos, ao longo dos séculos.

O sol estava nascendo e brilhando o suficiente para ser desconfortável, mesmo encoberto por nuvens baixas. Voltei para dentro e encontrei Celia fritando linguiças congeladas que estavam na geladeira.

— Como você está? — perguntei.

— Estou bem — disse ela. — E você? Não me machucou, mas se fartou de mim, não é?

— Sim. — Olhei para as linguiças. — Precisa de mais comida? Pode pegar coisas de uma das outras casas. — Aquilo parecia justo. Ninguém ali se perguntaria por que um simbionte precisava comer bem.

— Um pouco de manteiga? — ponderou. — Tem waffles congelados na geladeira e xarope de bordo no armário, do bom, mas manteiga, não.

— Vá até a casa ao lado e diga a quem atender que está comigo. Se não tiverem o que você quer, dirão quem tem.

Ela concordou.

— Certo. Não deixe as linguiças queimarem. — E correu para a casa mais próxima, apresentou-se e pediu não só manteiga, mas frutas frescas e leite também. Mantive os ouvidos atentos enquanto virava as salsichas.

Wright não conseguiu me ensinar a cozinhar, mas preparou comida perto de mim com frequência suficiente para que eu fosse capaz de impedir que a linguiça de porco queimasse. A simbionte que atendeu a Celia disse que sim, apresentou-se como Jill Renner, colocou as coisas que Celia queria em uma sacola e desejou a ela um bom café da manhã. Celia agradeceu e trouxe tudo para a cozinha da casa de hóspedes. Brook entrou naquele momento e mergulhou direto na sacola, de onde tirou uma banana, que começou a descascar e comer.

— Um novo simbionte chegará em breve — avisei a ela. — Ofereça a ele o café da manhã, sim?

— Hum — disse Brook. — *Ele*?

— Nossa — disse Celia e suspirou. — Viu, é por isso que não invejo você. Vai subir e partir o coração daquele seu homem peludo, não é? Já tem um novo homem! Droga.

— Mantenha o sujeito novo aqui embaixo até eu voltar — avisei.

Deixei-as e subi para conversar com Wright.

Wright tinha tomado banho e estava se barbeando. Havia outra pia no banheiro, com uma cadeira posicionada na frente e um grande espelho baixo rodeado por lâmpadas. Sentei-me na cadeira e o observei fazer a barba diante de um espelho parecido, mais alto. Havia pegado o barbeador elétrico quando paramos na cabana e usava-o agora para aparar o bigode de forma rápida e fácil.

Então, ele olhou para mim.

— Algum problema? — perguntou.

— Não é um problema — comecei. — Mas talvez algo que será difícil para vocês. — Franzi a testa. — Difícil para você. E não quero que seja.

— Diga.

Pensei em como fazer aquilo e decidi que era melhor ser direta.

— Preston me ofereceu outro simbionte. Quando viva, a mãe dele era simbionte do próprio Preston. O nome dele é Joel Harrison.

Ele desligou o barbeador e o colocou na pia.

— Entendi. Preston é o pai?

Olhei para ele, surpresa.

— Wright, isso é impossível.

— Foi o que pensei, mas achei melhor perguntar, já que você não mencionou o pai.

— Não sei quem é o pai do Joel, mas ele vive aqui. É um dos simbiontes do William. A mãe de Joel morreu em um acidente de trânsito há dez anos.

— O que o pai pensa sobre o filho ficar com você?

— Ele queria que o filho ficasse comigo. Pediu a Preston para nos apresentar.

— Então está alcovitando o próprio filho.

Hesitei.

— Não sei o que isso significa, mas seu tom diz que é algo repulsivo. O pai de Joel não fez nada repulsivo, Wright. Ele e Joel me viram e decidiram que eu seria boa para Joel. Ele acabou de terminar os estudos. Poderia ter se afastado, poderia voltar só de vez em quando para visitar o pai. Mas escolheu uma vida com os Ina, conosco. Estou feliz por isso. Preciso dele.

— Para quê? Você precisa dele para quê?

Olhei para Wright, querendo tocá-lo, sabendo que naquele momento ele não queria ser tocado.

— Três de vocês não são o bastante para me sustentar de modo seguro. Também vou tentar trazer Theodora para cá.

Ele balançou a cabeça com raiva.

— Acho que não me importo tanto com as mulheres. Eu até que gosto das duas lá embaixo. Esperava que você só ficasse com mulheres… exceto eu. Acho que poderia lidar com isso.

Ele se virou, cheio de energia e agressividade, e socou a parede, quebrando-a, deixando um buraco. E machucou a mão. Pude sentir o cheiro do sangue. Mas ele pareceu não notar.

— Que inferno — amaldiçoou —, você nem conhece esse Harrison. Pode ser que o odeie.

Dei de ombros.

— Se eu não gostar dele, terei que procurar outro, e logo.

Ele olhou para mim com tristeza.

— Minha vampirinha.

— Ainda — falei.

Ele se aproximou de mim, pôs a mão sob meu braço, sentou-se e me sentou em seu colo. Peguei sua mão ferida e olhei para ela, lambi o sangue, vi que ele não havia se ferido muito. Cicatrizaria durante a noite, como uma mordida superficial.

— Eu poderia ficar muito mais bravo se você fosse maior — disse, baixinho.

— Espero que não — respondi.

Ele me envolveu com os braços, me abraçando apertado.

— Acho que não consigo fazer isso, Shori. Não consigo dividir você.

Eu me recostei nele.

— Consegue, sim — respondi com voz mansa. — Conseguirá. Vai ficar tudo bem. Não agora, talvez, mas com o tempo *ficará* tudo bem.

— Simples assim. — A amargura e a tristeza em sua voz eram terríveis.

Eu me virei em seu colo e montei nele, encarando-o.

Depois de um momento, ele disse:

— Quero você para mim. É assustador o quanto amo você, Shori.

Abaixei a cabeça dele e o beijei, então apoiei minha testa em seu peito, sentindo seu cheiro, seu corpo admirável e peludo, a batida de seu coração.

— Preston diz que nossos simbiontes nunca sabem o quanto os apreciamos — falei.

— Você me aprecia?

— Você sabe que sim.

Ele me afastou e olhou para mim.

— Você dominou minha vida — disse. — E agora quer que eu aceite dividir você com outro homem.

— Sim — confirmei. — Divida. Não brigue com ele. Não prejudique a família lutando com ele. Aceite-o.

Ele moveu a cabeça em sinal de recusa.

— Não consigo.

— Consegue — repeti. — E vai. Ele faz parte da família que devemos constituir. Ele é um de nós.

Quando o deixei e desci para a cozinha, encontrei Joel sentado à mesa tomando café com Brook e Celia.

— Oi — disse ele quando entrei. Tinha deixado duas malas grandes com rodinhas perto de sua cadeira.

— Oi — cumprimentei, de modo automático. — Venha falar comigo. — Peguei a mão dele e o levei para o outro lado da casa, onde, me disseram, era a "sala da família".

— Você não quis dizer que *você* vai falar *comigo*? — Joel perguntou enquanto se sentava em uma das grandes poltronas de couro. Eu me sentei no braço da poltrona.

— Começando do princípio — falei, e peguei o pulso que ele havia oferecido antes. Ele me observou enquanto o levava à minha boca e o beijava pela segunda vez, e sorriu.

Mordi-o.

Ele era delicioso. Eu pretendia apenas o provar e inocular um pouco de meu veneno nele, mas ele era tão bom que fiz um pouco mais do que prová-lo. E me demorei em seu pulso mais do que o necessário. Por fim, olhei para ele e o encontrei recostado na poltrona, relaxado.

— Meu Deus — falou. — Tirei a sorte grande.

— Como você conseguiu ficar livre? — perguntei. — Ninguém aqui quer você?

Ele sorriu.

— Todo mundo me queria. Todos, exceto Preston e Hayden. Disseram que eu era muito jovem para me juntar a eles. Os outros... só me deixaram em paz quando pedi, mas antes disso estavam todos atrás de mim. E eu não queria me juntar a um homem. Há muito sentimento sexual envolvido quando vocês se alimentam. Queria isso de uma mulher. Preston disse que verificaria com as famílias femininas próximas depois que eu terminasse a faculdade, e me levou para visitar algumas delas, mas não fiquei interessado. Você é a única Ina por quem já me senti atraído.

— Depois de me ver apenas uma vez?

— Sim. Eu nem a vi quando esteve aqui antes... Antes de suas mães e seu pai morrerem. Eu tinha ido para São Francisco passar um tempo com alguns amigos da faculdade. — Ele balançou a cabeça. — Gostei da sua aparência quando vi fotos que os Gordon têm de você e de suas irmãs. Quando a vi na noite passada, não tive escapatória.

Eu não sabia o que fazer com aquela informação.

— Estou só começando a formar minha família — expliquei. — Você com certeza teria uma vida mais fácil com qualquer outro aqui ou qualquer uma das famílias femininas que já conheceu. Sabe que minha memória remonta apenas a algumas semanas.

— Ouvi dizer.

— E quando eu deixar os Gordon, estarei sozinha.

Ele assentiu.

— Então, deixe que eu a ajude a constituir uma nova família.

Olhei para ele e vi sua expressão mudar, tornar-se mais séria. Ótimo.

— Quero que faça parte da minha nova família — expliquei. — Mais do que isso, preciso de você. Mas você e meu primeiro terão de aceitar um ao outro. Você o aceitará. Haverá paz entre vocês. Sem brigas. Nada de pôr em risco o resto de nós com competições destrutivas.

— Tudo bem. Duvido que seu primeiro e eu teremos algo parecido com amizade algum dia, mas sei como é. Suponho que já disse a ele a mesma coisa.

— É claro. — Fiz uma pausa. — Ele me ajudou, Joel. Quando eu não tinha mais ninguém, quando não tinha ideia de quem ou o que eu era, ele me ajudou.

— Eu gostaria de ter tido a chance de fazer uma coisa dessas. — Estendeu a mão e tocou meu rosto. — Como disse, deixe que eu a ajude a constituir uma nova família.

***

Um pouco mais tarde naquela manhã, coloquei a jaqueta com capuz, os óculos escuros e as luvas e caminhei até cada uma das casas da comunidade. De fora, avistei os vigias, depois entrei nas casas para fazer o possível para ajudá-los a não ser detectados com tanta facilidade. Ser facilmente detectado por agressores como os que meus simbiontes e eu enfrentamos significava levar um tiro.

Os simbiontes dos Gordon me cumprimentaram tocando em mim, nos ombros, braços, mãos. Descobri que não via problema naquilo, embora não tivesse esperado algo assim. Era como se tivessem que me tocar para acreditar que eu podia ser Ina e ainda estar acordada.

— Você não está nem um pouco sonolenta? — perguntou uma mulher chamada Linda Higuera. Era uma mulher de pele marrom, nervosa e musculosa, que tinha, no mínimo, 1,80 de altura e se apoiava em um rifle. Estávamos no terceiro andar da casa de William, e ela era uma das simbiontes dele. Pelo que percebi, William preferia simbiontes grandes e poderosos, dos sexos masculino e feminino. Sábio da parte dele.

— Não estou com sono — respondi. — Desde que não pegue muito sol, está tudo bem.

Ela meneou a cabeça.

— Queria que William pudesse fazer isso. Eu me sentiria mais segura se ele pudesse, ao menos, acordar se precisarmos dele.

Encolhi os ombros.

— É sua vez de mantê-lo seguro.

Ela refletiu sobre aquilo e depois assentiu.

— Você tem razão. Droga. Ele é tão forte, acabei me acostumando a depender dele. Acho que tem de ser recíproco. — Ela ficou quieta e pensou por um momento. — Você tem telefone?

— Há telefones na casa de hóspedes.

— Quis dizer um telefone celular.

— Não tenho, não. — Nem sequer tinha muita certeza do que era um telefone celular.

— Você deveria ter um, para que possamos conversar uma com a outra se algo acontecer. Os telefones fixos são muito fáceis de desativar.

Aquilo fazia sentido.

— Existe algum que eu possa pegar emprestado?

Ela me mandou descer e acordar um homem enorme chamado Martin, de pele tão marrom que era quase preta. Martin não só me forneceu um celular carregado como salvou vários números nele e me fez repetir os nomes correspondentes a cada número e em que casa a pessoa morava. Depois, me mostrou como fazer uma chamada e, para praticar, liguei para o vigia da casa de Daniel. Então, Martin pegou um carregador e me mostrou como usá-lo.

— Este é o seu número — disse, fazendo-o aparecer na telinha do telefone —, caso precise dá-lo a alguém.

— Obrigada — respondi, e ele sorriu.

— Sem problemas. Como está Linda lá em cima?

— Indo bem — falei. — Alerta e cuidadosa.

— E quanto ao meu filho? — perguntou em um tom diferente. — Como ele está?

Olhei para ele, assustada.

— Você é o pai de Joel?

— Sim. Martin Harrison. Joel já se mudou para a casa de hóspedes?

— Já, sim. Gosto dele.

— Ótimo. Você é o que ele quer. Se cuidar dele, ele cuidará de você.

Assenti e o deixei, me sentindo muito mais calma sobre a segurança da comunidade Gordon. Com ou sem minha presença, aquelas pessoas não seriam pegas de surpresa e assassinadas, e agora eu poderia me comunicar de forma silenciosa e eficaz.

Caminhei pela comunidade mais uma vez, parando de vez em quando para ouvir a atividade ao meu redor. Havia simbiontes comendo, fazendo amor, discutindo sobre crianças que estavam em internatos, discutindo sobre as vinhas e a adega, podando as árvores dos arredores, lavando pratos, encomendando audiolivros por telefone, digitando em computadores... Havia crianças brincando e cantando canções em uma sala da casa de Hayden. Parecia que ali alguns simbiontes ainda realizavam a maior parte de suas atividades durante o dia, enquanto outros mudaram para uma programação noturna para passar mais tempo com seus Ina.

Enquanto caminhava de volta para a casa de hóspedes, me atentei a uma conversa que Wright e Brook estavam tendo lá.

— Eles assumem o controle de nossas vidas — disse Brook. — Nem pensam sobre isso, apenas o fazem, como se tivessem esse direito. E nós deixamos porque nos dão muita satisfação e... simplesmente pelo puro prazer.

Wright grunhiu.

— Permitimos porque não temos escolha. Quando percebemos o que aconteceu conosco, é tarde demais.

Houve uma longa pausa.

— Não costuma ser assim — disse Brook. — Iosif me explicou o que aconteceria se eu o aceitasse, que eu me viciaria e precisaria dele. Teria de obedecer. Se ele morresse, eu poderia morrer. Não que eu pudesse imaginar que ele morreria. Isso parecia impossível... Mas ele me contou tudo isso. Depois, me pediu para ir até ele de qualquer maneira, para aceitá-lo e ficar com ele porque eu poderia viver por duzentos anos, quem sabe, e seria saudável, pareceria e me sentiria jovem, e porque ele me queria e precisava de mim. Eu não estava viciada quando ele me pediu isso. Só tinha me mordido algumas vezes. Eu poderia ter ido embora... ou corrido feito doida. Ele me disse mais tarde que achava que eu poderia fugir. Contou que, às vezes, as pessoas fugiam por medo supersticioso ou pela crença puritana de que qualquer coisa que pareça boa demais deve vir acompanhada de algo muito negativo. Nesse caso, ele precisava encontrá-las e convencê-las de que não passou de um sonho ou de um namorado qualquer.

Wright respondeu:

— Quando Shori me pediu, ou melhor, quando me ofereceu a chance de partir, eu já estava viciado psicologicamente, se não fisicamente.

— Provavelmente por causa da amnésia dela.

Wright fez "hum, hum", um som de anuência.

— Imagino que sim. Ela se revelou uma coisinha estranhamente ética na maioria das vezes. Mas isso ainda me incomoda, e agora tem esse sujeito novo de quem ela me falou...

— Joel — disse Brook. — Você ainda não o conheceu?

— Ela não ficou para nos apresentar. Eu o encontrei no corredor do andar de cima. Ele teve a coragem de me perguntar quais quartos estavam vazios. Ela nem me disse que ele era negro.

— Eles não são humanos, Wright. Não se importam com a cor da pele.

— Eu sei. Sei até que ela precisa do sujeito... Ou melhor, que precisa de mais algumas pessoas. Mas odeio aquele miserável. Não vou fazer nada para ele. Vou lidar com isso de alguma forma, mas, senhor Jesus, eu o odeio!

— Você está com ciúmes.

— É claro que estou!

— Não tem certeza se a quer, mas não quer que mais ninguém a tenha.

— Bem, não é como se pudesse ir embora. Droga, posso sentir o poder que ela exerce sobre mim. Não consigo nem pensar em deixá-la sem morrer de medo.

— Você mudaria isso? — perguntou Brook. — Se pudesse escapar, você iria?

— ... Não sei.

— Acho que sabe. Eu vi você com ela.

— Não consigo me imaginar sem ela, mas não tenho certeza se teria deixado acontecer se soubesse no que estava me metendo. — Houve um silêncio, então ele perguntou: — E você? Como se sente sobre a maneira como ela se apossou de você?

— Melhor — admitiu Brook.

— Melhor?

— Ela nos tirou vivos da casa de Arlington, e não deveria ter conseguido fazer isso. E se manteve firme ontem à noite. Os Gordon a estavam pressionando, tentando intimidá-la um pouco só para ver o que faria, como ela era. Bem, ela é forte, e se importa com a forma como outros Ina nos tratam. Podemos confiar nela. Celia disse que podíamos, mas eu não tinha certeza.

— Está dizendo que quer ser simbionte dela, não de algum homem? Quer dizer, imaginei que, depois de escolher ficar com Iosif...

Houve outro breve silêncio, então Brook disse:

— Eu provavelmente teria escolhido um homem se tivesse essa escolha. Mas estou bem com Shori. Posso encontrar um homem humano se precisar de um. Mal posso acreditar no que ela tem feito por mim e por Celia. Já vi simbiontes que perderam seus Ina. Um Ina ancião faleceu enquanto estava nos visitando. Vi seus simbiontes em abstinência e os ouvi gritando quando outros Ina tentaram salvar suas vidas apossando-se deles. Foi péssimo. Convulsões, dor, medo impotente e repulsa pelo Ina que estava apenas tentando ajudar. Durou dias, semanas. Foi horrível, mesmo. Um dos simbiontes morreu. Mas com Shori... Ela se alimentou de mim duas vezes e já não dói mais. Não é divertido, mas não é ruim. Mal posso esperar para saber como será quando eu for simbionte dela por completo.

— Então... Quando eles mordem, a sensação que transmitem não é a mesma?

— Não, assim como as aparências não são todas as mesmas. O veneno deles varia, é muito pessoal. Imagino que a mordida dela seja espetacular. É por isso que conseguiu pegar você desse jeito.

— E é apenas uma criança — disse ele.

Não falaram mais nada. Fiquei escutando mais alguns instantes, aguardando a continuação da conversa, depois me atentei para forasteiros, intrusos. Quando me assegurei de que a comunidade estava segura, por ora, pensei no que Brook e Wright tinham dito. O que disseram, no geral, foi que, exceto pelo problema de Wright com Joel, estavam contentes comigo. Senti-me extraordinariamente bem ao saber disso. Fiquei aliviada, embora não tivesse percebido que precisava de alívio. Wright teria que encontrar a própria maneira de aceitar Joel, e Joel teria que fazer o mesmo em relação a Wright. Haveria um período de desconforto em que precisaria ficar atenta, mas passaríamos por isso. Outras famílias de Ina e simbiontes provaram que era possível.

Naquele dia, não houve intrusos. Os simbiontes ficaram de olho, com novos vigias assumindo a cada três horas, para que ninguém ficasse muito cansado ou sonolento. Conheci mais alguns deles e gostei da variedade: dentista, oceanógrafo, ceramista, escritora que também trabalhava como tradutora (do mandarim), encanador, médica internista, dois profissionais de enfermagem, uma esteticista que também era barbeira e, é claro, agricultores e viticultores. E essas eram apenas as pessoas que conheci. Algumas já não exerciam mais a profissão que tinham estudado, exceto em nome do povo de Punta Nublada. Outras trabalhavam dois ou três dias da semana, em cidades próximas ou na área de baía de São Francisco. Algumas trabalhavam nas vinhas e na adega dos Gordon. Outras trabalhavam por conta própria em Punta Nublada. Três dos edifícios que eu tinha confundido com celeiros ou estrutura de armazenagem mostraram-se cheios de escritórios, estúdios e oficinas.

— Ocupamos nosso tempo como queremos — contou Jill Renner durante seu turno na casa de Wayne Gordon, ao lado da casa de hóspedes. — Ajudamos a manter a comunidade tendo empregos fora ou ficando aqui, ganhando dinheiro ou não. — Era filha e neta de simbiontes e ficou muito aliviada quando Wayne Gordon se interessou por ela e pediu que o aceitasse. Ela tinha uma mordida em processo de cicatrização que mal se via na lateral do pescoço. Percebi que queria que aquilo fosse visto. Orgulhava-se da óbvia atenção que Wayne lhe dispensava. Interessante.

Naquela noite, Wayne e um de seus pais, Manning, dirigiram até um aeródromo local onde mantinham um avião particular. Cada um levou dois simbiontes, então presumi que esperavam ficar fora por duas noites inteiras; não que não pudessem beliscar estranhos, se precisassem. Os Gordon chamavam aquilo de beliscar. Foi o que fiz quando morava com Wright em sua cabana, com exceção de Theodora. Os Ina com frequência encontravam novos simbiontes quando beliscavam.

Antes de partirem, Wayne e Manning foram à casa de hóspedes para me contar que estavam indo a Washington para começar a cuidar das questões jurídicas de minhas famílias masculina e feminina e verificar as ruínas de suas antigas comunidades na esperança de verem algo que tivéssemos deixado passar. Pedi a Brook que dissesse a eles o endereço exato da casa de hóspedes de Iosif perto de Arlington, para também darem uma olhada.

— Devo ir? — perguntei. — Vocês não vão precisar de mim como filha e única sobrevivente? De qualquer forma, acho que gostaria de ir buscar Theodora.

— Ainda não vamos precisar de você — disse Wayne. Ele era alto mesmo para um Ina, o maior de sua família. Ultrapassava até mesmo seus simbiontes mais altos. — Precisaremos apresentar você em algum momento, mas, por enquanto, só queremos descobrir quem cuidava das questões jurídicas de Iosif e de suas mães. Então, vamos mordê-los e ver com que rapidez tudo isso pode ser resolvido. As terras devem ser suas, quer queira viver em alguma delas ou não. Se quiser, pode vender um dos lotes e usar o dinheiro para construir algumas casas no outro. E suas mães e seu pai possuíam apartamentos em Seattle e um pouco mais do que apenas os terrenos em que suas comunidades estavam. Precisamos descobrir tudo o que pudermos sobre os negócios deles antes mesmo de começar a decidir o que fazer.

Assenti.

— Podem ir buscar Theodora?

— Dê-nos o endereço dela.

Chamei Wright, descrevi onde Theodora vivia, três portas a leste da casa do tio dele, e ele explicou a Wayne como encontrá-la.

— Theodora Harden — esclareci. — Vou ligar para ela e dizer que vocês vão aparecer… Quando?

Eles fizeram os cálculos. Pegariam Theodora na volta, na terceira noite.

— Obrigada — falei. — Tomem cuidado. Alguém deve estar sempre acordado e vigiando.

Eles assentiram e foram até o carro enorme e quadrado. Joel me disse que era chamado de Hummer e era mais caro do que algumas casas.

Eles partiram.

No dia seguinte, Punta Nublada foi atacada.

16

Os invasores chegaram pouco depois das dez da manhã do dia seguinte. Exceto por mim, todos os Ina estavam dormindo. Eu tinha passado quase uma hora ao telefone com Theodora e estava pensando nela, desejando-a, ansiosa para vê-la. Então ouvi os carros.

Eles entraram na comunidade em três carros grandes e silenciosos, cada um quase tão grande quanto o Hummer dos Gordon, e eu os ouvi antes de conseguir avistá-los de meu posto em uma das janelas da lucarna do quarto que Wright e eu dividíamos na casa de hóspedes. Eu não sabia quem eram os recém-chegados. Eles não estavam conversando entre si. Não faziam nenhum tipo de barulho, mas quando ouvi a aproximação deles, fiquei desconfiada. Telefonei para duas outras casas e disse aos simbiontes delas para alertarem todos os outros.

— Acordem todos — disse. — Enrolem seus Ina em cobertores e estejam prontos para tirá-los de casa. Essas pessoas gostam de atear fogo. Se carregarem recipientes grandes, se tentarem espalhar algum líquido, atirem neles.

Estava com medo de que visitantes inocentes fossem mortos por simbiontes assustados, mas estava ainda mais preocupada em impedir que os Gordon e seus simbiontes morressem enquanto dormiam, talvez por minha causa ou algo a ver com minha família.

Vesti minha jaqueta com capuz e coloquei os óculos escuros e as luvas.

O sol brilhava lá fora. Não havia nuvens. Por fim, corri escada abaixo e encontrei Wright na cozinha. Ele não tinha falado comigo naquele dia porque eu havia passado parte da noite com Joel. Agarrei seus braços.

— Pode ser um ataque — avisei. — Chame Brook, Celia e Joel. Peguem as armas. Vigiem! Não se mostrem e não disparem a menos que vejam recipientes de gasolina ou armas.

Eu precisava estar do lado de fora para poder ficar de olho nas coisas e tomar qualquer atitude que fosse necessária. Saí pela porta dos fundos. Estava com meu telefone no bolso, configurado para vibrar, não tocar, mas sem arma. Se tivesse que matar, mataria de forma silenciosa.

Os carros desceram a estrada particular que levava às casas dos Gordon. Pararam antes de chegar à primeira casa, a casa de hóspedes, e de suas portas saíram homens. Cada um carregava um volume de alguma espécie nas mãos, e senti de imediato o cheiro da gasolina.

Liguei para a casa mais próxima, a de Wayne, e orientei:

— Atirem neles. Agora!

Por um momento, achei que não me obedeceriam. Então, o tiroteio começou. Os simbiontes tinham uma combinação fantástica de rifles, revólveres e espingardas. O som era uma mistura descompassada de estampidos estrondosos, roncos e explosões médias. De alguma forma, a maioria dos invasores caiu naquela primeira barragem. Estavam acostumados a pegar suas vítimas completamente de surpresa, ateando fogo e atirando nos desesperados que acordavam e tentavam correr. Agora, eram os invasores que corriam, ao menos aqueles que ainda eram capazes.

Ouvi alguém correndo em minha direção, vindo pelo lado da casa de hóspedes em direção à parte de trás, longe da estrada. O corredor era humano e tinha um forte cheiro de gasolina. Estava derramando o líquido enquanto corria. Não chegou a me ver.

Deixei que ele circundasse a casa em minha direção, que desaparecesse completamente do campo de visão de seus amigos e, em seguida, bati nele usando todo o meu corpo. Quando ele caiu, quebrei seu pescoço. Era lento demais para compreender tudo o que estava acontecendo. E não fez nenhum barulho, além do afluxo de ar de seus pulmões quando bati nele.

Pus sua arma e a lata de gasolina fora de vista, atrás de uma garagem, então corri pelos fundos das casas, torcendo para que, se alguém me visse, estivesse me movendo rápido demais para que mirassem e atirassem em mim. Corri pela comunidade, matando mais três homens enquanto os simbiontes continuavam atirando e alguém ateava fogo na casa de Henry, depois na de Wayne.

Vi que Henry estava sendo socorrido: três de seus simbiontes estavam tirando-o da casa, enrolado da cabeça aos pés em cobertores. Eles o levaram para a casa de William. O resto dos simbiontes de Henry também saiu da casa, e três deles começaram a combater o fogo com mangueiras que encontraram. Os outros dois os protegiam com rifles.

Senti ter um dever especial para com os simbiontes de Wayne porque ele havia ido até Washington para me ajudar. Garanti que todos estivessem fora da casa, verifiquei os simbiontes saindo pelas portas e disse-lhes para fazer uma contagem. Todos estavam presentes e a salvo, três deles carregando crianças pequenas, que levaram para a casa de William. O restante recebeu mangueiras e pás e começou a combater o fogo. Não precisavam de minha ajuda.

Percorri a comunidade, procurando em todos os lugares. Não havia mais tiros. Todos os invasores pareciam estar mortos ou feridos. Então, ouvi passos e senti um cheiro desconhecido. Percebi que havia pelo menos um invasor ainda vivo, tentando voltar para um dos carros. Notei que se deslocava por trás das casas. Ele tirou a camisa enquanto passava pela casa de Preston. Queria se misturar, parecer, pelo menos de longe, como um dos simbiontes masculinos que tinham sido acordados de forma inesperada e agora estavam combatendo as chamas ou cuidando dos feridos, sem camisa.

Mas com ou sem camisa, o homem cheirava a gasolina e a forasteiro. Não havia nada da comunidade Gordon nele.

Persegui-o enquanto ele corria dos fundos da casa de Preston em direção a um dos prédios que abrigavam escritórios e estúdios. Isso não o aproximava de qualquer um dos carros de seu grupo. Ele não poderia alcançá-los sem correr por um amplo espaço aberto. Mas o prédio estava destrancado e teria dado a ele um lugar para se esconder e esperar por um momento propício. O azar dele foi que eu o tinha visto.

Alcancei-o, dei-lhe uma rasteira e o derrubei assim que chegou ao prédio. Ele caiu com força e bateu nos degraus de concreto em frente ao prédio. Fiquei feliz com isso. Queria que ficasse inconsciente, não que morresse. Tinha perguntas para lhe fazer. Aproveitei para tirar dele uma refeição completa. Ainda não precisava, apesar de ter corrido e lutado, mas precisava que ele fosse cooperativo.

Ele acordou assim que terminei e tentou me empurrar.

— Fique parado — adverti. — Relaxe.

Ele parou de lutar e ficou imóvel enquanto eu lambia a mordida, apenas o suficiente para conter o sangramento e começar a cura.

— Tudo bem — falei. — Vamos ver como ficaram as coisas entre o seu povo e o meu. — Levantei-me e esperei que ele se levantasse. Era baixo, um homem atarracado, de cabelos pretos, barbeado, mas estava desfigurado por um grande galo que despontava sobre o olho esquerdo e pelo inchaço rápido do lábio inferior devido a um golpe que provavelmente havia amolecido alguns de seus dentes.

Ele tropeçou.

— Eles vão me matar — disse, resmungando um pouco por causa do lábio inchado e olhando para os grupos de pessoas apagando incêndios, recolhendo armas, afastando latas de gasolina das casas, verificando invasores mortos ou feridos, mantendo as crianças longe dos corpos.

— Fique perto de mim e faça o que eu mandar — orientei-o. — Se estiver comigo e não machucar ninguém, eles não vão matar você.

— Vão, sim!

— Obedeça e não deixarei ninguém machucar você.

Ele olhou para mim, atordoado. Depois de um momento, assentiu.

— Certo.

— Quantos de vocês estavam naqueles três carros? — perguntei, olhando em direção aos veículos. Ninguém do grupo deveria escapar. Ninguém.

— Dezoito — disse ele. — Seis em cada carro.

— Tudo isso e mais os equipamentos. Vocês deviam estar apertados.

Eu o levei de volta para perto das casas, fiz com que pegasse sua camisa e a vestisse. Então, localizei Wright. Ele veio em minha direção, sem nem olhar para mim, só para o invasor.

— Não se preocupe com ele — avisei. — Celia, Brook e Joel estão bem?

— Estão bem.

Assenti, aliviada, e disse a ele onde encontrar os homens que eu tinha matado, além das armas e da gasolina que tinham com eles.

— Junte outros simbiontes para ajudá-lo a recolhê-los — falei. — Deve haver um total de dezoito invasores, vivos e mortos, incluindo este aqui.

— Certo — respondeu ele. — Por que este continua vivo?

— Tenho perguntas para ele — expliquei. — Algum dos outros está vivo?

— Dois. Foram baleados e levaram uns chutes. Os simbiontes estavam furiosos com eles.

— Ótimo. Garanta que os mortos, os carros e o resto dos pertences deles sejam reunidos e guardados fora das vistas, caso o barulho ou a fumaça atraiam atenção externa. — Os Gordon não tinham vizinhos que pudessem ser vistos das casas, mas o barulho poderia ter sido ouvido de alguma fazenda não muito distante. E a fumaça poderia ter sido vista, embora já tivesse diminuído bastante. Os incêndios estavam quase extintos. Duas casas foram danificadas, mas nenhuma foi destruída. Isso era inacreditável. — Onde estão os sobreviventes? — perguntei.

Ele os apontou no quintal onde haviam sido colocados, depois afirmou, preocupado:

— Shori, seu rosto está começando a formar bolhas. Você deveria entrar. Se piorar, pode ficar com cicatrizes.

Toquei o pescoço dele exatamente no ponto em que tantas vezes o mordi.

— Não vou ficar com mais cicatrizes do que você quando o mordo. Mas obrigada por se preocupar comigo. — Eu o deixei. Meu invasor me seguiu como se o estivesse puxando por uma corda.

Os dois invasores sobreviventes tinham sido espancados e estavam inconscientes. Estavam caídos na grama, em frente à casa de Edward.

— Não os machuquem mais — falei para os simbiontes que os estavam vigiando. — Quando conseguirem falar, os Ina de vocês vão querer interrogá-los. Eu também.

— Nossa médica irá examiná-los quando puder — disse um homem chamado Christian Brownlee. Ele olhou para o invasor que estava comigo e o ignorou. Meu invasor se aproximou de mim.

— Todos os simbiontes estão vivos? — perguntei.

Christian assentiu.

— Cinco feridos. Estão na casa de Hayden.

Eu sabia que os Gordon tinham uma médica e dois profissionais de enfermagem entre os cerca de noventa humanos adultos da comunidade, e fui para a casa de Hayden esperando encontrá-la trabalhando ali. Ela estava lá.

A médica era uma das simbiontes de Hayden. Era uma médica clínica chamada Carmen Tanaka, que agora era auxiliada não só pelos dois profissionais de enfermagem, um homem e uma mulher, mas por três outros simbiontes. Estava ocupada, mas não ocupada o bastante para deixar de me passar um sermão.

— Fique longe do sol — disse. — Você está ficando com bolhas.

— Vim ver se poderia ser de alguma utilidade — falei. — Não sei se há algo que eu possa fazer para ajudar a curar simbiontes que não sejam meus, mas quero ajudar, se possível.

Carmen ergueu os olhos do ferimento na perna que estava limpando. Parecia que a bala tinha atravessado a panturrilha do homem.

— Se algum deles estivesse em perigo ou prestes a ficar em perigo antes que seu Ina acordasse, eu pediria sua ajuda — disse ela. — Mas do jeito que as coisas estão, você só causaria dor desnecessária e criaria problemas entre eles e seus Ina.

Concordei.

— Avise-me se algo mudar — falei. — Vou fazer o que posso pelos invasores que sobreviveram. Vamos querer falar com eles mais tarde.

— Esse é um deles? — Ela olhou para o homem que me acompanhava.

— Sim.

Olhou para a mordida no pescoço dele e assentiu.

— Se morder os outros, ajudará a evitar infecções, vão se curar mais rápido e serão mais dóceis.

Fiz um movimento de cabeça e saí para cuidar dos invasores. Assim que terminei, levei meu invasor para a casa de hóspedes, dei a ele uma das garrafas de cerveja gelada que encontramos na despensa e me sentei com ele à mesa da cozinha.

— Qual é o seu nome? — perguntei.

— Victor Colon.

— Certo, Victor. Explique para mim por que atacaram este lugar.

Ele apertou os olhos.

— Tínhamos de fazer isso.

— Diga-me por que tinham de fazer isso.

Ele contorceu o rosto, parecendo confuso. Era uma espécie de confusão que me preocupava, pois achei que só poderia significar uma coisa.

Celia e Brook entraram na cozinha, nos viram e hesitaram.

— Entrem — falei. — Vieram buscar comida?

— Não almoçamos — disse Brook. — Nem deveríamos estar com fome depois de tudo isso, mas estamos.

— Está tudo bem — tranquilizei-as. — Comam alguma coisa. E também preparem algo para o Victor aqui. Depois se sentem e conversem conosco.

Elas não entenderam, mas obedeceram. Prepararam sanduíches para elas e para Victor Colon. Tinham encontrado pão integral, hambúrguer de carne e pacotes de batatas fritas no congelador, e haviam deixado a carne e o pão descongelando na geladeira. Agora estavam fritando a carne e as batatas em panelas de ferro fundido no fogão. Havia sal e pimenta, mostarda e ketchup, e uma conserva de picles no armário, mas, é claro, nada de legumes frescos. Em algum momento, teríamos de encontrar um supermercado.

Assim que todos tinham comida e garrafas de cerveja tiradas da geladeira, e depois que tomei um copo d'água, o homem confuso pareceu mais à vontade. Enquanto comia, observava Celia e Brook com interesse. Ele as via, pensei, apenas como mulheres atraentes. Olhou para o decote de Celia, para as pernas de Brook. Elas sabiam o que ele estava fazendo, é claro. Pareciam se divertir. Depois de alguns olhares para mim, relaxaram e se comportaram como se Victor fosse um de nós ou, pelo menos, como se pertencesse à nossa mesa.

Celia perguntou:

— De onde você vem?

Victor respondeu prontamente:

— L. A. Eu ainda moro lá.

Brook acatou.

— Fui a Los Angeles alguns anos atrás para visitar minha tia, a irmã de minha mãe. Lá faz muito calor.

— É, é bem quente — disse Victor. — Mas eu gostaria de estar lá agora. Essa coisa não saiu como deveria.

— Se tivesse, estaríamos mortas — disse Celia. — Que droga fizemos para vocês? Por que querem nos matar? — De modo estranho, naquele momento ela entregou outra garrafa de cerveja para ele. Ele já tinha acabado com duas.

Victor contraiu o rosto.

— Tínhamos que fazer isso — respondeu. Agitou a cabeça, retomando àquele estado de confusão vazia que tanto me preocupava.

— Ai, meu Deus — disse Brook. Ela olhou para mim, e percebi que tinha visto o que eu tinha visto.

Celia perguntou:

— O quê? O quê?

— Victor — falou Brook —, quem disse a você e seus amigos para nos matar?

— Ninguém — respondeu ele, começando a ficar com raiva. — Não somos crianças! Ninguém nos diz o que fazer. — Ele bebeu vários goles de cerveja.

— Você sabe o que quer fazer? — indagou Brook.

— Sim.

— Você quer nos matar?

Ele pensou durante vários segundos.

— Não sei. Não. Não, estou bem aqui com vocês, moças bonitas.

Concluí que ele estava ficando relaxado demais.

— Victor — chamei-o —, você me conhece? Quem sou eu?

Ele me surpreendeu.

— Uma cadela negra suja — disse de modo automático. — Maldito filhote de vira-lata. — Então se engasgou e apertou a cabeça entre as mãos. Depois de um momento, colocou a cabeça na mesa e gemeu.

Estava claro que sentia dor. Seu rosto de repente ficou vermelho.

— Não quis dizer isso — sussurrou. — Não queria chamar você assim. — Ele olhou para mim. — Desculpe. Não quis dizer isso.

— Eles me chamam dessas coisas, não é?

Ele confirmou.

— Por que tenho a pele escura?

— E é humana — disse. — Ina misturado com um pouco de humano ou talvez humano misturado com um pouco de Ina. Isso não deveria acontecer. Nunca. Não poderíamos deixar você e sua... sua espécie... sua família... estirpe...

Tantas mortes só para nos impedir de procriar.

— Você acha que devo morrer, Victor? — perguntei.

— Eu... Não!

— Então por que tentar me matar?

A confusão voltou a tomar conta de seus olhos.

— Eu só quero ir para casa.

— Victor. — Esperei até que ele se endireitasse na cadeira e olhasse para mim. — Se for embora daqui, acha que eles vão mandar você atrás de mim de novo?

— Não — disse. Ele engoliu um pouco mais de cerveja. — Eu não vou fazer isso. Não quero machucar você.

— Então vai ter que ficar aqui, pelo menos por um tempo.

— Eu... Posso ficar aqui com você?

— Por um tempo. — Se eu o mordesse mais uma ou duas vezes e depois o interrogasse, conseguiria obter os nomes de nossos agressores, o nome de quem o mordeu antes de mim e depois o mandou vir nos matar. E se eu conseguisse isso, era provável que os Gordon reconhecessem o nome.

— Certo — disse. Ele terminou a cerveja. Celia olhou para mim, mas abanei a cabeça. Sem mais cerveja por um tempo.

— Você está cansado, Victor — disse. — Deveria dormir um pouco.

— Estou cansado — respondeu ele, concordando. — Nós dirigimos a noite toda. Você tem uma cama extra?

— Vou lhe mostrar — falei, e o levei para o andar de cima, para o último quarto vazio.

Eu pretendia dá-lo a Theodora. Teríamos de nos livrar de Victor em breve. Talvez houvesse espaço para ele em uma das outras casas.

— Você vai dormir até eu acordar você — instruí.

— Você vai me morder de novo? — perguntou.

— Devo? — Realmente não queria, mas era óbvio que morderia.

— Sim.

— Tudo bem. Morderei quando vier acordar você.

— Ouça — disse ele quando me virei para sair. — Eu não queria chamar você… do que chamei. A minha irmã se casou com um dominicano. As crianças dela são mais escuras do que você e têm meu sangue também. Eu quebraria na porrada qualquer um que as chamasse do que chamei você.

— Você apenas respondeu à minha pergunta — tranquilizei-o. — Mas preciso de mais respostas. Preciso saber tudo o que você puder me dizer.

Ele congelou.

— Não posso — afirmou. — Não posso. Minha cabeça dói. — Ele a segurou entre as mãos em uma tentativa de extirpar a dor.

— Eu sei. Não se preocupe com isso agora. Apenas durma um pouco.

Ele acatou, fechando as pálpebras, e foi para a cama. Eu também queria ir para a cama, mas voltei para a cozinha, onde Celia e Brook me esperavam. Wright e Joel se juntaram a elas. Wright falou primeiro.

— Todos os dezoito atacantes foram contabilizados — disse. — Ninguém escapou.

Demonstrei aprovação. Era algo bom. Nenhum deles iria correndo dizer aos Ina que os enviaram que tinham falhado, embora isso sem dúvida ficaria óbvio em pouco tempo. E o que aconteceria então? Suspirei.

Joel pareceu responder ao meu pensamento.

— Então algum Ina está deixando esses sujeitos doentes por nossa causa — ponderou. — Quando perceber que não deu certo dessa vez, vai mandar mais.

— Parece que sim — falei, exausta. Sentei-me. — Não conheço meu próprio povo o suficiente para compreender isso. Eu me sinto confortável com os Gordon, mas não os conheço de fato. Não sei quantos Ina podem se ofender porque sou, em parte, humana. — Queria apoiar minha cabeça na mesa e fechar os olhos.

— Os Gordon vão ajudar você — garantiu Joel. — Preston e Hayden são velhos decentes. Eles são confiáveis.

Concordei.

— Eu sei. — Mas é claro que não sabia. Eu tinha essa esperança. — Hoje à noite, vamos falar com os prisioneiros. Talvez todos descobriremos algo.

— Como quem é o Ina que está tentando matar você — disse Celia.

Aquiesci.

— Pode ser. Não sei se podemos descobrir isso ainda. Pode ser cedo demais. Mas Victor não está de fato ferido, então podemos começar a interrogá-lo hoje à noite. Os outros, no entanto, podem precisar de tempo para se recuperar, e podem saber de coisas que Victor não sabe. Ou podemos apenas os usar para confirmar o que Victor diz.

— Tem certeza de que pode fazer Victor contar o que sabe? — Wright perguntou.

— Posso. Os Gordon também. Mas isso vai machucá-lo, estressá-lo muito. Pode matá-lo. Não acredito que nada disso seja culpa dele, então não quero pressioná-lo a esse ponto.

— Você se lembra disso? — perguntou ele. — Que, se o interrogar, pode matá-lo?

Indiquei que sim.

— Vi a cara dele quando deu aquela resposta quando perguntei quem eu era. Aquilo o feriu. Naquele momento, eu soube que poderia matá-lo com poucas palavras. Mas ele é apenas um instrumento, um dos dezoito instrumentos usados hoje.

— O que a faz ter tanta certeza de que não é um instrumento voluntário? — perguntou Celia.

— O jeito dele — aleguei. — Está confuso, às vezes assustado, mas não de fato irritado ou com ódio. — Dei de ombros. — Posso estar errada quanto a ele. Se estiver, vamos descobrir nos próximos dias.

— Tem certeza de que não há problema em deixá-lo sozinho lá em cima? — disse Wright.

— Ele vai dormir até que eu o acorde — expliquei. — E quando acordar, não serei a única querendo interrogá-lo.

17

Subi as escadas, me sentindo cansada e um pouco deprimida. Não sabia por que me sentia daquele jeito. Estava chegando perto de descobrir quem me ameaçava e tinha sugado uma refeição completa de Victor. Aquilo deveria restaurar minha energia depois de ter corrido no sol, o que fez com que bolhas dolorosas surgissem em meu rosto. Porém, não foi o que aconteceu.

Havia tirado os sapatos e estava deitada na cama que Wright e eu costumávamos compartilhar quando Brook espiou o quarto e disse:

— Venha para o meu quarto e deite-se comigo um pouco.

No exato momento em que ela sugeriu, era tudo o que eu queria fazer. Escorreguei para fora da cama e segui pelo corredor até seu quarto.

Deitei-me ao lado dela e ela me virou de lado, deitando-se junto a mim para que eu pudesse senti-la ao longo das minhas costas.

— Melhor? — perguntou por trás de meu pescoço. — Ou isso está machucando seu rosto?

Suspirei.

— Bem melhor. — Puxei um de seus braços, fazendo-a me envolver. — Meu rosto está cicatrizando. Por que me sinto melhor?

— Você precisa tocar mais em seus simbiontes — explicou. — Temporários, como Victor, não têm a mesma importância, e Joel ainda não é seu. Você precisa nos tocar e saber que estamos aqui para você, prontos para ajudá-la se precisar de nós. — Ela levou a mão até meus cabelos e me acariciou com suavidade. — E precisamos ser tocados. Isso nos agrada tanto quanto a você. Nós protegemos e alimentamos você, e você nos protege e alimenta. É assim que uma família de Ina e simbiontes funciona ou, pelo menos, é assim que *deveria* funcionar. Acho que vai ser assim com você.

Levei a mão dela à minha boca e a beijei.

— Obrigada — respondi.

— Durma um pouco — disse ela. — O perigo deve ter passado por hoje. Tire uma soneca.

Adormeci em total contentamento.

***

— Shori?

Acordei algum tempo depois do anoitecer e me desvencilhei de Brook do modo mais gentil que pude. Levantei-me, escutando. Alguém havia me chamado. Era a voz de Daniel, não muito alta, não no mesmo quarto que eu, nem mesmo na casa, mas claramente falando meu nome para mim.

Não queria acordar Brook, então fui ao banheiro do corredor. A janela dava para a rua e para as outras casas.

— Sim — respondi em voz alta, de olhos fechados, ouvindo.

— Traga seu prisioneiro à minha casa para o interrogatório — disse. — Você pode agir como protetora dele, pois alguns de nós o assustarão.

— Outro Ina ordenou que ele nos matasse — falei. — Ele é um instrumento deles, não um voluntário.

Silêncio. Em seguida:

— Tudo bem. Traga-o de qualquer maneira. Não o machucaremos mais do que o necessário.

— Estaremos aí em alguns minutos.

Fui até o quarto que dividia com Wright e peguei meus sapatos debaixo da cama. Wright estava lá, roncando baixinho. Não o incomodei. Voltei ao banheiro, calcei os sapatos e lavei o rosto, pensando o tempo todo na facilidade com que Daniel e eu conversamos. Eu o ouvira, embora ele não tivesse saído de casa, e ele soube que eu o escutaria.

Fiquei por um momento no banheiro e apurei os ouvidos, concentrando-me primeiro na casa de hóspedes onde Victor e meus quatro simbiontes dormiam, respirando de maneira uniforme e regular. Depois me concentrei na casa de Preston e ouvi uma simbionte dizer a um homem chamado Hiram que ele deveria telefonar para sua irmã em Pittsburgh porque ela tinha ligado enquanto ele estava lidando com os feridos. Um homem estava tentando consertar algo. Ele xingava o tempo todo, provocando ruídos metálicos e insistindo, aparentemente sozinho: "Não é para fazer isso!". E uma mulher estava lendo uma história sobre um cavalo selvagem para uma garotinha.

É claro que vinha mantendo minha audição alerta quase desde o momento em que acordei na caverna, mas não tinha estado perto de outro Ina o suficiente para saber como nossa audição podia ser sensível. Nunca me ocorreu que alguém poderia me acordar e chamar toda a minha atenção apenas pronunciando meu nome em um tom de voz normal de uma casa do outro lado da rua. Será que eu escutei porque, em algum nível, estava tentando ouvir meu nome? Não, aquela não poderia ser a primeira vez que as pessoas falavam a meu respeito quando eu não estava presente ou acordada.

Mas talvez fosse a primeira vez que alguém tão distante falara *comigo* enquanto eu dormia. E talvez aquela coisinha, apenas o tom da voz de Daniel, tenha sido o suficiente para chamar a minha atenção.

Fui ao quarto de Victor e o acordei. Então, como havia prometido, e como isso depois me ajudaria a obter informações dele, eu o mordi mais uma vez, provando-o, tomando apenas um pouco de seu sangue. Ele se contorceu junto a meu corpo, puxando-me para ele, aceitando o prazer que eu lhe oferecia com a mesma boa vontade com que eu aceitava seu sangue. Peguei-me imaginando se alguém já havia investigado o funcionamento das glândulas salivares dos Ina ou tentado sintetizar nossa saliva. Não era de admirar que alguns Ina, como meu pai, se esforçassem tanto para encobrir nossa existência.

Quando a ferida da mordida parou de sangrar, nós nos levantamos e o levei para a casa de Daniel, onde todos os Gordon, exceto aqueles que tinham voado para Washington, nos esperavam.

— O que vai acontecer comigo? — perguntou ele enquanto avançávamos. Parecia assustado, mas resignado. Estava nas mãos dos Ina há tempo suficiente para saber que não havia escapatória, nenhuma maneira de recusar seu destino, fosse qual fosse.

— Não sei — falei. — Faça o seu melhor por nós, e eu farei o meu melhor por você. Relaxe e responda a todas as perguntas com sinceridade.

Quando chegamos à casa de Daniel, vi que os Gordon haviam se reunido na sala de estar. Não havia simbiontes presentes. Aquilo era interessante. Eu nem tinha pensado em despertar meus simbiontes e levá-los comigo. Se Victor morresse naquela noite, não queria que eles vissem isso acontecer. Não queria confrontá-los com a realidade do que poderia lhes acontecer se fossem pegos por algum Ina que me odiava. Eles eram todos inteligentes. Tinham até alguma ideia do que eu poderia lhes causar se perdesse a cabeça e me voltasse contra eles. Mas confiavam em mim, e eu queria... precisava dessa confiança. Eles não tinham que ver o pior.

Sentei-me com Victor. Ele estava sozinho e com medo, na verdade, tremendo. Precisava de alguém que ao menos parecesse estar do seu lado. Era o estrangeiro entre nós, o ser humano entre os não humanos, e sabia disso.

— O nome dele é Victor Colon — anunciei aos Gordon quando estávamos acomodados. — Victor — chamei, e esperei até que olhasse para mim. — Quem são eles?

Ele respondeu daquela maneira rápida e automática que significava que não estava pensando. Apenas reagia de forma obediente, respondendo à pergunta com informações que lhe foram dadas.

— São a família Gordon. Grande parte dela.

Ele os examinou.

— Faltam dois. Eles nos disseram que seriam dez. Dez Gordon e você. — Olhou para mim.

Sacudi a cabeça.

— Ótimo. Agora, relaxe, ouça as perguntas e responda a todas elas. Diga a verdade. — Olhei para os Gordon. Deveriam saber melhor do que eu como interrogar humanos que foram maltratados por Ina. Deixaria aquilo por conta deles tanto quanto possível.

Preston disse:

— O que mais somos, Victor? O que mais sabe sobre nós?

— Que são doentes. Fazem experimentos médicos em pessoas, como os nazistas fizeram. Estão prostituindo mulheres e crianças. Acreditei nisso. Agora, não sei se é verdade. — Ele estava tremendo mais do que nunca. Deu um pulo quando coloquei minha mão em seu braço, depois se acalmou um pouco. — Disseram que todos tínhamos que cooperar para deter vocês.

— Quantos vocês eram? — Essa veio de Hayden, o outro ancião do grupo. Hayden e Preston tinham séculos de idade, embora parecessem homens altos, magros, de meia-idade, em seus quarenta e tantos anos ou início dos cinquenta, talvez. Seus simbiontes me disseram que foram eles que emigraram da Inglaterra para os Estados Unidos, chegando à colônia da Virginia no final do século XVIII.

— Havia 23 de nós no início — disse Victor. — Alguns foram mortos. Jesus! Primeiro cinco sujeitos mortos e agora quase todo mundo... Hoje estávamos em dezoito.

— Dezoito. — repetiu Hayden, assentindo. — E eram seus amigos, os outros homens? Você os conhecia bem?

— Eu não os conhecia até nos reunirmos.

— Eles eram estranhos?

— Sim.

— Mas você se juntou a eles para vir nos matar?

Victor balançou a cabeça.

— Disseram que vocês estavam fazendo todas aquelas coisas...

— Onde vocês estavam? — Preston perguntou com tranquilidade. — Onde se reuniram?

— L. A. — Victor franziu a testa. — Moro em L. A.

— E como você foi recrutado? Como entrou para o grupo que viria atrás de nós?

Victor franzia a testa. Não parecia estar com dor. Era como se estivesse se esforçando para lembrar e compreender. Respondeu:

— Parece que trabalho com eles desde sempre. Quer dizer, sei que não, mas parece mesmo que sim, como se nada mais importasse, só o trabalho que fizemos juntos. Eu me lembro de estar assistindo à TV com meu irmão e dois primos. Os Lakers estavam jogando. Basquete, sabe? Eu precisava de alguns cigarros. Fui até a loja de bebidas comprar alguns, e um sujeito alto, magro e pálido me puxou para um beco. Era forte como o diabo. Não consegui fugir dele. Ele… ele me mordeu. — Victor olhou para mim. — Pensei que era louco. Lutei. Sou forte. Mas então ele me disse para parar de lutar. E obedeci. — Parou de falar, olhou para mim, de repente me agarrou pelos ombros. — O que vocês fazem conosco quando nos mordem? O que é isso? Vocês são malditos vampiros!

Ele me sacudiu. Acho que queria me machucar, mas não era forte o bastante. Tirei suas mãos de mim, primeiro uma, depois a outra. Eu as segurei entre minhas mãos e encarei os olhos assustados dele.

— Responda com honestidade, Victor, e você ficará bem. Relaxe. Vai ficar bem.

— Não quero que me morda de novo — disse.

Ignorei.

— Tudo bem.

— Não! — gritou. Depois, em um tom mais baixo: — Não, estou mentindo. Eu quero mais, amanhã, agora, a qualquer hora. Preciso disso! — A voz dele se dissipou em um sussurro. — Mas não quero precisar. Parece cocaína ou algo assim.

De repente, tive vontade de abraçá-lo, confortá-lo, mas não me mexi.

— Relaxe, Victor — falei. — Apenas relaxe e responda às nossas perguntas.

Os Gordon nos observavam com óbvio interesse. Daniel, em particular, não desviava os olhos de mim. Deduzi que estava sendo tão julgada quanto Victor, mas de uma maneira diferente. De que eu me lembrava? Como conseguia compensar o que não lembrava?

Será que ainda me queriam? Achava que Daniel sim. O odor dele me atraía. Os irmãos tinham um cheiro interessante, mas o dele era perturbador. Irresistível.

Suspirei e forcei minha atenção a retornar para Victor. Eu olhava de Preston para Hayden. Até agora, os outros tinham deixado o interrogatório para eles.

— Victor — disse Preston —, para onde você foi levado depois de ser mordido pela primeira vez?

— O sujeito tinha um grande Toyota Sequoia. Ele me disse para entrar e ficar ali sentado. Obedeci e ele só dirigiu. Estava encontrando e pegando outros caras. Acho que fui a primeira captura da noite. Pegou cinco outros sujeitos e depois nos levou para algumas casas além de Altadena, nas montanhas de São Gabriel, quase isoladas em uma estrada sem saída. A família dele estava lá. Todos se pareciam com ele: sujeitos altos, magros e pálidos. Havia muitas outras pessoas comuns.

Houve uma agitação entre os Gordon. Eles não disseram nada, mas pude ver que sabiam de alguma coisa. Muito provavelmente sabiam qual família Ina vivia nas montanhas de São Gabriel, além de Altadena. Eu não fazia ideia da distância até aquele lugar, mas eles sabiam.

— Victor — continuou Hayden —, quando tudo isso aconteceu? Quando você foi levado e mordido pela primeira vez?

Ele contraiu o rosto.

— Há mais de um mês? Sim, faz todo esse tempo. Talvez seis semanas.

Eu podia ver o que estava por vir. Olhei para o tapete, precisando ouvir mais, precisando ouvir tudo, mas não querendo ouvir. Era lógico que Victor estava entre os que tinham sido usados para matar minhas duas famílias.

— Então você já realizou outras missões, não é? — indagou Hayden.

— No estado de Washington, sim — concordou Victor. — Realizamos três missões lá.

— Como chegaram lá?

— Eles nos levaram em aviões particulares com todo o nosso equipamento. Depois alugamos carros. Seguimos os mapas que nos foram dados.

— Quer dizer que deram identidades novas para vocês? Cartões de crédito?

— Não para mim. Para cinco outros sujeitos. E também deram muito dinheiro para eles. E telefones celulares. Ligavam quando podíamos fazer uma missão e nos diziam para ir em frente. Depois, ligavam e nos diziam o que fazer em seguida, que costumava ser arranjar quartos em um hotel de beira de estrada e esperar pelo chamado para nos posicionarmos de acordo com a missão seguinte. Os cinco sujeitos que escolheram eram todos ex-militares. Um foi das Forças Especiais. Eles diziam ao restante de nós o que fazer.

Àquela altura, sem telefonema algum, os chefes já deviam ter percebido que algo dera errado. Eu me perguntei quanto tempo levaria para aqueles inimigos Ina reunirem novos instrumentos humanos e enviá-los em uma nova tentativa.

— Você disse que fez três missões — disse Preston. — Em que parte de Washington foram as outras... missões?

— Uma delas a poucos quilômetros de uma pequena cidade chamada Gold Bar. A outra não muito longe de uma cidade chamada... Darlington? Não, Darrington. É isso. E a outra em uma casa perto da cidade de Arlington. Todas a oeste de Washington. Bela região: árvores, montanhas, rios, cachoeiras, povoados. Nada parecido com L. A.

— Vocês tiveram sucesso em Washington?

— Em grande parte, sim. Nas duas primeiras tudo correu do jeito que deveria. Algo deu errado na terceira. Pessoas foram mortas. Os policiais quase nos pegaram.

— As pessoas não deveriam ser mortas?

— Quer dizer... nosso pessoal foi morto. No começo, não sabíamos o que tinha acontecido. Mais tarde, ouvimos no rádio que duas pessoas foram baleadas e três estavam com o pescoço quebrado. Os que sobraram não sabiam o que tinha feito aquilo. Um cachorro, talvez. Um cachorro grande. De qualquer forma, a polícia estava chegando e tivemos de correr.

Pensei em contar a ele exatamente o que havia matado seus amigos, mas decidi não fazer isso. Nada daquilo tinha sido obra dele, na verdade. Mesmo assim, não queria continuar sentada ao seu lado por mais tempo. Não queria encontrá-lo ou vê-lo de novo. Mesmo assim, não seria ele quem pagaria pelo que havia acontecido às minhas famílias. Não era ele quem eu precisava conter se quisesse sobreviver.

Respirei fundo e falei com Preston.

— Sabe quem está fazendo isso?

Ele olhou para Victor.

— Quem são eles, Victor? Qual é o nome da família que o recrutou e o enviou para nos matar?

O corpo de Victor estremeceu como se alguém o tivesse chutado. Ele olhou para mim desesperado, e em seus olhos havia confusão e dor.

Hayden reformulou a pergunta.

— Você os conhece, Victor? Qual o sobrenome deles?

Victor assentiu com rapidez, ansioso para agradar.

— Eu sei, mas não posso dizer... Por favor, não posso.

— O nome é "Silk"?

Victor apertou a cabeça entre as mãos e gritou: um urro entrecortado e lancinante. Então, desmaiou.

Eu não queria me importar. Estava claro pela expressão dos Gordon que eles não se importavam. Mas eu o mordera duas vezes. Não o queria, não o teria assumido como meu simbionte, mas me importava com o que aconteceria com ele. Não era capaz de ignorá-lo. Pelo visto, as mordidas fizeram com que me sentisse vinculada a ele e, pelo menos um pouco, responsável por ele.

Escutei seus batimentos cardíacos, primeiro acelerados, depois diminuindo para um ritmo forte e regular. A respiração oscilou até atingir um ritmo regular de sono.

— O que podemos fazer com ele? — perguntei a Preston.

— Posso convencê-lo a esquecer tudo isso e mandá-lo para casa, mas e se a família Silk o capturar de novo?

— Sente que é seu dever ajudá-lo, apesar de tudo? — perguntou.

Confirmei com um gesto.

— Não o quero. Não gosto dele. Mas nada disso tem a ver com ele, na verdade.

Preston olhou em volta para o irmão e os filhos. A maioria desdenhou.

Daniel disse:

— Não acho que os Silk vão se preocupar com ele. Nem vão saber que sobreviveu. Provavelmente nem sabem onde morava antes de o apanharem. Ele é apenas um instrumento. Poderiam tê-lo recompensado se sobrevivesse, mas se pensarem que está morto, estará tudo acabado. Precisamos confirmar o que ele disse com os outros prisioneiros. Se as histórias coincidirem, todos podem ir para casa. Pode mandá-los de volta para suas famílias.

Assenti.

— Vou dar um jeito em Victor. Querem que dê um jeito nos outros também?

— Depois que os interrogarmos, pode fazer isso também. Você já os mordeu. — Ele não parecia muito feliz com isso. Tentei imaginar o porquê.

— Existe transporte de volta para L. A. saindo de algum lugar por aqui? — perguntei.

— Vamos levá-los de volta. — Daniel parecia desconfortável. — Shori, acho que seu veneno é a razão pela qual este homem ainda está vivo, a razão pela qual pôde responder a tantas perguntas.

Isso era óbvio, então continuei olhando para ele e esperei que dissesse algo que não fosse óbvio.

— Quer dizer, *seu* veneno. Se um de nós o tivesse mordido em vez de você, acho que ele já estaria morto.

Concordei com a cabeça, interessada. Aquilo era algo que eu não sabia.

— E isso significa que, se os Silk o recapturarem, de alguma forma, e o interrogarem, ele não sobreviverá. Podem existir mulheres da família Silk, irmãs ou filhas, com um veneno tão forte quanto o seu. Elas podem interrogá-lo, mas é provável que não o façam. E ele não sobreviveria sendo questionado por homens. O veneno deles faria com que tivesse necessidade de responder, mas não possibilitaria isso. O dilema o mataria. Ele provavelmente morreria de derrame ou ataque cardíaco assim que começassem.

Olhei para Victor e suspirei.

— Há algo que possamos fazer para mantê-lo seguro?

— Não — disse Preston. — De fato, não é provável que os Silk o capturem outra vez. E é provável que ele fique bem. Mas, a menos que um de nós queira adotá-lo como simbionte, não podemos mantê-lo a salvo. Daniel só queria que você soubesse... tudo. — Ouvi desaprovação em sua voz, e não a entendi. Resolvi ignorá-la, pelo menos naquele momento.

Olhei para Daniel e pensei que ele parecia um pouco envergonhado, me olhando quase como se eu não estivesse ali.

— Obrigada — respondi. — Uma parte tão grande de minha memória se foi que sou grata por qualquer informação. Preciso saber as consequências do que faço.

Daniel se levantou e saiu da sala.

Observei-o saindo, surpresa, então olhei para Preston.

— Quando Victor vai poder ir?

— Daqui a algumas noites. Depois de interrogarmos os outros.

— Tudo bem. — Fiz uma pausa. — Algum de vocês pode levá-lo? Não o quero na casa de hóspedes.

Preston olhou para a porta pela qual Daniel havia passado.

— Não se preocupe — disse. — Cuidaremos dele.

— Obrigada — eu agradeci, aliviada. Então mudei de assunto, fazendo a pergunta que desejava fazer desde minha chegada: — Existem… Vocês têm livros Ina, histórias que eu poderia ler para aprender mais sobre nosso povo? Odeio minha ignorância. Do jeito que as coisas estão agora, nem sequer sei quais perguntas fazer para começar a entender as coisas.

Foi Hayden quem respondeu, sorrindo.

— Levarei alguns livros para você. Eu deveria ter pensado nisso antes. Você lê Ina?

Suspirei e encolhi os ombros.

— Sinceramente, não sei. Vamos descobrir.

18

Para minha surpresa, eu lia e falava Ina.

Hayden me trouxe três livros e sentou-se comigo enquanto eu lia em voz alta, desde o começo, em uma língua que não me lembrava de já ter ouvido ou visto antes. No entanto, assim que abri o livro, a linguagem pareceu fazer sentido, com uma alteração estranha, porém confortável das engrenagens mentais. Imagino que vinha falando inglês desde que conhecera Wright porque ele e todos os outros tinham falado em inglês comigo. Se tivesse ouvido apenas Ina desde que saíra da caverna, talvez eu ainda não soubesse que falava inglês.

Sacudi a cabeça e voltei para o inglês.

— Eu me pergunto o que mais vou relembrar com algum incentivo.

— Você entendeu o que leu, Shori? — perguntou Hayden.

Olhei para os símbolos, aglomerados de linhas retas de diferentes comprimentos, inclinadas em todas as direções possíveis, e muitas vezes cruzadas, em alguns pontos, por uma ou mais linhas em forma de S. Contavam o mito da criação dos Ina.

— Iosif me contou um pouco sobre isso — expliquei. — É um mito, ou lenda, Ina. A deusa que nos criou nos mandou para cá a fim de que pudéssemos desenvolver força e sabedoria e, depois, demonstrar nossa coragem, descobrindo o caminho de volta para casa, para ela.

— De volta ao paraíso ou a outro planeta — especificou Hayden. — Houve uma época em que os Ina acreditavam que o paraíso estava em algum lugar neste mundo, em alguma ilha escondida ou continente perdido. Agora que este mundo foi tão minuciosamente explorado, fiéis o buscam ou no sobrenatural, ou em uma ciência bastante questionável.

— As pessoas de fato acreditam nisso? — Contraí o rosto. — Achei que a história era como um dos mitos gregos ou nórdicos. — Tinha visto esses mitos nos livros de Wright.

— Houve uma época em que também se acreditava nesses mitos. Muitos de nós ainda acreditam nas velhas histórias, interpretando-as de um jeito ou de outro. O que você tem em mãos poderia ser chamado de o primeiro volume de nossa bíblia. Suas mães e seu pai acreditavam que as histórias eram metáforas e acontecimentos históricos mitificados. Nós também acreditamos nisso. Nenhum de nós é muito interessado em misticismo. Acredito que antes você também não era, mas agora creio que terá que ler os livros, conversar com fiéis e não fiéis e decidir uma vez mais.

— Quantos anos tem este livro? — perguntei.

— Acreditamos que os capítulos mais antigos foram originalmente escritos em tabuletas de argila cerca de 10 mil anos atrás. Antes disso, faziam parte de nossa tradição oral. Quanto tempo antes disso eles vinham sendo contados entre nós? Não sei. Ninguém sabe.

— Tão antigo assim? Existem coisas humanas com dez mil anos?

— Escritos, você quer dizer? Não. Havia grupos familiares nômades, aldeias de agricultores humanos e pastores humanos nômades. Eles deixaram resquícios de suas vidas: ferramentas e esculturas de pedra, cerâmica, esteiras trançadas, habitações em pedra e madeira, alguns ossos e pedras entalhados, pinturas em paredes de cavernas ou penhascos, esse tipo de coisa.

Assenti, interessada.

— Que sinais nós deixamos?

— Já havíamos nos unido aos humanos há dez mil anos, tomando seu sangue e protegendo aqueles que nos aceitavam da maioria dos danos físicos. Desconfio que, a essa altura, já estávamos por aí há muito, muito tempo. Nosso surgimento e nossa evolução ocorreram há muito mais do que dez mil anos. Dez mil anos atrás, já estávamos espalhados entre tribos humanas e bandos familiares. Mesmo na época, essa era a maneira mais confortável para vivermos.

"Nossos primeiros escritos dizem que nos juntamos aos humanos nas proximidades dos rios que vieram a ser chamados de Tigre e Eufrates, e que nos espalhamos pelo norte e o oeste do que são hoje Rússia, Ucrânia, Romênia, Hungria, assim como por regiões próximas. Alguns de nós vagaram como nômades com nossas famílias humanas. Outros se misturaram a comunidades agrícolas sedentárias. De qualquer forma, não éramos como somos agora. Estávamos fracos e doentes. Não sei o porquê. As histórias dizem que desagradamos à deusa e estávamos sofrendo sua punição. O grupo que acredita que nos originamos no espaço sideral diz que nosso corpo precisava de tempo para se ajustar à vida na Terra.

"Durante algum tempo, parecia que não conseguiríamos sobreviver. Acho que foi quando alguns de nós começaram a encontrar um novo uso para a escrita que havíamos desenvolvido para sinalização direcional secreta, declarações territoriais, avisos de perigo e necessidades de acasalamento. Acho que alguns escreviam para deixar sinais de que havíamos vivido, porque parecia que todos morreríamos. Não estávamos nos reproduzindo bem. Nossas crianças, quando concebidas, muitas vezes não sobreviviam ao nascimento. As que sobreviviam não eram fortes. Algumas famílias acasaladas conseguiam gerar mais de uma ou duas crianças. Todos acolhiam órfãos e tentavam formar novas famílias a partir dos sobreviventes das antigas. Sofremos longos períodos de uma doença epidêmica específica dos Ina que tornava difícil ou impossível que nosso corpo se beneficiasse do sangue ou da carne que consumíamos, de modo que comíamos bem e, ainda assim, passávamos fome. Acreditamos agora que a doença foi espalhada entre nós pelos nômades Ina e por famílias que viajavam para estar perto de seus parceiros.

"Nosso corpo não lidava melhor com essa doença do que nossos contemporâneos humanos lidavam com as doenças que os acometiam. Mas, enquanto nossos cuidados os ajudavam a lidar com suas infecções, malformações e feridas, eles não podiam nos ajudar a lidar com as nossas. Morríamos em uma taxa insustentável. Ficou cada vez mais difícil encontrar parceiros. Então, aos poucos, começamos a nos recuperar. Talvez tivéssemos simplesmente passado por uma espécie de seleção microbiana. A doença matou a maioria de nós. Os que sobraram tornaram-se resistentes a ela, assim como seus descendentes.

"Mesmo estando saudáveis, tínhamos que ter cuidado. Humanos não simbiontes podiam nos atacar e nos matar para roubar nossas posses ou porque alguns de nós tinham sido descuidados e vivido muito tempo no mesmo lugar sem aparentar envelhecer."

Ele encolheu os ombros.

— Alguns humanos queriam saber como poderíamos viver tanto tempo. Que magia secreta possuíamos para evitar o envelhecimento? O que poderia ser feito para nos forçar a compartilhar nossa magia com eles?

"Através dos tempos, as desconfianças contra nós às vezes saíam do controle e tínhamos de fugir ou lutar, ou seríamos torturados e assassinados como demônios ou possuidores de segredos valiosos. Às vezes, eles nos atacavam até pensarem que estávamos mortos, então nos enterravam. Quando nos curávamos, saíamos de nossos túmulos confusos, loucos de fome... Talvez apenas loucos. Bem, foi assim que em algumas culturas nos tornamos os "mortos errantes", ou "mortos-vivos". Por isso aprenderam a nos queimar ou decapitar.

— E a estaca de madeira enfiada no coração? — perguntei.

— Isso pode funcionar ou não. Não há nada de mágico na madeira. Se a estaca deixar o coração intacto, nós nos curamos. Um dos meus pais foi enterrado com uma estaca em seu coração. Ele sobreviveu e... matou seis ou sete pessoas quando saiu de seu túmulo. O resultado foi que minhas famílias deixaram a Romênia e mudaram de nome. Foi assim que meus irmãos e eu acabamos sendo criados na Inglaterra.

Ele suspirou.

— Mesmo nos tempos de mais selvageria, quando havia rivalidade entre famílias Ina que eram como pequenas guerras, quase nunca acontecia a eliminação de famílias inteiras. O que está acontecendo agora, o que aconteceu com as suas famílias, Shori, é raro e terrível.

— E, ao vir até aqui, eu trouxe isso para sua família — reconheci. — Sinto muito por isso. Eu só... não sabia o que fazer ou para onde ir. E estava com medo pelos meus simbiontes.

Hayden demonstrou compreender, me observando.

— Não acredito que os filhos de meus filhos teriam gostado que você procurasse quaisquer outras pessoas, embora já esteja tornando a vida de Daniel desconfortável.

Não fiquei surpresa, mas não sabia o que dizer.

Ele sorriu.

— Você não sabia, não é?

— Achei que havia a possibilidade. Sinto muito.

— Não precisa. É normal. Daniel sente muito por seu comportamento. Ele sabe que você é muito jovem para assumir o tipo de compromisso que ele tem em mente. E seus esforços e advertências nos mantiveram seguros até agora. Ninguém está gravemente ferido. O que faremos a seguir, no entanto... bem... — Ele suspirou. — Creio que faremos o que for necessário. Esses assassinatos devem ser impedidos.

Ele não quis dizer o que ele e a família pretendiam fazer a seguir. Só me disse para ficar com os livros pelo tempo que precisasse e para procurar por ele quando quisesse outros ou quisesse conversar sobre o que tinha lido.

Quando foi embora, em vez de ler mais, fui até onde Wright estava dormindo. Tirei a roupa e subi na cama ao lado dele. Ele acordou por tempo suficiente para enrolar seu corpo em torno do meu.

— Você está bem? — perguntou, apoiando o queixo no topo da minha cabeça.

— Melhor — falei. — Melhor agora.

— Eles sabem quem matou sua família, ou melhor, de quem foi a ideia?

— Sabem um sobrenome e onde moram. Os dois prisioneiros feridos ainda não podem ser questionados.

— Victor está vivo, Shori?

— Está. — Engoli em seco. — Embora se lembre de ajudar a assassinar as minhas duas famílias. Também se lembra de ter atacado a casa em Arlington, onde eu, você, Celia e Brook poderíamos ter morrido.

— Mas não foi ideia dele.

— Não. Até agora, a família Silk parece ser a culpada dos três ataques.

— Silk — disse ele. — Nome interessante. Eu me pergunto se você os conhecia antes.

— Acho que não. Nenhum dos Gordon mencionou qualquer conexão entre mim e eles, e acho que alguém teria mencionado.

— O que será feito deles?

— Não sei. Hayden não quis me contar. Mas acho que nada será feito até os outros serem interrogados.

— Você os mordeu.

— Mordi. Isso os ajudará a se curar mais rápido.

Ele me moveu para que nos olhássemos nos olhos e segurou meu rosto entre as mãos.

— Isso ajudará você a interrogá-los.

— É claro que sim.

— O que vai acontecer com eles depois disso, com Victor e os outros dois prisioneiros?

— Quando terminarmos o interrogatório, vou ajudá-los a se esquecer de nós, porque fui eu que os mordi. Então, serão mandados de volta para suas famílias. — Esfreguei os ombros dele. — Não são simbiontes de ninguém, Wright. São apenas instrumentos de alguém. De pessoas que nunca os quiseram, nunca se importaram com eles, que os sequestraram e os usaram para matar minhas famílias.

Ele aquiesceu.

— Entendo, mas... eles fizeram o que fizeram.

— Os Silk são os responsáveis, não Victor e os outros.

Ele aquiesceu mais uma vez.

— Certo.

Não parecia feliz.

— O que foi? — perguntei.

— Não sei, ao certo. Acho que estou apenas aprendendo mais sobre aquilo em que tropecei e de que me tornei parte.

Fiquei em silêncio por alguns segundos, então perguntei:

— Devo deixá-lo sozinho esta noite? Posso ir dormir com um dos outros.

— Não com Victor?

Recuei, fuzilando-o com os olhos.

— Onde ele está? — indagou.

— Na casa de Daniel. Daniel tinha espaço para ele, e Theodora estará aqui em breve. E... eu não o queria aqui.

Depois de um tempo, ele assentiu.

— Devo ir?

— É claro que não. — Ele me puxou para junto de si. Acariciou meu rosto, meu pescoço. Então, enquanto me beijava, deslizou a outra mão por entre minhas coxas.

— Está com fome? — perguntou.

Balancei a cabeça encostada nele.

— Não, mas quero estar perto de você mesmo assim.

— Quer? Ótimo. Se quiser me provar, quero que faça na minha coxa.

Eu ri, surpresa.

— Já ouvi falar sobre fazer isso, embora não saiba se já o fiz. Você andou conversando com alguém!

— E se andei?

Eu me vi sorrindo para ele. Um instante depois, joguei os cobertores para longe e mergulhei até sua coxa. Ele não estava vestindo nada. Mordi-o na coxa direita antes que ele percebesse que tinha me movido. Então o olhei. Parecia assustado, quase com medo. Depois pareceu compreender meu humor. Riu: um som grave, bom e doce. Pelo toque e o cheiro, encontrei a grande e tentadora artéria. Mordi-o, suguei seu sangue e montei em sua perna enquanto ele convulsionava e gritava.

***

Na noite seguinte, eu e os Gordon interrogamos os outros dois prisioneiros. Hayden e Preston os questionaram enquanto eu os incentivava e tranquilizava. Tinha mordido cada um duas vezes. Eles confiavam em mim, precisavam me agradar.

Também nos contaram sobre terem sido raptados à noite por pessoas que pareciam ser membros da família Silk. Um estava no centro de Los Angeles, procurando por uma de suas garotas, uma das prostitutas que trabalhavam para ele. Estava irritado com ela. Achava que não estava trabalhando o suficiente e pretendia lhe dar uma lição. Hayden teve que explicar aquilo para mim, e por fim descobri o que significava alcovitar. A explicação me fez pensar quais seriam os outros hábitos desagradáveis dos humanos sobre os quais não me lembrava.

O outro prisioneiro estivera a caminho do hospital Huntington Memorial, em Pasadena, para buscar a mãe, que era enfermeira, depois do seu turno. O carro dela tinha quebrado no dia anterior e ele havia prometido levá-la para casa.

Um prisioneiro era um cafetão. O outro era um estudante universitário que estava cumprindo uma promessa feita à mãe. Ambos foram coletados por membros da família Silk e enviados para o norte para matar a mim e minha família. Nenhum dos dois tinha informações além das que Victor já havia nos revelado.

Quando os dois prisioneiros estavam inconscientes, muito estressados por serem obrigados a falar sobre coisas que foram ordenados a não revelar, eu e os Gordon nos entreolhamos. Mais uma vez, exceto pelos prisioneiros, o grupo era só de pessoas Ina.

— O que podemos fazer? — Respirei fundo e olhei para os Gordon mais novos, homens que um dia poderiam ser os pais dos meus filhos e filhas. — Essas pessoas mataram minha família. Agora vieram atrás de vocês. Por certo virão atrás de vocês de novo.

— Acredito que sim, a menos que os impeçamos — disse Hayden.

Daniel assentiu uma vez.

— Então, nós os impediremos.

— Ai, meu Deus — Preston exclamou, com a cabeça baixa, esfregando a testa com a mão.

— O que mais podemos fazer? — Hayden quis saber.

— Eu sei. — Preston olhou para ele com tristeza. — Não estou discordando. Apenas pensando no que isso significará, agora e a longo prazo.

Hayden emitiu um rosnado baixo e gutural.

— Eles deveriam ter pensado no que isso significaria.

Wells, um dos pais de Daniel, disse:

— Tenho pensado nisso desde ontem. Precisamos começar conversando com as famílias Fotopoulos e Braithwaite, e talvez as famílias Svoboda e Dahlman também. Os Dahlman são aparentados com os Silk por meio de Milo, não são? Todas essas pessoas estão relacionadas de uma forma ou de outra aos Silk e a Shori.

Ainda tenho parentes, foi o que pensei. Não os conhecia, não sabia se eles me conheciam. Mas estavam vivos. O que isso significaria?

— Não telefone para os Dahlman ainda — disse Preston. — Deixe que sejam seu oitavo ou nono telefonema. Tente os Leontyev e os Akhmatova, e talvez as famílias Marcu e Nagy.

— Acredita que teremos tempo para reunir um Conselho de Sentença antes que tentem nos matar de novo? — indagou Daniel.

Hayden e Preston se entreolharam: os dois anciãos dos Gordon. Aparentemente, eram eles que decidiriam.

— Assim que tivermos o aval de sete das treze famílias, vou ligar para os Silk — Preston disse. — Conheço Milo Silk, ou achei que o conhecia. Não consigo imaginar quanto ele e os filhos se envolveram em tudo isso. Assim que forem notificados de que estamos convocando um Conselho de Sentença, que temos as primeiras sete famílias, não vão instigar outro ataque. Não ousariam.

— Por que não? — perguntei.

Todos olharam para mim como se eu tivesse dito algo muito estúpido.

Fiquei olhando para eles.

— Minha memória remonta a algumas semanas e nada mais — afirmei. — Pergunto porque não sei, e não quero fazer suposições sobre algo tão importante. — E, como estava incomodada, deixei meu tom de voz dizer: *Todos vocês deveriam saber disso. Já expliquei.*

Hayden disse:

— Se nos atacarem depois de convocarmos um Conselho, o julgamento irá automaticamente contra eles. Nosso sistema jurídico é antigo e muito consolidado. Essa parte em particular é determinante. Manteve rivalidades sob controle por séculos.

— E o que isso significa? — perguntei. — O que aconteceria com eles se atacassem de novo?

— Os adultos seriam mortos, e seus filhos divididos entre nós, tornando-se membros de outras famílias. — Ele olhou para mim. — Traríamos os adultos até você. É a pessoa mais prejudicada em tudo isso e a única filha sobrevivente. Acho que você conseguiria.

— Conseguiria... Eu seria a carrasca deles?

— Seria, sim. Você os morderia e falaria com eles, daria o comando para tirarem as próprias vidas. Suspeito que concederia a eles uma morte mais suave do que merecem.

Por um momento, fiquei chocada e sem palavras. É claro que sabia que poderia matar humanos diretamente, destruindo seus corpos, ou indiretamente, mordendo-os e, em seguida, dizendo-lhes para fazer coisas que lhe seriam prejudiciais, mas matar outros Ina apenas os mordendo e ordenando que morressem?

— Fiquei quase tentado a não contar a você — disse Hayden. — Sua juventude e sua amnésia a tornam muito atraente e muito assustadora.

— Eu realmente posso fazer isso? Morder outro Ina e apenas... dizer a ele para se matar?

Todos se entreolharam. Preston disse:

— Hayden, caramba...

Hayden ergueu as duas mãos, com as palmas voltadas para fora.

— Ela precisa saber. Tivemos a chance de ver que tipo de pessoa ela é. E, convenhamos, é muito perigoso que não saiba. Se não fosse pelo crime que tomou sua memória, ela saberia. — Ele olhou para mim. — Quando estiver fisicamente madura, vai tirar sangue de seus parceiros e eles vão tirar sangue de você. É assim que vai se relacionar. A única outra razão para beber o sangue de um macho Ina seria para matá-lo.

Refleti por alguns segundos, então fiz uma pergunta incômoda, mas necessária:

— Não funcionaria em uma fêmea Ina?

— Talvez. Sua maneira de lidar com os prisioneiros humanos mostra que é forte. Mas, se você se voltar contra outra fêmea Ina, pode morrer. Mesmo que consiga matá-la, também pode morrer.

Pensei sobre aquilo. Encaixava-se com o que Brook havia me contado.

— Sabem — disse —, não me lembro de ter visto uma fêmea Ina ou falado com uma. Só vi meu pai, um dos meus irmãos e vocês. Tento imaginar uma fêmea e não consigo.

— Elas aprendem cedo a ter cuidado com o que dizem — explicou Hayden. — É uma de suas primeiras e mais importantes lições. Acredito ser uma lição de que se lembra, apesar da amnésia.

Confirmei.

— Sempre fui cuidadosa com meus simbiontes, mesmo antes de compreender por completo por que deveria ser. Mas agora... Poderia ter que matar os Silk?

— É provável que não — respondeu Hayden. — Nenhum vivente já presenciou esse tipo de coisa. Os Silk respeitarão a convocação de um Conselho de Sentença.

— Espero que sim — respondi. — O que posso fazer agora para ajudar? — Eles estavam começando a se levantar. Alguns tiraram telefones dos bolsos. Daniel foi para a cozinha e trouxe um telefone sem fio para Hayden.

— Nada ainda — Hayden me disse. — Você vai ter de falar no Conselho.

— Tudo bem. Mas não deveríamos manter os três prisioneiros? Eles não deveriam falar também?

Ele fez um sinal negativo de cabeça.

— Quem acreditaria neles? A essa altura, você poderia tê-los dominado completamente e tê-los instruído a falar o que quiser que digam e a crer em qualquer coisa.

— Tudo bem. Mas, neste caso, por que o Conselho deveria acreditar em mim, ou até em vocês?

Ele sorriu.

— Acho que não acreditariam em mim. Tenho 372 anos. Podem achar que alguém da minha idade conseguiria mentir para eles com sucesso. Você é uma criança. Eles partem do princípio de que serão capazes de interpretar sua linguagem corporal bem o bastante para saber se está mentindo ou não.

— Eles têm a sua idade?

— Alguns serão mais velhos.

Suspirei.

— Eles provavelmente estão certos sobre isso, então. Não importa. Não me sinto inclinada a contar mentiras. Até agora, meu problema tem sido ignorância, não desonestidade.

19

Foram muitos telefonemas, teleconferências, faxes e *e-mails*. Primeiro, tinha de ser cumprida o que Hayden chamou de "a regra dos sete". Sete famílias com as quais os Silk e eu compartilhávamos um ancestral comum (em sete gerações do mais antigo Silk ou Matthews vivo) tinham que concordar em enviar representantes a Punta Nublada para um Conselho de Sentença que julgaria as acusações que eu e a família Gordon estávamos fazendo contra a família Silk. Feito isso, Preston ligou para a família Silk. Primeiro, Russell Silk, um dos pais mais velhos, negou ter qualquer responsabilidade no extermínio de minhas famílias ou qualquer conhecimento disso. Então, Milo Silk, o membro vivo mais velho da família, assumiu e também negou tudo. Ambos ouviram falar de uma chacina no estado de Washington, mas não tinham percebido que envolvia duas comunidades Ina. Lamentavam muito por mim, é claro, mas nada disso tinha a ver com eles.

Preston colocou a chamada no viva voz e deixou que todos nós escutássemos.

— Ainda assim — disse ele a Milo Silk —, ouvimos evidências de que sua família é responsável e convocamos um Conselho de Sentença. Cumprimos a regra dos sete.

— Isso é loucura — argumentou Milo. — Nós não fizemos isso, Preston. Juro. Olha, não gostamos dos experimentos de engenharia genética que as famílias Matthews e Petrescu estão realizando, e nunca fizemos segredo disso, mas...

— Milo — disse Preston —, esta é a notificação necessária. As primeiras sete famílias são Braithwaite, Fotopoulos, Akhmatova, Leontyev, Rappaport, Nagy e Svoboda. Também convidaremos as famílias Dahlman, Silvester, Vine, Westfall, Nicolau e Kaland. Você se opõe a alguma dessas?

— Eu me oponho a todas elas — respondeu Milo, furioso. — Isso é loucura!

— A regra dos sete foi cumprida — Preston repetiu.

Após um momento de silêncio absoluto, a voz de Russell substituiu a de Milo.

— Eu me oponho aos Vine — disse. — Não são amigos da família Silk, ainda que sejam nossos parentes. Durante o século IX, a família deles combateu a nossa em uma longa rivalidade.

Preston olhou para o chão, pensando.

— Vocês aceitam os Marcu?

Houve outro silêncio, mais longo desta vez. Então, por fim:

— Sim. Nós aceitamos os Marcu. Mas também nos opomos aos Silvester. Três dos meus filhos tiveram uma disputa financeira com dois deles há cinco anos. Não foi resolvida de maneira amigável.

Preston olhou para Hayden. Hayden perguntou:

— Vocês aceitam os Wyman?

— Não! — disse uma terceira voz. — Não aquela matilha de lobos. Você percebe...

Então, a voz foi cortada e houve um longo silêncio. Finalmente, Milo voltou.

— Não aceitaremos os Wyman — disse. E, depois de uma pausa, explicou: — Inimizade pessoal. — Ele tinha uma voz grave e calma que, de algum modo, fazia com que tudo que dissesse parecesse importante.

— Os Andrei? — perguntou Preston, olhando para a própria família como se estivesse perguntando a eles. Sua família não ofereceu nenhuma objeção.

Houve uma pausa silenciosa dos Silk. Por fim, Milo disse:

— Tudo bem.

— Está satisfeito com a lista agora? — Preston perguntou.

Mais silêncio.

— Os Kaland — mencionou Russell. — Preferimos os Morariu.

Preston esticou o longo dedo indicador e apertou o botão do telefone que dizia "espera".

— Objeções aos Morariu? — perguntou.

Os Gordon se entreolharam.

— Eu não gosto deles — disse Daniel. — São pessoas orgulhosas com pouco do que se orgulhar. Mas não acho que seja motivo suficiente para pedir objeção a eles.

Os outros deram de ombros.

Preston apertou o botão de espera novamente e disse:

— Aceitamos a família Morariu, Milo. Daqui a dez noites, todos nos encontraremos aqui em Punta Nublada para um Conselho de Sentença. Deve começar a se preparar para a jornada de sua família. E talvez você devesse conversar com seus filhos, em especial os mais novos. Talvez não saiba de tudo.

Ele desligou o telefone.

***

Pouco antes do amanhecer, Manning e Wayne chegaram com seus simbiontes e Theodora.

Ela saiu do Hummer e olhou para as casas ao redor. Todas ainda estavam iluminadas na escuridão do início da manhã. Havia pessoas em movimento dentro e fora delas e, embora ela não pudesse saber disso, algumas a observavam. Eu estava dormindo, mas acordei com o som do carro chegando. Olhei para fora e a vi sair do carro e inspecionar. Vesti os jeans depressa, coloquei uma camiseta e saí correndo, descalça, para recebê-la. Ela não me viu antes que me aproximasse e pegasse em sua mão.

Ela deu um pulo, se virou, me viu e, para minha surpresa, me agarrou, levantou-me do chão e me abraçou junto a si com força.

Eu me peguei rindo de alegria e retribuindo o abraço. Quando meus pés estavam de volta ao chão, eu a levei para a casa de hóspedes.

— Você já comeu? — perguntei. — Brook e Celia foram às compras ontem, então temos muita comida. — Joel as levara até um shopping distante onde podiam comprar mantimentos, mais algumas roupas e tudo o mais de que pudessem precisar. Wright e eu demos a elas uma lista, então estávamos todos garantidos por um tempo.

— Jantei tarde — disse Theodora. — As outras pessoas, os simbiontes… É assim que são chamadas?

— É, sim. É como você será chamada também, se ficar comigo.

Ela me deu um sorriso tímido e olhou para baixo.

— Disseram que eu deveria fazer uma refeição saudável antes de encontrar você.

Ri de novo, faminta por ela, com uma ansiedade repentina.

— Vamos lá para cima. Como você está? Tudo bem com sua família?

Ela se colocou à minha frente e me parou, pondo as mãos nos meus ombros.

— Vou ter que ligar para minha filha em algumas horas. Ela está preocupada comigo. Tentou me impedir de sair. Em breve, vai querer me visitar.

— Ligue para ela sempre que quiser — falei. — Preciso contar mais coisas a você sobre o que está acontecendo aqui, então entenderá por que ela não poderá visitá-la por um tempo. Mas você pode ir vê-la.

— Parece uma situação ruim.

— Difícil, acho, mas não ruim. É um momento para termos cuidado. Descobrimos quem está nos atacando, e vamos ter algo chamado Conselho de Sentença para lidar com eles.

Ela olhou para mim como se estivesse tentando ler minha expressão.

— Existe perigo agora mesmo?

Na escuridão do início da manhã, com todos os homens Gordon acordados e alerta? Com o Conselho de Sentença já sendo organizado?

— Não, agora não.

— Ótimo — disse. — Então me conte sobre isso pela manhã.

Eu sorri.

— É manhã. Mas você está certa. Primeiro as prioridades.

Eu a levei para o quarto sobressalente. Eu mesma havia trocado a roupa de cama e me certificado de que o cômodo estivesse limpo e pronto para ela.

— Sei que lhe prometi mais do que isso — falei, enquanto ela inspecionava o lugar. — Vou cumprir minha promessa. Só vai demorar mais do que pensava.

— Quero ficar com você — disse. — É tudo que quero desde a primeira vez que veio até mim. Na verdade, não entendo meus sentimentos por você, mas são mais fortes que qualquer coisa que já senti, mais fortes do que qualquer coisa que já tenha esperado sentir. Vamos encontrar uma maneira.

Fechei a porta e fui até ela, começando a desabotoar sua blusa.

— Vamos, sim — respondi.

***

Na noite seguinte, encontrei-me com Wayne e Manning para descobrir tudo o que pudesse sobre as terras e os negócios das minhas famílias.

— Suas mães e seu pai sabiam viver de acordo com as regras humanas — disse Manning. — Os negócios estão bastante em ordem. Você terá que trabalhar com os advogados, mas tudo o que suas famílias possuíam será seu, e há dinheiro suficiente para pagar os impostos sem precisar vender nada que não queira.

— Não sei o que quero fazer, na verdade — admiti. — Quer dizer, não sei nada. — Olhei para Manning, um dos pais de Daniel, Wayne, William e Philip. Era um homem quieto e gentil, e havia algo em sua expressão que se aproximava, de modo desconfortável, ao sentimento de pena. — Conte-me sobre os advogados — falei depressa. — Há um ou dois que dariam bons simbiontes?

Manning deu de ombros.

— Não tenho certeza do que poderia ser um bom simbionte para você. Sua Theodora é muito velha, mas com certeza a ama. É exatamente o tipo de pessoa que eu esperaria ser capaz de resistir a um de nós... Mais velha, com estudos, abastada... Mas mal podia esperar para se encontrar com você.

— Ela estava se sentindo sozinha — disse. — Conte-me sobre os advogados.

— Uma das que mordi pode ser adequada para você — comentou Wayne.

Eu gostava do rosto longo e quieto dele. Era o único dos quatro filhos que continuava mais alto do que eu mesmo quando estava sentado.

— Conte-me mais sobre ela — pedi.

Ele acatou.

— Tem 35 anos. Uma boa reputação entre os colegas da empresa. É boa advogada, embora odeie seu trabalho. Sente que cometeu um erro ao fazer faculdade de direito, mas agora não sabe o que mais poderia fazer. Ela é órfã e tinha um irmão que morreu há seis anos. É divorciada e não tem filhos.

— Você a investigou. Planejava sugerir que eu fosse atrás dela.

— Sim. Você vai precisar de uma advogada. Ela vai ajudá-la, ensiná-la, será sua conexão com o resto do mundo jurídico, e uma vez que a tenha... Se forem tão certas uma para a outra quanto imagino, ela será completamente leal. — Ele tirou um papel dobrado do bolso da calça e me entregou. — Aqui estão seu nome, endereço residencial e endereço comercial.

— Obrigada — falei, guardando o papel no meu próprio bolso. — Acho que não poderei ir vê-la antes do Conselho de Sentença.

— Acho que seria melhor assim — disse Manning. — Os advogados que Wayne e eu mordemos vão cuidar dos seus interesses até lá. Mas deve ir atrás dela assim que o Conselho terminar. Você precisa de mais de cinco simbiontes.

***

Continuei a vigiar todos os dias. Não acreditava que haveria outro ataque, mas por que arriscar?

Vi os corpos dos agressores sendo enterrados sob uma grande quantidade de pó chamado cal virgem em uma vala comprida e profunda, cavada por um pequeno trator ao redor de um dos jardins, bem longe das casas. Vi os carros dos agressores serem levados por simbiontes enluvados, seguidos por um carro de Punta Nublada. E, é claro, apenas o carro de Punta Nublada voltou.

Vi os três agressores vivos serem levados para São Francisco, onde seriam três homens comuns, pegando três ônibus de volta para o sul da Califórnia, onde moravam. Não atrairiam atenção. Provavelmente ninguém se lembraria deles. Os Gordon lhes deram dinheiro, e eu lhes dei uma vaga lembrança de terem ido para o norte fazer algum trabalho de motorista de caminhão, transportando cargas de um lado a outro da costa. Cada um poderia inventar os detalhes de acordo com a própria experiência de trabalho anterior. Todos já haviam dirigido caminhões de um tipo ou outro profissionalmente, então poderiam, como Hayden colocou, confabular como quisessem. Mas não se lembrariam uns dos outros, de Punta Nublada, das comunidades de minhas famílias e nem da casa perto de Arlington. Mandei que se esquecessem dessas coisas por completo e se lembrassem apenas do trabalho como motoristas de caminhão. Foi enervante perceber que era capaz de fazer algo do tipo, mas, claramente, eu era. Até ajudei o cafetão a decidir que estava cansado de sobreviver abusando de mulheres. O primo dele tinha uma empresa de paisagismo. Trabalharia para o primo ou para outra pessoa por um tempo e depois voltaria a estudar. Tinha apenas 21 anos. Fiz com que me contasse o que acreditava que deveria e poderia fazer. Depois mandei que o fizesse.

Enquanto isso, os Gordon e seus simbiontes se esforçavam nos preparativos para, em breve, receber muita companhia. A família Silk (todos os Ina e a maioria de seus simbiontes) estava chegando. Viriam dois representantes de cada uma das outras treze famílias, cada um trazendo três ou quatro simbiontes. Segundo a tradição, um Conselho de Sentença durava três dias.

A maioria dos simbiontes dos Gordon estava animada e ansiosa para encontrar amigos e parentes que não viam há meses ou até anos. Será que Judith Cho simb de Ion Andrei viria? Ou Loren Hanson simb de Elizabeth Akhmatova? Alguém sabia? E quanto a Carl Schwarcz simb de Peter Marcu? Ninguém se deu ao trabalho de me perguntar, pois era claro que eu não sabia de nada, mas conversavam entre si na minha presença, alegres, me ignorando, exceto para dizer que era uma pena eu não poder aproveitar nenhuma das festas.

Apenas alguns estavam apreensivos. Para a maioria, o Conselho de Sentença era uma coisa dos Ina que tinha pouco a ver com eles. Disputas a serem resolvidas. Os simbiontes planejavam fazer festas. Gostei de observá-los e ouvi-los. Era, de certa forma, reconfortante.

Vários deles saíram para comprar enormes quantidades de comida e outros suprimentos que seriam necessários para manter confortáveis os mais de cem simbiontes extras. Outros prepararam os quartos de hóspedes em cada uma das casas e transformaram escritórios, estúdios, depósitos e até espaços vazios em dois celeiros em locais adequados para serem habitados por humanos e Ina. Todas as casas tinham alas para hóspedes, três ou quatro quartos e alguns banheiros. Seriam suficientes para dois viajantes Ina e alguns simbiontes. Havia também a própria casa de hóspedes, destinada especialmente para hóspedes humanos. Meus simbiontes e eu chegamos em um momento em que os simbiontes dos Gordon não tinham visitas, então tínhamos toda a casa de hóspedes para nós. Agora teríamos que dividir a cozinha e a sala de jantar e abrir mão do banheiro de baixo, assim como das salas de visita e da família.

As reuniões do Conselho seriam realizadas em uma das construções metálicas de armazenagem. Martin Harrison, pai de Joel e simbionte de William, o homem que havia me dado um celular e me ensinado a usá-lo, agora parecia encarregado dos preparativos para os visitantes. Depois que compreendi isso, encontrei-o e perguntei se poderia acompanhá-lo por um tempo para observar o que ele fazia e perguntar algumas coisas.

— Quero que me diga se estiver atrapalhando ou sendo muito irritante, porque nem sempre sou capaz de perceber — falei, e ele riu. Uma risada barulhenta, grave e alegre que era prazerosa de ouvir, embora eu soubesse que estava rindo de mim.

— Tudo bem, Shori, farei isso — disse. — Eu era professor de história do ensino médio quando Hayden me encontrou. Vai ser bom voltar a ter uma aluna.

— Foi Hayden quem encontrou você? Não William?

— Hayden me encontrou *para* William. — Ele balançou a cabeça. — William ainda não tinha atingido a maioridade, e Hayden pensou que o menino poderia aprender mais sobre a história humana. Hayden achou que eu seria um bom guarda-costas também, já que William fica completamente inconsciente durante o dia. Disse que eu tinha o cheiro certo, pelo amor de Deus. Entendo isso agora, mas naquela época não entendia. Queria acreditar que ele era louco, mas já havia me mordido, e não consegui apenas ignorar o que ele me dizia.

— Você se incomodou por ser simbionte de outro homem? — perguntei, lembrando-me da pergunta que Wright havia feito a Brook.

Ele me lançou um olhar estranho.

— Você não se importa em meter o nariz onde não é chamada, hein?

Não respondi, já que não sabia o que dizer.

— Há muitas mulheres aqui — argumentou ele. — Eu me casei com uma delas pouco depois de decidir ficar. — Ele ergueu a sobrancelha. — Como está sua nova simbionte, aquela que chegou ontem à noite?

— Theodora? — Sorri, percebendo a correlação. — Ela diz que não entende os sentimentos que tem por mim, mas que são importantes para ela.

— Aposto que sim. Vi vocês duas. Não se desgrudavam. É assim mesmo. Pelo visto, nós, humanos, não nos importamos com a vida que levávamos antes de encontrarmos vocês. Vocês nos mordem, e isso é tudo de que precisamos. Eu não entendia nada. Hayden me emboscou quando cheguei em casa do trabalho um dia. Ele me mordeu e, depois disso, eu já não tinha nenhuma chance. Não fazia ideia de onde estava me metendo.

— Você já se arrependeu de ter se metido nisso?

Aquele homem negro, alto e grande me lançou outro olhar estranho. Joel tinha a mesma cor de pele dele, mas nunca teria seu tamanho. Martin apenas ficou parado, olhando para mim como se estivesse tentando se decidir. Depois de um tempo, disse:

— Os Gordon são pessoas decentes. Hayden me trouxe aqui, me mostrou o lugar, me apresentou a William, que era alto e magro, mas parecia quase tão jovem quanto você é agora. Hayden me explicou o que aconteceria se eu ficasse. Ele me avisou enquanto eu ainda podia partir, e fui embora. Não me impediram. William me pediu para ficar, mas isso me fez fugir mais depressa ainda. A coisa toda era muito estranha para mim. Pior, pensei que parecia mais com escravização do que com simbiose. Isso me assustou muito. Fiquei longe por cerca de dez meses. Eu só tinha sido mordido três vezes ao todo, então não era fisicamente dependente. Sem dor, sem doença. Mas psicologicamente... Bem, eu não consegui esquecer. Desejava aquilo como um louco. Droga, eu pensava que tinha enlouquecido. De repente, estava vivendo em um mundo no qual os vampiros eram reais. E não podia contar a ninguém sobre eles. Hayden tinha cuidado disso. Mas eu sabia que eram reais. E queria estar com eles. Depois desse tempo, larguei o emprego, arrumei minhas coisas, coloquei o que pude no carro, doei o resto e dirigi até aqui. Deus, foi um alívio. — Ele parou e sorriu para mim. — Seu primeiro não quer outra vida, menina, não mais do que Joel. A única diferença é que Joel sabe disso. Wright ainda está descobrindo.

— Você conversou com ele?

— Sim. Ele vai ficar bem. Como ele está se dando com Joel?

— Finge que Joel não está lá sempre que pode. Quando não pode fazer isso, é civilizado.

— É duro para ele. Duro para os dois, na verdade. Facilite a vida deles o máximo possível. Esse Conselho de Sentença deve ajudar um pouco: distração, emoção, pessoas novas, muita coisa para fazer.

— Isso me assusta um pouco.

— O Conselho? Sobrecarga sensorial para você e para os outros Ina. É por isso que os Conselhos duram apenas três dias.

— Não, quer dizer... Ter Wright, Joel, Brook, Celia e Theodora. Isso me assusta. Preciso deles. Eu me importo mais do que achava capaz de me importar com qualquer um. Mas tê-los me assusta.

— Ótimo — ele disse. — Deveria. Preste atenção. Ajude-os quando precisarem de ajuda. — Fez uma pausa. — Só quando precisarem de ajuda.

Acatei.

— Farei isso. — Olhei em dúvida para seu rosto largo e escuro. — Você quer que seu filho fique comigo?

— É o que ele quer.

— Está tudo bem para você?

— Se você o tratar bem. — Ele olhou para o nada por vários segundos. — Eu queria que ele vivesse no mundo humano por alguns anos, estudasse mais do que poderíamos oferecer aqui. Ele fez isso. Mas, para falar a verdade, queria que ele ficasse por lá, construísse uma vida para si, esquecesse os vampiros. Então, ele volta e tudo o que quer fazer é encontrar uma boa garota vampira. — Martin sorriu, mas não foi um sorriso feliz por completo. — Acho que ele vai querer fazer mais quando estiver com você por um tempo.

Vai querer escrever, ensinar ou algo assim. Há muita energia naquele menino para ser apenas algum tipo de dono de casa.

— Theodora também quer mais. Terminado este Conselho de Sentença, terei que decidir o que fazer, a melhor forma de construir um lar para todos nós. Quando fizer isso, meus simbiontes poderão fazer o que quiserem.

— Boa menina. — Ele respirou fundo e partiu em direção ao edifício de escritórios e estúdios. — Agora vamos descobrir quantas pessoas podem ser colocadas nesses estúdios. Graças a Deus ainda não esfriou.

20

Na noite anterior ao início do Conselho, chegaram membros da família Leontyev. Eu não os conhecia, é claro, e até que eles chegassem e Martin mencionasse isso, ninguém se deu ao trabalho de me dizer que Leontyev era o sobrenome da família masculina de minhas mães: a família dos pais delas, dos pais anciãos e dos filhos dos irmãos delas.

Os Leontyev e seus simbiontes chegaram em dois Jeep Cherokee depois que eu tinha acabado de mostrar às frias e distantes Zoë e Helena Fotopoulos e seus simbiontes os quartos que ocupariam em um dos complexos de escritórios. Martin tinha me dado uma lista de quem estava chegando e onde deveriam dormir. Ele disse:

— Se quer aprender, pode muito bem ajudar. Isso lhe dará a chance de conhecer as pessoas. — Ele era, percebi, excelente em colocar as pessoas para trabalhar.

Os Leontyev, Konstantin e Vladimir, eram homens mais velhos, cada um com três simbiontes. Martin pretendia que ficassem com Henry Gordon. Fui buscá-los, me apresentei e percebi por suas expressões que algo estava errado.

— Sofri um grave ferimento na cabeça — disse a eles. — O que resultou em amnésia. Se os conhecia antes, me desculpem. Não me lembro de vocês.

— Você não se lembra... de nada? — perguntou aquele que Martin havia me indicado como sendo Konstantin.

— Nem de pessoas, nem de acontecimentos. Eu me lembro dos idiomas. Reconheço muitos objetos. Às vezes, me lembro de coisas desconexas a meu respeito ou sobre os Ina, em geral. Mas perdi meu passado, a memória de minhas famílias, simbiontes, amigos... As pessoas de minhas famílias que estão mortas foram completamente apagadas de mim e, na verdade, não posso sentir falta delas ou lamentar sua perda porque, para mim, é como se nunca tivessem existido.

Konstantin pousou os olhos em mim com muita compaixão. Um humano que olhasse daquela maneira certamente choraria. Depois de um momento, disse:

— Shori, nós somos os pais de suas mães. Você nos conhece desde sempre.

Olhei para eles, observei sua compleição alta e magra, tentando encontrar neles algo que reconhecesse. Pareciam mais parentes de Hayden e Preston Gordon, apenas mais dois homens loiros pálidos que pareciam estar em seus quarenta e poucos anos, mas que, na verdade, estavam mais perto dos quatrocentos.

E, de repente, me vi imaginando o que isso significava. Como tinha sido a vida deles muito tempo antes? Como tinha sido o mundo? Eu deveria perguntar a Martin, que já foi professor de história.

O rosto e a idade daqueles dois anciãos, meus pais anciãos, pais de minhas mães, não despertaram nenhuma lembrança. Eles eram estranhos.

— Sinto muito — falei. — Vou ter que conhecer vocês de novo. E vocês vão ter de me conhecer. Não posso nem fingir ser a pessoa que era antes do ferimento.

— Fico grato que os Gordon foram capazes de acolhê-la e cuidar de você — falou o que se chamava Vladimir. — Como encontraram você?

Olhei para ele, surpresa, de uma hora para outra irritada.

— Eu os encontrei. Sobrevivi a três ataques e duas vezes ajudei a combater os agressores. Ajudei a interrogar os agressores sobreviventes que vieram aqui há alguns dias. Só a memória da minha vida antes do machucado foi prejudicada.

Eles olharam um para o outro, depois para mim.

— Minhas desculpas — disse Vladimir. Levantou um pouco a cabeça e sorriu para mim com seu nariz comprido. Conseguiu parecer mais divertido do que condescendente. — Quer você se lembre ou não, ainda tem o temperamento de minha Shori.

Levei-os para os quartos que Henry Gordon reservou em sua casa. Antes de sair, mostrei a lista de Martin e fiz mais uma pergunta.

— Algumas dessas pessoas são minhas parentes próximas?

Eles olharam para a lista, então se entreolharam, cada um franzindo a testa. Naquele momento, pareceram quase idênticos. Então, Vladimir disse:

— Acredito que seus parentes de sangue sobreviventes mais próximos são muito jovens para estarem envolvidos nisso. São crianças ou jovens mulheres adultas ocupadas com crianças. Seus irmãos, por exemplo, se casaram e tiveram duas meninas e um menino, todos ainda crianças muito pequenas. Os irmãos de suas mães têm filhas adultas do sexo feminino, mas essas crianças são muito novas para terem atribuições no Conselho.

— Eles não seriam da minha idade ou mais velhos? Alguns devem ser adultos.

— Sim. São acasalados, então o mais novo deles é alguns anos mais velho do que você. Mas, a menos que estejam diretamente envolvidas, é normal que as pessoas só sejam chamadas para o Conselho de Sentença se seus filhos forem adultos e acasalados.

Isso explicava por que todos que tinha visto até o momento pareciam ter idades próximas às de Hayden e Preston.

— Tudo bem — falei. — Disseram-me que todos os membros do Conselho são meus parentes, de um modo ou de outro. Quais entre as mulheres são minhas parentes mais próximas? E alguma delas já me conhecia? — perguntei.

Mais uma vez, os dois pararam para pensar. Por fim, Konstantin respondeu:

— As Braithwaite. As mães anciãs Braithwaite são Joan, Irene, Amy e Margaret. Duas delas virão. São as filhas de seus pais anciãos secundários.

Contraí o rosto, tentando compreender aquilo.

— Elas são filhas do pai do pai do seu pai — esclareceu Vladimir.

— Conhecem você, já a encontraram antes. Pode falar com elas. Mas, Shori, também pode falar conosco. Somos sua família. Viemos aqui para garantir que seus interesses sejam protegidos e que as pessoas responsáveis pelo que aconteceu com você e com tantos parentes nossos paguem pelo que fizeram.

Lembrei-me de ter ouvido de Hayden que Joan e Margaret Braithwaite viriam. Na verdade, chegariam naquela noite.

— Obrigada — falei. — Eu... só preciso ver e falar com uma fêmea Ina. Não me lembro de ter feito isso antes. Já conheci vários machos desde minha lesão, mas, até conhecer Zoë e Helena Fotopoulos esta manhã, nenhuma fêmea. É muito estranho ser uma fêmea Ina e ainda não ter uma ideia clara de como elas são.

Konstantin sorriu.

— Fale com as Braithwaite então. Elizabeth I ocupava o trono da Inglaterra quando Joan e Irene nasceram, então não tenho certeza de que com elas aprenderá muito sobre ser uma jovem Ina nos dias de hoje. Mas todas as quatro irmãs conheceram você, Shori, e acho que gostam de você. Vá em frente e fale com elas quando chegarem.

Fiquei de olho nas mulheres Braithwaite, importunando Martin para ficar de olho sempre que uma fêmea Ina chegava. As Braithwaite chegaram logo depois da meia-noite. Antes que eu pudesse perguntar a Martin sobre elas, Daniel saiu para lhes dar as boas-vindas. Eu o ouvi chamá-las pelo nome. Observei enquanto ele conversava com elas.

Joan e Margaret Braithwaite eram uma cabeça mais baixas que Daniel, mas ainda mais altas que Celia ou Brook. Eram mulheres muito retilíneas e muito pálidas, que usavam camisas brancas e saias pretas longas. Seus cabelos estavam torcidos e presos de modo impecável. Uma tinha cabelos castanhos, a primeira Ina de cabelos castanhos que havia visto, e a outra era loira. Sob suas camisas de mangas compridas, limpas e bonitas, o tronco delas era tão liso quanto o meu. Eu suspeitava que isso significava que eu não desenvolveria os seios de que Wright gostava nas mulheres. Mesmo ignorante como eu era, não teria confundido aquelas duas com homens. Havia algo inegavelmente feminino e curiosamente sedutor nelas, até para mim. Seriam seus odores? Será que meu cheiro fazia com que eu parecesse interessante para outras pessoas?

Percebi que queria que Joan e Margaret pensassem bem de mim, que gostassem de mim. Isso era importante de alguma forma. Sem dúvida, o cheiro delas estava me influenciando. Eu me perguntei se seria algo que estavam fazendo de propósito. Será que poderiam controlar aquilo? E eu, poderia? Perguntaria, se conseguisse ficar sozinha com uma delas.

— Shori? — disse-me a de cabelos castanhos enquanto estava de lado, quase me escondendo nas sombras, observando-as. Daniel chamou a mulher loira de Joan, então aquela deveria ser Margaret.

Fiquei logo constrangida por me esconder e ficar olhando.

— Desculpem — falei, dando um passo à frente. — Não me lembro de ter conhecido nenhuma Ina do sexo feminino antes desta noite. Estive esperando por vocês porque me disseram que são minhas parentes mais próximas do sexo feminino no Conselho.

Daniel olhou para mim com aquele olhar estranho e tenso que variava entre a hostilidade e a fome. Tinha passado a ver aquele olhar com uma frequência cada vez maior à medida que minha permanência com os Gordon se prolongava. Eu o vira em Daniel, William, Philip e Wayne. Sem dizer uma palavra, Daniel se virou e foi embora. Tinha quase certeza de que seu anseio o fazia parecer ainda mais mal-educado do que eu com minha ignorância. Teríamos de conversar, Daniel e eu. Se minha presença o perturbava tanto, deveríamos pelo menos reservar alguns momentos para conversar em particular, para nos conhecer um pouco.

— Isso foi interessante — disse Joan Braithwaite. Ela observava a retirada de Daniel.

— Quando isso acabar, espero poder sair daqui um pouco e parar de irritar Daniel e os irmãos dele — afirmei.

Como se nos conhecêssemos há muito tempo, Margaret comentou:

— Você vai acasalar com eles?

— Acho que sim. No início, tive medo de que não me quisessem, agora que tenho de aprender tudo de novo… E que estou sozinha.

— Você de fato não se lembra de nada sobre suas mães, suas irmãs? — perguntou Margaret. — Não se lembra de nenhuma outra mulher?

— Não me lembro de ninguém — respondi. — Como disse, desde meu ferimento, hoje é a primeira vez que vejo uma fêmea Ina. Antes disso, apenas machos.

As duas irmãs Braithwaite se entreolharam. Depois de um momento, Margaret disse:

— Leve-nos até nossos aposentos, então conversarei com você.

Hesitei, lembrando-me da lista.

— Os aposentos de vocês são nos escritórios. Por aqui. — Levei-as junto a seus seis simbiontes, cada um carregando uma mala, uma bolsa de viagem ou as duas coisas, aos escritórios e estúdios que seriam seus aposentos. Os simbiontes eram quatro homens e duas mulheres. Os quatro homens eram grandes e de aparência forte. Deviam ter um cheiro muito interessante antes que as Braithwaite se apossassem deles. Dois tinham pele marrom e cabelo muito liso, muito preto. Eram parecidos o suficiente para serem irmãos. Os outros dois eram homens pálidos e musculosos. Uma das mulheres, a mais baixa, era surpreendentemente bonita. Era menor do que Celia, minha menor simbionte, e não tenho certeza se a teria escolhido como simbionte pelo receio de tirar muito sangue dela. A outra mulher era alta, tinha uma aparência intensa e estava bastante interessada em um dos homens de pele marrom.

— Aqueles dois se casaram semana passada — Margaret me disse quando os simbiontes foram para seus quartos e Joan para o dela. Eu estava sozinha com Margaret no escritório que ela escolhera como seu quarto. O arranjo parecia ser ter um quarto só seu e fazer os simbiontes irem até ela quando precisasse deles. — Eden, a mulher jovem, é minha e Arun é de Joan — disse. Percebi que ela havia me notado observando o casal afetuoso.

— Eles se importam em dividir um ao outro com você e Joan? — perguntei. — Eu... Quer dizer, ainda estão contentes em ser simbiontes?

— Ah, sim. — Ela sorriu. — Simbiontes geralmente escolhem acasalar com um outro porque, como simbiontes, compartilham uma vida que outros humanos não apenas não conseguiriam entender ou aceitar, como... Bem, pense nisso, Shori. Simbiontes envelhecem muito mais lentamente do que outros humanos, dependendo da idade que tinham quando nos aceitaram. Como poderiam ter um longo relacionamento com alguém que envelhece como um ser humano comum? Alguns tentaram, mas não deu certo.

Demonstrei minha concordância.

— Não tenho uma ideia coesa do que funciona. Ainda estou descobrindo como as famílias Ina vivem. Sei que devo sair daqui o mais rápido possível, mas e depois? Posso sustentar a mim e meus simbiontes, mas não sei como fazer parte da rede da sociedade Ina que obviamente existe. Como posso oferecer aos meus simbiontes os contatos de que precisarão com outros simbiontes? — suspirei. — Esqueci quase tudo que passei 53 anos aprendendo.

— Mas você ainda é uma criança — disse Margaret Braithwaite. — Poderia ser adotada por uma de suas famílias secundárias. Assim que tratarmos desse assunto com os Silk, você será bem-vinda em várias comunidades.

— Se eu fizesse isso, o que aconteceria com a minha ligação com os Gordon?

Ela refletiu e depois balançou a cabeça.

— Se for adotada por outra comunidade, vai acasalar com quem as outras acasalarem, a menos que possa convencê-las a aceitar os Gordon. E teria que encontrar uma comunidade com filhas solteiras para poder se juntar a elas antes que o grupo formado por vocês acasale. Primeiro adoção, depois acasalamento.

— Minha família estava negociando para que os filhos dos Gordon acasalassem comigo e minhas irmãs, e os Gordon me ajudaram, correram riscos por mim.

— Quer acasalar com eles, então? Não é só porque, no momento, são tudo que você tem?

— Acho que quero. Gosto deles. Mas é verdade que, até agora, não conheci outros parceiros elegíveis.

— Então vai ter que fazer o que seu pai fez. Ele perdeu a família em guerras europeias. Suas mães também perderam algumas pessoas. Você teve cinco mães anciãs. Três foram mortas. Foi depois disso que suas mães deixaram o leste da Europa. Você sabia que foi a única de suas irmãs a nascer aqui nos Estados Unidos?

— Não sabia. As outras nasceram na Romênia?

— Duas na Romênia e uma na Inglaterra. Eu conheci suas mães na Inglaterra. Elas tinham crianças pequenas, e duas delas estavam grávidas quando chegaram à Inglaterra. Elas se transformaram, tornaram-se mulheres inglesas e imploraram a seus pais que se juntassem a elas. Mas, no passado, seus pais tinham possuído uma grande propriedade na Romênia que havia sido tirada deles depois da Primeira Guerra Mundial e desmembrada e vendida a pequenos agricultores. A família de seus pais viveu lá por pelo menos dois mil anos sob vários nomes, e realmente não queriam ir embora. Minha própria família viveu lá por um período longo o suficiente para que minhas mães acasalassem com os pais de seus pais anciãos. Um dia, porém, fomos para a Grécia, depois para a Itália e então para a Inglaterra. Estávamos sempre dispostas a nos mudar para evitar problemas ou aproveitar oportunidades. Da Inglaterra, viemos para os Estados Unidos logo depois da Primeira Guerra Mundial. Minhas mães disseram que haveria outra guerra em breve e fizeram o máximo para evitá-la. Nenhum lugar na Terra era seguro, é claro, e perdemos pessoas, mas nunca fomos reduzidas a uma só pessoa como a família de seu pai. Ele não tinha nenhum parente primário que fosse da idade dele ou mais velho.

— Meu pai me contou que minhas mães eram parentes distantes dele — disse.

— Você se lembra dele? — perguntou Margaret.

— Eu o conheci depois de meu ferimento. — Contei a ela sobre ter encontrado meu pai, meus irmãos, e sobre, quase de imediato, perdê-los outra vez.

Quando terminei, ela balançou a cabeça.

— Você vai contar isso várias outras vezes durante as noites do Conselho. — Ela respirou fundo. — Seu pai fugiu da Romênia pouco antes de os comunistas assumirem o poder. A maioria dos Ina já tinha partido ou morrido. Não acredito que nenhum tenha restado depois da guerra, e não creio que qualquer família tenha voltado.

"De qualquer forma, seu pai foi até suas mães. Ele e seus quatro simbiontes restantes tinham pouco mais do que roupas e algumas joias que haviam pertencido às mães dele, que estavam mortas. Ele, suas mães e os simbiontes de cada um deixaram a Inglaterra e vieram para os Estados Unidos logo depois que ele se juntou a elas. Quando suas mães se estabeleceram no estado de Washington, convidaram-no para morar com elas por um tempo, até que o filho mais velho dele atingisse a maioridade, mas seu pai escolheu seguir nossos costumes e viver separado das parceiras. Até os filhos dele crescerem, ficou sozinho com seus simbiontes, acumulando propriedades e dinheiro, construindo suas primeiras casas e adquirindo mais alguns simbiontes, pessoas que poderiam ajudá-lo a estabelecer uma comunidade e a preparar seus filhos para a vida adulta.

— Para que, quando os filhos virassem homens e o procurassem, ele pudesse ajudá-los a começar a vida como adultos — falei.

— Sim. Ele devia ser muito solitário, mas era um homem orgulhoso. Fez o que acreditava que deveria fazer.

Eu a observei enquanto falava.

— Não será o mesmo para mim — disse, por fim. — Quando os parentes de meu pai foram mortos, ele era um adulto, já acasalado, e a maioria de seus filhos já tinha nascido. Eu estarei sozinha com meus simbiontes, crescendo, depois gerando e criando minhas crianças. Não terei ninguém para me ajudar, ninguém para ensiná-las a serem Ina adultos.

Ela assentiu.

— Isso acontecerá se você permitir. Seria mais sensato, no entanto, fazer amizade com várias comunidades de suas famílias femininas secundárias e trabalhar para elas. Aprenda com elas; me disseram que você pode ficar acordada durante o dia e sair ao sol como os humanos. É verdade?

— Posso ficar acordada — confirmei —, mas, quando saio, preciso cobrir o máximo de pele possível e usar óculos escuros. Caso contrário, eu me queimo, e também não consigo ver muito bem, a não ser com óculos muito escuros. O sol machuca meus olhos.

— Mas já esteve debaixo dele?

— Já. Acho que me deixa com mais fome, no entanto. Eu me queimo um pouco, em especial no rosto, então preciso me curar. Meu primeiro quer que eu use protetor solar e um dos simbiontes dos Gordon disse que eu deveria comprar algo que chamou de máscara de esqui para poder cobrir o rosto. Com isso e com óculos escuros e luvas, estaria completamente coberta, mas acho que ficaria muito estranha.

— Isso... Criança, você entende sua singularidade, seu grande valor?

— Os Silk não me consideram valiosa.

Ela fechou os olhos e balançou a cabeça.

— Pessoas estúpidas, estúpidas — sussurrou quase para si mesma. Então, para mim: — Você tem sono durante o dia? É difícil ficar acordada? Difícil raciocinar?

— Não, fico alerta — afirmei. — Eu me canso mais rápido durante o dia do que à noite, mas não é importante. Quer dizer, isso não me impede de fazer nada. E durmo tão bem à noite quanto durante o dia.

— Você é um tesouro. Seria um trunfo para qualquer comunidade, pois a maioria da humanidade trabalha durante o dia. A maioria dos encrenqueiros humanos causa problemas durante o dia. Desenvolvemos métodos para lidar com isso, mas não há uma comunidade que não ficaria feliz em ter uma guardiã Ina que poderia estar acordada e alerta durante o dia. Conheço vários casos em que isso teria salvado vidas.

— Não salvou minhas famílias — disse. — Salvou os Gordon, mas tenho certeza de que foi a minha presença aqui que os colocou em perigo, para início de conversa.

— Só porque alguns de nós são tolos. — Ela me olhou por uns segundos, depois disse: — Quando este negócio acabar, passe um ano ou dois com cada uma de suas famílias secundárias, se elas permitirem. Podem ensiná-la e você pode protegê-las. Depois, quando atingir a maioridade, pode até adotar uma irmã entre as filhas mais aventureiras dessas comunidades antes de acasalar. Encontre uma jovem que se sente perdida entre muitas irmãs e ansiosa para viver por conta própria. — Ela fez uma pausa. — Você se lembra de como ler?

— Leio em inglês e Ina — contei. — Essas são as duas únicas línguas que já vi na forma escrita desde meu ferimento.

— Você lê Ina? Excelente! Espero que ensine essa habilidade a suas crianças. Algumas pessoas de nosso povo não se preocupam mais em ensinar as crianças a ler Ina. Algum dia nossa língua nativa será esquecida.

Fiz uma careta.

— Por que seria esquecida? Faz parte da nossa história.

— Shori — comentou ela, em tom triste, cansado —, o que você sabe sobre nossa história?

— Quase nada — disse, replicando o tom dela. — Mas andei lendo. Hayden me emprestou alguns de seus livros. Foi assim que descobrimos que eu podia ler em Ina.

— Entendo — disse, e parecia mais feliz. — O que está lendo?

— *O Livro da Deusa* — respondi. — Ainda não sei quanto a história é verdadeira. Parece ser uma combinação de religião, metáfora e fatos históricos.

— É possível. Mas essa é uma conversa muito longa. Algum dia, depois que conseguir reaprender mais do que esqueceu, adoraria discuti-lo com você.

Ela me deu um cartão que continha seu nome, endereço, número de telefone, número de fax e *e-mail*. Ela riu enquanto eu olhava tudo aquilo.

— Costumávamos ficar tão isolados uns dos outros — disse. — Enviávamos mensagens por viajantes ou pessoas contratadas para transportar mensagens ou pacotes. Quase nunca viajávamos, porque era muito desconfortável e muito perigoso. Não só pelos saqueadores, mas pelas autoridades locais, que tinham de ser subornadas, e sempre, sempre havia o sol. Agora, as viagens e as comunicações são tão fáceis. Se precisar conversar, me ligue.

Agradeci e me virei para sair, mas então parei na porta para fazer uma última pergunta.

— Queria perguntar uma coisa que talvez seja muito pessoal, mas acho que preciso saber.

Ela assentiu, esperando.

— Seu odor... Você o usa deliberadamente para influenciar as pessoas? Quer dizer, pode controlar a maneira como as afeta ou a quem afeta?

Ela riu alto, por vários segundos, parou, então riu mais. Por fim, disse:

— Shori, minha criança, sou uma velha! Meu cheiro não é nada interessante em comparação com o seu. Mal quero imaginar como você será assim que atingir a maioridade.

21

Esbarrei em Daniel ao sair do prédio onde as Braithwaite estavam hospedadas. Tive a impressão de que ele estava esperando por mim.

— Deixe a recepção dos convidados por um momento — disse. — Você e eu deveríamos conversar.

Eu concordava com ele, então o acompanhei até sua casa, apreciando o misterioso odor de incenso que ele tinha. Contrastava de um jeito estranho com sua pele pálida, translúcida, e seu cabelo louro-claro. Havia mais pessoas do que o normal andando pelo terreno. Peter e Thomas Marcu seguiam com seus vários simbiontes carregando malas para a ala de hóspedes da casa de Daniel. Passando por eles, Daniel me levou para seus próprios aposentos. Ele seguia quase pegando em minha mão. Estendia um pouco a sua, depois se continha e a deixava cair ao lado do corpo.

Seus aposentos eram dois grandes cômodos com painéis de madeira, um closet e um grande banheiro. Ele se sentou em uma cadeira alta e não disse nada enquanto eu explorava. No banheiro, havia uma banheira enorme, grande o suficiente para duas, talvez três pessoas. Havia também um enorme box com assento embutido e dois chuveiros. Um chuveiro era fixado à parede coberta de azulejos e o outro podia ser segurado como um secador de cabelo e apontado para qualquer direção. Eu não tinha lembrança de já ter visto um banheiro tão opulento, mas nada nele me confundia.

O quarto continha uma cama enorme no centro, cercada por estantes, um sistema de som e uma grande televisão.

Voltei para a antessala onde Daniel esperava, parecendo impaciente, mas sem reclamar. Lá havia uma escrivaninha, um computador, mais estantes, um telefone, armários de arquivo. Era como o escritório de Theodora, mas muito mais organizado. Havia outras cadeiras altas. Puxei uma para perto dele, posicionando-a à sua frente, e me sentei.

— Tem como eu estar aqui sem perturbar você? — eu perguntei.

— Não — respondeu ele. — Mas não importa. Quero você aqui. Queria você aqui desde que a vi pela primeira vez, antes de perder a memória. Você vai acasalar conosco.

— Farei isso se você e seus irmãos ainda me quiserem.

Ele pareceu relaxar um pouco, deixando o corpo afundar na cadeira.

— É claro que queremos.

— Hayden diz que sou muito jovem para assumir um compromisso desses — afirmei.

Ele balançou a cabeça.

— Hayden diz muitas coisas. Ele diz que você é um risco muito grande porque está sozinha. Diz que devemos procurar mais, encontrar uma família com várias fêmeas não acasaladas. Diz que você pode nos deixar apenas um filho ou nenhum. Diz que a acolheria de braços abertos se tivesse pelo menos uma irmã, mas sozinha... Diz que isso é muito perigoso para nossa família.

Respirei fundo e acho que também relaxei um pouco.

— Pensei que ele gostasse de mim, que me queria como parceira de vocês.

— Ele disse isso?

— Não. Mas ele parecia... Não sei.

— Preston quer você. Acha que por você vale correr o risco. Diz que suas mães fizeram alterações genéticas diretamente na linhagem germinativa, para que pudesse transmitir seus pontos fortes às crianças que gerasse. Pelo menos algumas delas serão capazes de ficar acordadas e alerta durante o dia, capazes de permanecer sob a luz do sol. Preston diz que você tem o cheiro de uma fêmea que não terá problemas para gerar bebês. O olfato dele é lendário entre os Ina. Acredito nele. — Daniel parou de falar, se inclinou para a frente, pegou minhas mãos. — Meus irmãos e eu vamos acasalar com você.

Sorri e respondi:

— Vou acasalar com você e seus irmãos. — Parecia algo que eu deveria dizer. Parecia formal e correto.

Daniel fechou os olhos e respirou fundo. Então os abriu e, sem aviso, se levantou, me puxando para junto de si, me levantando do chão e me envolvendo em um abraço firme e forte. Nada mais. Isso não me assustou, nem me surpreendeu. Em algum nível, era algo que esperava. Aceitei. Encostei meus lábios fechados em seu rosto, seu pescoço, mas não a boca dele. Dei-lhe beijinhos breves e castos. Não o mordi. Me surpreendia o fato de que queria. Ele era Ina, não humano, não um simbionte em potencial, não uma fonte temporária de alimento. No entanto, eu queria muito morder a carne tenra de seu pescoço, para prová-lo, para deixar o cheiro doce e de incenso se tornar também um sabor.

Esfreguei meu rosto contra ele, capturada por seu odor e meu anseio inesperado. Então, me afastei. Ele não me colocou no chão, mas me segurou confortavelmente junto a seu corpo.

— Por que quero morder você? — perguntei.

Ele sorriu.

— Você quer? Bom. Achei que iria de fato fazer isso.

— Devo?

— Não, parceirinha, ainda não. Não durante mais alguns anos. Admito, porém, que esperava, de certa forma, que o fizesse, que talvez, com sua falta de memória, você apenas cederia ao meu cheiro, minha proximidade. Se tivesse, bem… Se você tivesse feito isso, ninguém poderia impedir nossa união. Ninguém sequer tentaria.

— Você estaria amarrado a mim, não estaria? Seria infértil com outra Ina.

— Já estou amarrado a você.

— Não está. Não amarrei você a mim. Não vou fazer isso enquanto não for uma adulta completa. Aí, virei até você, se você e seus irmãos ainda não estiverem acasalados e ainda me quiserem. Se eu viver para me tornar adulta, vou amarrar você a mim.

— Claro que vai viver!

Beijei seu pescoço de novo. Desta vez, o lambi. Ele estremeceu e me deixou deslizar por seu corpo até o chão.

— Viverei se este Conselho de Sentença for capaz de impedir os atentados contra minha vida — afirmei. — Podemos apenas nos sentar e conversar sobre o Conselho por alguns minutos, ou seria mais fácil se eu fosse até Preston?

— Fique aqui — disse ele. — Prefiro ter você comigo mais um pouco. Aqui posso tocar você sem que as pessoas pensem que sou um monstro egoísta que não se importa com a família.

Sorri, pensando na sensação de suas mãos.

— Você pode me tocar. Pode confiar em mim. — O cheiro dele era ainda mais sedutor que o de Joel, mas eu não o provaria.

Ele se sentou, estendeu os braços longos e magros, me pegou pela cintura e me colocou em seu colo. Wright fazia o mesmo sempre que podia, e Joel havia começado a fazer também. Decidi que gostava daquilo e me perguntei se algum dia eu cresceria demais para poderem fazer isso. Esperava que não. Recostei-me nele, contente, ouvindo a batida grave e constante de seu coração.

— O que vai acontecer? — perguntei. — Fale-me sobre o Conselho.

— Já testemunhei sete Conselhos de Sentença — disse. — Hayden e Preston me levam, ou a um de meus irmãos, sempre que são convidados para um. Querem que tenhamos a experiência. Não seremos chamados para participar até termos a idade deles, mas pelo menos podemos começar a entender como as coisas funcionam. Podemos ver que nossos Conselhos não são jogos, como os julgamentos dos humanos. O trabalho de um Conselho de Sentença é descobrir a verdade e depois decidir o que fazer sobre isso dentro de nossa lei. Não se trata de seguir as leis de modo tão estrito que os culpados ficam impunes e os inocentes são levados a sofrer. Não se trata de proteger os direitos de todos. Trata-se de descobrir a verdade, ponto-final, e então decidir o que fazer a respeito. — Ele hesitou. — Você já viu os julgamentos que acontecem neste país ou leu algo sobre eles?

Pensei por um momento, esperando que alguma memória emergisse, mas nada aconteceu.

— Não me lembro de nenhum — falei. — A não ser em programas de ficção que vi na TV de Wright.

— Bom e ruim — disse. — Os julgamentos humanos são muitas vezes jogos para ver qual advogado é mais capaz de usar a lei, as crenças e os preconceitos do júri junto a sua própria capacidade de encenação para vencer. Fala-se de justiça, é claro, mas se um assassino tem um bom advogado, pode ficar impune, mesmo que seja óbvio que é culpado. Se um inocente tem um advogado ruim, pode perder e pagar com a vida ou a liberdade, mesmo que as pessoas vejam que é inocente. Nossos juízes são nossos anciãos, pessoas que viveram três, quatro, cinco séculos. Eles sentem a verdade de forma mais eficaz do que as pessoas da minha idade, embora eu também possa senti-la.

Ele me ajeitou melhor contra si. Pelo menos eu estava mais confortável.

— Os problemas surgem quando amizades ou conexões familiares atravessam o caminho de um julgamento honesto. Pode acontecer com os humanos e conosco. Por isso há tantos membros em um Conselho. E é por isso que todos no Conselho são aparentados dos dois lados.

— Um Conselho pode errar? — perguntei.

— Já aconteceu. — Ele respirou fundo. — E, quando isso acontece, todos sabem. Costuma ocorrer por amizade ou lealdade que provoca desonestidade. Ou o problema pode ser medo e intimidação. Esse tipo de injustiça não acontece há mais de mil anos, mas já li a respeito. Desonra todos os envolvidos e todos se lembram. Membros das famílias que lucram com isso têm dificuldade em conseguir parceiros para seus jovens. Às vezes, as famílias não sobrevivem.

— São punidos? — perguntei.

— São condenados ao ostracismo — afirmou. — Podem sobreviver, mas apenas se mudarem para algum lugar distante do mundo e conseguirem encontrar parceiros. Hoje, com a comunicação tão aprimorada, até mesmo uma mudança pode não funcionar.

"Mas você precisa conhecer o procedimento e as sutilezas desse julgamento. Vai se lembrar do que eu disser? Tem alguma dificuldade em se lembrar de coisas novas?"

— Nenhuma — garanti.

Ele olhou para mim por um momento, então assentiu.

— Você vai falar depois que todos receberem as boas-vindas e o processo for abençoado. Preston dará as boas-vindas como anfitrião e moderador. Em seguida, a pessoa mais velha presente oferecerá a bênção. Então, você vai falar. Está fazendo as acusações, então precisará contar sua história. Deve estar cansada de fazer isso, mas vai fazer mais uma vez, com muita atenção e exatidão. Ninguém a interromperá, e a maioria se lembrará exatamente do que disser. O Conselho ouvirá. Alguns deles vão querer apenas saber o suficiente para tomar uma decisão com base na honestidade ou falsidade do que diz. Outros vão querer encontrar motivos para levantar dúvidas contra você, para poderem contestá-la e defender os Silk. E há ainda aqueles que vão querer defendê-la do ataque.

— Por que eu precisaria ser defendida? Os Silk que precisam ser defendidos.

— Eles serão. E o advogado deles por certo irá…

— Espere um momento. O advogado deles? Quem é?

— Você e os Silk serão convidados a escolher um advogado entre os membros do Conselho. Você deve pensar em quem vai querer. Sugiro que considere Joan Braithwaite, Elizabeth Akhmatova ou um dos irmãos Leontyev. Não sabemos ao certo qual membro de cada família estará no Conselho até a primeira sessão.

— Não conheço Elizabeth Akhmatova.

— É inteligente e era uma boa amiga de suas mães anciãs. Ela ou um dos outros irá ajudá-la se alguém do lado dos Silk tentar mostrar que, devido a sua falta de memória, pode estar mentindo, confusa, ou pode nem mesmo estar sã.

Franzi a testa, me sentindo impelida a fazer várias perguntas.

— Mesmo se eu fosse todas essas coisas, isso não tornaria os Silk menos responsáveis.

— Mas poderia, Shori. Isso pode significar que você não saberia a diferença entre mentiras e a verdade. Poderia estar delirando, por exemplo, e seria capaz de contar mentiras nas quais de fato acreditaria. Se está delirando, se parece estar delirando, então qualquer coisa que diz se torna suspeita. Tudo o que você sentiu ou fez pode não ser o que parece. Diga toda a verdade, e lembre-se do que disser.

— É claro. Eu teria feito isso de qualquer maneira. Mas e as mentiras dos Silk? Se disserem que não fizeram isso, mesmo que tenham feito, como o fato de eu estar delirando poderia importar?

— Pode ser que não importe. Mas você é uma pessoa pequena, uma criança, e os Silk são uma família grande e respeitada. Pode haver pessoas no Conselho que lamentem que suas duas famílias estejam mortas e que vejam os Silk como culpados, mas que não querem ver uma terceira família Ina ser destruída. Você pode contar conosco, com toda a minha família, para apoiá-la em relação ao que quase aconteceu aqui em Punta Nublada e quanto ao que descobrimos dos prisioneiros, mas deve representar suas mães e seu pai. Deve trazê-los à sala com você e colocá-los a seu lado sempre que puder. Você entende?

Franzi o cenho.

— Penso que sim. Eu me pergunto, porém, se o jeito Ina é tão melhor do que o jeito humano que me contou.

— É o nosso jeito — disse ele. — É o sistema no qual você deve atuar se quiser estar segura, se deseja manter seus simbiontes seguros e se, algum dia, quiser manter nossas crianças seguras.

Peguei uma de suas longas mãos e a segurei em meu colo.

— Tudo bem — concordei.

— E não perca a calma. Haverá muitas perguntas. Amanhã, depois de contar sua história, você será interrogada por quem quer que os Silk escolham como representante da família, será questionada pelo advogado dos Silk, e será questionada por qualquer outro membro do Conselho que decida interrogá-la. Não será fácil. E também não deve facilitar as coisas para eles. Também pode fazer perguntas. Pode, deve, aliás, nos chamar para reforçar seu relato do que aconteceu aqui. Na primeira noite, você e o representante dos Silk serão os que farão e responderão perguntas. Na segunda, ambos podem chamar outras pessoas para apoiar o que foi dito, e elas serão questionadas. Na terceira, o Conselho fará as últimas perguntas que tiver e uma decisão será tomada. Isso é flexível. Se você ou os Silk precisarem fazer mais perguntas no terceiro dia, vocês podem. Mas é assim que acontece no geral. — Ele hesitou, pensando. — Provavelmente será um inferno para você. Os membros do Conselho podem questionar você, o representante dos Silk ou quem quer que chamem para interrogatório. Então, se perguntarem a mesma coisa dez, vinte ou cinquenta vezes, dê sempre a mesma resposta, de forma breve e precisa, e não deixe que isso a perturbe.

— Não vou.

— E nunca responda a uma acusação que não foi feita. Mesmo se acreditar que alguém está insinuando que está delirando ou sofreu um dano mental, não negue o que dizem, a menos que a acusação seja feita de forma aberta.

— Tudo bem.

— Alguém pode expressar pena e empatia por sua deficiência. Faça-os declarar a deficiência. Faça-os dizer o que querem dizer. Faça com que sustentem o que disserem com evidências.

Se lhe disserem que está delirando, sem condições mentais ou muito triste para saber o que está dizendo, o que, acredito, sem dúvida seria verdade se sua memória estivesse intacta, faça com que expliquem como chegaram a essa conclusão. Então, por meio de suas perguntas e seu comportamento, prove que estão errados. Se, por outro lado, não puderem dizer por que estão com pena de você, os únicos confusos devem ser eles. Você entende?

— Entendo.

— Alguém pode fingir não ter entendido o que você disse, pode distorcer o que você disse, e então pedir para que concorde com eles. Não deixe que se safem assim. Preste atenção.

— Vou prestar.

— Tudo será gravado. Todas as famílias Ina podem ver e ouvir os processos do Conselho nos dias de hoje. Não costumava ser assim, é claro, mas agora que podemos manter um registro audiovisual preciso, nós o fazemos. Significa que pode pedir uma repetição se alguém insistir em uma declaração incorreta de qualquer coisa que você disse.

— Qual é a probabilidade disso?

— Não sei. A maioria de nós tem memórias excelentes. É por isso que sua amnésia fará com que alguns membros do Conselho desconfiem de você no início. Apenas seja você mesma. Eles saberão que sua capacidade de raciocínio está perfeita assim que ouvirem sua história. De qualquer forma, é perigoso para qualquer um mentir sobre as perguntas ou respostas de outra pessoa. Já vi isso acontecer, no entanto. As pessoas sentem que as coisas estão contra elas. Ficam com medo. Afinal, não temos prisões.

Refleti e descobri que sabia o que eram prisões. Os humanos muitas vezes trancavam seus infratores em jaulas, prisões.

— Não existem prisões Ina? Por quê?

— Nenhum de nós está disposto a passar a vida na prisão com os infratores. Manter uma prisão não é tão desagradável quanto ser prisioneiro em uma, mas é ruim o bastante. E aplicar multas não faria sentido. É muito fácil para nós obter dinheiro da população humana. Para crimes menores, o mais comum é amputarmos algo. Um braço, uma perna, ambos os braços, ambas as pernas... Se a sentença for a morte, decapitamos os infratores e queimamos os corpos.

— Decapitação? — Encarei-o. — Amputação...? Cortar as cabeças, braços ou pernas das pessoas?

— Isso. Amputações e execuções também são gravadas. Amputações são punições de dor, humilhação e inconveniência. Os membros crescem por completo em alguns meses, talvez um ano ou dois para pernas cortadas na altura do quadril. Claro, quando é feito, as pessoas não recebem nada contra a dor, e a dor é terrível. Dói por muito tempo, embora, quando as pessoas voltam para suas famílias, estas possam ajudar com isso. Têm permissão, mas não são obrigadas.

— Você tem certeza de que braços e pernas amputados... crescem?

Ele segurou a mão esquerda na minha frente.

— Sofri um acidente de trânsito dez anos atrás. Perdi três dedos e parte da mão. Em cerca de um mês e meio, eu tinha uma mão inteira de volta.

— Todo esse tempo? — Hesitei, depois perguntei: — Você comeu carne crua?

— No começo. Não digeri bem, no entanto. Se tivesse conseguido comer mais, provavelmente teria me curado mais rápido.

— Provavelmente — afirmei. E eu me perguntei se ele iria se curar mais depressa depois que estivesse acasalado comigo. Pensei que gostaria de oferecer isso a ele.

Daniel continuou:

— Mas os Silk não vão sofrer amputações. O que eles fizeram é sério demais para isso. Se forem condenados pelo Conselho, serão mortos... Os adultos serão mortos, quero dizer... Ou então serão separados da família. Seus membros mais jovens serão espalhados por todas as famílias que aceitarem recebê-los e os mais velhos serão abandonados para sucumbirem sozinhos. Podem tentar tudo que possam pensar para evitar que isso aconteça.

— Eles... Eles perderiam as crianças?

— Sim. Não seriam considerados aptos para criá-las.

— Isso parece cruel com as crianças. E... E se eles tiverem outras crianças?

— Pode acontecer. Ou seus parceiros podem evitá-los, culpá-los pela perda das crianças pequenas que serão separadas deles e enviadas para viver a milhares de quilômetros de distância, talvez em outros continentes. A adoção não é cruel, por sinal. Há trocas de sangue para amenizá-la e selá-la. As pessoas sentem falta umas das outras, é claro, mas podem manter contato por correspondência, telefone e computador. Ouvi dizer que tendem a não fazer isso, mas podem. Crianças adotadas são de fato aceitas e também aceitam suas novas circunstâncias. Mas, para os adultos, é o fim. Que adulto não temeria uma coisa assim e faria praticamente de tudo para evitá-la?

— Se tivessem deixado minhas famílias em paz, não estariam enfrentando isso.

— Eles devem ter se sentido obrigados a fazer o que fizeram. E... Shori, se você fosse qualquer outra pessoa, eles teriam conseguido. Você não apenas sobreviveu duas vezes, mas chegou até nós com o que sabia e liderou os esforços para destruir a maioria dos assassinos e interrogar os sobreviventes. As pessoas pensavam que misturar genes humanos com os nossos nos enfraqueceria. Você provou que estavam muito errados.

Ficamos juntos por mais algum tempo, sentados em um silêncio caloroso e fácil. Senti que o conhecia há muito mais tempo do que os poucos dias em que estava em Ponta Nublada.

Eu me virei para ele e abri sua camisa.

— O que está fazendo? — Ele ficou chocado, mas não fez nada para impedir.

— Olhando para você. Queria ver se tinha pelos no peito. — Ele não tinha.

— Tendemos a não ter muitos pelos no corpo.

Ele tinha a pele muito lisa. Eu a beijei e passei as mãos por ela, adorando a sensação. Então, parei e escorreguei de seu colo, porque queria muito o provar, beber dele, deitar-me sob aquele corpo alto e esguio e senti-lo dentro de mim.

Ele me observou, deixou a decisão para mim. Se tentasse mordê-lo, mesmo agora, ele me deixaria fazer isso. E depois? Se eu morresse, ele poderia ter que envelhecer e morrer sem filhos. Os irmãos poderiam buscar acasalar em outro lugar, mas ele não.

— Como pode se arriscar assim? — sussurrei.

— Eu sei o que quero — respondeu ele.

Decidi que era melhor protegê-lo de seus desejos. Ele não me mandaria embora, mesmo que devesse. Peguei em suas mãos, largas e com dedos muito, muito longos que quase não tinham linhas, parecidas, mas diferentes das mãos de meus simbiontes, versões maiores das minhas. Peguei nas mãos dele e as beijei. Então o deixei.

* * *

Na primeira noite do Conselho de Sentença, os procedimentos deveriam começar às nove.

Seriam realizados em um grande depósito a algumas dezenas de metros da última casa, a de Henry, ao longo da estrada particular. O prédio havia sido esvaziado e o que costumava ser armazenado nele fora colocado no lado de fora, no frio e na chuva: duas picapes, dois tratores pequenos e um guindaste pequeno que ouvi sendo chamado de colheitadeira de cerejas. Ferramentas tinham sido armazenadas em outros edifícios. Pilhas de cadeiras e mesas dobráveis de metal foram alugadas e chegaram em um caminhão. Tudo isso foi feito com rapidez e eficiência pelos Gordon e seus simbiontes; eu e meus simbiontes ajudamos como podíamos.

Compareceram todos os treze Silk, todos os dez Gordon, é claro, e dois representantes de cada uma das treze outras famílias, todos estranhos para mim, ou quase estranhos, como os Leontyev e as Braithwaite. Eles julgariam os Silk... e a mim. E talvez possibilitassem que eu me conhecesse novamente e continuasse minha vida sem precisar passar todos os dias em alerta contra outro ataque.

Será que um Conselho de Sentença podia de fato fazer isso? E se não pudesse?

As treze famílias eram: Fotopoulos, Marcu, Morariu, Dahlman, Rappaport, Westfall, Nicolau, Andrei, Svoboda, Akhmatova, Nagy e, é claro, Leontyev e Braithwaite. Um representante atuaria como Conselheiro e outro como suplente.

Eram seis famílias masculinas e sete femininas. Perguntei a Preston se o equilíbrio dos gêneros significava algo.

— Nada — falou ele. Eu estava arrumando as fileiras de cadeiras de metal com meus simbiontes, e ele estava fazendo algo com uma das câmeras de vídeo que gravariam as sessões do Conselho. — Você ouviu como isso foi decidido. Os Silk trocaram nomes conosco até que tivéssemos um grupo que ambos aceitariam. Atuamos como seus representantes nesse processo porque você não conhece mais essas pessoas.

— Eu conhecia todas elas antes? — perguntei.

— Você as conhecia. Algumas você conhecia bem. Outras, apenas por conta da família e da reputação.

— Se me contar sobre elas agora, vou me lembrar do que você disser.

— Não duvido. Mas, por enquanto, não deve conhecê-las. Elas devem ver que não as reconhece, ver quanto foi tirado de você. Apenas seja você mesma. Elas devem ver que sofreu ferimentos graves, mas que isso não a destruiu.

— Destruiu quem eu era.

— Não tanto quanto pensa, criança. — Ele me lançou um olhar longo e silencioso. — Você provou o sangue de Daniel?

A pergunta me surpreendeu.

— Vou provar — disse. — Depois que tiver sobrevivido a tudo isso — expliquei. — Quando acreditar que posso me juntar a alguém e que isso não seja uma sentença de morte para nenhum de nós. E quando estiver um pouco mais crescida.

— Ele disse que se ofereceu a você.

— E eu prometi que iria acasalar com ele e seus irmãos. Mas não agora.

Ele sorriu.

— Que bom. Mesmo sozinha, você é a melhor parceira que os filhos dos meus filhos poderiam esperar. Todos querem você.

— Daniel disse que Hayden...

— Não se preocupe com Hayden. Ele gosta de você, Shori. Só tem medo pela família, medo de depender tanto de uma fêmea tão pequena. Depois que passarmos por este Conselho, eu o convencerei.

Acreditei nele.

Ele nos deixou (eu, Wright, Joel, Theodora, Celia e Brook) terminando de organizar 150 cadeiras em fileiras. Havia espaço para mais, e haveria mais cadeiras caso se constatasse que mais simbiontes queriam assistir, mas a maioria deles pretendia ficar do lado de fora assando carne sobre fogueiras fechadas, chamadas de churrasqueiras, comendo e bebendo muito. Com a chuva, muitos confraternizariam dentro de casa. Havia até uma festinha para os filhos dos simbiontes dos Gordon.

Wright decidiu ficar comigo durante o processo, embora eu tivesse dito que ele poderia ir se divertir se quisesse. Depois que cadeiras e mesas dobráveis foram arrumadas como Preston nos havia instruído, eu disse a Celia, Brook, Joel e Theodora que eles poderiam ir ou ficar, a escolha era deles. Joel ficou, provavelmente porque sabia que Wright ia ficar. Brook e Celia saíram para rever velhas amizades, e Theodora foi com elas. Theodora parecia alegre e animada.

— Eu me mudei para Marte — disse-me. — Agora preciso aprender a ser uma boa marciana. Quem melhor para me ensinar do que os outros imigrantes?

Fiquei surpresa por compreender o que ela quis dizer. E me alegrava vê-la tão feliz. Não havia nenhum sentimento de estresse ou falsidade nela; estava de fato feliz.

— Ela está exatamente onde queria estar — comentou Wright quando ela se foi. — Está com você, e você vai mantê-la por perto. Do ponto de vista dela, morreu e foi para o céu. As pessoas continuam se apaixonando por você, Shori... Homens, mulheres, velhos, jovens... Pelo visto, não importa.

Eu olhei para ele, espantada porque também o compreendia.

— Por que não quer aprender com os outros imigrantes? — perguntei.

— Ah, sim. — Ele sorriu para mim. — É claro que quero. Mas, agora, quero aprender com os próprios marcianos.

— Quer ver como o Conselho funciona.

— Exato.

— Eu também, mas gostaria de estar fazendo isso apenas como uma espectadora interessada.

Terminamos nossa parte da preparação trazendo bandejas com jarros de água e copos de plástico para o depósito. Colocamos algumas nas mesas da frente, para os membros do Conselho, e outras nas mesas próximas à parede dos fundos, para os demais. Escolhemos assentos na primeira fila. Pensei que deveria estar na frente para poder ficar em pé e falar quando necessário, e queria Joel e Wright ao meu lado, já que eles escolheram ficar.

— Você já esteve em uma dessas reuniões do Conselho? — Wright perguntou a Joel, surpreendendo-me. Com meu encorajamento e ordens, nos últimos tempos eles haviam começado a falar um com o outro além do que era absolutamente necessário.

— Nunca — disse Joel. — Nunca houve um aqui durante a minha vida, não quando eu estava em casa, pelo menos.

Havia algo reconfortante em tê-los um de cada lado. Eles aliviavam o estresse que eu estava sentindo sem fazer nada em particular.

Os Ina e alguns simbiontes começaram a chegar e escolher lugares. A primeira noite do Conselho deveria começar às nove e ir até às cinco da manhã seguinte.

Os membros do Conselho ou da plateia não usavam nenhum traje especial, exceto pelas muitas jaquetas e casacos. O edifício não tinha aquecimento, e os simbiontes pareciam precisar de roupas extras por cima dos jeans e moletons, vestidos informais ou roupas de festa. Vários simbiontes vieram das festas, ao que parece decidindo que prefeririam assistir aos trabalhos do Conselho a comer, beber e dançar. Mais cedo, naquela noite, logo após o pôr do sol, Joel e eu tínhamos passado na festa mais barulhenta, a da casa de William, para observar por um momento, como Joel disse, o que estava rolando. Foi a primeira vez que conseguia me lembrar de ver as pessoas dançando ao som da música que tocava em um aparelho de som.

— Parece divertido — disse.

Joel sorriu.

— É divertido. Quer aprender?

— Sim — admiti. — Mas agora não. Não hoje. — E voltamos a ajudar nos preparativos. Mas olhei para trás, apreciando a alegria e o suor, a sensualidade natural de tudo aquilo, desejando ter ficado e deixado que ele me ensinasse.

22

Ironicamente, a pessoa mais velha presente era Milo Silk. Ele tinha 541 anos, sendo idoso até para um Ina. De acordo com a história do mundo que eu estava lendo, quando ele nasceu, não havia europeus nas Américas ou na Austrália. Fernando e Isabel, que um dia enviariam Cristóvão Colombo para uma exploração, ainda nem eram casados. Todos os Ina viviam na Europa e no Oriente Médio, viajando com ciganos, misturando-se da melhor maneira que podiam a populações mais estacionárias ou até mesmo fazendo parte de uma ou outra aristocracia ou corte real. Aquele mundo era Marte para mim, e se Milo Silk fosse qualquer outra pessoa, gostaria muito de passar algum tempo com ele e ouvir todas as histórias que contaria sobre as paisagens de sua infância e juventude.

Na atual situação, porém, eu havia evitado ele e sua família até aquele momento. No entanto, ele foi convidado a abençoar a abertura do processo do Conselho. Achei que deveriam ter mudado o costume e convidado um ancião menos envolvido em causas de sofrimento e morte para falar o que Preston havia me dito que deveriam ser palavras de união e paz. Mas todos pareciam esperar que Milo fizesse aquilo. Afinal, ele não havia sido considerado culpado de nada... ainda.

Milo Silk se levantou de seu lugar, bem em frente de onde, no final das contas, mandaram eu me sentar. Estávamos em extremos opostos de um amplo arco de mesas de armação metálicas e cobertas com toalhas. Doze membros do Conselho sentaram-se em pares em cada mesa. O membro restante do

Conselho, Peter Marcu, tinha uma mesa só para ele, assim como eu, Milo Silk e Preston Gordon, que se sentou no centro do arco, como moderador e representante da família anfitriã.

Os simbiontes dos Gordon tinham montado um sistema de som. Espalharam alto-falantes por todo o grande salão e colocaram nas mesas um microfone fino e flexível para cada pessoa. Havia também um microfone avulso no centro do arco de mesas.

Martin Harrison havia me mostrado como usar meu microfone: como ligar ou desligar, como tirar do suporte e segurar se eu quisesse, a proximidade com que deveria falar dele. Wright e Joel tinham assistido a tudo isso, olhando em volta enquanto os outros membros do Conselho e Milo estavam sentados. Então, Wright beijou minha testa e disse, me confundindo:

— Quebre a perna. — Ele voltou para seu lugar na primeira fila, para a cadeira que havia guardado, deixando a jaqueta, e se sentou ali sozinho.

Joel ficou comigo um pouco mais, segurando minhas mãos entre as dele.

— Está com medo? — perguntou.

Abanei a cabeça.

— Nervosa, mas não com medo. Gostaria que tudo isso acabasse.

Ele sorriu.

— Você vai impressioná-los demais. — Ele beijou a palma de minhas mãos, as duas, e voltou a se sentar a um assento de Wright, deixando meu antigo assento vazio entre eles.

Ninguém lhes dissera que não podiam se sentar à mesa comigo, e eu ficaria feliz em tê-los ali. Mesmo antes de me sentar àquela mesa, parecia um lugar solitário. Mas os dois homens tinham visto, assim como eu, que havia apenas Ina nas mesas, e haviam tirado suas próprias conclusões. Provavelmente estavam certos. Momentos depois, Brook entrou e sentou-se entre eles.

Então, Preston se levantou, se apresentou, deu as boas-vindas a todos e pediu a Milo que abençoasse a reunião.

Milo se levantou e, com o microfone na mão, começou a falar.

— Que possamos nos lembrar sempre que somos Ina — disse com sua voz grave e calma. — Somos um povo antigo e honrado com mais de 10 mil anos de história registrada. Somos um povo orgulhoso e poderoso, ciente de nosso dever para com nossas famílias, nossa espécie e as verdades que fazem de nós quem somos. Que possamos cuidar de nossos simbiontes humanos com bondade e firmeza. Que possamos cuidar deles e protegê-los do mal. Que sejamos amorosos, leais e generosos com nossos parceiros. Que o processo deste Conselho de Sentença seja realizado com honra, justiça e verdade. Que possamos relembrar e honrar a Deusa enquanto nos esforçamos para fazer e ser tudo o que ela espera de nós. Que possamos deixar de lado as ações que não a honram. Que possamos deixá-las de lado e tenhamos cautela para nunca mais sermos tocados por elas, nunca mais sermos seduzidos por elas, nunca mais sermos maculados por elas. Que possamos nos lembrar sempre que nossa força flui de nossa singularidade e nossa união. Nós somos Ina! É isso que este Conselho deve proteger. Agora, então! Comecemos. — Ele fechou os lábios em uma linha reta e se sentou.

Milo olhou diretamente para mim enquanto falava suas últimas frases. Tinha um corpo alinhado e cabelos brancos, 1,85 de altura, e também era mais magro do que a maioria dos Ina. Tinha feições agudas e uma aparência, de certa forma, feroz.

Se fosse humano, eu não teria ficado surpresa caso soubesse que tinha sessenta, talvez sessenta e cinco anos. Ele falara, pensei, com condescendência sobre os simbiontes humanos e com desdém sobre mim, mas, ao mesmo tempo, em sua voz grave, as palavras adquiriam um som majestoso.

Preston Gordon endireitou-se em seu assento no centro do arco. Tive a impressão de que Preston estava realmente gostando de sua posição. Ele repetiu as boas-vindas aos membros do Conselho, seus representantes e seus simbiontes. Assegurou-lhes que, se precisassem de algo ou quisessem alguma coisa, bastaria falar com um membro da família Gordon. Então, apresentou cada membro do Conselho, embora provavelmente fossem conhecidos por todos, exceto por mim, alguns dos simbiontes mais novos e, ironicamente, alguns dos Silk mais jovens. Ouvi com atenção e memorizei. Preston já havia me contado um pouco sobre cada uma das famílias visitantes. Agora eu estava tendo a chance de atribuir um rosto a cada nome.

Havia Zoë Fotopoulos, cuja família já havia morado na Grécia, mas que, já há um século, vivia em uma fazenda de gado em Montana.

Havia Joan Braithwaite, a quem fiquei feliz em voltar a ver e cuja família morava no oeste do Oregon, onde plantavam, entre outras coisas, pinheiros de Natal.

Havia Alexander Svoboda, cuja família veio da agora extinta Tchecoslováquia alguns anos antes da Segunda Guerra Mundial para fundar uma comunidade no norte das montanhas de Sierra Nevada, onde agora possuíam um resort.

Peter Marcu veio da Colúmbia Britânica, onde sua família possuía várias empresas de turismo, incluindo uma que levava turistas de helicóptero a áreas isoladas e oferecia trilhas inesquecíveis pelas montanhas.

Vladimir Leontyev e sua família viviam no Alasca desde quando ainda era território russo. Eles possuíam uma frota de barcos de pesca e investimentos em uma fábrica de conservas e uma indústria de alimentos congelados.

A família de Ana Morariu era vizinha dos Gordon, vivendo a apenas 320 quilômetros de distância, no condado de Humboldt, onde vários de seus integrantes eram professores, escritores e artistas, e possuía dois hotéis para os visitantes dos parques nacionais e estaduais.

A família de Katharine Dahlman administrava uma fazenda que era um resort turístico no Arizona, mas planejava se mudar para o Canadá, longe do sol e mais perto das noites mais longas dos invernos do norte. Katharine e sua irmã Sophia eram visivelmente baixas para as mulheres Ina. Na verdade, essa foi a primeira coisa que notei sobre elas. Outras fêmeas Ina que vieram para o Conselho tinham pelo menos 1,80 de altura. Mas as Dahlman tinham a mesma altura de Celia, que me contara ter 1,65 de altura. Tinha me dito que gostava de estar perto de mim, já que outras mulheres Ina a faziam se sentir baixa. Ela me mediu, parecendo alegre, e descobriu que eu tinha um pouco menos que 1,50 de altura. Mas ainda cresceria um pouco. Eu me perguntei como Katharine e Sophia Dahlman sentiam-se sobre sua altura.

A família de Alice Rappaport tinha um rancho no Texas, onde, por motivos legais, tinha de fato se casado com seu primeiro. Ele havia adotado o sobrenome dela e estava se divertindo, fazendo o que sempre quis fazer: dirigir um rancho e lucrar com isso. Alice, sua irmã e os seis simbiontes que elas tinham trazido estavam usando como seus aposentos a sala de estar e a sala da família da casa de hóspedes, então eu teria chance de falar com eles. De acordo com Alice, famílias

Ina femininas passaram-se por humanas durante milhares de anos, casando-se com simbiontes homens e organizando suas comunidades de modo a parecerem aldeias humanas.

Harold Westfall também era casado com sua primeira por questões legais e sociais. Ele morava na Carolina do Sul e achava que qualquer coisa que pudesse fazer para parecer normal e desmerecedor de atenção era algo bom. Ele e sua família estavam na Carolina do Sul há 160 anos e mesmo assim tive a impressão de que ele ainda não estava confortável lá. Eu me perguntava por que permanecia.

Kira Nicolau e sua família deixaram a Romênia rumo à Rússia, depois partiram pouco antes da Revolução Comunista de 1917, e acabaram se estabelecendo em Idaho, em um vale tão isolado que sentiam não precisar exibir normalidade humana. Eles cavavam poços, cortavam a própria lenha, construíam as próprias cabanas. Usavam o vento e o sol para produzir eletricidade, mantinham plantações e criavam galinhas, porcos, cabras e vacas-leiteiras para suprir a alimentação de seus simbiontes e obter um pequeno lucro. Iam às compras duas vezes ao ano, compravam as coisas que não conseguiam fazer ou não queriam se dar ao trabalho de produzir. Se não precisassem visitar seus parceiros e comparecer a eventuais Conselhos de Sentença, poderiam ter sido completamente esquecidos pelos outros Ina.

Ion Andrei, por outro lado, morava em um subúrbio de Chicago. Sua família também planejava se mudar para o Canadá. Eles possuíam ações de várias empresas de Chicago. Estavam na região havia mais de um século, mas agora começavam a se sentir engolidos pela crescente população.

Durante o inverno do hemisfério norte, Walter Nagy e sua família viviam em uma fazenda na Península Olímpica, em Washington. Durante o inverno do hemisfério sul, toda a família se mudava para uma fazenda na Argentina. Na verdade, tinham acabado de voltar de lá.

— Poderíamos obter ainda mais horas de escuridão se fôssemos ainda mais para o norte e para o sul — contou ele quando o conheci. — Mas também gostamos de conforto. Não nos importamos com um pouco de frio, mas com a neve e o gelo, sim. — A família dele também tinha propriedades rentáveis na cidade de Nova York, em Palo Alto e São Francisco. Os poucos que se preocupavam em trabalhar eram artistas, escritores e músicos.

Por fim, havia Elizabeth Akhmatova, cuja família vivia no Colorado, em uma comunidade nas Montanhas Rochosas. Aos poucos, tinham desenvolvido os arredores de sua comunidade construindo casas, armazéns, lojas e uma área de *resort* nas proximidades, até que uma cidade de tamanho razoável cresceu no entorno. Elas mantiveram a propriedade até que se tornasse popular e bem valorizada, e agora a estavam vendendo aos poucos, a preços muito altos. Ela e a família se mudaram para os Estados Unidos em 1875 e estavam prestes a fazer sua terceira grande mudança, desta vez para o Canadá. Gostavam de encontrar áreas com potencial, adquirir grandes extensões de terra e desenvolvê-las.

Preston apresentou todos, depois me apresentou e me deu as boas-vindas. Por fim, pediu que eu me levantasse e contasse minha história.

Fiquei em pé e, segurando o microfone como Milo fizera, comecei a história com minha primeira lembrança de acordar na caverna, confusa, com dor, sem memória e atormentada por uma fome intensa. Contei a eles sobre Hugh Tang (tudo o que aconteceu), sobre as ruínas que não tinha reconhecido como minha casa, sobre Wright, meu pai e a destruição da comunidade dele: a história toda, incluindo o ataque aos Gordon e o interrogatório a Victor e seus dois amigos. Minha fala durou mais de uma hora.

Ao terminar, me sentei. Foram vários segundos de absoluto silêncio. Então, Milo Silk levantou-se.

— Esta criança tem um advogado? — indagou. Ele falou a palavra "criança" como se quisesse usar outra muito mais desagradável, mas tivesse se contido.

Antes que eu pudesse dizer que ainda não tinha advogado, Vladimir Leontyev falou:

— Sou um dos pais das mães de Shori Matthews — disse. — Acredito que seja seu parente vivo mais próximo no Conselho. Talvez meus irmãos e eu sejamos seus parentes vivos mais próximos. Se Shori assim desejar, serei seu advogado.

Inclinei-me para a frente para poder vê-lo e disse:

— Devo fazer perguntas por causa da perda de memória. Não quero ofendê-lo, Vladimir, mas se você se tornar meu advogado, será um problema o fato de que, na verdade, eu e você já não nos conhecemos mais?

— Não será um problema — disse ele. — O que importa aqui é a família. Você é de grande importância para mim porque é uma de minhas descendentes.

— Você vai falar por mim ou vai me ajudar a entender as regras e os costumes para que eu possa falar por mim mesma?

— Ambos, provavelmente — explicou —, mas preferiria o segundo.

Assenti.

— Eu também. Entendo que os Silk também deverão ter um advogado.

Vladimir me deu um sorrisinho, então olhou para Milo Silk.

— Quem no Conselho será o advogado de sua família, Milo?

— Falo por minha família — disse.

Preston Gordon intercedeu:

— Milo, nas negociações com sua família, um de seus filhos mencionou que um membro da família Dahlman pode ser persuadido a ser seu advogado.

— Quando você ouviu falar que eu precisava de alguém para falar por mim? — desafiou ele.

Preston o olhou, olhou para as próprias mãos de aranha descansando sobre a mesa, depois voltou a encarar Milo.

— Deixe-me aconselhá-lo, só desta vez. Sua família precisa de mais proteção do que você pode dar. Não deixe que seu orgulho destrua sua família.

Milo desviou o olhar e ficou quieto por alguns segundos. Após um momento, ele disse:

— Katharine Dahlman é a filha mais velha de minhas irmãs — disse Milo. — Peço que ela seja minha advogada.

Sentando-se muito aprumada, Katharine Dahlman conseguia não apenas parecer muito importante, mas também um pouco mais alta. Ela abaixou a cabeça em um sinal lento de concordância.

— É claro — afirmou em um tom de contralto grave e calmo, uma versão feminina da voz de Milo. De alguma forma, era a voz de uma mulher maior. — Você vai interrogar a criança, Milo, ou devo fazê-lo?

Milo olhou para a mesa e me lembrei de que ele esteve escrevendo enquanto eu falava. Talvez não tivesse confiado nas duas câmeras de vídeo que estavam sendo usadas para gravar a sessão. Talvez tivesse anotado as perguntas que queria me fazer. Ou talvez tivesse seus próprios problemas de memória. Eu o encarei do outro lado do arco, preparada para ser interrogada, mas ele virou o corpo e tentou enfrentar Preston.

— Tenho minhas dúvidas, Preston, se esta criança deveria até mesmo estar aqui — argumentou. — Ela sofreu perdas terríveis e admite que não se recuperou de seus ferimentos.

Resisti ao impulso de dizer que havia me recuperado, ou que havia me recuperado tanto quanto possível. Em vez disso, esperei para ver o que Preston diria.

Ele olhou para mim, depois para Vladimir.

Vladimir questionou:

— Shori, você se recuperou de seus ferimentos?

— Estou recuperada — disse. — Minha memória pode ou não voltar. Estou começando a reaprender o que esqueci, e me lembro claramente de tudo o que aconteceu comigo desde que acordei na caverna. — Olhei para Milo, do outro lado, e decidi que ele se dirigiria a mim em um minuto ou dois. Ele não queria, mas o faria.

— A criança foi examinada por uma médica? — perguntou Milo. — Entendo que há uma médica humana entre os simbiontes aqui. Se não, um dos simbiontes da minha família é médico.

Aquilo era demais. Eu estava em Punta Nublada há tempo suficiente para reconhecer que Milo estava sendo desrespeitoso de modo escancarado. Estava dizendo que meu corpo não era Ina o suficiente para se curar, que minha parte humana tinha, de alguma forma, me mutilado.

— Milo! — falei, não em voz alta, mas bruscamente. Ele não conseguiu evitar pôr os olhos em mim e depois desviou o olhar naturalmente, como se tivesse olhado para mim apenas por acaso. Inclinei-me para a frente, encarando-o do outro lado do arco. — Eu sou Ina, Milo.

Ele olhou para mim, então se virou outra vez para Preston.

— Para o bem da criança, peço que ela seja examinada por uma médica.

Ao que respondi:

— O que são essas anotações que está fazendo aí, Milo? Ninguém mais está fazendo anotações. Também está tendo dificuldades com sua memória?

Ele me fuzilou com os olhos. Katharine Dahlman me fuzilou com os olhos.

— Eu sou Ina, Milo, e se a médica deve me examinar, então, para o seu bem, peço que também o examine.

— Você não é Ina! — gritou. Bateu com a palma da mão na mesa, produzindo um som parecido com um tiro. — Você não é! E não tem mais lugar neste Conselho do que um cachorro esperto!

As pessoas se sobressaltaram. Katharine Dahlman então ponderou:

— Preston, podemos fazer uma pausa de alguns minutos? — Ela não esperou, levantou-se e foi até Milo, que tinha se levantado e estava inclinado para a frente, com os punhos na mesa, olhando para mim.

— Quinze minutos — disse Preston e olhou para o relógio.

As pessoas se serviram de copos d'água, levantaram-se para esticar as pernas, ou se viraram para conversar umas com as outras. A princípio, ninguém no Conselho falou comigo. A maioria nem sequer olhou para mim.

Alguns foram falar com membros da plateia, e Wright, Joel e Brook interpretaram isso como um sinal de que poderiam vir falar comigo. Aproximaram-se ao mesmo tempo que Vladimir Leontyev e Joan Braithwaite.

Os dois Ina e os três humanos se encararam por momento, então Joan se apoiou na mesa, desligou meu microfone e disse:

— Shori, há pessoas nesta sala que amam aquele ancião há séculos.

Concentrei-me nela e engoli todas as coisas que poderia ter dito. Ela as sabia tão bem quanto eu. Aquele ancião ordenara o assassinato de minhas famílias ou ficara sentado assistindo enquanto seus filhos o faziam. Aquele ancião tinha acabado de me falar que eu não era melhor do que um cachorro porque eu tinha genes humanos e Ina. Aquele ancião não estava em sã consciência. Era tudo verdade, tudo óbvio.

— O que eu deveria ter feito? — perguntei a ela.

Ela pareceu surpresa.

— Nada — disse. — Absolutamente nada.

— Deveria ter me deixado fazer isso — disse Vladimir. — Sou apenas noventa anos mais jovem do que ele. Uma repreensão minha teria sido mais facilmente aceita.

— Você teria feito isso? — perguntou-lhe Wright.

Vladimir respirou fundo.

— Em algum momento.

— Está feito — falei. — O que acontece agora?

— Você não pensou nisso antes de humilhá-lo? — indagou Joan. — Não se perguntou o que aconteceria depois?

— Eu não o humilhei — disse, por fim afirmando o óbvio. — Não o teria humilhado. Eu apenas esperei e deixei que ele se humilhasse.

— Os outros não verão dessa forma.

— Estamos livres dele? — perguntei. — Ele vai recuar e deixar que um de seus filhos represente a família?

Ela olhou para mim como se não gostasse muito de mim.

— Talvez — disse. — Que bem você imagina que isso lhe fará?

— Talvez o novo representante pelo menos não goste de mim como um indivíduo que não gosta de outro e não como um homem que não gosta de um animal.

— E sem dúvida isso vai fazer você se sentir melhor — disse ela. — Mas não a ajudará. Você mostrou os dentes, Shori. Eles são afiados e fixados em fortes mandíbulas femininas. Agora você é menos a vítima e mais o oponente que pode ser perigoso. Você começa a ofuscar seus mortos.

Pensei sobre aquilo, embora não quisesse. Queria continuar me sentindo furiosa e corroborada. Mas então suspirei.

— Você tem razão. O que devo fazer?

Ela assentiu. Pelo visto, eu tinha feito a pergunta certa.

— Lembre-se de seus mortos — aconselhou. — Mantenha-os por perto. E lembre-se do que você quer. O que você quer?

— Puni-los pelo que fizeram — disse. — Impedi-los de me perseguir. Impedi-los de matar mais alguém.

Ela acenou com a cabeça uma vez, então se virou e atravessou o arco em direção ao local onde as pessoas estavam discutindo de modo muito gentil com Milo.

— Ela está certa — disse-me Wright —, mas é fria.

— É apenas uma mulher — disse Joel.

— E a irmã mais velha — acrescentou Brook. — Aposto que a mais nova, Margaret, é mais doce.

— Ela é — confirmei.

— No entanto, o conselho de Joan é bom — disse Vladimir.

— Eu sei — afirmei.

— A verdade é a sua melhor arma — prosseguiu ele. — Deixe esse temperamento de lado. Use a verdade com inteligência. — Ele se virou e voltou para o seu lugar no arco.

Brook o observou partir. Então, veio atrás de mim e colocou as mãos em meus ombros. Ela massageou meu pescoço e ombros para que eu começasse a relaxar antes que percebesse que precisava fazer isso. Olhei para ela.

— Bom? — perguntou ela.

— Ótimo — respondi.

Joel riu.

— Os Ina precisam ser tocados, especialmente os jovens Ina. Acho que você nem sempre percebe quanto precisa disso, Shori.

— Teremos que cuidar para que ela consiga o que precisa — disse Wright, olhando para mim. O olhar dele me fez sorrir e balançar a cabeça.

— Voltem para o lugar de vocês — disse. — Estão prestes a recomeçar o Conselho.

Eles voltaram para seus lugares e, do outro lado do arco, outro dos Silk, que eu ouvira chamarem de Russell, sentou-se no lugar de Milo.

23

Russell Silk não tinha história para contar. Ele negou qualquer envolvimento na morte de meus familiares e nos ataques às casas de Arlington e aos Gordon. Negou que sua família estivesse envolvida em tudo isso. Sugeriu que eu estava confusa ou enganada, ou que os humanos usados como arma receberam informações falsas com o objetivo de incriminar a família Silk, que, aliás, era a única família Ina masculina do condado de Los Angeles. Quem criaria tal ficção? Ele não sabia. Ele e sua família eram vítimas... assim como eu.

Aquela foi uma mentira repugnante o suficiente para me fazer questionar se eu conseguiria manter a calma se não tivesse perdido a memória. Se pudesse me lembrar de minhas mães, minhas irmãs e meus simbiontes, se pudesse me lembrar de meu pai e meus irmãos como algo mais do que estranhos gentis, talvez não fosse capaz de suportar. Achei que Russell poderia ter dito aquilo na esperança de me irritar, na esperança de se vingar pelo que eu dissera a Milo.

Vladimir Leontyev falou.

— Russell, você está dizendo que sabe, de fato, que nem seu pai, nem seus irmãos, seus filhos ou os filhos deles estiveram envolvidos em reunir um grupo de machos humanos, fazendo deles seus instrumentos e, em seguida, mandando-os matar as famílias Petrescu, Matthews e Gordon?

Russell pareceu ofendido.

— Não acredito que nenhum membro da minha família faria tal coisa — respondeu ele.

Vladimir balançou a cabeça.

— Não foi isso que perguntei. Você sabe, de fato, que nenhum membro de sua família fez isso?

— Não investiguei minha família — falou. — Não sou um investigador de polícia humano.

— Então, não sabe ao certo se os membros de sua família fizeram isso?

— Não acredito que tenham feito! — Ele fez uma pausa e desviou o olhar de Vladimir. — Mas não sei com certeza absoluta.

Não acreditei nele. Não acho que teria acreditado nele mesmo se não tivesse ajudado a interrogar Victor e seus colegas. Russell sabia o que seus parentes fizeram, e agora estava mentindo a esse respeito. Por seu silêncio ou por sua participação ativa, ele ajudara a assassinar minhas famílias.

— Tenho uma pergunta para Shori — disse Katharine Dahlman.

Olhei para ela com interesse. Ainda não tinha me decidido sobre ela. Quanto era próxima dos Silk e do que tinham feito?

— Lamento perguntar sobre coisas que podem ser dolorosas para você — ponderou —, mas o que lembra sobre suas mães e suas irmãs?

— Nada — respondi. — Absolutamente nada.

— O nome delas?

— Disseram-me que minhas irmãs se chamavam Barbara e Helen.

— E suas mães? Suas mães anciãs?

— Não sei.

— Seus simbiontes... Quantos simbiontes você teve?

— Disseram-me que eu tinha sete. Não me lembro de nenhum deles.

— Você não se lembra de nenhum nome? Nada?

— Nada.

— Então, não sente nada por essas pessoas que já foram mais próximas a você do que quaisquer outras?

Olhei para baixo.

— É como se fossem estranhos. É terrível para mim não conseguir me lembrar dessas pessoas nem mesmo o suficiente para lamentar a perda delas. Odeio que estejam mortas... minhas famílias... mas para mim é como se nunca tivessem existido.

— Obrigada por sua honestidade — disse ela. Eu ainda não sabia o que pensar sobre ela. Embora não gostasse de mim, era educada. Não gostava de mim porque o que eu dizia colocava os Silk em perigo? Ou não gostava de mim porque eu era, em parte, humana?

— Você sabe quantos anos tem, Shori? — perguntou Russell.

— Meu pai me disse que tenho 53 anos.

— E... sabe qual é sua altura? Seu peso?

— Tenho 1,50. Não sei meu peso.

— Você sabe qual é a altura média para uma fêmea Ina da sua idade?

— Não faço ideia.

— A média é 1,67. O que isso diz para você?

Olhei para ele, então dei uma boa olhada em Katharine Dahlman, de 1,70. Enfim, encarei-o novamente. Pelo menos não fui a única pessoa que fez perguntas sem considerar bem os efeitos das respostas.

— Não sei ao certo o que quer que eu diga — respondi a ele.

Ele olhou para mim por um momento, então disse:

— Além do que alega que os três prisioneiros humanos lhes disseram, tem alguma evidência de tudo o que a família Silk fez para prejudicar suas famílias?

— Três humanos interrogados separadamente e todos contando a mesma história? Sim, é tudo o que tenho, Russell.

Nós nos interrogamos sem parar, Russell Silk e eu e nossos advogados. Apenas perguntas factuais. Você sabia...? Você viu...? Você ouviu...? Você sentiu o odor...? Você provou...? Nenhum discurso foi permitido, nenhuma argumentação, exceto por meio de perguntas, sem interromper um ao outro. Preston Gordon podia nos interromper e o fez sempre que nos ouvia fugir dessas diretrizes. Fez isso com uma justiça que enfureceu a Russell e a mim, e não dava atenção quando o fuzilávamos com os olhos.

Os membros do Conselho poderiam nos fazer perguntas e questionar nossas respostas. O propósito de permitir que acusado e acusador questionassem um ao outro era dar ao Conselho a oportunidade de fazer uso de seus sentidos excepcionais. Eles observavam, ouviam e respiravam o ar enquanto falávamos. Somados, tinham milhares de anos de experiência na leitura da linguagem corporal.

As perguntas que tínhamos um para o outro diminuíram, e começamos cedo a segunda sessão de trabalho da noite. De comum acordo, começamos a interrogar os outros, primeiro Russell, depois eu. Qualquer um dos Silk ou dos Gordon poderia ser convocado a falar. Se solicitados, não poderiam recusar. Eu pretendia seguir aos poucos pelas duas gerações mais jovens das quatro que a família Silk tinha, quatro pais e cinco filhos jovens não acasalados, fazendo com que viessem até o microfone avulso um por um para responder às minhas perguntas e a qualquer outra que Russell ou os membros do

Conselho quisessem fazer. Os jovens não acasalados eram os que mais me interessavam. Eram quem eu mais queria que fossem ouvidos e vistos pelo Conselho. Pensava que sentiriam meu odor e que ele os perturbaria, e talvez tivessem mais dificuldade em concentrar a cabeça em qualquer mentira que pretendessem contar. Mas agora era a vez de Russell Silk. A primeira pessoa que ele chamou foi Daniel Gordon.

— Você de fato viu o ataque à sua comunidade que a criança Shori Matthews diz ter refreado? — questionou Russell.

— Ela não disse que o refreou — respondeu Daniel. — Ela e vários simbiontes da família Gordon trabalharam juntos para refreá-lo.

— Você viu isso?

— Aconteceu durante o dia — disse Daniel. — Nenhum Ina além de Shori poderia ter visto. Porém, mais da metade de nossos simbiontes o viram. Eles não só ajudaram a combater o ataque, mas mantiveram dois dos agressores vivos para que pudessem ser interrogados. Shori capturou o terceiro. Ela preparou os prisioneiros para interrogatório, mas não tocou em nenhum de nossos simbiontes.

Russell o encarou, franziu a testa como se não acreditasse nele e mudou de assunto.

— Você já viu Shori parecer confusa ou incerta sobre o ambiente à sua volta, suas intenções, suas percepções? — perguntou.

Daniel balançou a cabeça.

— Nunca.

— Você já ouviu Shori mostrar desprezo pelo bem-estar de outro Ina?

— Não, nunca.

Russell balançou a cabeça, como se estivesse indignado.

— No entanto, não é verdade, Daniel, que Shori Matthews vinculou você a ela como sua parceira?

— Não — disse Daniel.

Russell olhou para os membros do Conselho.

— Acredito que isso seja falso — disse. — Ele foi visto levando a criança para seus aposentos.

Houve um momento de silêncio. Os membros do Conselho esquadrinharam Daniel, respirando fundo para examinar seu cheiro. Por fim, dois deles falaram.

— Ele não está vinculado — disse Alexander Svoboda.

Elizabeth Akhmatova confirmou:

— Ele não está vinculado.

Eles eram, segundo o que tinha ouvido, o homem e a mulher mais velhos entre os membros do Conselho. Um por um, os outros membros assentiram, aceitando as percepções e julgamentos dos mais velhos ou chegando à mesma conclusão por meio de seus próprios sentidos. Alice Rappaport respirou fundo várias vezes, demonstrando sentir o cheiro de Daniel e julgando-o. Ela foi a última a assentir.

Eu me perguntei quem tinha visto eu e Daniel juntos, tirado suas próprias conclusões sobre o que estávamos fazendo e, em seguida, corrido para contar tudo aquilo aos Silk. Será que tinha sido a família Marcu, que estava hospedada na casa de Daniel? Ou talvez tivesse sido alguém de fora que o viu se aproximar de mim e me levar para sua casa. Ou teria sido um simbionte dos Silk? Se simbiontes podiam ser usados como armas, também poderiam ser usados como espiões.

Russell pareceu surpreso com a conclusão do Conselho.

— Você não tem ligação com Shori, então? — perguntou a Daniel.

— Estamos prometidos um ao outro — disse Daniel. — Uma vez que isso acabar, quando for mais velha e fisicamente madura, meus irmãos e eu vamos acasalar com ela. — Ele olhou para mim e sorriu. Não pude deixar de sorrir de volta para ele.

A conselheira Ana Morariu disse:

— Você acredita nas coisas que Shori nos contou esta noite?

— Sim — afirmou Daniel. — Eu mesmo vi um pouco de tudo isso. Estava presente quando os prisioneiros foram interrogados. Shori, meus pais e pais anciãos os interrogaram. Vi, ouvi, farejei o odor deles. Por isso, acredito nela.

— Tem certeza de que é por isso que acredita nela? — perguntou Russell. — Você acreditaria em Shori se ela já fosse acasalada com outras pessoas, ou se você fosse?

Ele repetiu:

— Eu estava presente quando os prisioneiros foram interrogados. Shori, meus pais e pais anciãos os interrogaram. Sei o que vi e ouvi.

Eles não o fizeram dizer aquilo uma terceira vez. Acho que perceberam não ser possível dissuadi-lo, e seus sentidos lhes disseram que ele acreditava estar falando a verdade. Martin Harrison, quem diria, tinha me explicado isso dias antes.

— É claro, os Ina não podem sentir a verdade absoluta — ponderou ele. — Na melhor das hipóteses, podem quase garantir quando alguém acredita mesmo no que está dizendo. Eles sentem o estresse, a mudança nos níveis de estresse. Você também faz isso, não é? Sente cheiro de suor e adrenalina, vê qualquer indício de tremor, ouve mudanças na voz, na respiração ou até mesmo nos batimentos cardíacos.

— Sim — afirmei. — Percebo essas coisas e outras que às vezes não consigo nem descrever, mas nem sempre sei interpretar o que sinto.

— A experiência se encarregará disso — disse ele. — É por isso que Ina mais velhos são tão bons em identificar a verdade e desvendar mentiras. Usam os sentidos, a inteligência e a vasta experiência.

— Como você sabe tudo isso? — perguntei a ele.

— É o que todos fazemos, Ina e humanos — explicou. — Os Ina são muitos melhores nisso. Seus sentidos são mais aguçados, e fazem isso de modo consciente. Geralmente têm memórias melhores e podem acumular mais anos de prática do que os humanos. Nós, humanos, fazemos um pouco disso e damos nomes como "intuição", "instinto" ou mesmo "percepção extrassensorial". Na verdade, é apenas o bom e velho uso consciente e inconsciente dos sentidos, da experiência e da inteligência.

Perguntei a Preston sobre isso mais tarde, e ele sorriu.

— Esteve conversando com Martin?

— Estive — admiti. — Ele está certo?

— Ah, sim. O homem adora ensinar. Você é uma bênção para ele.

— Como ele pode saber o que os Ina mais velhos fazem? Você disse isso a ele?

— Não, ele apenas mantém os olhos e os ouvidos abertos. Seu nariz é como o da maioria dos outros humanos, mas sua inteligência é de primeira. O filho é muito parecido com ele.

Aquilo me fez voltar a pensar em Joel e imaginar quanto ele viria a se parecer com o pai.

O primeiro dia do Conselho de Sentença terminou com um esforço da parte dos Silk para me fazer parecer irresponsável (na melhor das hipóteses) e fazer Daniel e, por extensão, os Gordon parecerem mentirosos. Falharam em ambas as tentativas. Teriam mais um dia para tentar nos destruir. No terceiro dia, o julgamento seria analisado, a verdade reconhecida, e o Conselho diria, de acordo com a lei Ina, o que deveria ser feito.

Isso era tudo. Parecia quase... fácil. Será que os Silk não resistiriam à morte ou permitiriam que seus filhos jovens não acasalados fossem enviados para outras comunidades? Alguém era capaz de fazer isso?

Como a sessão do Conselho terminou apenas uma hora antes do amanhecer, senti a necessidade de conversar com alguém. Então, Brook, Wright e Joel vieram me buscar e percebi que estava quase fraca de fome. Joel e Brook reconheciam os sinais, mas acho que Wright ainda não.

— Vamos para casa — disse Brook.

Concordei. Queria ir atrás de Martin Harrison e fazer perguntas, mas achei que poderia ser melhor fazer aquilo durante o dia, quando outros Ina não conseguiriam ouvir.

Deixei meus simbiontes me acompanharem até em casa, depois beijei cada um deles e fui procurar Celia. Eu não a tocava havia quatro noites. Aquela noite ela estaria me esperando. Ainda não era minha por completo, não estava vinculada a mim, como diria Daniel. Faltava pouco. Aquela noite seria seu divisor de águas. O odor dela me dizia que estava quase lá. À noite, ela seria minha.

Ela estava dormindo, quentinha e com o cheiro do sabonete que usara no banho daquela noite. Apesar do banho, ela também cheirava ao homem com quem fizera sexo antes de se banhar. Senti o odor e, depois de um momento, pude imaginar o homem: um simbionte de Peter Marcu. Era um homem baixo e musculoso de pele muito lisa, tão escura que parecia verdadeiramente preta. Alguém havia dito que ele era de Gana e que seu nome era Kwasi Tuntum. Ele a havia exaurido, deixando-a com sono. Em algum momento, eu a acordaria. Achei que ela não se importaria.

Mas, quando me deitei a seu lado, ela abriu os olhos. Acho que não conseguia me ver, mas disse:

— Ei, Shori, pensei que tivesse se esquecido de mim.

— Não pensou, não — respondi. — Estava se divertindo demais com Kwasi para se preocupar com a possibilidade de eu me esquecer de você.

Ela congelou. Pude sentir seu corpo ficar rígido ao meu lado.

Beijei seu rosto, depois sua boca.

— Você realmente se importa que eu saiba? — perguntei.

— Não consigo evitar saber.

— Você... não se importa?

— Devo me importar?

Ela deu de ombros.

— Stefan não se importava. Dizia que eu tinha o direito de ter parceiros humanos e engravidar se eu quisesse. Afinal, ele não poderia me dar filhos. — Ela franziu a testa.

Eu respondi:

— Por que você se incomodava por ele não se importar?

Ela ficou em silêncio por um longo tempo. Usei o tempo para analisar o que Kwasi tinha feito com ela. Ele beijara sua boca, seu pescoço e seus seios. Ele a beijou entre os seios e sugou seus mamilos... Tentei fazer isso e ela riu. Nunca a tinha ouvido rir antes. Então, seu cheiro mudou e ela fez uma espécie de ruído diferente com a garganta.

— O que você está fazendo? — perguntou.

— Aprendendo — falei, depois de um instante. — Por que a ideia de Stefan não se importar com você fazer sexo com outras pessoas a incomodava?

— Acho que queria que ele me amasse mais, me amasse tanto que não poderia deixar de se importar que eu estivesse com outro.

— Ele se importava. Eu sou mulher e me importo. Mas se você é minha, posso aceitar o resto. E você tem o direito de ter seu próprio parceiro humano, filhos seus, ou apenas ter prazer com um homem quando é isso que quer.

Deitei-me de costas e a movi para que seu corpo descansasse junto ao meu.

— Eu sei como ter prazer com você — disse. — Vai me ensinar a lhe dar prazer?

— Você vai me dar prazer desta vez, acho. Quero que você se alimente. Adoro senti-la junto a mim. Já quase me sinto como quando percebia que Stefan me queria, quando eu o queria.

Sorri, faminta por ela, morrendo de fome dela, mas sem me apressar, apreciando a expectativa tanto quanto logo apreciaria me alimentar.

Ela olhou para mim, talvez capaz de me ver um pouco agora.

— Vou lhe ensinar mais quando essa coisa do Conselho acabar. E pode me ensinar o que mais posso fazer para você se sentir bem. Por ora, você está com fome. Está com aquele olhar assustador, frágil. — Ela esfregou minha nuca. — Pensava que eu teria medo de você quando me olhasse assim, não é? Venha aqui comigo.

Ela nos rolou de lado, uma de frente para a outra, me abraçando, tão acolhedora que não pude esperar mais. Eu a mordi com força, machucando-a um pouco, mas também agradando-a. Ela me abraçou como se achasse que eu poderia deixá-la cedo demais. Ela me abraçou como se estivesse se apossando de mim.

***

Naquela tarde, logo depois que Celia e eu levantamos, Martin Harrison veio me ver. Eu tinha a intenção de encontrá-lo. Fiquei surpresa que, com todo o trabalho que tinha nas mãos para satisfazer os convidados dos Gordon, ele tivesse tempo para vir me procurar. E fiquei surpresa com a aparência dele: cansado, irritado, triste, mas lutando para manter sua expressão sob controle.

— Você e eu nos conhecemos um pouco — disse. — Vim procurá-la porque acredito que é melhor que ouça o que tem que ouvir de alguém que não é um estranho.

Eu o encarei com um medo repentino, embora não soubesse de que estava com medo. Sua expressão me fez não querer saber.

— Ouvir o quê? — perguntou Celia. Falava com Martin, mas estava olhando para mim. Ela se levantou e veio ficar ao meu lado. Eu estava fazendo companhia a ela enquanto cozinhava, comia uma refeição substancial e tomava vitaminas e um suplemento de ferro que levara na bagagem. Ela me explicara que Stefan sempre a fazia tomar vitaminas e um suplemento de ferro porque ela era sua menor simbionte, e ele se preocupava com sua saúde. Ela parou de tomá-los depois que ele morreu. Agora os tinha desenterrado da mala e começado a usá-los outra vez.

Ela estava vestindo um pulôver que não disfarçava em nada sua mordida quase cicatrizada. Por acaso, Martin também tinha uma mordida quase cicatrizada no pescoço. Ela aparecia logo acima da gola da camisa.

— O que você quer que ela ouça? — Celia repetiu a pergunta. Wright, Joel e Brook entraram naquele momento, acompanhados por dois simbiontes dos Gordon. Percebi de repente que os simbiontes dos Gordon haviam encontrado os meus simbiontes e os trouxeram para mim, e pude ver em suas expressões que eles não sabiam o motivo mais do que eu.

Martin olhou para eles, depois olhou para Celia. Foi um olhar gentil.

— Fique perto dela hoje e esta noite — pediu a Celia. — Todos vocês, fiquem por perto. Ela vai precisar de vocês.

— O que quer dizer? — perguntou Celia.

De repente, ocorreu-me que faltava alguém.

— Theodora! — disse. — O que aconteceu com Theodora?

Martin suspirou e se virou para mim.

— Carmen estava indo para São Francisco hoje — disse. — Precisava de suprimentos médicos e queria ver sua irmã mais nova, que acabou de ter gêmeos. Encontrou Theodora caída no chão entre a casa e a garagem de Hayden. Theodora está morta, Shori.

24

Vários simbiontes dos Gordon se reuniram ao redor do corpo de Theodora, mas não o haviam tocado. Só Carmen tinha feito isso, para verificar se Theodora estava viva, se poderia ajudar...

Martin me disse que, quando Carmen lhe contou que Theodora estava morta, pediu para ela ficar com o corpo e manter todos os outros longe enquanto me procurava e mandava outros encontrarem o restante dos meus simbiontes.

Eu não estava totalmente no controle de mim mesma quando me aproximei de Theodora. Tinha exigido que Martin me levasse até ela, mas não estava de fato vendo ou entendendo o que se passava à minha volta. Não podia acreditar que minha Theodora estava morta. Não fazia sentido que ela estivesse morta. Nenhum. Então, toquei sua carne fria.

— Ela está morta desde cedo — disse Carmen, atrás de mim.

Meus próprios olhos e nariz já me diziam isso. Morta há horas. Morta bem antes do nascer do sol. Morta enquanto Russell Silk e eu nos dilacerávamos. Morta enquanto eu me apropriava de Celia. Morta.

Eu me vi de joelhos ao lado de Theodora, fazendo sons que não conseguia me lembrar de ter feito antes. Ela veio até mim porque confiava em mim, me amava. Ficou tão feliz quando eu a convidei para vir a Punta Nublada, onde deveria estar segura. Eu prometi a ela uma vida boa e tinha toda a intenção de manter minha promessa. Eu a teria mantido a meu lado pelo resto de sua vida. Como podia estar morta?

Queria que as pessoas à minha volta fossem embora. Queria ser deixada sozinha para examinar Theodora, para entender sua morte. Devo ter feito algum gesto porque todos os simbiontes que observavam deram alguns passos para trás. Eu me ajoelhei no chão ao lado dela, identificando cheiros que não eram dela, separando-os em odores e grupos de odores que reconhecia. Theodora tinha ido a pelo menos uma das festas, e isso causou uma confusão de cheiros: suor, sangue, loção pós-barba, colônia, comida e bebida de vários tipos, excitação sexual, muitos aromas pessoais. Havia quatorze aromas humanos distintos e pessoais.

Para mim, o odor mais gritante foi o forte cheiro de sangue nos cabelos de Theodora: o sangue dela. Procurei e encontrei a ferida ali. Seu cabelo estava duro e emaranhado pelo sangue seco. Sangue morto. Toquei a cabeça dela, corri meus dedos por ela e encontrei o lugar onde havia uma maciez, uma reentrância. Alguém a atingiu com tanta força que fraturou seu crânio.

Alguém a havia assassinado.

Quem? Por quê? Ninguém a conhecia ali. Ninguém tinha motivos para prejudicá-la. Ninguém a teria machucado... Exceto, talvez, para me prejudicar. Alguém faria isso? Assassinar uma pessoa na esperança de causar dor a outra? Por que não? Alguém... Os Silk com certeza tinham assassinado quase duzentas pessoas, humanas e Ina, na esperança de me matar, matar tudo o que minhas mães anciãs criaram.

Fechei os olhos, tentei acalmar a mente e me concentrar em Theodora. Depois de um momento, respirei fundo de novo e continuei analisando os odores. Ela esteve em contato com quatorze humanos diferentes, simbiontes dos Gordon e visitantes. Não reconheci todos, mas seis conseguia imaginar. Eram pessoas que eu havia conhecido ou que haviam sido mostradas para mim. Os outros... Dos outros odores, eu me lembraria. Quando encontrasse as pessoas a quem pertenciam, eu os reconheceria. Qualquer um deles poderia tê-la assassinado, ou talvez apenas tivessem esbarrado nela em uma das festas. Talvez tivessem dançado com ela ou encostado nela de alguma outra forma habitual. Ela não tinha feito sexo com ninguém recentemente.

Parecia não haver maneira de dizer qual dos quatorze poderia tê-la atingido, mas... Será que seu sangue havia espirrado no assassino? Será que o assassino tinha guardado a arma usada para matá-la? Será que, além de espancá-la até a morte, o assassino tinha tocado nela, talvez para examiná-la e ter certeza de que estava morta?

Aproximei meu rosto de sua cabeça quebrada e ensanguentada. Mas então o cheiro de sangue morto, do corpo amado de Theodora, morta há dez horas ou mais, tornou-se tudo o que eu podia sentir, e tive que me afastar depois de um momento. Eu me levantei e dei alguns passos para trás, ofegante, nauseada, desesperada por ar puro.

Alguém falou comigo, aproximou-se, e eu gritei:

— Só me deixe em paz! Fique longe de mim! — Um momento depois, percebi que havia gritado com Wright, meu primeiro. Eu disse a ele para ir embora. Estúpido de minha parte. Estúpido!

Olhei para ele, vi que já estava se afastando, querendo ficar, mas indo.

— Wright, me desculpe — falei. — Fique aqui. Fique perto de mim enquanto eu termino isso.

Respirei fundo por um momento, depois me virei para Theodora e tentei outra vez. Eu a rolei para o lado para que pudesse ver e cheirar o que quer que estivesse preso sob ela. Os odores significativos eram mais sangue, é claro, e os cheiros de mais cinco pessoas. Mais uma vez, reconheci algumas delas, três das cinco. Durante a noite, então, dezenove pessoas tiveram contato suficiente com Theodora para deixar seus cheiros nela... Dezenove pessoas, qualquer uma poderia ser a culpada. Eu teria de encontrar cada uma e falar com elas ou com seus Ina.

Levantei-me, por fim, e continuei a olhar para a minha Theodora morta. Eu precisaria ir ver a filha e o genro dela e dizer a eles que ela estava morta. Não poderiam saber de tudo, mas tinham o direito de saber disso. Depois de encontrar o assassino, eu iria até a família dela.

Procurei por Martin. Ele ainda estava lá. Os curiosos tinham ido embora, mas Martin e meus quatro simbiontes ainda esperavam.

— Alguém saiu da comunidade hoje? — perguntei.

Ele balançou a cabeça.

— Não que eu saiba.

— Alguém poderia ter saído sem o seu conhecimento?

— É claro. Eu também tenho que dormir, menina.

E William Gordon o havia mordido naquela manhã. Voltei o olhar para Theodora.

— Não sei o que se faz com os mortos, Martin.

— Ela precisa ser limpa, receber um funeral e... bem, ser enterrada. Temos nosso próprio cemitério aqui.

Eu ainda não sabia o que fazer. Theodora deveria ser preparada para o enterro. Algum tipo de funeral precisava ser organizado. O assassino dela deveria ser pego, deveria ser morto. E ainda por cima, em algumas horas, o Conselho de Sentença daria início à segunda noite, e eu teria de estar lá.

— Shori, menina — disse Martin.

Ele falou com tanta delicadeza que quis fugir dele. Eu não poderia me dissolver emocionalmente e afundar no luto. Eu não ousaria. Não havia tempo.

— Shori, vamos cuidar do corpo dela. Vamos prepará-la para o enterro. Podemos realizar uma cerimônia para ela depois que o Conselho acabar. Você vai descobrir quem fez isso. É o que quer fazer, não é?

Olhei para ele e tudo que pude fazer foi acenar com a cabeça.

— Deixe-a conosco. — Ele quase se virou, então parou e respirou fundo. — Duas coisas, Shori. Elas são importantes.

— Tudo bem — assenti.

Ele olhou para baixo e encontrou meu olhar com uma expressão diferente, mais dura, triste, mas determinada.

— Fale, Martin — pedi. — Você tem sido um amigo para mim. Vá em frente e diga o que não quer me dizer, seja lá o que for.

Ele acatou.

— Não mate ninguém. Não importa quanto esteja segura de ter encontrado a pessoa certa, não a mate. Ainda não. Há a possibilidade de que o assassino seja um dos visitantes, um dos convidados da família Gordon. Você é mais do que uma convidada. Será acasalada com os filhos da família em alguns anos. Mesmo assim... conte a Preston ou Hayden o que aconteceu antes de tirar uma vida.

Olhei para ele, incapaz de responder de imediato. Até aquele momento, se eu soubesse que o próprio Martin tinha matado Theodora, não tenho certeza se poderia ter me impedido de matá-lo. No entanto, compreendia, em algum nível emocional obscuro e graças a fragmentos de memória recuperados, que seria uma grave ofensa contra os Gordon matar um de seus convidados. Não poderia me lembrar de alguém ter feito uma coisa dessas, mas senti horror e repulsa suficientes diante da ideia de fazer isso para saber que não deveria.

— Não vou matar ninguém — disse por fim.

Outro aceno.

— E não morda ninguém.

Isso era ainda mais difícil. Mas podia ver a razão por trás disso. Se eu encontrasse o assassino, ele ou ela seria o simbionte de alguém ali. De novo, eu sabia, mais uma vez sem entender bem como sabia, que seria errado mexer com o simbionte de outra pessoa.

— O Ina pode ser o culpado — falei. — Provavelmente é.

— Mais uma razão para não abusar do simbionte.

— Não vou morder a menos que alguém me ataque — disse. — Prefiro morder a quebrar ossos ou dilacerar carne. — E me afastei dele. Meus simbiontes me acompanharam.

Quando estávamos sozinhos, Wright me puxou para ele, me abraçou e me segurou por um tempo. Senti que queria ficar assim, segura com ele, respirando seu cheiro bom e familiar. O fato de que estava vivo, me amava e queria, de algum modo, me reconfortar era mais importante do que eu imaginava ser possível. Sabia que, se deixasse, ele me levaria para casa, me colocaria na cama e ficaria comigo até que eu adormecesse. Sabia que faria isso porque eu o conhecia muito bem. Ansiava por deixá-lo fazer isso.

Mas não havia tempo. Se possível, até o início da sessão do Conselho daquela noite, eu queria saber quem tinha matado

Theodora. Queria evitar que o assassino fugisse ou matasse qualquer outra pessoa, e queria apresentar esse novo crime perante o Conselho para ver se lidariam com isso. Se não o fizessem, eu o faria.

Afastei-me de Wright e percebi que ele havia me levantado do chão e estava me segurando para que eu o pudesse olhar quase na altura de seus olhos. Beijei o canto da boca dele, depois beijei a boca e pedi:

— Coloque-me no chão.

Ele me colocou de pé.

— O que quer que façamos? — perguntou.

E eu quase me desintegrei de novo. Ele entendeu. Claro que sim.

— Preciso que fiquem juntos — pedi. — Protejam uns aos outros. — Olhei para cada um deles, imediatamente sentindo falta do rosto ausente. — Não sei se o assassinato de Theodora tem algo a ver com os outros ataques contra nós ou com o Conselho de Sentença, mas parece provável. — Fiz uma pausa. Doía dizer o nome dela. Respirei fundo e continuei: — Conversem com Jill Renner simb de Wayne. Ela passou algum tempo com Theodora ontem à noite, encontrei seu cheiro nela. Não teria machucado Theodora, mas pode ter visto se Theodora teve problemas com alguém ou saiu de uma festa acompanhada. Houve uma festa na casa de Wayne ontem à noite?

— Simb de Wayne? — comentou Wright, franzindo a testa. — É assim que vocês dizem, então, quando alguém é um simbionte? Isso é o que acontece com nossos nomes? Somos simb de Shori?

— São — disse.

— É algo de que você se lembrou?

— Não. Algo que aprendi ouvindo as pessoas falarem. A respeito da casa de Wayne? Houve uma festa?

— Não na de Wayne — falou Celia. — Mas houve uma festa na casa do Edward e uma festança na casa de Philip. Eu, Jill e Theodora fomos às duas. Theodora estava um pouco tímida no começo e ficou comigo na casa de Edward. Comemos lá e conversamos com muita gente. Mas na casa de Philip ela conheceu dois sujeitos. Eles a fizeram dançar e os três ficaram juntos, dançando, flertando e se divertindo.

Wright franziu a testa para Celia como se ela tivesse dito algo errado, mas ela o ignorou.

— Quem eram os dois homens? — perguntei.

— Alguns caras mais velhos. Não sei como se chamam ou quem são seus Ina. Os dois eram grisalhos, talvez na casa dos sessenta, fortes. Poderiam ser irmãos. Eram muito parecidos.

— Você tocou neles? — perguntei. — Deu um aperto de mãos ou esbarrou neles?

Ela fez que não.

— Conte o que souber sobre eles. Tente se lembrar e diga o que vê. — Estávamos caminhando em direção à casa de Wayne, onde Jill Renner provavelmente ainda estava dormindo.

Celia franziu a testa e pareceu desesperada por um momento, como se estivesse tentando agarrar algo que não conseguia alcançar, mas que precisava alcançar. Ela olhou para mim, depois fechou os olhos, se concentrando, se lembrando. Por fim, disse:

— Os dois tinham o mesmo cabelo grisalho, preto com muitos fios brancos. Um deles tinha bigode. Também grisalho. Eles não estão com os Gordon. Tenho certeza disso. Westfall! Acho que são os dois simbiontes homens dos Westfall. Os outros simb de Westfall são mulheres. Esses caras falam como se estivessem aqui há muito tempo, mas de vez em quando dá para ouvir um pouco de sotaque inglês... — Ela deixou sua voz sumir. Então disse: — Aquele com o bigode tem uma cicatriz na testa, ou talvez seja uma marca de nascença. Não tenho certeza. Não sei o tamanho. Começa logo abaixo da linha do cabelo e sobe pela cabeça. É oval, vermelha, ou acho que seria oval se eu pudesse tê-la visto por completo.

— Tudo bem — disse. — Relaxe. Sei de quem você está falando. Nunca falei com eles, mas eu os vi e senti seu cheiro quando os Westfall chegaram. Os cheiros estavam em Theodora. Você está certa. É provável que sejam irmãos. Vou encontrá-los. Vocês todos devem ir falar com Jill Renner.

— Deixe que eu fique com você — disse Joel. — Conheço muitos visitantes, e eles me conhecem. Talvez eu possa ajudar.

Olhei para ele e aceitei.

— Vocês três, cuidem uns dos outros.

Brook, Celia e Wright foram bater na porta de Wayne, e Joel e eu descemos pela estrada até a casa de Wells Gordon, onde os Westfall, Harold e John, estavam hospedados com seus oito simbiontes, incluindo os dois que podiam ter estado entre as últimas pessoas a ver Theodora viva.

Não suspeitava que tivessem matado Theodora. Pelo que Preston me dissera, os Westfall não eram meus parentes próximos, nem dos Silk, mas estavam muito interessados no sucesso que minhas mães anciãs obtiveram combinando DNAs humano e Ina e me dando a luz do dia. Eles não ficaram ofendidos com isso, como os Silk tinham ficado.

Pensei em Milo, em seu desprezo por mim e em sua atitude menos letal, mas não menos real, de desprezo por simbiontes... Provavelmente por todos os humanos. Os Ina não podiam sobreviver sem humanos e, ainda assim, Milo parecia considerá-los pouco mais do que animais domésticos úteis. Como seria a vida de seus simbiontes?

E como as famílias que pensavam como os Silk se relacionavam entre si? Joan Braithwaite havia dito que ali havia muitos que amavam Milo. Deviam amá-lo apesar de sua arrogância. Ou talvez o amassem pelo que fora quando era mais jovem. Estava longe de ser adorável agora.

Eu tinha lido em um dos livros que peguei emprestado de Hayden sobre os períodos de rivalidade entre as famílias Ina, durante os quais os Ina lutavam fazendo principalmente o que os Silk fizeram com minhas famílias: usando humanos como armas, usando-os para matar membros das famílias uns dos outros. Hayden dissera que isso não acontecia em nenhum lugar do mundo havia séculos. Era considerado tão bárbaro entre os Ina quanto escaldar pessoas em óleo entre os humanos.

No entanto, de alguma forma, voltara à moda.

— Preciso falar com os dois simbiontes masculinos de Westfall — eu disse a Dulce Ramos, simbionte de Wells Gordon que, por acaso, estava acordada.

Ela acenou com a cabeça e disse:

— Certo. — E então: — Oi, Joel. — E nos levou para a ala de hóspedes da casa, no segundo andar. — Esses dois são irmãos... Gêmeos, eu acho. Gerald e Eric Cooper. Eric é o que tem bigode. — Ela fez uma pausa. — Eu soube do que aconteceu. Sinto muito.

Assenti.

— Obrigada.

— Você acha que os simbs de Westfall fizeram isso?

— Não. Mas podem ter visto alguma coisa.

Os simbiontes de Westfall estavam dormindo, mantendo os mesmos horários de seus Ina. Despertados, os irmãos Cooper saíram juntos, com os cabelos curtos e grisalhos espetados. Vestiam lindas túnicas feitas de um material vermelho-escuro muito liso. Eram como Celia os havia descrito; estavam sonolentos, mas interessados.

— Ouvi dizer que você pode ficar acordada durante o dia — disse Eric. — Mas eu não acreditava até agora.

Dei de ombros.

— Posso — confirmei —, mas, enquanto eu dormia esta manhã, alguém matou um dos meus simbiontes.

Os dois homens ficaram muito quietos.

— Theodora? — perguntou Gerald.

— Theodora — confirmei.

— Ah, meu Deus, eu sinto muito. Morta? Alguém a matou? Meu Deus!

— Hoje cedo. Ela está morta há cerca de dez horas.

Ele assentiu.

— E você veio falar conosco porque passamos um tempo conversando com ela ontem à noite.

— Vim falar com vocês porque os odores de ambos estavam nela — expliquei.

— Nós dois dançamos com ela — disse Eric. — Estava tão feliz, se divertindo tanto! Ela era fascinante.

— Quase só falava sobre você — disse Gerald. — Ela nos fez lembrar como era estar em uma simbiose totalmente nova. Estava muito apaixonada por você, disse que achava que sua vida estava acabada até você invadir a casa dela uma noite, surpreendê-la e causar uma revolução nela.

Quis rir daquilo. Depois quis escapar daqueles estranhos, encontrar um canto escuro e me encolher ali, balançando o corpo para a frente e para trás, gemendo e lamentando. Eles estavam falando com honestidade sobre Theodora, tanto quanto eu era capaz de sentir, e ainda assim eu os odiava. Tinham estado com ela, conversando, escutando, tocando-a durante as últimas horas dela. Eram estranhos e estiveram lá com ela. Eu não estive.

Ao meu lado, Joel pegou minha mão e a segurou. Isso ajudou um pouco, me deu um pouco de firmeza.

Eu me esforcei para manter voz e expressão neutras, porque assustar aqueles homens não me daria a informação que queria. E eu não podia despertar suas memórias simplesmente dizendo para se lembrarem. Não eram meus. O melhor que eu poderia fazer seria pedir ao Ina deles, quando acordasse, para despertar a memória deles. Por enquanto, eu só poderia tentar persuadi-los.

— Vocês se lembram que horas eram quando a deixaram? — perguntei.

— Ela nos deixou — disse Gerald. — Falou que estava cansada e que queria ir para a cama. Disse que não se reacostumara a ter uma vida social. Acho que era por volta das duas da manhã. — Ele olhou para o irmão. — Duas?

— Quase três — disse Eric. — Nós nos oferecemos para acompanhá-la até em casa, mas ela apenas sorriu, nos beijou e seguiu seu caminho. Eu a vi sair pela porta da frente. Foi a última vez que a vi...

— Viram alguém prestando atenção nela? — perguntei.

Ambos franziram a testa, então Eric balançou a cabeça.

— Eu estava olhando para ela. Posso ter deixado passar o que outra pessoa estava fazendo. — Ele olhou para mim. — Sem ofensa, mas eu a teria levado para a cama se pudesse.

Assenti. Eu entendia.

— Acho que ela não estava pronta para isso ainda.

— Não estava. — Ele fez uma pausa. — Assim que se foi, dois homens saíram. Não sei quem são nem com quais famílias estão. Droga, nem sei se estavam juntos. Mas saíram ao mesmo tempo.

— Conte do que você se lembra sobre eles — pedi. — Viu o rosto dos dois?

— Só por um momento — disse Eric. — Homens de aparência jovem. Cabelo castanho. Castanho médio. Ambos.

— Outra dupla de irmãos? — perguntei.

Eles olharam um para o outro, depois de volta para mim.

— Não, acredito que não — comentou Gerald. — Eram uma dupla como Mutt e Jeff.

Fiz uma careta.

— Um sujeito alto e o outro baixo — explicou Gerald. — E não se pareciam em nada, exceto pelo cabelo. Eram apenas dois caras.

— Qual a altura do baixinho? — perguntou Joel.

Gerald franziu a testa.

— Na verdade, muito baixo para ser um simbionte. Acho que a maioria dos Ina se preocuparia em ficar com um homem tão pequeno.

Repassei mentalmente a lista de pessoas que haviam deixado seus odores no corpo de Theodora. Dos que pude identificar, três deles eram homens de cabelos castanhos. Apenas um poderia ser chamado de baixo por todos, exceto eu. Gerald estava certo. O homem em quem eu estava pensando era magro e baixo, de fato muito pequeno para ser um simbionte. A maioria dos Ina temia machucar humanos menores. Em grande necessidade, até eu poderia tomar mais sangue do que um humano pequeno suportaria perder.

— Estime a altura do homem mais baixo — disse, só para ter certeza.

— Tinha mais ou menos entre 1,50 e 1,60 — disse Eric.

Joel assobiou.

— Isso pode significar que sua Ina é mulher — disse ele.

— Jack Roan — afirmei. — O cheiro dele estava em Theodora. Jack Roan simb de Katharine Dahlman. E Katharine Dahlman e sua irmã são as Ina adultas mais baixas que já vi. Jack dançou com Theodora?

— Se dançou, foi antes de chegarmos — disse Eric. — Estávamos em outra festa, na casa de Manning. Ela teria tido muito tempo para dançar com outras pessoas antes de chegarmos.

Mas provavelmente não tinha dançado. Theodora não saíra do lado de Celia até Eric e Gerald se interessarem por ela. Eu precisava falar com Jack Roan assim que possível.

Mas Jack Roan havia partido... Deixara Punta Nublada. Fui ao complexo de escritórios onde as Dahlman estavam hospedadas e ele não estava lá.

O complexo também era onde as Braithwaite estavam hospedadas, e um dos simbiontes de Margaret Braithwaite, um homem chamado Zane Carter, me disse ter visto Roan ir embora... Tinha visto ele pegar um dos carros das Dahlman e partir naquela manhã. Carter presumiu que Roan havia sido enviado para cumprir alguma tarefa por Katharine ou pela irmã dela, Sophia.

Além disso, o outro homem de cabelos castanhos da festa apareceu, aquele que havia deixado a festa ao mesmo tempo que Roan. No final, era alguém que eu conhecia ou, pelo menos, de cuja existência eu estava ciente. Era Hiram Majors simb de Preston, e seu cheiro não estava em Theodora. Fiquei aliviada ao perceber isso, pois sabia que ele estava com os Gordon.

Veio falar comigo por conta própria assim que soube que eu estava procurando por Roan... E o motivo pelo qual estava procurando por ele.

— Eu conversei com Jack ontem à noite — contou ao encontrar comigo e com Joel quando estávamos saindo do complexo de escritórios. — Acontece que ele e minha irmã estudaram na mesma época na universidade Carnegie Mellon, em Pittsburgh. Ele a conhecia, a viu em alguma peça... ela era estudante de artes cênicas. Então, encontrou-se com ela no dia seguinte e a convidou para tomar um café. — Hiram encolheu os ombros. — Estou afastado da minha família aqui. Foi bom conversar com alguém da minha cidade.

— Ele saiu de repente ontem à noite? — perguntei.

— Sim — admitiu Hiram. — Acho que estava observando a sua... Theodora?

— Esse era o nome dela.

— Eu realmente não a notei até que ela passou por nós a caminho da porta, e Jack olhou para ela e disse que tinha que fazer algo para Katharine. Disse que tinha se esquecido até aquele momento. — Hiram balançou a cabeça. — É por isso que me lembro dele tão claramente.

— Meu Deus — disse Joel. — Que coisa estúpida para um simbionte dizer a outro.

— Por quê? — perguntei, sem pensar.

Ambos olharam para mim. Joel respondeu:

— É impossível esquecer o que sua Ina lhe diz para fazer. Impossível. Essa é uma das primeiras coisas que se descobre como um simbionte. Jack Roan estava, eu acho, tão ansioso para ir atrás de Theodora que contou uma mentira realmente estúpida.

25

Pedi a Layla Cory, a primeira de Preston, que me informasse quando ele estivesse acordado.

Então voltei para a casa de hóspedes para conversar com Wright, Brook e Celia.

— Jill Renner viu Jack conversando com Theodora — disse Brook quando contei a eles sobre Jack Roan.

— Ela o reconheceu porque ele é muito baixo — acrescentou Wright. — Já o tinha notado antes.

— Onde eles estavam conversando? — perguntei.

— Lá fora — disse ele. — Perto da casa de Hayden. Era por volta das duas e meia ou três desta manhã. Ela estava a caminho de casa.

— Jill disse que não conseguiu ouvir o que eles estavam dizendo — adicionou Celia. — Mas não parecia estar acontecendo nada de errado. Quer dizer, Jill disse que ele não estava tocando nela ou coisa do tipo.

Assim que Layla Cory me ligou, deixei meus simbiontes na casa de hóspedes, fui até Preston e contei a ele o que havia acontecido e o que eu descobri. Conversamos em seu escritório, ao lado de seu quarto. O escritório era uma sala sem janelas com painéis de madeira e cadeiras forradas de couro, tapetes orientais espalhados pelo chão e muitas prateleiras de livros antigos encadernados em couro. Parecia, de alguma forma, uma caverna: a caverna na qual Preston renascia a cada dia.

— Katharine Dahlman — disse, e balançou a cabeça. — Conheço Katharine há três séculos. A família dela e a minha... Bem, não posso dizer que somos amigos, mas nos damos bem na maioria das vezes. Tem certeza? — Estávamos sentados frente a frente nas espaçosas poltronas de couro. Eu tinha tirado os sapatos e me encolhido na poltrona, porque era mais fácil do que me sentar com as pernas esticadas ou na beirada dela com os pés pendurados bem acima do chão. Era uma cadeira confortável para se encolher. Em circunstâncias diferentes, eu teria ficado completamente contente ali.

— Tenho certeza de que minha Theodora está morta — falei —, assassinada com um golpe tão forte que parte de seu crânio se quebrou. Tenho certeza de que Jack Roan simb de Katharine Dahlman a seguiu ao saírem da festa na casa de Philip depois de mentir sobre o motivo pelo qual estava saindo da festa. Jill Renner esteve nas mesmas festas que Theodora, e ela disse hoje de manhã que viu Roan conversando com Theodora perto da casa de Hayden. Algum tempo depois disso, Zane Carter viu Roan deixando Punta Nublada. Não posso afirmar que sei mais do que isso, mas deve ser o suficiente.

Preston olhou para mim por um momento, então balançou a cabeça.

— Eu amava Theodora e ela era minha — falei. — Veio até mim por vontade própria, animada. E agora, por me amar, ela está morta.

— Você não tem como saber isso — disse ele.

— Não posso provar — admiti. — Mas eu sei. Você também sabe. — Inspirei fundo. — Prometi a Martin Harrison que não mataria ninguém antes de falar com você ou com Hayden. E como o Conselho continua esta noite, não posso tentar seguir no encalço de Roan. — Outra inspiração. — Preston, o que posso fazer? Ela confiou em mim. Quero uma vida em troca da vida dela. Vou trocar uma vida pela vida dela.

Preston virou o rosto.

— A vida de Roan?

— A vida de Katharine!

— Não.

Eu não disse mais nada. Eu teria a vida de Katharine Dahlman. Não iríamos entrar no jogo de matar os simbiontes umas das outras como se eles nem fossem pessoas, como se não fossem nada.

Pulei da cadeira, peguei meus sapatos e comecei a me afastar dele.

— Quem protegerá seus outros simbiontes se você matar Katharine? — questionou Preston. — A família dela virá atrás de você. Você terá descumprido a lei, e eles serão livres para se proteger. Vão matar você e também matarão seus simbiontes, se tentarem ajudá-la. É claro que vão tentar. Você quer o resto do seu pessoal morto?

— Foram as Dahlman que descumpriram a lei!

— Concordo com você; é quase certo que sim. Mas isso ainda não está provado.

— Minha família se foi! — exclamei, virando-me para encará-lo novamente. — A memória que eu tinha deles se foi. Não posso nem chorar por eles direito porque, para mim, nunca nem viveram. Agora comecei a reaprender quem sou, a reconstruir minha vida, e meus inimigos ainda estão matando meu povo. Onde haverá segurança para meus simbiontes ou para mim?

— Continue com o Conselho de Sentença.

Se fosse qualquer outra pessoa que não Preston, eu teria ido embora sem me preocupar em responder. Mas Preston tornara-se importante para mim. Não só porque eu gostava dele. Era o pai ancião de Daniel. A favor de um acasalamento entre seus filhos e eu.

— Por quê? — indaguei. — Por que devo esperar?

— Pense por que isso foi feito, Shori. Pense. Você estava no controle de si ontem à noite. Se sua memória estivesse intacta, você não estaria, não conseguiria permanecer tão calma enquanto se sentava na mesma sala com as pessoas que provavelmente mataram suas famílias. Acho que não pensavam que estaria calma. Acho que os Silk e talvez as Dahlman esperavam que você não apenas parecesse incomum por sua pele escura, mas estivesse fora de si pela dor, pelo luto, pela raiva, que seria uma criatura lamentável, perigosa e enlouquecida. Nós, Ina, não lidamos com perdas tão bem quanto a maioria dos humanos. É uma coisa muito mais rara conosco, e quando acontece, o luto é... quase insuportável.

Desviei o olhar do dele.

— Eu sei como é o luto.

— Claro que sim. Está aí se abraçando como se estivesse tentando se controlar. Eles fizeram isso com você, Shori. Querem que você fique assim!

Eu me vi encostando na parede, querendo deslizar por ela, querendo me dissolver no chão.

— O que posso fazer? — perguntei. — Como Katharine pode ser punida quando os Silk são os únicos a quem todos estão prestando atenção?

— É aos fatos que se espera que o Conselho preste atenção.

— Mas Katharine Dahlman é membro do Conselho.

— Desafie-a esta noite. Conte ao Conselho o que aconteceu assim como me contou. Apenas fatos. Deixe-os tirar suas próprias conclusões. Deixe-os interrogar você. Então peça que Katharine seja removida do Conselho.

— E eles vão fazer isso? Tudo o que preciso fazer é pedir e farão isso?

— Sim. Eles vão fazer perguntas a ela. Depois, farão isso porque saberão que você está dizendo a verdade, e vão decidir se ela é culpada ou inocente, assim como a punição dela, se houver uma punição, amanhã à noite, quando decidirem o que fazer com os Silk. Mas, assim que ela sair do Conselho, outra pessoa terá que ir junto. E talvez tenha que ser Vlad.

Se houvesse uma punição? Se? Se não a punissem, eu o faria. Eu a mataria. Encontraria uma maneira de fazer isso, uma maneira que não deixaria meus simbiontes desprotegidos. Talvez pudesse arranjar um criminoso humano, um assassino, e fazer com que ele a matasse e depois morresse antes de ser obrigado a dizer quem o havia enviado. O pessoal de Katharine teria tanta certeza de quem foi quanto eu, mas se ela conseguisse se safar, eu também conseguiria. Eu tinha de fazer alguma coisa. O que queria fazer era despedaçá-la com meus dentes e mãos. Talvez chegasse a fazer isso.

Então minha mente registrou a outra coisa que Preston havia dito. Vladimir Leontyev, meu advogado, um dos pais de minhas mães, fora do Conselho.

— Por quê? — questionei.

— Equilíbrio numérico. Todos os Conselhos de Sentença devem ter um número ímpar de membros. Se Katharine deixasse o Conselho por causa de um ferimento ou uma emergência em casa, sua irmã Sophia tomaria seu lugar. Dadas as circunstâncias, acho que você ou seu advogado não achariam Sophia mais aceitável do que Katharine.

— Concordo — falei. Não era possível saber se isso era algo que ambas as irmãs haviam combinado de fazer ou algo que Katharine havia planejado por conta própria.

— Além disso — disse Preston —, parecerá razoável para as pessoas que você e os Silk percam seus advogados.

— É como se eles estivessem jogando. Afinal, não estou tentando tirá-la porque ela é a advogada dos Silk.

— Não é um jogo, Shori. O Conselho saberá por que Katharine deve sair. Mas será melhor para você se fizer isso de acordo com o costume. — Ele franziu a testa, olhou para mim, depois desviou o olhar. — Você, mais do que ninguém, deve demonstrar que pode seguir nossos costumes. Não deve dar às pessoas que decidiram ser suas inimigas nenhum tipo de vantagem. Deve parecer mais Ina do que eles.

— Eu não sei como fazer isso.

— Você sabe o suficiente. Quando não souber, pergunte.

— A quem devo perguntar? Quem vai me defender agora?

Ele pensou por um momento.

— Joan Braithwaite?

Tive de pensar também.

— Se Margaret fosse membro do Conselho, eu diria que sim, mas Joan… Quanto ela é amiga dos Silk?

— Por causa da maneira como falou com você ontem à noite?

— Isso e… Quando terminou de falar comigo, ela foi falar com os Silk.

— Você deveria ter ouvido o que ela disse para eles, para Milo em particular.

Esperei.

— Disse a ele para dar o lugar a um de seus filhos ou ela mesma, diante do Conselho, questionaria a estabilidade mental dele.

— Como ele questionou a minha.

— Sim. Estúpido da parte dele. Mas, como já lhe disse, você não se mostrou como os Silk esperavam que fosse. Você deveria, de acordo com todos os cálculos, não ser nem a sombra do que costumava ser, enlouquecida pelo luto, pela raiva, ou apenas louca. — Ele fez uma pausa. — Eu me pergunto se isso é parte do motivo pelo qual sua memória se apagou, não apenas porque você sofreu golpes na cabeça, mas por causa do golpe emocional da morte de todos os seus simbiontes, suas irmãs e suas mães... Todos. Você deve ter visto acontecer. Talvez tenha sido isso que destruiu a pessoa que você era.

Pensei a respeito daquilo. Tentei deixar suas palavras tocarem algum sentimento, algum luto ou dor, alguma lembrança. Mas aquelas pessoas eram estranhas. Agora, havia apenas Theodora e a dor ao simplesmente pensar em seu nome.

— Não sei — falei. — Talvez nunca saiba.

— Vá falar com Joan, Shori. Veja-a antes do início da sessão desta noite.

Eu olhei para seu rosto gentil, e me assustou o quanto eu gostava e dependia dele, embora não o conhecesse muito bem. Mas, até aí, eu não conhecia ninguém muito bem.

— O que Joan teria feito de diferente se tivesse sido minha advogada desde o início? — perguntei.

Ele me deu um sorriso fraco e infeliz.

— Pelo que sei dela, acho que teria sido dura do mesmo jeito com você, talvez mais ainda. Mas não teria falado nada com os Silk e talvez Milo tivesse continuado a representar sua família e acabaria ofendendo quase todo mundo. Vá falar com ela, Shori. Faça isso agora.

Fui, parando na casa de hóspedes para ver Wright, Joel, Brook e Celia. Precisava vê-los para ter certeza de que estavam bem, precisava tocar cada um deles. Estavam comendo, compartilhando rosbife, uma mistura de arroz integral e selvagem, molho de carne e vagem com os seis simbiontes das Rappaport.

— Preciso que todos vocês venham ao Conselho hoje à noite — pedi. Achava que não suportaria se ficassem longe, se eu não pudesse vê-los e nem saber que estavam bem por tantas horas.

— Imaginamos — disse Celia.

— Não se preocupe — falou Wright. — Íamos ao salão do Conselho assim que terminássemos de jantar. — O depósito tinha se tornado o "salão do Conselho" do dia para a noite.

— Fiquem juntos — pedi. — Cuidem uns dos outros.

Eles assentiram e eu os deixei. Fui aos escritórios que as Braithwaite estava usando como alojamento. Teria dado muita coisa para poder apenas me sentar com meus simbiontes, observá-los comer, ouvir suas vozes, caminhar com eles até o salão do Conselho, onde eu garantiria que tivessem assentos na frente, para que sempre pudesse vê-los. Em vez disso, fui procurar Joan Braithwaite.

Tropecei e quase caí nos degraus que levavam aos escritórios. Machuquei o pé o suficiente para ter que ficar imóvel por um momento esperando que parasse de latejar. Ocorreu-me, enquanto estava ali parada, que não conseguia me lembrar de ter tropeçado assim desde o dia em que saí da caverna, estando curada o suficiente para caçar. Era o que Preston tinha dito. Theodora foi assassinada para que eu começasse a tropeçar de todas as maneiras.

Fiquei parada por mais um minuto, respirando, recuperando o equilíbrio da melhor maneira possível. Então entrei e fui atrás de Joan.

Ela estava no escritório que servia como seu quarto, sentada à escrivaninha, escrevendo em um caderno espiralado. Fechou o caderno quando entrei. A cama dobrável que havia sido trazida para ela estava cheia de cobertores que jogara de lado. Suas roupas, livros e outros objetos estavam espalhados pelo quarto. O quarto era desordenado como o de Theodora. De alguma forma, isso me fez gostar um pouco dela.

— Suponho que tenha vindo me pedir para ser sua advogada — disse ela à sua maneira ágil e direto ao ponto.

— Vim — concordei, aliviada por ela já saber. Zane Carter, que me relatou ter visto Jack Roan ir embora, provavelmente contara tudo a Joan e Margaret.

— Você não machucou ninguém? — indagou Joan.

Sacudi a cabeça.

— Prometi a Martin Harrison que não o faria. Eu disse que esperaria para falar com Preston ou Hayden. Quando conversei com Preston, ele me mandou até você.

Ela virou a cadeira de frente para mim, apoiando as mãos nos encostos para braço.

— Então você está praticamente no controle de si? Superou o estado de choque?

Apenas a encarei.

Depois de um tempo, ela assentiu.

— Quando a raiva a estiver sufocando, é melhor não dizer nada. Como estão seus outros simbiontes?

— Bem. — Sim. Bem. Aturando a mim e à minha necessidade de estar perto deles.

— Tem gente no Conselho que vai fazer a você perguntas muito mais dolorosas do que as que fiz até agora, Shori. Alguém com certeza vai perguntar se não foi você mesma que matou sua Theodora.

Fiquei boquiaberta.

— O quê? Eu... O quê?

— E alguém vai querer saber se ela te aceitou totalmente, se estava vinculada a você.

Não consegui dizer nada por vários segundos. Em algum nível, eu entendia o que Joan estava fazendo. Eu não adorava o que estava fazendo, mas entendia. Ainda assim, demorei algum tempo para ser capaz de responder de forma coerente.

— Ela me aceitou — disse por fim. Limpei a garganta. — Theodora me amava. Eu a vinculei aqui em Punta Nublada. Ela era minha quando morreu. Antes de chegar, vários dias atrás, não nos encontrávamos com frequência o suficiente para estar totalmente vinculadas, mas ela queria estar. Ela queria estar comigo, e eu a queria. Eu a amava.

— Você compreende por que pergunto isso?

— Não.

Ela olhou para baixo, umedeceu os lábios.

— Simbiontes... simbiontes totalmente vinculados... abrem mão de muita liberdade para estar conosco. Às vezes, depois de algum tempo, eles se ressentem de nós, mesmo não querendo realmente ir embora, mesmo nos amando. Como resultado, eles se comportam mal. Eu não os culpo, mas...

— Ela não se ressentia de mim. Ainda não sabia de fato do que estava desistindo. E... confiava em mim.

— Deixe-me terminar. Nossos sentidos são muito mais aguçados do que os deles, somos muito mais rápidas e mais fortes do que eles, e por isso é uma coisa boa que tenham certa proteção contra nós. Na verdade, é extremamente difícil para nós matar ou ferir simbiontes vinculados. É difícil, muito difícil, até mesmo termos vontade de fazer uma coisa assim.

"Nem o Milo conseguiu. Ele se ressente de sua necessidade deles, vê isso como uma fraqueza, e ainda assim os ama. Ele se colocaria entre seus simbiontes e qualquer ameaça. Poderia gritar com eles, mas mesmo assim seria cuidadoso. Não ordenaria que prejudicassem a si mesmos ou uns aos outros. E nunca machucaria um deles. Acho que é um instinto de autopreservação que temos. Precisamos de nossos simbiontes mais do que a maioria deles sabe. Precisamos não apenas de seu sangue, mas de contato físico com eles e da segurança emocional que oferecem. Companhia. Eu nunca conheci nem mesmo um de nós capaz de sobreviver sem simbiontes. Deveríamos ser capazes disso, sobreviver através da caça sem compromisso. Mas a verdade é que isso só funciona por curtos períodos. Depois, adoecemos. Ou tecemos para nós mesmos uma família de simbiontes, ou morremos. O nosso corpo precisa do corpo deles. Mas seres humanos que não estejam vinculados a nós, que estejam vinculados a outros Ina, ou não tenham nenhum vínculo... não têm nenhuma proteção contra nós, exceto nossa ética, exceto pela moral que escolhemos para viver. Você entende?"

Eu entendia. E ela havia acabado de me contar mais sobre o básico de ser Ina do que qualquer outra pessoa. Eu me perguntava de que outras informações necessárias eu não sabia. Respirei fundo.

— Entendo — disse. — Theodora estava vinculada a mim. E nunca a machuquei. Nunca a teria machucado.

Ela me observou enquanto eu falava, sem dúvida me julgando, decidindo se eu estava dizendo a verdade, se eu valia seu tempo.

— Tudo bem — falou. — Tudo bem, serei sua advogada quando chegar a hora. — Ela olhou o relógio. — Vamos para o salão.

26

Depois que Katharine Dahlman ouviu o que eu tinha a dizer, ela negou tudo. Nem ela, nem seu simbionte Jack Roan tinham nada a ver com a morte da "pessoa que Shori Matthews reivindica como sua simbionte".

— Elas escolheram uma à outra — disse Vladimir Leontyev. — Todos nós vimos isso.

— Onde está Jack Roan? — perguntou Joan Braithwaite.

— Não sei — disse Katharine. — Meus outros simbiontes me disseram que ele teve de ir... Alguma emergência familiar. Ele tem família em Los Angeles, em Phoenix, no Arizona, e em Austin, no Texas. — Ela disse tudo isso com uma expressão estranha, dissimulada e sorridente que eu não tinha visto antes. E, é claro, estava mentindo. Tudo o que disse era mentira. Tive a impressão de que ela não se importava que soubéssemos.

Vladimir pareceu indignado.

— Você está nos dizendo que Roan é seu, mas que não tem ideia de para qual dessas três grandes cidades em três estados diferentes ele foi?

Katharine resignou-se.

— Foi uma emergência — disse. — Ele nem pôde esperar até eu acordar. Confio no meu pessoal.

— E deveria — falei. — Seu pessoal é claramente muito competente, em especial quando se trata de assassinar uma simbionte desavisada que nunca lhes fez nenhum mal. —

Olhei ao longo do arco para os outros membros do Conselho.
— Solicito que ela seja afastada deste Conselho.

— Você solicita?! — Katharine pareceu se engasgar com as palavras. — Eu solicito que você seja retirada desta sala! Você é uma criança, claramente muito jovem para saber se comportar. E contesto seu direito de representar os interesses de famílias que infelizmente faleceram. Você é descendente delas, mas por causa do erro que cometeram, por causa do grande erro delas, você não é Ina! Ninguém pode ter certeza da veracidade de qualquer coisa que você diz, porque não é nem Ina, nem humana. Seu cheiro, suas reações, suas expressões faciais, sua linguagem corporal: nada disso está certo. Você diz que sua simbionte acabou de morrer. Se assim fosse, você estaria prostrada. Não seria capaz de se sentar aqui contando mentiras e discutindo. Uma verdadeira Ina conhece a dor de perder um simbionte. Nós somos Ina. Você não é nada!

Houve uma elevação de vozes da plateia: muitas reações negativas, mas também alguma concordância. Todos os Ina, visitantes e locais, estavam presentes na audiência ou no Conselho. O resto dos assentos foi preenchido por simbiontes que também tinha opiniões a meu respeito. De modo esperado, os simbiontes que reagiram estavam do meu lado. Foram os Ina que se dividiram.

Preston se levantou.

— Escutem! — ele bradou, em uma voz que faria Milo Silk se orgulhar, e o salão ficou em completo silêncio. Alguns segundos depois, ele repetiu, mais baixo: — Escutem. Shori Matthews é tão Ina quanto nós. Além disso, carrega o DNA humano potencialmente salvador de vidas, que escureceu sua pele e deu a ela algo que buscamos há gerações: a habilidade de andar à luz do sol, de ficar acordada e alerta durante o dia. — Ele fez uma pausa e logo ergueu a voz de novo. — Suas mães, suas irmãs, seu pai e seus irmãos eram Ina e foram assassinados com todos os outros, exceto dois de seus simbiontes. Todos os primeiros simbiontes de Shori foram mortos. Este Conselho se reuniu para determinar quem é responsável pelos assassinatos, e agora também deve considerar o assassinato de Theodora Harden, uma das novas simbiontes de Shori. Estamos aqui para determinar a culpa ou a inocência dos acusados desses assassinatos e, se forem considerados culpados, decidir o que fazer com eles. Com base no que ouvimos até agora, não acredito que Katharine Dahlman deveria ser membro deste Conselho.

Katharine Dahlman sentou-se muito aprumada e encarou Preston com raiva.

— Você quer que seus filhos acasalem com essa pessoa. Quer que eles tenham crianças negras e humanas com ela. Aqui nos Estados Unidos, mesmo a maioria dos humanos vai menosprezá-las. Quando vim para este país, tais pessoas eram mantidas como propriedade, como escravas. Você é tendencioso a favor de Shori e não é membro votante deste Conselho. Eu não vou desistir do meu lugar porque você quer.

Preston olhou para ela, inexpressivo, imóvel.

— Conselheiros, considerem se são a favor ou contra a permanência de Katharine entre vocês. — Ele pausou até todos se virarem para olhar para ele.

— Zoë Fotopoulos? — disse, virando-se para ela. Ela era a mais afastada de mim, sentada ao lado da mesa de Russell Silk.

Zoë olhou de Katharine para Preston, então balançou a cabeça.

— Katharine deve ir — disse. — E precisamos considerar o que fazer sobre ela direcionar seu simbionte para matar o simbionte de Shori. Como os Silk, ela deve ser julgada.

— Ela deve ser julgada — Preston repetiu. — Joan Braithwaite?

— Katharine deve ir — Joan disse com seriedade. — Seus medos a tornaram estúpida. Não podemos nos dar ao luxo de ter membros estúpidos no Conselho. As decisões que tomamos aqui são importantes. Devem ser feitas com a mente livre. — Ela não olhou para Katharine enquanto falava, mas Katharine olhava para ela com ódio escancarado.

— Alexander Svoboda? — continuou Preston.

— Katharine deve ir — disse —, mas é melhor decidirmos agora quem irá com ela para manter o número correto.

— Peter Marcu?

— Ela deve ir — disse. — Mas ela é a defensora dos Silk. Talvez Vlad deva ser o outro membro a sair.

— Vladimir Leontyev?

Meu pai ancião parecia mais zangado do que o restante deles. Precisei apenas de um instante e de um olhar dele para perceber que estava com raiva em meu nome. Algo mais havia sido feito contra mim, e por isso ele estava furioso.

— Katharine deve ir! — falou. — Se isso significa que eu vou também, que seja. Como ela pode ter imaginado que isso seria ignorado? Nossos simbiontes não são instrumentos a serem usados para matar os simbiontes de outras pessoas. Esses tempos passaram, e nada que os possa reviver deve ser permitido.

— Ana Morariu?

Ana hesitou e olhou para a mesa.

— Katharine deve ficar — disse. — Vamos cuidar de uma questão por vez. Afinal, Katharine pode estar dizendo a verdade sobre seu simbionte. Não a devemos julgar tão depressa assim. — Várias pessoas franziram a testa para ela ou desviaram o olhar. Outras concordaram. Vladimir estava certo. Katharine não se esforçou para tornar suas mentiras plausíveis, como se esperasse que pelo menos alguns dos presentes ficassem do lado dela por usar seu simbionte para matar o simbionte de alguém tão insignificante quanto eu, uma criatura tão pequena. Foi um pequeno erro que poderia passar despercebido entre amigos. Amigos como Ana Morariu.

— Alice Rappaport?

— Ela deve ir. — Alice olhou para Katharine, depois desviou o olhar e balançou a cabeça. — Ao longo dos séculos, vi muito preconceito racial entre os humanos. Não precisamos cultivar essa erva daninha entre nós.

— Harold Westfall?

— Ela deve ir. Eu também já vi racismo mais do que suficiente.

— Kira Nicolau?

— Katharine deve ir. Pode estar certa sobre Shori, mas mandou seu simbionte para matar um humano que Shori chamava de simbionte. Nenhum membro de um Conselho de Sentença deveria fazer uma coisa dessas, e nenhum Conselho de Sentença deveria tolerar uma coisa dessas.

— Ion Andrei?

— Acho que Katharine deve ficar. *Se* ela cometeu um erro... Se ela cometeu um erro... Bem, podemos investigar isso em outra ocasião.

— Walter Nagy?

— Ela deve ir. Nenhum de nós quer voltar aos dias de rivalidades travadas matando os simbiontes uns dos outros.

— Elizabeth Akhmatova?

— Ela deve ir. Como pode matar o simbionte de outra Ina e não dar importância a isso? Que tipo de pessoa faria uma coisa dessas?

Aquela era uma pergunta excelente.

Katharine pareceu surpresa com o fato de a maioria dos votos ter sido contra ela. Esperava mesmo se beneficiar do que havia feito. Tinha conseguido tirar seu simbionte do meu alcance para que eu não pudesse persegui-lo e matá-lo antes que ela acordasse. Na verdade, eu não o mataria. A vida dele não me interessava. A dela, sim. Mas ela não me conhecia e não estava disposta a arriscar a preciosa pele de Jack Roan. Imaginara que seus colegas de Conselho, todos Ina, todos com mais ou menos a sua idade, aceitariam o que tinha feito, mesmo que não gostassem. Acreditava que eu perderia o controle e me desgraçaria perante o Conselho, talvez a atacando, ou, se não o fizesse, ela poderia usar minha aparente falta de emoção para ressaltar que eu não era Ina. Ela venceria de qualquer maneira. O que importava a vida da minha Theodora?

Katharine deixou a mesa, olhando para mim como se eu a tivesse ferido de alguma forma. Eu não tinha. Mas iria. Com certeza iria.

Depois de um pouco mais de discussão, Vladimir também foi embora. Fiquei com pena de vê-lo partir. Wright o chamava de meu avô. Os Ina, por algum motivo, não usavam as palavras que os humanos usavam para descrever parentesco: "avô", "tia", "primo". Mas eu gostava da ideia de ter Vladimir e Konstantin como meus pais anciãos. Confortava-me saber que ainda tinha pais anciãos, que era uma filha mais nova de alguém.

Tanto Vladimir quanto Katharine foram se sentar na plateia. Wayne e Philip Gordon trouxeram cadeiras para eles. Feito isso, o Conselho poderia voltar à questão de saber se os Silk mataram minhas famílias.

Primeiro os Silk interrogaram vários dos Gordon, incluindo Preston, que ficou de pé como os outros diante do microfone avulso e respondeu com calma às mesmas perguntas ofensivas. Ele as respondeu sem protestar.

Não, ele não estava preocupado em permitir que seus filhos acasalassem com alguém que foi, entre outras coisas, um experimento genético.

— Tive a oportunidade de conhecê-la — disse. — Ela é inteligente, uma jovem saudável e simpática. Quando for mais velha, terá bebês fortes, e alguns deles caminharão à luz do sol.

Então Russell convocou Hayden e fez a mesma pergunta a ele.

— Estou preocupado porque ela está sozinha — disse Hayden. — Espero que adote uma irmã antes de acasalar com meus filhos mais novos. Meu irmão está certo sobre Shori. Ela é brilhante, saudável e simpática. Quando suas irmãs estavam vivas, vislumbrei um acasalamento entre elas e meus filhos mais novos como um encontro perfeito, ou o mais próximo possível da perfeição de qualquer união.

Eu me senti melhor em relação a Hayden depois disso. Ele parecia estar dizendo a verdade. Eu esperava que estivesse. Ele tinha idade suficiente para me fazer acreditar em uma mentira e talvez convencer todos os outros no salão. Mas por que faria isso?

Os Silk trouxeram um médico que era um de seus simbiontes, pobre homem. Russell pediu ao Conselho que permitisse que o médico me interrogasse sobre meus ferimentos. A intenção era ser ofensivo, outro esforço, como o de Milo, de me tratar como humana em vez de Ina e, é claro, me humilhar.

— Ele pode nos dar algumas informações sobre a amnésia de Shori — justificou Russell inocentemente. — Os humanos estão mais familiarizados com problemas de memória.

Ion Andrei, o novo advogado de Russell, disse:

— Russell tem o direito de se afastar e deixar que alguém com conhecimento especializado fale por ele.

Joan Braithwaite suspirou.

— Poderíamos perder muito tempo discutindo quanto a permitir ou não as perguntas do médico. Não vamos fazer isso. Shori, você está disposta a ser interrogada por este homem?

— Não estou — respondi.

Ela assentiu e olhou para mim por um momento.

— As implicações do pedido são ofensivas — argumentou. — Pretendem ser. No entanto, eu a aconselho a deixar que o médico a interrogue. Ele não quer fazer mal. É apenas mais um simbionte sendo usado para lhe causar dor. Irônico e desagradável, não é? Não importa. Aconselho-a a suportar a dor para que qualquer pessoa no Conselho que desconfie de você possa ver um pouco mais de quem e o que você é.

Eu não gostava de Joan Braithwaite. Mas pensei que poderia, com o tempo, passar a amá-la. Era umas das poucas parentes próximas que me restavam.

— Tudo bem — concordei. — Vou responder às perguntas do médico.

O médico foi chamado ao microfone avulso. Era um homem ruivo, alto e com sardas, o primeiro ruivo que me lembrava de ter visto.

— Você sente alguma dor, Shori? — perguntou ele. — Algum dos ferimentos que sofreu lhe causou dificuldade?

— Não sinto dor agora — disse. — Sentia antes de meus ferimentos cicatrizarem, é claro, mas eles se curaram por completo, exceto pela minha memória.

— Você se lembra de seus ferimentos? Pode descrevê-los?

Eu os recordei, triste.

— Tive a maior parte do corpo queimada, meu rosto, minha cabeça. Minha cabeça não foi apenas queimada, mas... os ossos do meu crânio estavam fraturados o bastante para que, em dois lugares de minha cabeça, eu sentisse... um tipo de maciez quando tocava. Eu estava cega. Doía respirar. Bem, doía fazer qualquer coisa. Eu conseguia me mover, mas minha coordenação era ruim no começo. Isso é tudo.

O médico olhou para mim e sua expressão passou de descrente para um olhar que eu só poderia descrever como faminto. Era estranho ver um ser humano me olhar assim. Por um instante, pareceu ser um Ina quando estamos muito, muito famintos. Ele se controlou depois de um momento e conseguiu parecer apenas ligeiramente interessado.

— Quanto tempo esses ferimentos levaram para se curar? — perguntou.

— Não tenho certeza — disse. — No começo, eu dormia muito, quando a dor me deixava dormir. Eu estava mais consciente da dor. Lembro-me de tudo o que aconteceu quando consegui sair da caverna, mas não tenho certeza sobre o que aconteceu antes disso.

— Mas se lembra de matar e comer Hugh Tang?

Recuei e olhei para o homem, imaginando quanto do que ele estava perguntando lhe tinha sido ordenado. Joan e eu estávamos erradas? O médico estava se divertindo?

— Eu já disse que me lembro de matar e comer Hugh Tang — afirmei.

Ele pareceu desconfortável.

— Você poderia nos dizer — disse ele — algo que foi capaz de lembrar de sua vida antes de ser ferida?

— Não me lembro de nada do meu passado antes da caverna — disse, como se não tivesse dito isso uma dúzia de vezes na noite anterior.

— Isso a incomoda? — perguntou ele.

— É claro que sim.

— Qual é a sua resposta para isso, então? Você simplesmente aceita sua perda de memória?

— Não tenho escolha. Estou reaprendendo as coisas que eu deveria saber a meu respeito e a respeito do meu povo.

— Você se sente uma pessoa diferente devido a sua perda?

Tive um impulso quase irresistível de gritar com ele. Em vez disso, fiquei em silêncio até conseguir controlar meu tom de voz. Então falei cuidadosamente ao microfone.

— Minha infância se foi. Minhas famílias se foram. Meus primeiros simbiontes se foram. A maior parte da minha educação se foi. Os primeiros 53 anos da minha vida se foram. É isso que você quer dizer com "uma pessoa diferente"?

Ele hesitou.

Russell Silk disse:

— Ainda não é sua hora de interrogar.

Eu o ignorei e falei com o médico.

— Já respondi à pergunta?

Ele não se mexeu, mas agora parecia muito desconfortável. Não enfrentava meu olhar.

— Sim — disse ele. — Sim, respondeu.

O médico passou a fazer várias outras perguntas que eu já tinha respondido de uma forma ou de outra. Quando ficou sem perguntas, pensei que parecia bastante envergonhado de si mesmo. Seu jeito parecia levemente arrependido, e eu voltei a sentir pena dele. Como tinha ido parar com um integrante da família Silk?

— O médico a está aborrecendo, Shori? — perguntou Russell, me surpreendendo. Ele não gostava de se dirigir a mim diretamente. Era uma característica da família.

— Tenho certeza de que ele está fazendo exatamente o que você o instruiu a fazer — disse.

— Não tenho mais perguntas — disse o médico. Mais tarde, Carmen me disse que ele era neurologista, um médico especializado em doenças e distúrbios do sistema nervoso central. Não é de se admirar que estivesse tão interessado em meus ferimentos. Eu me perguntei se ele odiava os Silk.

Por fim, chegou minha vez de fazer perguntas. Usei minha vez para chamar os filhos mais novos de Russell e os irmãos dele para interrogatório. Perguntei a cada um se sabia que alguém em sua família estava planejando matar as famílias Petrescu e Matthews.

Alan Silk, um dos filhos mais novos de Russell e seus irmãos, era meu melhor interrogado, um homem bonito de 180 anos que ainda não tinha aprendido muita coisa sobre mentir com sucesso, mas que insistiu em mentir.

— Não sei nada sobre o assassinato dessas famílias — disse em resposta à minha pergunta. — Minha família não teve nada a ver com nada disso. Jamais tomaríamos parte nessas coisas.

Eu ignorei.

— Você ajudou outros membros de sua família a reunir humanos em Los Angeles ou em Pasadena, humanos que mais tarde foram preparados para matar as Matthews e os Petrescu?

— Não! Nenhum de nós o fez. Na verdade, eu não ficaria surpreso em saber que suas famílias masculina e feminina se destruíram entre si.

Russell estremeceu, mas Alan não percebeu porque estava olhando para mim.

— É nisso que você acredita? — perguntei. — Acredita que minhas mães e irmãs e meu pai e irmãos mataram uns aos outros?

Ele começou a parecer desconfortável.

— Talvez — murmurou. — Não sei.

— Você não sabe no que acredita?

Ele olhou para mim.

— Acredito que minha família não teve nada a ver com o que aconteceu, é nisso que eu acredito. Minha família é honrada e é Ina!

— Você acredita que minhas famílias se mataram?

Ele olhou em volta com raiva, pousando os olhos em seu novo advogado, Ion Andrei, que pelo visto decidiu não entrar nessa discussão tola em particular.

— Não sei o que eles fizeram — murmurou com raiva. Pôs as mãos à frente do corpo, uma segurando a outra.

Suspirei.

— Tudo bem — falei. — Vamos ver suas crenças a respeito de outra coisa. Vários humanos foram usados para matar minhas famílias. Como você se sente sobre isso? Os humanos são apenas ferramentas para usarmos sempre que encontrarmos um uso para eles?

— Não! — disse ele. — É claro que não. — Ele me olhou com desprezo. — Nenhum Ina de verdade poderia sequer fazer essa pergunta. — De repente, ele balançou os braços ao lado do corpo, então os segurou à sua frente outra vez, como se não soubesse o que fazer com eles.

— O que são humanos, então? O que eles são para você?

Ele parou de me encarar e olhou em dúvida para Russell.

Russell disse:

— O que as opiniões dele sobre os humanos têm a ver com suas famílias?

— Humanos foram usados como substitutos do assassino — falei. — O que você pensa sobre usá-los dessa maneira?

— Eu? — perguntou Russell.

— Você — confirmei.

— Você terminou de interrogar Alan, então?

— Não. Mas você interveio e é minha vez de fazer perguntas. Você teve a sua. Se quiser, porém, posso interrogá-lo assim que terminar com Alan.

Ele pareceu confuso e irritado ao mesmo tempo. Como parecia não saber o que dizer, voltei minha atenção para Alan.

— Quer dizer que os humanos são instrumentos? Devemos ser livres para usá-los de acordo com nossas necessidades?

— É claro que não!

— É errado mandar humanos matarem pessoas Ina e seus simbiontes?

— É claro que está errado!

— Conhece alguém que já fez isso?

— Não! — Ele quase gritou a palavra. O som de sua própria voz foi amplificado pelo microfone e pareceu assustá-lo, e ele ficou em silêncio por um momento. Então repetiu: — Não. É claro que não. Não.

Todas as suas respostas às minhas perguntas sobre os humanos eram mentiras. Suspeitava que seus irmãos mentiram quando os questionei. Eu queria acreditar que estavam mentindo. Mas meus sentidos me disseram que Alan, com suas pequenas contrações e sua falsa indignação... Alan, sem dúvida, estava mentindo.

Se eu pude perceber, qualquer um no Conselho poderia.

27

Quando a segunda noite do Conselho terminou, eu estava exausta e ainda inquieta. Não tinha fome e não conseguiria dormir. Precisava correr. Pensei que, se eu circulasse pela comunidade, correndo o mais rápido possível, poderia extinguir um pouco da minha tensão.

Levantei-me da mesa e juntei-me aos meus simbiontes. Caminhei do lado de fora com eles, e voltamos para a casa de hóspedes.

— O quc impede Katharine Dahlman de escapar? — perguntou Wright. — Ela pode decidir se juntar a seu simbionte no Texas ou onde quer que ele esteja.

— Ela não vai fugir — disse Joel. — É muito orgulhosa. Não vai envergonhar a si mesma ou à família fugindo. Além do mais... — Ele fez uma pausa. Olhei para ele. — Além disso — falou para mim —, ela pode acreditar que tem mais chance de sobreviver se ficar aqui e receber sua punição.

Eu não disse nada. Apenas o olhei.

Ele encolheu os ombros.

Na casa de hóspedes, os quatro foram direto para a cozinha. Enquanto preparavam uma refeição, saí para correr. Só comecei a me sentir melhor depois de ter dado não uma, mas três voltas ao redor da comunidade. Eu era a única correndo. Todos os outros, Ina e humanos, tinham voltado para suas refeições e suas camas.

Quando entrei, evitei a cozinha e a sala de jantar, onde ouvia todos os meus quatro simbiontes e os seis simbiontes de

Rappaport movendo-se, conversando, comendo. Subi e tomei um banho. Planejava passar a noite com Joel. Meu costume era poder provar qualquer um a qualquer hora: um pequeno prazer para mim e para meus simbiontes, um prazer maior que um beijo, mas não tão intenso quanto me alimentar ou fazer amor. Mas eu me certificava de fazer uma refeição completa de cada um deles a cada cinco noites.

Agora teria que ser a cada quatro. Em breve, teria que conseguir mais simbiontes, mas como poderia pensar em fazer isso agora?

Seca e vestida com uma das camisetas de Wright, de alguma forma acabei no quarto de Theodora. Não foi consciente. O cheiro dela me atraiu. Sentei-me na cama, depois me deitei, cercada por seu cheiro. Fechei os olhos e foi como se ela pudesse entrar pela porta a qualquer momento, me ver ali, olhar para mim de soslaio e vir para a cama comigo, rindo.

Algumas noites depois de sua chegada, ela me encontrou lendo um dos livros de Hayden escritos em Ina, e eu li partes para ela, primeiro em Ina, depois em inglês. Ela ficou fascinada e queria que eu a ensinasse a ler e falar Ina. Falou que, já que ia ter uma vida mais longa do que imaginava, poderia muito bem fazer algo com isso. Gostei da ideia de ensiná-la porque me obrigaria a voltar ao básico da língua, e eu esperava que isso pudesse me ajudar a lembrar um pouco sobre a pessoa que eu era quando a aprendi.

Fiquei ali deitada e me perdi no cheiro de Theodora e na dor do luto.

Devo ter ficado algum tempo perdida, deitada na cama, me revirando nos lençóis.

Então, Joel estava lá comigo, me desvencilhando da roupa de cama, me levantando e me levando para seu quarto. Observei o quarto e então olhei para Joel. Ele me colocou na cama e se deitou ao meu lado.

Depois de um tempo, ocorreu-me dizer:

— Obrigada.

— Durma — disse ele. — Ou alimente-se agora, se quiser.

— Mais tarde.

— Estarei aqui.

Virei-me e inclinei-me sobre o braço para olhar para o rosto dele.

— O quê? — perguntou.

Balancei a cabeça.

— Por que você me quis? — perguntei.

— O quê?

— Você sabe o que sou, o que posso fazer. Por que não escapou de nós quando podia? Poderia ter continuado a estudar ou conseguido um emprego. Os Gordon teriam deixado você ir.

Ele deslizou os braços em volta de mim e me puxou para baixo e contra ele.

— Eu gosto de quem você é — disse. — E posso lidar com o que você pode fazer. — Ele hesitou. — Ou está pensando em Theodora? Está se sentindo responsável pelo que aconteceu com ela? Acredita que foi morta porque estava com você, então por que diabos eu iria querer ficar com você?

Concordei.

— Ela *foi* morta porque estava comigo. Confiou em mim. A morte dela não foi obra minha, mas eu devia tê-la deixado em Washington, onde estava segura, até que tudo acabasse. Eu sabia disso. Mas senti tanto a falta dela, além de precisar ter mais simbiontes aqui comigo.

— Se ela não estivesse aqui, outro de nós teria morrido — argumentou. — Theodora era provavelmente a mais fraca de nós, a mais fácil de matar, mas aposto que, se não estivesse aqui, Katharine teria enviado seu homem atrás de Brook ou Celia.

Concordei.

— Eu sei.

— Katharine é culpada. Você não.

Assenti com a cabeça reclinada em seu ombro e repeti:

— Eu sei. — Depois de um tempo, disse: — Você sabia muito mais do que a maioria dos simbiontes em potencial. Deveria mesmo ter ficado longe, construído uma vida no mundo humano.

— Eu poderia ter ido embora se você não tivesse aparecido. Você não é apenas uma coisinha adorável, mas está disposta a me questionar.

Em vez de apenas dar ordens a ele. Sim. Isso era importante para um simbionte, para qualquer um.

— Nem sempre vou perguntar — admiti.

— Eu sei — disse ele. E me beijou. — Eu quero essa vida, Shori. Nunca quis nenhuma outra. Quero viver até os duzentos anos e quero todo o prazer que sei que você pode me dar. Quero viver livre de doenças e forte, e nunca ficar fraco ou senil. E quero você. Sabe que quero.

Na verdade, ele me queria naquele exato momento. Imediatamente. Sua fome acendeu a minha, e, apesar de tudo, eu ainda precisava me alimentar. Eu o queria. Me perdi em seu cheiro maravilhoso. Às cegas, encontrei seu pescoço e mordi fundo antes de reparar no que estava fazendo. Não havia ficado tão confusa e desorientada desde que acordei na caverna. Precisava de mais sangue do que de costume. Ele me abraçou, embora eu não estivesse sendo cuidadosa com ele. Depois, quando voltei a ter consciência, fiquei envergonhada e preocupada.

Ergui-me acima dele e observei. Joel me deu um sorriso de lado, um sorriso verdadeiro, não apenas de sofrimento passivo. Mesmo assim... Apoiei meu rosto contra seu peito.

— Desculpe — disse.

Ele riu.

— Você sabe que não tem por que se desculpar. — Ele puxou o cobertor em volta de nós, nos rolou e deslizou para dentro de mim. Beijei sua garganta e lambi o ponto que ainda estava sangrando em seu pescoço.

Algum tempo depois, enquanto estávamos deitados juntos, saciados, mas ainda sentindo a sensação prazerosa de pele contra pele, eu disse:

— Você é meu. Sabia disso? Seu cheiro é tão sedutor, e provei você tantas vezes. Você é meu.

Ele riu baixinho, um som gentil e contente.

— Achei que poderia acontecer — respondeu ele.

***

Naquela tarde, estávamos todos acordados e inquietos, então Celia sugeriu sairmos um pouco de Punta Nublada e darmos uma volta, fazermos um piquenique... Uma refeição feita fora e longe de tantos estranhos. Gostei da ideia. Era uma oportunidade de nos conhecermos um pouco melhor e uma chance de desviar os pensamentos da última noite do Conselho.

Enquanto eu acrescentava a jaqueta com capuz, as luvas e os óculos de sol ao meu jeans e camiseta, os quatro prepararam uma refeição com o que havia na geladeira. Celia disse que eu parecia prestes a sair no auge do inverno.

— Você não está com calor? — perguntou.

— Não — garanti. — O tempo está fresco. Vou ficar bem. — Eles eram mais sensíveis a mudanças no clima do que eu.

Acreditaram no que eu disse e embalaram a comida e um pouco de refrigerante gelado e cerveja no isopor que havíamos comprado para nossa noite na floresta em Washington. Fizeram sanduíches com sobras de peru, rosbife e queijo cheddar, e levaram algumas bananas, uvas roxas sem caroço e os restos de um bolo de chocolate alemão. Todos nós cabíamos confortavelmente no carro de Celia e Brook, e Brook nos conduziu à rodovia e depois para o norte, em direção a um lugar que Joel conhecia.

Escolhemos um local nas falésias com vista para o mar, onde havia um gramado plano e pedras para nos sentarmos e observarmos as ondas batendo na praia e nas rochas abaixo. Brook foi precavida o bastante para trazer um cobertor e um par de toalhas da rouparia da casa de hóspedes. Abriu-os no chão para nós, sentou-se em uma das toalhas e começou a comer um grande sanduíche de peru e cheddar. Os outros pegaram o que comer do isopor e se sentaram, comendo, bebendo e especulando sobre a possibilidade de os simbiontes dos Silk odiarem seus Ina.

— Acho que sim — disse Celia. — Devem odiar. Eu odiaria se tivesse de suportar aquelas pessoas.

— Eles não os odeiam — disse Brook. — Conheci uma quando chegaram. É historiadora. Escreve livros, romances sob um pseudônimo e livros populares de história usando outro. Diz que não poderia ter encontrado um lugar melhor para ficar. Contou que a geração de Russell e até Milo a ajudaram a aprimorar pequenos detalhes, principalmente na escrita de ficção. Diz que gosta de trabalhar com eles. Talvez ela seja incomum, mas não tive a sensação de que se ressentia deles.

— Acho que aquele médico que questionou Shori ontem se juntou a eles para poder descobrir mais sobre o que são e o que os motiva. Fico pensando que perguntas teria feito se tivesse escolha — comentou Joel.

— Ele com certeza está com fome de saber mais — falei. — Quer entender como sobrevivemos a ferimentos terríveis, como nos curamos.

Joel assentiu e pegou um segundo sanduíche de rosbife.

— Imagino o que ele faria se descobrisse algo, alguma combinação de genes, digamos, que produzisse as substâncias responsáveis pela cura rápida. A quem ele contaria?

— Ninguém — garanti. — Os Silk nunca o deixariam contar a ninguém.

— Talvez ele só queira saber para si mesmo — disse Wright. — Talvez apenas queira ser capaz de se curar como Shori fez.

Discordei.

— Não acredito que alguém queira passar por uma cura como aquela. Mal posso expressar como era a dor.

Todos olharam para mim e percebi que o médico não era o único que queria se curar do jeito que me curei.

Estendi os braços.

— Estou compartilhando a habilidade com vocês da única maneira que posso — me justifiquei. — Vocês já conseguem se curar melhor do que antes.

Eles assentiram e abriram mais comida, refrigerante e garrafas marrons e grandes de cerveja.

Depois de um tempo, eu disse:

— Preciso perguntar uma coisa e preciso que pensem sobre o problema e sejam honestos. — Fiz uma pausa e olhei para cada um deles. — Algum de vocês teve problemas com alguma das Braithwaite? Ou com os simbiontes delas? — perguntei.

Houve silêncio. Brook havia se deitado em sua toalha e fechado os olhos, mas não estava cochilando. Celia estava sentada ao lado de Joel, e olhava para ele de vez em quando. Seu cheiro me revelou que ela estava muito, muito atraída por ele. Ele, por outro lado, estava olhando para Wright, que se sentou ao meu lado, pegou minha mão enluvada, beijou-a, mordeu-a um pouco enquanto olhava para mim e então segurou-a entre as próprias mãos. Ele se exibia. E, no momento, eu estava permitindo.

— As Braithwaite — ponderou Celia. — Joan poderia cortar vidro com aquela língua afiada, mas não vejo problema nela. Ela apenas diz o que quer.

— Está pensando em morar com as Braithwaite? — perguntou Joel.

— Estou, sim, por um tempo... Se elas me aceitarem. É por isso que estou perguntando a todos vocês se viram ou sabem de alguma coisa contra elas. Se têm motivos para querer evitá-las, digam-me agora.

— Eu gosto delas — disse Joel. — São pessoas fortes e decentes, não fanáticas como os Silk, as Dahlman e alguns outros membros do Conselho.

— Eu mal as conheço — explicou Brook. — Dancei com um dos simbiontes delas em uma festa. — Ela sorriu. — Ele era legal, e tive a impressão de que estava feliz, que gostava de ser simbionte delas. Isso geralmente é um bom sinal.

Tive a impressão de que ela achava que o simbionte das Braithwaite era mais do que apenas "legal". Brook podia acabar gostando da nossa estadia com as Braithwaite mais do que o resto de nós, isso se as Braithwaite concordassem em me deixar visitá-las por um tempo.

— Então, você não está pensando em tentar fazer com que elas a adotem? — Joel perguntou.

— Não acho que quero ser adotada — disse. — Não me lembro de nada da minha família feminina, mas faço parte dela. Posso aprender sobre ela e garantir que sua memória perdure pela continuação da família. Se eu for adotada, minha família feminina desaparecerá da história, assim como minha família masculina. E eu prometi acasalar com os Gordon. — Pensei em Daniel e quase sorri. — Não sei se isso vai acontecer, mas espero que sim, e não vou fazer nada para impedir.

— Então vai acabar tendo seis ou oito filhos sozinha — Wright disse. — É assim que vai ser?

— No devido tempo — confirmei. — Mas estou pensando em fazer o que Hayden disse ontem à noite, adotar uma parente, uma jovem de uma família com muitas meninas. Dessa forma, seremos duas. Preston diz que não posso fazer isso até também ser adulta, embora possa ficar de olho. Espero poder viver com várias famílias diferentes e aprender o que elas podem me ensinar. Vou ler seus livros, escutar os mais velhos.

— Está tentando obter uma educação — comentou Joel.

Assenti.

— Tenho que me reeducar. Agora, você provavelmente sabe mais sobre a história Ina e sobre ser Ina do que eu. Tenho que aprender. O problema é que não sei quanto vai custar minha reeducação.

Ele sorriu.

— Melhor perguntar — disse. — Embora, na verdade, eu ache que Joan vá dizer, quer você pergunte ou não. Mas aprender é bom. Meu pai se certificou de que eu estudasse o máximo antes mesmo de ir para a faculdade. Pelo que Hayden me disse, sou um entre talvez algumas centenas de humanos que podem falar e ler Ina.

E Theodora teria sido outra, pensei.

— Vai demorar um pouco até termos uma casa — expliquei. — Mas, quando minhas questões familiares forem resolvidas e começarmos a ter mais dinheiro, vocês serão capazes de ter as coisas que querem e fazer o que querem. Pode ser que um de vocês queira escrever livros, falar outro idioma ou aprender sobre marcenaria ou corretagem de imóveis. — Sorri. — O que quiserem. E lá vocês serão mais numerosos. Haverá pelo menos mais três, mais dia, menos dia.

— Sete pessoas — disse Wright. — Entendo a necessidade, mas não gosto.

— Gosto da ideia de mudar de ares um pouco — disse Brook. — Quando estava com Iosif, não viajávamos muito. Exceto pelos anciãos que vão a Conselhos de um tipo ou outro, a maioria dos adultos Ina viaja muito pouco, provavelmente porque viajar demanda muito esforço, com a necessidade de tantas pessoas viajarem junto. Estou com certeza pronta para fazer algumas viagens.

— Depois de viajar por um tempo, provavelmente estará pronta para se fixar de novo bem depressa — disse Celia. — Meu pai era do exército quando eu era criança. Nós nos mudávamos o tempo todo. Assim que eu fazia amigos ou começava a gostar de uma escola, íamos embora. Isso me soa como algo parecido. Faça um amigo, encontre um cara legal, comece um projeto, mas estará a caminho de outro lugar.

— Vamos ficar principalmente com famílias femininas, não vamos? — perguntou Wright.

— Vamos — disse. — Se não for um problema, faremos visitas curtas aos Gordon e aos Leontyev, mas, pelo que entendi, meus feromônios vão causar mais e mais problemas com os homens à medida que me aproximo da idade adulta.

— Provavelmente é verdade — rosnou Wright em meu ouvido. Meu corpo todo estremeceu.

— Pare com isso — falei, rindo, e ele riu também.

— Então, tudo o que temos que fazer — concluiu Celia — é aguentar esta noite. E seguir com nossas vidas.

***

Conversei com Joan Braithwaite naquela noite. Fui ao quarto-escritório dela antes que a terceira noite do Conselho começasse.

— Shori, você não deveria me fazer essa pergunta agora — disse ela. — Deveria esperar até a sentença ser proferida e o Conselho concluir seu caso.

Eu a encontrei folheando um livro que pegara emprestado com Hayden. Não a vi tomando-o emprestado, mas o livro cheirava bastante a ele e apenas um pouco a ela. Uma das histórias Ina mais antigas.

— Por que eu deveria ter esperado? — perguntei. — Quebrei alguma regra?

— Ah, não. Nenhuma regra. É só... É só que você pode não querer vir ficar conosco depois de ouvir a sentença.

Refleti sobre aquilo. Parecia impossível que alguém tivesse deixado passar as mentiras que os Silk e Katharine Dahlman contaram. E eram muito mais experientes do que eu na percepção dos sinais.

— É possível que os membros do Conselho não consigam ver o que os Silk fizeram? — perguntei.

— Não é possível — disse ela. — O problema não é determinar a culpa deles. O problema é o que fazer sobre isso. Que punição impor?

— Eles mataram doze Ina, minhas famílias masculina e feminina inteiras, e quase uma centena de simbiontes. Pelo que ouvi, nenhuma das pessoas que eles mataram os tinha prejudicado. Como poderiam se safar depois do que fizeram?

— Você quer que eles morram.

— Eu quero que eles morram.

— Você ajudaria a matá-los?

Eu olhei para ela.

— Talvez.

Ela suspirou.

— Eles vão morrer, Shori, mas não da maneira rápida e satisfatória que provavelmente espera. Isso não vai acontecer, exceto, talvez, no caso de Katharine. Ela e a família têm falhado em manter amizades e alianças. Muita estupidez da parte delas. Mas a família Silk não vai morrer hoje.

— Por quê?

— Porque, por mais terríveis que sejam seus crimes, não acredito que a votação do Conselho será unânime. Entenda, estou lhe dizendo o que acredito, não o que sei. Posso estar errada, mas duvido. O Conselho não vai querer acabar com uma família antiga e tão respeitada no passado. Vão querer dar uma chance de sobrevivência aos Silk.

Fiquei calada por um tempo. Odiava Katharine Dahlman. Eu a veria morta mais cedo ou mais tarde, não importava o que ninguém dissesse. Eu odiava os Silk também, mas era um ódio diferente, menos urgente. Eles mataram pessoas que eu não conhecia mais, e as mataram sem me conhecer. Eu queria ver os Silk mortos, mas não *precisava* vê-los mortos da maneira que precisava com Katharine. Não era assim que deveria me sentir, mas era assim que me sentia.

— Daniel me contou que os filhos não acasalados dos Silk podem ser levados e adotados por outras famílias — falei.

Joan assentiu.

— Acho que isso vai acontecer. Se sim, a notícia se espalhará esta noite por carta, telefone e *e-mail* para todas as comunidades Ina do mundo. Fico feliz que Daniel tenha informado a você o que pode acontecer.

— E se os Silk resolverem vir atrás de mim de novo? Sempre fui o alvo principal porque foi comigo que a combinação genética com os humanos funcionou melhor. Eles mataram tantos só para chegar até mim.

— Eles têm a possibilidade de reconstruir a família se os filhos da geração de Russell convencerem as parceiras a tentar gerar mais crianças. Mas perderão essa oportunidade se realizarem outro atentado contra sua vida ou a vida dos seus, mesmo se falharem. Se tentarem novamente, serão mortos.

Olhei para ela por vários segundos.

— Você de fato acredita que isso os impedirá de tentar me matar em segredo ou talvez tentar matar meus filhos no futuro?

— Os Ina estão ligados em todo o mundo, Shori. Se os Silk derem sua palavra, e devem dar se quiserem sair daqui vivos, e depois a quebrarem, todos morrerão e quaisquer novos filhos serão adotados. A família desaparecerá. Eles sabem disso.

— Então... você me permitirá procurá-la com meus simbiontes, aprender com você por um tempo, trabalhar para você para pagar nossas despesas?

Ela suspirou.

— Por quanto tempo?

Hesitei.

— Um ano. Talvez dois.

— Volte a conversar comigo quando o Conselho terminar os trabalhos. Acredito que iremos recebê-la, mas não posso responder até que tenha falado com minha irmã.

Havia uma sensação de formalidade em tudo isso, como se tivéssemos seguido um ritual. Tínhamos? Eu acabaria descobrindo.

— E quanto a Katharine? — perguntei.

Ela sacudiu a cabeça.

— Não sei.

— Não acredito que eu seja capaz de deixá-la ir.

— Espere para ver.

— Theodora nem era uma pessoa para Katharine. Era apenas algo que ela poderia tirar de mim para me enfraquecer.

— Eu sei. Não dê a ela o que ela quer. Espere, Shori. Espere para ver.

28

Não houve festas na noite da terceira sessão do Conselho. O salão estava tão cheio que não havia assentos suficientes para todos. As pessoas ficaram em pé ou trouxeram cadeiras das casas. Ninguém parecia querer se sentar no chão de concreto. Os assentos da frente foram isolados por corda para meus simbiontes, assim como assentos no lado oposto do salão para os Silk e seus simbiontes.

Os membros do Conselho sentaram-se como de costume, na mesma ordem, e, quando todos estavam acomodados, Preston se levantou. Era o sinal para todos ficarem quietos e prestarem atenção. Preston esperou até que o silêncio dominasse todo o salão. Então disse:

— Russell Silk, você tem mais alguma coisa a dizer ou mais perguntas para Shori Matthews ou qualquer pessoa que você ou ela tenham interrogado neste Conselho?

Aquela era a última chance de Russell falar, defender sua família e me desacreditar. Eu poderia, claro, questionar qualquer um que ele chamasse também.

Russel levantou-se.

— Não tenho mais ninguém para chamar — disse, segurando o microfone, olhando para o público. Então, ele se virou e encarou o Conselho. — Suponho que, de certa forma, deva pedir a todos que se lembrem disto: minha família manteve amizades boas e honrosas com muitos de vocês. Lembrem-se de que a família Silk ajudou alguns de vocês a imigrar para este país em tempos de guerra ou caos político em seus antigos lares. Lembrem-se de que, desde que nos conhecem, não mentimos para vocês ou os enganamos.

"O que mais importa para nós, para cada membro da família Silk, é o bem-estar do povo Ina. Nós, Ina, somos amplamente superados em número pelos seres humanos deste mundo. E quantos de nós fomos massacrados em suas guerras? Eles destroem uns aos outros aos milhões, e isso não faz nenhuma diferença em sua população. Eles se reproduzem, e se reproduzem, e se reproduzem, enquanto nós vivemos muito e nos reproduzimos devagar. A vida deles é breve e, sem nossa presença, inundada de doenças e violência. No entanto, precisamos deles. Nós os acolhemos em nossas famílias e, com a nossa ajuda, eles podem viver mais, livres de doenças, e nos damos bem uns com os outros. Não poderíamos viver sem eles.

"Mas nós não somos eles!

"Nós não somos eles!

"Filhos da grande Deusa, nós não somos eles!"

Ele tremia pela intensidade de seu sentimento. Teve de respirar fundo várias vezes antes de poder continuar.

— Nós não somos eles — sussurrou. — Nem devemos tentar ser. Nunca. Por motivo algum. Nem mesmo para ganhar o dia; o preço é muito alto.

Ele ficou parado por mais um segundo em silêncio, então sentou-se e colocou seu microfone de volta no suporte. A sala ficou em completo silêncio.

Assim que ele se sentou, Preston quebrou o silêncio.

— Shori, há alguém que gostaria de interrogar ou qualquer coisa que gostaria de dizer?

— Eu tenho perguntas — falei, levantando-me com meu microfone. Tinha pensado em algo enquanto Russell falava, algo motivado pelo que ele dissera e por eu ter visto Joan

Braithwaite lendo um livro de história há pouco tempo. Pareceu-me que Russell acabara de admitir que sua família matou minhas famílias. Queria que acreditássemos que ele havia feito isso por um bom motivo. Eu disse a Preston: — Quero fazer algumas perguntas a você, se não houver problemas.

Preston pareceu surpreso.

— Certo. Russell me interrogou, então eu me qualifico como alguém que você pode interrogar agora.

Aquiesci.

— Pergunto isso por causa do meu conhecimento limitado da lei Ina. Preston, existe uma maneira legal e não letal de questionar o comportamento de alguém? Quer dizer, se eu acreditasse que você está fazendo algo que poderia ser prejudicial a outro Ina, eu poderia trazer o fato à atenção de um conselho de algum tipo ou de algum outro grupo?

Preston não sorriu, não alterou em nada sua expressão, mas tive a impressão de que ele estava satisfeito comigo.

— Existe — disse. — Se você acreditasse que eu estivesse fazendo algo em detrimento de um Ina, algo que não fosse exatamente contra a lei, mas que você tivesse convicção de ser prejudicial, poderia pedir um Conselho da Deusa.

Russell pegou seu microfone e protestou.

— Conselho da... Isso não é feito há pelo menos 2500 anos.

— Você está ciente disso, então? — perguntei a ele.

— Não teria sido levado a sério. Ninguém faz isso há dois mil...

— Você tentou?

— Suas famílias não esconderam o fato de que nem acreditavam na Deusa!

Do hipotético ao real. Descuido dele.

— Isso teria importado? — perguntei. — Minha família poderia ter ignorado uma convocação para participar de um Conselho da Deusa?

Russell não disse nada. Talvez tivesse se lembrado de onde estava e exatamente o que estava sendo discutido.

— Preston, teria importado?

— Aplica-se a regra dos sete — respondeu Preston. — Se a regra dos sete fosse cumprida e a família acusada se recusasse a comparecer, o Conselho se reuniria apesar de sua ausência. A família estaria sujeita a qualquer votação do Conselho, como se estivesse presente. Se recebesse ordens de parar o que quer que estivesse fazendo e se recusasse a parar, seria punida.

Olhei para Russell.

— Preston, a família Silk já tentou reunir um Conselho da Deusa para discutir ou alertar contra o trabalho genético de minhas mães anciãs?

— Não que eu saiba — disse Preston. — Russell?

Mais uma vez, Russell não disse nada. Não importava. Com certeza ele já tinha dito o suficiente. Sentei-me e coloquei o microfone de volta no lugar.

— Algum membro do Conselho tem perguntas? — perguntou Preston.

Ninguém falou.

— Certo — disse ele. — Conselheiros, peço-lhes agora que façam a contagem. A família Silk é culpada de ter feito dos seres humanos seus instrumentos e de enviar esses instrumentos humanos para matar as famílias Petrescu e Matthews? Os Silk também são culpados de mandar seus instrumentos queimarem a casa de hóspedes de Petrescu, onde Shori Matthews e seus simbiontes estavam? Os Silk são culpados de enviar seus instrumentos para atacar a família Gordon aqui em Punta Nublada?

E mais, Katharine Dahlman, a primeira defensora dos Silk, é culpada de ordenar que um de seus simbiontes, Jack Roan, matasse uma das simbiontes de Shori Matthews, Theodora Harden? — Ele fez uma pausa e anunciou: — Zoë Fotopoulos?

Eu tinha decidido que Zoë era a Ina mais linda que eu já tinha visto. A idade, mais de trezentos anos, não parecia importar. Era alta, magra e loira, como a maioria das Ina, mas era uma mulher extraordinariamente memorável. Quando ela chegou, perguntei a Wright o que achava dela. Ele disse:

— Uma escultura perfeita, como uma daquelas estátuas gregas. Se ela tivesse peitos, diria que é a mulher mais bonita que já vi.

Pobre Wright. Talvez uma das simbiontes das Braithwaite tivesse seios grandes.

— Shori Matthews nos contou a verdade — disse Zoë. — Eu não a vi mentindo nem uma única vez. Ou ela tem sido muito cuidadosa, ou é exatamente o que parece ser. Minha impressão é que ela é exatamente o que parece ser: uma criança, profundamente injustiçada pela família Silk e por Katharine Dahlman. Os membros da família Silk, por outro lado, mentiram várias vezes. E Katharine Dahlman mentiu. Parece que toda essa matança ocorreu porque as famílias de Shori estavam experimentando formas de usar DNA humano para nos possibilitar andar à luz do dia. E parece que nenhum método legal de questionar ou interromper os experimentos foi sequer tentado. — Ela tomou fôlego. — Eu estou com Shori contra ambos, os Silk e Katharine Dahlman.

— Joan Braithwaite? — disse Preston.

— Shori disse a verdade, e Katharine e os Silk mentiram — disse Joan. — Isso é tudo que importa. Devo ficar com Shori contra ambos.

— Alexander Svoboda?

— Eu estou com Shori contra Katharine Dahlman — disse. — Mas devo ficar com os Silk contra Shori. Shori disse toda a verdade de que sabe, que é capaz de entender com sua memória danificada, mas não posso condenar a família Silk por causa do que uma criança, uma criança com sérias debilidades, acredita.

No entanto, cada Silk que falou com o Conselho mentiu sobre o que fez, sobre o que sabia, ou as duas coisas. Como Katharine Dahlman podia ser punida por matar um simbionte e os Silk se safarem por matar doze Ina e quase cem simbiontes? Mas aquela foi a decisão nada corajosa de Alexander.

— Peter Marcu? — disse Preston.

— Eu estou com Shori — disse Peter Marcu. — Não queria. Minha família tem amigos entre os Silk há quatro gerações. Houve até um tempo em que nos demos bem com as Dahlman. Mas Shori tem dito a verdade o tempo todo, e os outros têm mentido. Quaisquer que sejam as motivações para o que fizeram, eles o fizeram, e, para o bem do resto do nosso povo e de todos os nossos simbiontes, não podemos permitir que isso fique impune.

— Ana Morariu?

— Estou com os Silk e com Katharine Dahlman — disse. — Shori Matthews está fora de condições de argumentar contra outros Ina. Como podemos destruir a vida das pessoas, até mesmo matá-las, levando em conta a palavra de uma criança cuja mente foi quase destruída e que, mesmo se fosse saudável, quase não é Ina? É uma tragédia que as famílias Petrescu e Matthews estejam mortas. Não devemos prosseguir com a tragédia, matando ou separando outras famílias.

Foi ela quem disse que Katharine Dahlman poderia estar dizendo a verdade. Agora parecia estar dizendo que minhas famílias apenas tiveram azar e, por algum motivo desconhecido, morreram, e que seria errado punir alguém por isso. Não havia nada de errado, ela parecia pensar, em deixar seus amigos escaparem impunes de uma chacina.

— Alice Rappaport?

— Eu estou com Shori — disse Alice. — Katharine e os Silk são mentirosos, pessoas que fazem uso do assassinato, mas nunca pensam em fazer uso da lei. E sabem melhor do que ninguém aqui que não podemos deixar que saiam impunes. E quanto ao resto de vocês? Querem voltar a um mundo de rivalidades familiares sem lei e assassinatos em massa?

— Harold Westfall?

— Estou com Shori — disse Harold. — Deixar isso passar seria colocar todos nós em perigo a longo prazo. Tanto os Silk quanto Katharine devem ser punidos pelo que todos sabemos que fizeram.

Ele olhou para mim, triste. Tive a impressão de que não queria estar ali. Não queria ficar comigo. Suspeitava que ele nem gostava muito de mim. Mas estava cumprindo seu dever e tentando fazê-lo da forma mais honesta possível. Eu respeitava e era grata por isso.

— Kira Nicolau.

— Eu estou com Shori no que diz respeito a Katharine — disse Kira. — O que Katharine fez foi completamente errado, e não tenho dúvidas de que ela o fez. Acredito que nem tentou nos convencer do contrário; o que aconteceu simplesmente parecia não ter muita importância para ela. Mas quanto ao outro problema, devo ficar com os Silk. Não acredito que as memórias e acusações de Shori mereçam confiança. Não estou convencida de que Shori compreenda a situação tão bem quanto acredita compreender. Ela acredita no que diz, isso é claro. Nesse sentido, está dizendo a verdade. Mas, como Alexander, não estou disposta a desmembrar ou destruir a família Silk baseando-me na palavra de alguém tão debilitada como Shori Matthews claramente está.

Nada sobre as mentiras que os Silk contaram. Nada sobre minhas famílias mortas. No entanto, pelo que eu podia ver, a própria Kira estava dizendo a verdade. De fato, parecia acreditar que eu estava debilitada a ponto de não saber o que estava falando. Ela de alguma forma se convencera disso.

— Ion Andrei?

Houve um momento de silêncio. Finalmente, Ion falou:

— Estou com os Silk e com Katharine. Não queria. Acredito que os Silk podem ter assassinado as famílias de Shori. Com certeza é possível. E Katharine pode ter mandado seu simbionte atrás do simbionte de Shori. Mas, como Kira, não posso, em sã consciência, basear a sentença nas palavras de alguém tão debilitada quanto Shori.

Foi doloroso ouvi-los. Eu queria gritar com eles. Como eram capazes de obscurecer todos os seus sentidos de forma tão seletiva? E como conseguiam me ver como alguém tão debilitada? Talvez precisassem me ver daquele jeito. Talvez isso os ajudasse a lidar com a própria consciência.

— Walter Nagy?

— Estou com Shori — disse Walter. — E eu ficaria do lado dela mesmo se estivesse louca, porque é evidente que os Silk e Katharine Dahlman mentiram quase todas as vezes que responderam a uma pergunta. Eles cometeram assassinato e, no caso dos Silk, assassinato em massa. Se relevarmos isso para pessoas de quem gostamos, abrimos uma porta que tentamos bloquear de modo definitivo séculos atrás. Não se enganem. Se ignorarmos esses assassinatos, convidaremos as pessoas a resolver suas disputas por conta própria e corremos o risco de nos expor ao mundo humano. Somos, cada um de nós, vulneráveis aos incêndios que consumiram as famílias de Shori.

Houve um momento de silêncio. Por fim, Preston disse:

— Elizabeth Akhmatova?

— Estou com Shori — disse Elizabeth. — Por todas as razões que Walter acabou de apresentar, estou com ela. E estou com ela porque a observei. Ela *está* debilitada. Não consigo imaginar como seria perder a memória de quase todos os seus anos de vida. A memória dela lhe foi roubada. Mas sua capacidade de raciocinar, não. As perguntas que ela fez, perguntas que foram respondidas repetidas vezes com mentiras e insinuações falsas, eram perguntas boas e sensatas. As perguntas a que respondeu, ela respondeu com honestidade. Os assassinos que mataram suas famílias e sua simbionte, os ladrões que roubaram o passado dela... Essas pessoas devem ser recompensadas porque fizeram um trabalho tão brutalmente completo? Claro que não. Shori, por outro lado, deveria ser recompensada por usar seu intelecto para se proteger e descobrir os assassinos.

29

E foi isso.

Houve um momento de silêncio, então Preston se levantou.

— A decisão está tomada — disse.

"Uma maioria de sete dos onze membros deste Conselho de Sentença ficou do lado de Shori Matthews contra Katharine Dahlman e a família Silk. Portanto, Katharine Dahlman e a família Silk devem ser punidas pelos erros que cometeram. Mas, como a decisão não foi unânime, a punição deve ser diferente da morte.

"Pelos erros que a família Silk cometeu, a total destruição da família Petrescu, a destruição quase completa da família Matthews e a tentativa de destruição da família Gordon, a pena, por lei escrita, é a dissolução da família Silk. Os cinco filhos Silk não acasalados devem ser adotados por cinco famílias de fora dos Estados Unidos da América. Cada um irá acasalar como os machos de sua nova família acasalarem. Eles não serão mais Silk."

A sala estava em silêncio sepulcral. Mesmo os Silk não faziam barulho. Eu me perguntei como poderiam ficar calados. Era orgulho? Dor? Estariam se recusando a acreditar na sentença ou apenas se recusando a deixar que os outros vissem sua dor? Olhei para Russell Silk do outro lado do salão.

Ele retribuiu com um olhar de ódio absoluto. Se pudesse ter me matado, acho que teria feito isso com prazer. Percebi friamente que sentia o mesmo em relação a ele. Se viesse atrás de mim e eu pudesse matá-lo, faria isso... feliz.

Preston disse:

— Russell, você ouviu a sentença de sua família.

Russell conseguiu desviar os olhos de mim e dirigir seu olhar odioso para Preston.

— Fique de pé — ordenou Preston.

Russell não fez menção de se levantar. Ele se virou para me olhar de novo. Parecia querer tanto me matar que a vontade o machucava.

— Russell Silk — falou Preston naquela voz grave, profunda e clara dele. — Levante-se — ordenou. — Levante-se e fale por você e sua família.

Russell Silk levantou-se devagar, e eu o observei. Estava no limite do controle. Se perdesse o controle, certamente viria atrás de mim. Tinha uma vez e meia minha altura e pelo menos o dobro do meu peso: um macho Ina adulto. Não era um cervo. Mas era velho. Talvez não tão rápido quanto um cervo. Observando-o, decidi que poderia montá-lo. Poderia subir nele antes que pudesse me deter. Poderia dilacerar seu pescoço. Não iria matá-lo, embora meu veneno pudesse domá-lo, fazê-lo me obedecer. Se não o fizesse, sem dúvida o tornaria lento e o derrubaria, me dando a chance de arrancar sua cabeça. Ninguém poderia se recuperar disso. Eu poderia fazer isso. Eu poderia.

— Você deve aceitar a sentença — disse Preston. — Então, cada membro da sua família deve se levantar e aceitá-la. A partir de sua aceitação, darão a palavra, cada um de vocês, de que haverá paz entre os Silk e os Matthews, paz entre os Silk e os Gordon, paz por um período de pelo menos trezentos anos a partir de hoje.

Preston fez uma pausa, seus olhos tão fixos em Russell quanto os meus.

— A penalidade por se recusar a aceitar a sentença ou por quebrar sua palavra, uma vez empenhada, é a morte imediata: para você, Russell, e para cada membro acasalado de sua família. — Ele voltou a se calar e olhou para a família Silk, esperando na plateia. — Você aceita sua sentença? — exigiu saber.

Russell lançou-se em minha direção.

Eu me levantei e me afastei da mesa, esperando por ele, ansiosa por ele. Era como estar ansiosa por sexo ou alimentação.

Mas, antes que pudesse colocar as mãos em mim, antes que eu pudesse provar seu sangue, dois de seus filhos e um de seus irmãos pularam da primeira fila, o agarraram e o arrastaram para longe. Eles o seguraram enquanto ele se debatia, gritando. No começo, parecia que não estava usando palavras. Estava apenas me olhando e gritando. Então comecei a reconhecer as palavras:

— Cadela negra suja assassina… — E também: — O que ela vai dar a todos nós? Pelos? Caudas?

Ele não derramou lágrimas. Eu me perguntei de repente se podíamos chorar como os humanos faziam. Russell apenas estava deitado de lado, gemendo e arquejando.

Observei todos os Silk, agrupados nas primeiras fileiras do lado de Russell do salão. Milo olhou para mim, mas os outros estavam concentrados em Russell, que parecia estar aos poucos recuperando a sanidade.

Wright e Joel se levantaram e vieram em minha direção, mas indiquei que voltassem para seus assentos. Eles não podiam regenerar membros perdidos. Melhor que ficassem longe.

Milo olhou de mim para eles, um olhar longo e lento. Então olhou de novo para mim. Era uma ameaça óbvia.

Daniel Gordon, seus pais e seus irmãos se colocaram atrás de mim. Em silêncio, olharam para Milo.

O amontoado de membros dos Silk no chão se desenredou, e todos os quatro se levantaram. Depois de um momento, Russell voltou para o lado de sua mesa. O resto da família o observava, enquanto os três que o haviam contido retomaram seus lugares.

Ao mesmo tempo, os Gordon que estavam atrás de mim se dissiparam e voltaram para seus lugares, tão quietos quanto haviam chegado. Sentei-me à minha mesa.

Preston repetiu com uma voz estranhamente gentil:

— Russell Silk, você aceita sua sentença?

Era como se não tivesse havido interrupção. Russell olhou para baixo, então olhou para mim.

— O que deverá ser feito com a criança Matthews? — questionou.

— Absolutamente nada — disse Preston.

— Ela deveria ser adotada. É uma criança. Está doente. Deveria ser cuidada, levada a uma família que possa, ao menos, ensinar a ela como fingir ser Ina.

— Você criou os problemas de Shori — disse Preston. — Mas resolvê-los não cabe a você. A única coisa que lhe cabe agora é aceitar ou rejeitar sua sentença. Agora, pela última vez, você aceita sua sentença?

Russell olhou para a família: pai, irmãos, filhos e seus cinco filhos mais novos, que logo deixariam a família Silk para serem adotados por outras. A adoção parecia uma coisa tão permanente que não havia possibilidade de voltarem para casa ou se unirem como membros dos Silk em outro país ou outra parte dos Estados Unidos. Primeiro, porque acabariam sendo acasalados com diferentes famílias de fêmeas. E seus filhos nunca seriam Silk.

Russell levou quase um minuto inteiro para se obrigar a pronunciar as palavras:

— Eu… aceito… a… sentença.

— Milo Silk? — disse Preston.

Milo levantou-se. Em uma voz velha e seca como papel que eu não ainda não tinha ouvido sair dele, falou:

— Aceito a sentença. — Então se sentou de novo e se curvou para a frente em sua cadeira, olhando para o chão, com os cotovelos apoiados nos joelhos.

Uma vez que disse isso, cada um dos outros filhos poderia dizê-lo. Depois, os filhos dos filhos poderiam dizê-lo. Por fim, os filhos mais novos e não acasalados, aqueles que estavam empenhando sua palavra de que aceitavam o banimento absoluto e permanente, poderiam dizê-lo. Ainda me parecia errado que eles deveriam ser os únicos a suportar o pior do castigo. Cada um deles nunca mais poderia ver os pais ou os irmãos, e três deles eram crianças. Eram os únicos verdadeiramente não responsáveis pelo que seus anciãos fizeram com minhas famílias.

Ocorreu-me de repente que Russell havia perguntado sobre minha adoção porque se eu, como seus filhos, me tornasse membro de uma família diferente, ele poderia não estar legalmente proibido de me atacar. Se eu não fosse Shori Matthews, mas Shori Braithwaite, por exemplo, poderia ser uma presa legítima. As Braithwaite poderiam ser presas legítimas. Eu não tinha intenção de ser adotada, mas pretendia perguntar a Preston se minhas suspeitas faziam sentido.

Em silêncio, os Gordon separaram os Silk de seus filhos não acasalados. Os simbiontes dos filhos se juntaram a eles rapidamente, e isso foi bom. Ter pessoas amadas e de quem necessitavam com eles, pessoas que provavelmente conheciam pela maior parte da vida, aliviaria sua dor. Os filhos seriam tirados de seus pais, mas não dos humanos que estavam mais próximos a eles. Na verdade, alguém teria que buscar os outros simbiontes deles que estavam na comunidade Silk e reuni-los com seus Ina. Fiquei contente em saber que um dos simbiontes do filho era o médico que havia me interrogado. Era bom ele poder ficar longe do desprezo dos adultos. O filho dos Silk a quem ele estava vinculado era mais alto do que eu, mas não parecia mais velho.

Os Silk mais jovens e seus simbiontes foram conduzidos para fora do salão por vários Ina adultos, irmãos daqueles que atuaram no Conselho de Sentença. Talvez aquelas fossem as pessoas que teriam de executar a sentença de morte se fosse o caso. Era esse o sistema? Um irmão ou irmã julgava e o outro ajudava a cumprir a sentença?

Os Silk adultos observavam, perturbados. Sua dor óbvia estava em tamanho desacordo com sua total imobilidade que era difícil olhar para eles. Viam seus filhos, o futuro de sua família, indo embora, e, naquele amplo salão, ninguém falou uma palavra.

Então, os Silk mais jovens se foram, e todos nós nos sentamos olhando uns para os outros.

Preston tossiu, um som estranho vindo dele, já que fez isso para obter nossa atenção e não para limpar a garganta.

— Nós devemos também encerrar o caso de Katharine Dahlman — disse. Ele olhou para onde ela estava sentada, perto dos Silk. — Levante-se, por favor, Katharine, e venha até a frente.

Bem devagar, ela se levantou e foi até o microfone avulso no arco.

Preston, também de pé, a encarou.

— Pelo mal que você fez, Katharine Dahlman, por usar seu próprio simbionte, Jack Roan, como instrumento assassino, por fazê-lo matar Theodora Harden, simbionte de Shori Matthews, você deve, de acordo com a lei escrita, ter ambas as pernas cortadas no meio da coxa. — Ele respirou fundo. — Katharine, você aceita sua sentença?

Ela se inclinou para a frente para falar no microfone, então precisou abaixá-lo até sua altura.

— Não aceito — disse quando terminou. — A punição é muito extrema. Não se encaixa no crime menor que cometi.

— Crime menor! — exclamei. — Como assassinar uma mulher que nunca machucou você, que nunca a ameaçou, pode ser um crime menor?

Ela nem fez menção de olhar para mim.

— Solicito aos membros do Conselho que deliberem sobre minha punição e digam se são contra ou a favor dela.

Olhei para Preston. Para mim, era intolerável que concedessem a Katharine permissão para continuar vivendo. Agora ela choramingava para evitar o mínimo sofrimento. Se aceitasse sua sentença, dentro de um ano ou dois suas pernas já teriam crescido e ela estaria bem, mas Theodora permaneceria morta. Crime menor?

— Ofereço a minha mão esquerda para pagar por meu... crime — disse Katharine. — Isso é mais do que justo.

— Ou talvez apenas um dedo! — falei. — Talvez uma unha sirva. Mas se a pena é tão pequena, então eu deveria poder fazer com você o que fez comigo. Qual dos seus simbiontes devo levar?

Ela olhou para mim com mais ódio e desprezo do que eu pensava que fosse capaz, então se virou e falou com Preston.

— Exijo uma contagem do Conselho. Tenho direito a isso.

— Houve uma contagem indicando sua culpa. Uma vez que a votação foi contra você, sua culpa e punição foram decididas. Você não tem o direito de negociar, e sabe disso. Conhecia a lei muito antes de decidir infringi-la.

Ela desviou o olhar, encarando o nada, e não disse nada por vários segundos. Por fim, balançou a cabeça.

— Não posso aceitar. É injusto. A humana não era uma simbionte porque Shori não é Ina! E... e na minha idade, o castigo provavelmente me mataria.

O que isso significava? Ela estava dizendo que achava que não havia problema em matar seres humanos inocentes se não fossem simbiontes?

Preston hesitou, então falou com gentileza.

— Katharine, isso não é uma sentença de morte. Será ruim. Deve ser ruim. Considere o que fez para merecer isso. Mas sua família cuidará de você e, em um ou dois anos, estará recuperada. Rejeitar a sentença, Katharine... Isso significaria a morte.

Ela agitou a cabeça.

— Então me mate! Vá em frente, me mate! Não posso aceitar a punição que ordenou.

Os dois, não muito distantes em idade, se entreolharam.

— Vamos fazer um breve intervalo — disse ele. — Vá falar com sua irmã e seus simbiontes, Katharine. Pense no que está fazendo. — Ele se afastou de seu lugar na mesa e olhou para a plateia silenciosa. — Retomaremos em uma hora.

***

Meus simbiontes hesitaram, então vieram até mim. Não sabia porque hesitaram até ficarem para trás, deixando Wright ser o primeiro a me tocar. Ele pegou minha mão e, quando aceitei sua mão enorme entre as minhas, os outros vieram até mim.

Percebi que estavam com medo de mim. O que eu disse ou fiz? Como olhei ou agi para deixar aquelas pessoas que eu amava e de quem precisava amedrontadas? Levantei-me e abracei cada um deles, segurando Brook por um pouco mais de tempo do que os outros porque ela estava tremendo muito.

— A tensão neste lugar é como um cheiro ruim — comentei. — Vamos voltar para a casa por um tempo.

Saímos do salão e fomos em direção à casa de hóspedes. Não estávamos conversando. Acho que todos queríamos o que eu dissera: um pouco de tempo longe da raiva, do ódio e da dor no salão. Joel tinha passado o braço em volta de mim e estava, eu acho, me distraindo deliberadamente com seu cheiro. Eu precisava da distração. Tanto ele quanto Brook sabiam o suficiente sobre os Ina para fazer coisas assim.

Sentei-me com eles na cozinha enquanto tomavam café com bolinhos de canela. Wright estava falando sobre ele mesmo construir nossa primeira casa, e os outros não acreditavam que pudesse fazer isso. Eu acreditava. De certo modo, gostei da ideia.

Eles me desafiaram a provar o café e eu provei. Era menos apetecível do que água pura, mas não repugnante. Eu me perguntei que outro alimento ou bebida humana poderia tolerar. Quando tivesse mais tempo, poderia descobrir.

Conversamos por mais um tempo, então nos levantamos e voltamos. De repente, houve confusão e gritaria. Não muito longe de nós, as pessoas saíram correndo da casa de Henry. Antes que eu pudesse entender o que estava acontecendo, Katharine Dahlman estava de frente para nós. Tinha fugido da casa de Henry, correndo mais depressa do que um humano seria capaz, mas não tão rápido para uma Ina. Estava segurando algo diante de si, agarrando-o com ambas as mãos.

Levei um momento para entender que estava segurando um rifle. Ela correu à frente da multidão, então parou de repente e apontou a arma para mim e meus simbiontes.

Eu me lancei sobre ela. Estava com medo de que matasse outro dos meus simbiontes antes que eu pudesse impedi-la.

Mais uma vez, eu não os mantive seguros.

Ela disparou.

E senti como se tivesse levado um soco forte, sendo martelada no estômago por algo inacreditavelmente potente.

Foi como se eu pairasse no ar por um instante, sem avançar nem cair. Não aconteceu assim, é claro, mas senti como se tivesse acontecido. Na verdade, meu ímpeto me levou até Katharine. Bati nela com os pés e ela começou a cair. Bati no rifle com a mão, empurrei-o para o alto e desviei o tiro seguinte. A arma era um velho rifle de ferrolho, talvez um daqueles mantidos à mão enquanto os Gordon estavam preocupados em ser atacados. Se fosse automático como os que nossos agressores usaram contra nós, ou se Katharine tivesse sido rápida com ele, poderia ter atirado em mim mais uma vez antes que eu a alcançasse. Poderia ter me cravejado de balas, então, enquanto estivesse indefesa, poderia ter dado cabo de mim.

Em vez disso, eu a alcancei. Enquanto lutávamos no chão, arranquei a arma de suas mãos e a atirei longe. Fiquei surpresa por conseguir. Ela era adulta e maior do que eu, embora fosse pequena para uma Ina. Sob meus braços, eu a sentia se contorcer e tentar me afastar, se desvencilhar de mim, me morder.

Minha própria força estava se esvaindo. Ela estava ganhando, me detendo, me puxando para me morder e me dilacerar.

Com o pouco que me restava de força, lancei a mão para cima, bati com força debaixo de seu queixo, me ergui e mordi com força a carne de seu pescoço.

Ela gritou. Ou estava com medo de eu conseguir controlá-la, ou tinha sido dominada pela dor. Eu não a tinha mordido para me alimentar ou por afeto. Pretendia dilacerar sua garganta, rasgá-la em pedaços. Ela soltou meus ombros para agarrar minha cabeça e afastar meu rosto, e aproveitei a oportunidade daquele instante para agarrá-la melhor com os dentes. Mordi sua laringe. Ela não gritaria mais por um tempo. E quebrei o pescoço dela, ou tentei. Não tinha certeza de ter conseguido porque perdi a consciência antes de começar a sentir o pior de minha própria dor.

E então acabou.

EPÍLOGO

Recuperei a consciência devagar. Foi como lutar na lama. Estava nua, exceto por uma das grandes camisetas de Wright. Alguém me despira e me colocara na cama. O quarto estava muito escuro, e me deitava sozinha ali. No começo, não conseguia enxergar direto. Minha ferida não doía, mas me sentia fraca, fraca em uma escala totalmente diferente de tudo que sentira desde a caverna. Na verdade, foi como acordar na caverna. Dessa vez, porém, pensei que só tinha perdido uma ou duas noites.

Então senti o cheiro de carne em algum lugar pouco além da cama. Eu me virei para lá, literalmente morrendo de fome. Meu corpo tinha esgotado seus recursos de cura e chegara ao ponto de começar a consumir seu próprio tecido muscular como combustível.

Corri em direção à carne, desesperada por ela.

Alguém disse:

— Pare, Shori!

E eu parei. Era Wright. Meu primeiro.

Eu me afastei, vendo-o agora, alto, largo e sombrio, sentado em uma cadeira ao lado da cama. Não o toquei, não iria tocá-lo. Recuei para longe dele, agarrada ao colchão, choramingando. Havia uma dor enorme dor dentro de mim, provocada pela fome, mas eu não iria tocá-lo. Ouvi quando se moveu, então senti um cheiro diferente. Carne. Comida.

— Aqui — disse ele. — Pegue. Coma. — Ele me deu um prato grande cheio de tiras de carne crua. Não estava tão recém-abatida como eu teria preferido, mas boa o suficiente. Engoli a carne, mordi as tiras em pedaços menores e os ingeri quase sem mastigar, depois engoli mais. Terminei o prato e peguei outro que Wright me ofereceu, devorando grande parte, então, com crescente contentamento, terminando o resto com mais calma, mastigando antes de engolir, sentindo-me quase satisfeita, por fim satisfeita.

Coloquei a travessa na mesa, recostei-me na cabeceira da cama e suspirei.

— Obrigada — disse. — Mas, da próxima vez, se isso acontecer de novo, não fique comigo. Deixe apenas a carne.

— Não entendo para onde tudo isso foi — disse ele. — Você é tão pequena. Se fosse humana, esperaria que ficasse enjoada depois de comer assim.

— Eu estava enjoada pela necessidade de comer.

— Eu sei, mas... Ah, não importa. Só estou grato por você estar bem.

— Você não deveria ter ficado aqui — repeti. Sacudi a cabeça, tentei afastar Hugh Tang da memória. — Como os Gordon puderam deixar você ficar aqui comigo?

— Não deixaram — explicou. — Disseram que devíamos colocar a carne no isopor e deixar aqui com você. Disseram que nenhum de nós deveria entrar, que devíamos esperar você sair.

— Deveriam.

Ele colocou algo em minhas mãos. Vários lenços descartáveis. Eu os usei para limpar as mãos e o rosto. Então ele derramou água de uma jarra em um copo, que me entregou. Eu não tinha visto nem a jarra, nem o copo até que ele os pegou na mesinha de cabeceira. Estava concentrada nele: seu cheiro, o som de seus batimentos cardíacos, sua respiração, sua voz. Era tão bom tê-lo por perto, mesmo que ele não devesse estar ali.

Peguei o copo e bebi.

— Obrigada — falei. — Por que desobedeceu aos Gordon? Você sabe o que eu poderia ter feito.

— Não sou Hugh Tang — disse ele. — E você não foi ferida na cabeça dessa vez. Eu sabia que não me machucaria.

Olhei para ele, espantada e com raiva.

— Você não entende. A fome é tão terrível... Mesmo sem um ferimento na cabeça, eu poderia ter matado você.

— Você parou no instante em que falei. Não acredito que teria tocado em mim. Na verdade, sem o ferimento na cabeça, não acho que teria tocado em qualquer outra pessoa que tivesse a presença de espírito de falar com você. Eu tinha certeza de que estava seguro aqui.

— Você não sabe o que é estar assim... Com tanta fome.

Ele colocou a mão no meu braço.

— Não. E gostaria que você não tivesse que passar por isso. Sei que estava com medo de que Katharine atirasse em um de nós. — Bem devagar, ele me abraçou. Eu deixei porque me parecia tão bom, tão completamente confortável descansar contra ele.

— Os outros estão bem? — perguntei, sabendo que estavam. Seu jeito teria sido muito diferente se alguém tivesse sido gravemente ferido. Ou morto.

Ele sorriu.

— Eles estão bem. Estão preocupados com você. Ficaram com você quando eu precisei fazer pausas. Já se passaram três noites. Preston nos disse que seriam pelo menos três noites. Hayden disse que seriam cinco ou seis noites, mas Joel disse que, para problemas médicos dos Ina, podemos quase sempre confiar em Preston.

Balancei a cabeça, espantada, pensando no que poderia ter acontecido. E se eu tivesse acordado e assustado Celia ou Brook, ou as atacado se tivessem tentado fugir?

— Estou feliz por ter acordado quando você estava aqui.

— Eu também.

— E... e Katharine?

— Morta. Wells e Manning cuidaram disso, já que as execuções são problema da família anfitriã. Podem fazer isso sozinhos ou trazer outras famílias para ajudar. Mas desta vez não precisaram de ajuda. Eles a decapitaram, depois queimaram a cabeça e o corpo. Ela poderia ter se curado do ferimento que você provocou. O pescoço já estava começando a sarar. Mas ela se recusou a aceitar o julgamento. Preferiu a morte. Disse que só sentia muito por não poder levar você com ela. Sua irmã Sophia aceitou a sentença em nome da família Dahlman. Preston diz que isso significa que não teremos de temer que venham atrás de nós.

— Ótimo. Espero que essa promessa valha tanto quanto os Gordon pensam que vale.

— Perguntei a Hayden sobre isso. Ele é uma espécie de historiador dos Gordon. Disse que não deveríamos nos preocupar, que poucas pessoas querem arriscar sacrificar a vida de todos os membros da família adulta, violando uma sentença. É, supostamente, uma questão de honra, de qualquer maneira. Ele disse que as Dahlman não são uma família agradável, mas parece que, segundo seus próprios padrões, são honradas. Sophia Dahlman é a mais velha agora e deu sua palavra. Elas vão mantê-la.

Suspirei.

— Eu me pergunto como alguém pode ser honrado e ainda matar inocentes?

— Não sei — disse ele. — São o seu povo.

Olhei para ele.

— Teremos que aprender sobre eles juntos.

— Bem, Katharine era a culpada, e agora ela está morta.

Ele estava certo. Isso era o que importava. Theodora foi vingada e o resto dos meus simbiontes estava em segurança. E quanto às minhas mães e irmãs, meu pai e meus irmãos? E a minha memória?

Tudo se foi. A pessoa que eu era se foi. Não poderia trazer ninguém de volta, nem mesmo a mim. Só poderia aprender o máximo possível sobre os Ina, sobre minhas famílias. Restauraria o que pudesse ser restaurado. A família Matthews poderia começar de novo. A família Petrescu não.

— Todos os membros do Conselho foram para casa — disse Wright. — Joan e Margaret Braithwaite deixaram uma carta para você e seus endereços e números de telefone. Aceitaram que passemos um ano ou dois com elas depois de você resolver as pendências de seu pai e suas mães e conversar com a família de Theodora. Joan disse que, se quiser sobreviver por conta própria, precisará de bons professores, e ela está disposta a ser uma. Também disse que acha que você será uma ótima aliada algum dia.

Pensei a respeito e assenti.

— Ela está certa. Serei mesmo.

QUESTÕES PARA DISCUSSÃO

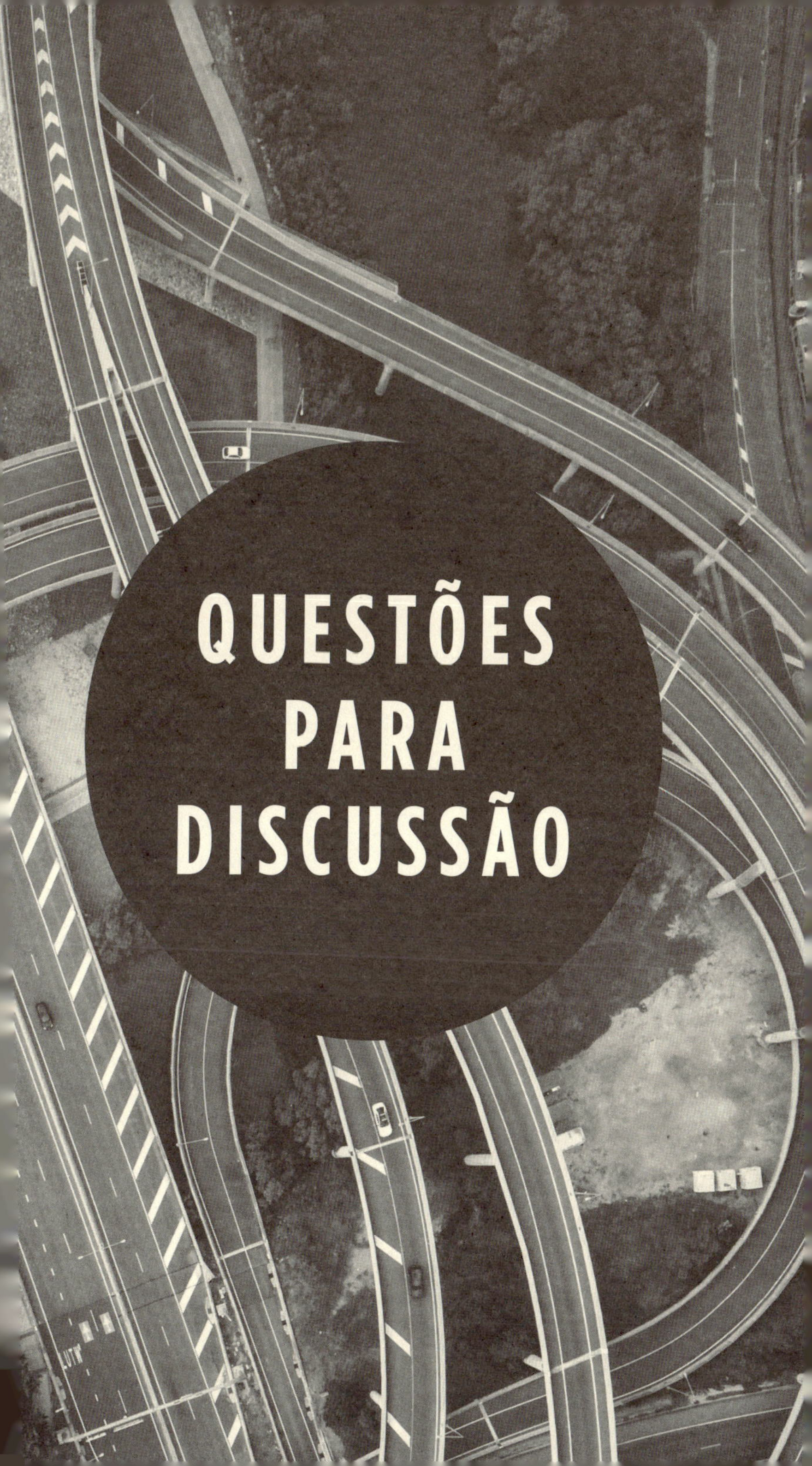

1. A sociedade Ina possui regras e costumes próprios que a diferem do vampiro construído no imaginário popular. Os Ina, por exemplo, não são transformados, mas se reproduzem e nascem assim; entre eles, machos e fêmeas adultos vivem separados e um núcleo familiar é construído com simbiontes humanos. As criaturas de Butler alimentam-se de sangue humano como o vampiro tradicional, mas é essencial que haja consentimento durante o ato. Por que, em outros livros do gênero, haveria certa banalização — chegando até a uma sexualização — das violações que os vampiros cometem contra suas vítimas? E como os Ina se contrapõem a essa visão?

2. Shori perde a memória devido a um episódio de violência. Sem lembranças e sendo perseguida, contudo, ela age de modo inteligente e racional. Você considera tal comportamento factível para uma personagem nessa situação? Quais seriam as motivações de Shori para manter-se centrada mesmo diante dos acontecimentos lidos no início do romance?

3. De um lado, Shori é vista pelos humanos como uma Ina; de outro, para alguns Ina, é considerada humana. Ou seja, por ser uma Ina que carrega genética humana, a qual faz sua pele ser preta e permite que ela ande à luz do sol, a protagonista não sente que pertence nem ao grupo humano, nem à sociedade Ina. Como o não pertencimento e a luta para ser aceita entre iguais se assemelham a questões presentes na discussão sobre colorismo fora do livro?

4. Enquanto os Ina enxergam com naturalidade ter relacionamentos íntimos com mais de um humano ou com outro Ina ao mesmo tempo, essa é uma dinâmica difícil para certas personagens humanas assimilarem. Considerando as reações de Wright ao assunto, de que maneira a ideia de amor se aproxima da noção de posse? Como Shori navega pelas diversas relações que estabelece e encontra soluções para os conflitos interpessoais com os outros ao seu redor, principalmente com Wright, seu primeiro simbionte?

5. O conflito gerado entre a aparência e a idade real é uma questão comum ao gênero de vampiro. Outras personagens, como Claudia de *Entrevista com o vampiro*, da estadunidense Anne Rice, exibem fisionomia infantil apesar da imortalidade e da mentalidade adulta, assim como Shori. Essa ambivalência gera desconfortos durante a história, em especial entre os humanos que não conhecem os Ina, como Wright. A partir do momento em que o pai de Shori explica que esse tipo de relação não é malvisto na sua cultura, entretanto, o desconforto é superado com rapidez. Quais razões podem ter levado a autora a criar uma protagonista com aparência de dez anos e colocá-la em situações sexuais e violentas? De que forma isso se relaciona ao tratamento dado às crianças negras, filhas de escravizados, em períodos coloniais?

6. Apesar de os Ina se declararem conscientes de seus poderes e responsabilidades, colocando-se em uma posição diferente dos humanos e dos vampiros folclóricos em diversos momentos da obra, uma crueldade é cometida

contra Shori e sua família — e os agressores são Ina. Além disso, a motivação para o crime é racial. Por que os conflitos entre os Ina são solucionados por meio de um julgamento em um Conselho? Quais táticas são empregadas por Shori, de um lado, e pelos Silk, de outro, para tentar ganhar o caso? Mesmo com provas irrefutáveis do ocorrido e com a capacidade de identificar mentiras, por que ainda existem Ina que se colocam contra a punição aos agressores de Shori?

7. Segundo argumentam e ensinam para Shori, os Ina devem se preocupar com os humanos e, sobretudo, com seus simbiontes, não os encarando como alimento ou ferramenta. Inclusive, condenam o uso de pessoas como instrumento, acima de tudo para a violência. No entanto, a realidade é outra: alguns Ina veem os humanos como inferiores e demonstram-no em suas ações, e esse fato é de conhecimento da maioria da raça vampírica criada por Butler. Por que há essa diferenciação entre aquilo que é dito e aquilo que é praticado? Mesmo cientes de que parte deles vê e trata os humanos como insignificantes, os Ina contrários a essa atitude não se impõem. Por quê? Como a omissão destes em relação aos ideais racistas de sua própria sociedade provoca a tragédia sofrida por Shori e sua família?